HEYNE <

Das Buch

Die forensische Anthropologin Tempe Brennan durchlebt stürmische Zeiten. Ein schwerer Hurricane nimmt Kurs auf ihre Heimatstadt Charlotte. Sie leitet die Untersuchung zweier Skelette, die in einem Container an der Küste gestrandet sind. Die Art des Todes dieser jungen Frauen erinnert Tempe an einen fünfzehn Jahre alten Cold Case - ein grausamer Doppelmord. Und in Charlotte geht die Angst vor einem hochansteckenden Bakterium um, gegen das bestimmte Gene angeblich schützen sollen. Ihre Ermittlungen führen Tempe auf die Spur eines Mannes, der dubiose Geschäfte mit Gen-Analysen macht. Als Tempe und Ex-Detective Andrew Ryan knapp einem Mordanschlag auf offener Straße entkommen, wird klar: Jemand will um jeden Preis verhindern, dass die Forensikerin den Code dieses Falls entschlüsselt...

Die Autorin

Kathy Reichs, geboren in Chicago, lebt in Charlotte und Montreal. Sie ist Professorin für Soziologie und Anthropologie, eine von nur einhundert vom American Board of Forensics Anthopology zertifizierte forensischen AnthropologInnen und war jahrelang unter anderem für gerichtsmedizinische Institute in Quebec und North Carolina tätig. Ihre Romane erreichen regelmäßig Spitzenplätze auf internationalen und deutschen Bestsellerlisten und wurden in dreißig Sprachen übersetzt.

Kathy Reichs

Der Code der Knochen

Thriller

Aus dem Amerikanischen
von Klaus Berr

GF

WILHELM HEYNE VERLAG
MÜNCHEN

Sollte diese Publikation Links auf Webseiten Dritter enthalten, so übernehmen wir für deren Inhalte keine Haftung, da wir uns diese nicht zu eigen machen, sondern lediglich auf deren Stand zum Zeitpunkt der Erstveröffentlichung verweisen.

MIX
Papier aus verantwortungsvollen Quellen
FSC® C014496

Penguin Random House Verlagsgruppe FSC® N001967

Taschenbucherstausgabe 12/2022

Die Originalausgabe erschien 2021 unter dem Titel *The Bone Code*
bei Scribner, an Imprint of Simon & Schuster, Inc., New York

Neumarkter Straße 28, 81673 München
Umschlaggestaltung und Motiv:
© Hauptmann & Kompanie Werbeagentur, Zürich
Satz: Uhl + Massopust, Aalen
Druck und Bindung: GGP Media GmbH, Pößneck

Printed in Germany
ISBN 978-3-453-44170-5

www.heyne.de

Für Paul Aivars Reichs
Danke

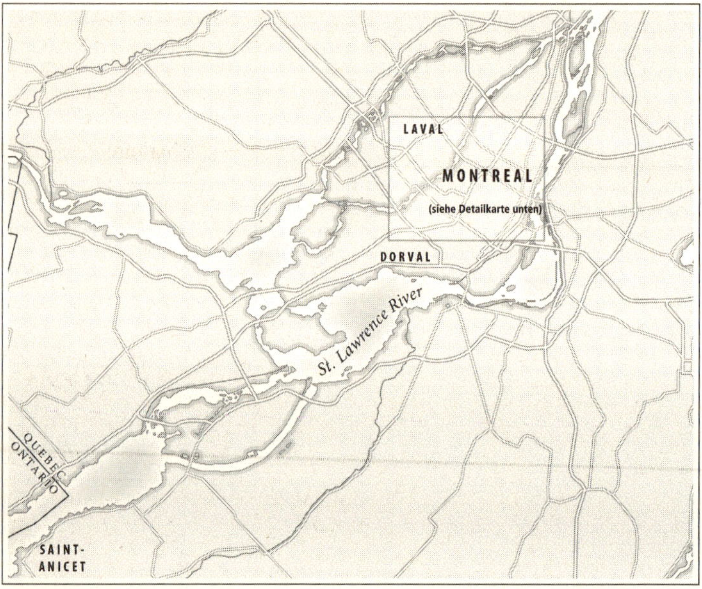
LAVAL
MONTREAL
(siehe Detailkarte unten)
DORVAL
St. Lawrence River
QUEBEC
ONTARIO
SAINT-
ANICET

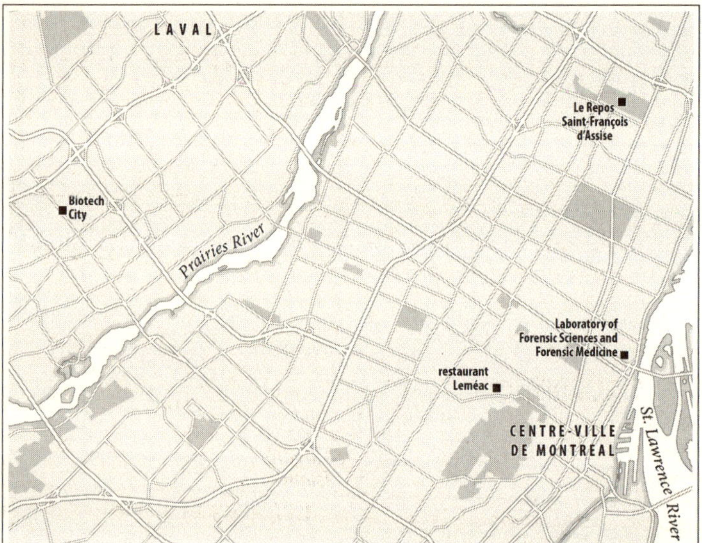
LAVAL
Le Repos
Saint-François
d'Assise
Biotech
City
Prairies River
Laboratory of
Forensic Sciences and
Forensic Medicine
restaurant
Leméac
CENTRE-VILLE
DE MONTREAL
St. Lawrence River

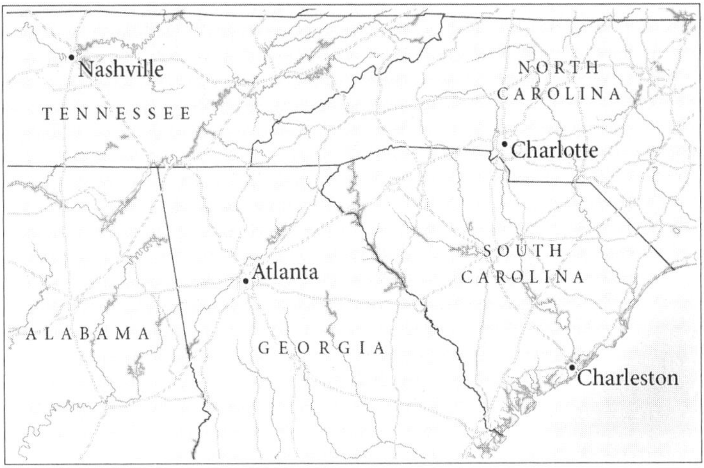
Nashville
TENNESSEE
NORTH CAROLINA
Charlotte
SOUTH CAROLINA
Atlanta
ALABAMA
GEORGIA
Charleston

The Citadel
Police Headquarters
Medical University of South Carolina (MUSC) hospital
Ashley River
SOUTH OF BROAD
The Battery
Cooper River
Wando River
CHARLESTON
(siehe Detailkarte)
Isle of Palms
Charleston Harbor
Sullivan's Island
Maybank Highway
ATLANTIK
James Island

Die DNA weiß nichts und kümmert sich um nichts.
Sie ist einfach da. Und wir tanzen nach ihrer Pfeife.

Richard Dawkins

1

Dienstag, 5. Oktober

Das Mädchen war tot. Daran bestand kein Zweifel. Bereits mit dem Notruf war das gemeldet worden. Die Sanitäter hatten die Einlieferung einer Toten angekündigt. Der Toxikologe hatte die Todesursache aufgeführt. Der Medical Examiner hatte den Totenschein abgezeichnet.

Das Mädchen war tot. Das war nicht die Frage.

Das Telefon klingelte. Ich ignorierte es.

Der Himmel vor meinem Fenster war ein Chaos aus Stahlgrau, Rauch und Grün. Der Wind blies von Minute zu Minute heftiger.

Ich musste bald los.

Die Palette auf meinem Bildschirm spiegelte den Tumult draußen. Vor dem grauen Hintergrund des Fleisches brannten die Knochen weiß wie arktischer Schnee.

Schon seit fast zwei Stunden analysierte ich die Röntgenaufnahmen, und mein Frust steigerte sich mit dem Sturm.

Ein letzter Blick auf die letzte Aufnahme der Serie. Die Hände. Dann hieß es Ciao.

Ich zwang mich zur Konzentration. Handwurzelknochen. Mittelhandknochen. Fingerglieder.

Plötzlich beugte ich mich vor, die Sturmböen und die immer schwärzer werdende Dunkelheit waren vergessen.

Ich zoomte den rechten fünften Finger heran. Den linken.

Das Telefon klingelte. Wieder achtete ich nicht darauf.

Ich nahm mir wieder die Schädelansichten vor.

Eine Theorie nahm Gestalt an.

Während ich damit spielte und den Gedanken hin- und herwälzte, ließ mich eine Stimme hinter meinem Rücken plötzlich hochschrecken.

In der Tür stand eine Frau, die nicht viel größer war als das Motiv der Aufnahmen, die ich betrachtete. Nur gut eins fünfzig groß, hatte die Frau grausträhnige, schwarze Haare, die sie im Nacken zu einem Knoten zusammengefasst hatte. Ein dicker Pony streifte den oberen Rand einer Schildpattbrille, die sie nicht aus modischen Gründen trug.

»Dr. Nguyen«, sagte ich. »Mir war nicht klar, dass Sie noch hier sind.«

»Ich habe eine Autopsie abgeschlossen«, antwortete sie mit diesem leichten Akzent, eindeutig aus Boston, aber mit einer Unterströmung von etwas Exotischerem.

Nguyen hatte erst vor Kurzem die Leitung des Mecklenburg County Medical Examiner's Office übernommen, und wie wir beide zueinander standen, mussten wir erst noch sondieren. Sie war nicht gerade ein Ausbund an Enthusiasmus, wirkte aber organisiert, fair und ernsthaft. So weit, so gut.

»Ist das der Deacon-Fall?« Nguyens Blick war zu meinem Bildschirm gewandert.

»Ganz genau.«

»Sie beraten die Familie?«

»Ja.« Als ich ihre hochgezogenen Augenbrauen sah, fügte ich hinzu: »Die Anfrage kam von einem Anwalt namens Lloyd Thorn. Ich hoffe, Sie haben nichts dagegen, dass ich mir die Aufnahmen hier ansehe.«

»Natürlich nicht.« Nguyen wedelte mit der Hand, als wollte sie den Gedanken wegwischen. Vielleicht um ihr den Themenwechsel zu erleichtern. »Inara ist jetzt ein Sturm der Kategorie 3 und bewegt sich schneller als vorhergesagt. Für alle Küstenbezirke ist die Evakuierung verbindlich angeordnet, und es wird erwartet, dass er sich landeinwärts bewegt.«

»Ist der Klimawandel nicht was Tolles?«

Nguyen ignorierte meinen Sarkasmus. »Ich schließe das Institut, Mrs Flowers ist bereits gegangen. Sie hat vor, zu einer Cousine in den Bergen zu fahren.«

Eunice Flowers ist die Empfangsdame des MCME, seit Gutenberg anfing, Bibeln zu drucken. Am Morgen ist sie immer als Erste da und am Abend die Letzte, die geht.

»In der Lobby ist eine Frau, die Sie sehen will. Mrs Flowers hat ihr gesagt, dass Sie unabkömmlich seien, aber sie besteht darauf zu warten.«

»Wer ist sie?« Ein flüchtiger Blick zum Telefon verriet mir, dass die Signallampe rot blinkte.

»Ich habe keine Ahnung. Auch nicht, warum sie bei diesem Wetter vor die Tür geht.«

»Ich rede mit ihr«, sagte ich, weil ich ein schlechtes Gewissen hatte, dass ich Mrs Flowers' Anrufen keine Beachtung geschenkt hatte.

»Machen Sie nicht zu lange«, warnte mich Nguyen.

»Keine Angst.« Ich bewegte den Cursor, um die Röntgenbilderdatei zu schließen. »Meine Katze hat bestimmt schon eine Rettungshotline angerufen.«

»Ich bin mir sicher, dass Charlotte außer Gefahr ist.« Sie klang nicht sehr überzeugt. »Wir sind viel zu weit von der Küste entfernt.«

Ich sagte nichts, weil ich mich erinnerte, dass ich 1989 ähnlich gedacht hatte, bevor Hurricane Hugo kam.

Obwohl es erst 15 Uhr 20 war, fiel durch die Türen und Fenster der Lobby kaum noch Licht. Im Gebäude war alles still. Bis auf die Wachleute, die zwar nicht zu sehen, aber zweifellos da waren, schien ich der einzige Mensch im Haus zu sein.

Die Frau saß auf dem Stuhl gegenüber von Mrs Flowers' Kommandoposten. Ihre Füße standen in zweckmäßigen Oxford-Halbschuhen ordentlich nebeneinander auf dem Teppichboden. Sie schien ihre Senkel zu inspizieren.

Mein erster Gedanke: die olle Tante aus der Mottenkiste. Ein schäbiger Umhang hüllte sie von den Schultern bis zu den Waden ein, und ein unter dem Kinn verknotetes Kopftuch mit Blumenmuster bedeckte ihre Haare. Ein Regenschirm mit gebogenem Griff hing ihr von einem Handgelenk, und eine Tragetasche aus ausgefranstem Tweed stand auf ihrem Schoß.

Mein zweiter Gedanke: Warum diese Kaltwetterkleidung, wo doch das Thermometer an diesem Tag völlig untypische siebenundzwanzig Grad zeigte?

Als die Frau meine Schritte hörte, hob sie das Kinn, und der betuchte Kopf drehte sich langsam in meine Richtung. Der Rest ihres Körpers blieb verkrampft.

Aus der Nähe sah ich, dass die Augen der Frau blass waren – nicht das übliche Blau oder Grün, sondern ein Farbton, der eher Honig in einem Glas ähnelte. Ich schätzte ihr Alter auf mindestens fünfundsechzig. Vor allem dank ihres Aufzugs. Das Kopftuch verdeckte fast ihr ganzes Gesicht.

»Ich bin Temperance Brennan. Bitte verzeihen Sie, dass Sie warten mussten.«

Sie hob eine Hand, um meine zu fassen. Die Finger sahen blau geädert und knotig aus, doch ihr Griff war erstaunlich fest.

»Vielen herzlichen Dank. Danke. Ich verstehe. Ja, natürlich. Ich habe schon so lange gewartet. Ein bisschen länger macht mir nichts aus.«

Auf den Regenschirm gestützt, erhob sich die Frau langsam. Ich bedeutete ihr, sich wieder zu setzen. »Bitte. Behalten Sie doch Platz.«

Ich stellte meine Aktentasche auf den Boden und setzte mich auf die vordere Kante des Nachbarstuhls, lehnte mich absichtlich nicht zurück.

»Nun denn. Sie sind …?«

»O Gott. Verzeihen Sie meine Unhöflichkeit. Ich hätte mich gleich vorstellen müssen. Mein Name ist Polly Susanne Beecroft.«

»Freut mich, Ms. Beecroft. Ich –«

»Miss, bitte. Titel sind mir ziemlich schnuppe.« Das gedoppelte P ließ die Seide um ihr Gesicht flattern. »Wenn man nie geheiratet hat, muss man das doch nicht verstecken. Finden Sie nicht auch?«

»Mm.«

»Aber bitte nennen Sie mich Polly.«

»Wie kann ich Ihnen helfen, Polly?«, fragte ich, weil ich es schnell hinter mich bringen wollte.

»Ich hoffe, Sie verzeihen mir mein ziemlich dreistes Vorgehen.« Die Honigaugen schauten tief in meine. »Ich bin hier, um Sie um Hilfe zu bitten.«

»Ich bin forensische Anthropo –«

»Ja, ja, natürlich. Deshalb glaube ich ja, dass Sie die Person sind, die ich brauche.«

»Ich höre.«

»Da müsste ich wohl etwas ausholen.«

Ich machte eine ermutigende Geste, ohne es aufrichtig zu meinen.

Beecroft atmete einmal schnell ein, als wollte sie anfangen. Sekunden vergingen. Über ihre Lippen kamen keine Worte.

»Sie brauchen nicht nervös zu sein«, versicherte ich ihr.

Ein knappes Nicken. Dann: »Letztes Jahr starb meine Zwillingsschwester, Gott sei ihrer Seele gnädig. Sie war dreiundsiebzig Jahre alt.«

Ich wusste, worauf das hinauslief. Dennoch unterbrach ich sie nicht.

»Harriet heiratete, wurde aber schon in jungen Jahren Witwe, deshalb hatte sie keine Kinder. In ihren Dreißigern fing sie an, Kunst zu studieren, und von da an war sie ganz auf ihre Malerei konzentriert. Ich fürchte, sie und ich waren nicht fruchtbar, wie die Bibel uns anweist.« Ein schnelles Grinsen. »Nach Harriets Tod –«

»Miss Beecroft –«

»Polly. Bitte.«

»Ihr Verlust tut mir sehr leid, Polly. Aber wenn Sie Fragen bezüglich des Hinscheidens Ihrer Schwester haben, müssen Sie sich an den Coroner oder Medical Examiner wenden, der den Totenschein ausgestellt hat.«

»O nein. Ganz und gar nicht. Harriet starb in einem Hospiz an Bauchspeicheldrüsenkrebs.«

Okay. Ich hatte mich also getäuscht, was den Grund von Beecrofts Besuch anging. Weil mir das jetzt klar wurde, und auch weil ich, wie ich zugebe, ein wenig neugierig war, sagte ich nichts.

»Als Harriets einzige Verwandte war es an mir, ihr Haus auszuräumen. Sie hatte in Virginia gelebt, in einer Kleinstadt in der Nähe von Richmond. Aber das ist unwichtig. Als ich ihre Sachen durchschaute, fand ich einige Dinge, die mir großes Kopfzerbrechen bereitet haben.«

Die Deckenlampen schwankten und beruhigten sich dann wieder.

»O Gott.« Eine braunfleckige Hand flatterte hoch und hing dann, wie eine Motte, frei und verwirrt in der Luft.

»Vielleicht hat das noch einen oder zwei Tage Zeit, bis der Sturm vorüber ist?«, schlug ich ihr behutsam vor.

Aber Beecroft ließ sich nicht abbringen. »Darf ich Ihnen zeigen, was ich gefunden habe? Es geht auch ganz schnell. Und dann bin ich schon wieder weg.«

Ein Bild schoss mir durch den Kopf. Meine fast achtzigjährige Mutter, die versucht, in einem Sturm einen Regenschirm zu bändigen.

»Sind Sie selbst hierhergefahren, Polly?«, fragte ich.

»Meine Güte, nein. Ich bin mit dem Taxi gekommen.«

Scheiße.

»Leben Sie in der Stadt?«

»Ich habe eine Eigentumswohnung in Rosewood. Kennen Sie das?«

Ich kannte es gut. Mama war erst kürzlich nach Richmond gezogen. Jetzt hatte ich so eine Ahnung davon, wie Beecroft auf mich gekommen war.

Außerdem ahnte ich, dass der schäbige Aufzug irreführend war. Rosewood ist ein knapp vier Hektar großer Wohnkomplex nach dem Vorbild von George Vanderbilts Zufluchtsort in Asheville aus dem 19. Jahrhundert. Das Leben in dem Fantasiebau ist nicht gerade billig. Beecroft hatte also Mittel.

»Taxis könnten in diesem Sturm rar werden.« *Scheiße. Scheiße.* »Wie wär's, wenn Sie mir Ihr Anliegen schildern, während ich Sie nach Hause fahre?«

»Das kann ich doch nicht von Ihnen verlangen.«

»Es liegt auf meinem Weg.« Was nicht stimmte.

»Das ist schrecklich großzügig von Ihnen. Ich habe gewusst, dass Sie eine sehr freundliche Dame sind. Aber zuerst müssen Sie sich etwas ansehen.«

Die freundliche Dame sah zu, wie Beecroft einen Umschlag aus der Tragetasche holte und drei Fotos herauszog. Eins streckte sie mir hin, die anderen beiden hielt sie zurück.

»Das wurde 1966 gemacht. Ich mit meiner Schwester. Wir waren an diesem Nachmittag ein bisschen ausgelassen.«

Das Farbfoto war schon leicht verblasst. Eine Nahaufnahme und offensichtlich gestellt, aufgenommen an einem sonnigen Tag im Freien. Zwei Mädchen im Teenageralter standen hinter einer Mauer, sodass nur die Köpfe sichtbar waren. Kinne und Unterarme ruhten auf der obersten Ziegelreihe.

Beide Mädchen grinsten schelmisch und schauten genau in die Linse. Sie sahen identisch aus.

Als ich das Bild betrachtete, beschlich mich ein leichtes Unbehagen. Weil mir die Gesichter bekannt vorkamen? Aber das war unmöglich.

Beecrofts Worte durchschnitten meine Gedanken. »Damals machte man noch nicht so viele Fotos. Nicht so wie die jungen Leute heute, die jede Sekunde ihres Lebens festhalten und

Bilder von sich posten, wie sie sich Zahnseide durch die Zähne ziehen oder die Speisekammer aufräumen oder ihre Katze quälen oder was auch immer. Also wirklich. Wen interessieren denn solche Belanglosigkeiten? Aber verzeihen Sie mir. Ich schweife ab.

Die Qualität ist nicht mehr die beste, aber unsere Gesichter sind noch klar zu erkennen. Ich bin links, Harriet rechts. Zu der Zeit waren wir achtzehn. Wir hatten eben die Highschool abgeschlossen und waren am Vassar College eingeschrieben. Aber auch das ist unwichtig. Ich muss zur Sache kommen.«

Beecroft zeigte mir nun ein zweites Foto, das in einer Schutzhülle steckte.

Ich legte das erste auf den Tisch neben mir, nahm das zweite und betrachtete es durch das Plastik.

Die Sepiatöne und die weißen Risse legten nahe, dass dieses Bild beträchtlich älter war. Wie auch die formelle Pose und der Bekleidungsstil.

Aber das Motiv war sehr ähnlich. Zwei Teenager-Mädchen schauten direkt in die Kamera, das eine sitzend, das andere stehend mit einer Hand auf der Stuhllehne. Beide trugen hochgeschlossene, langärmelige Kleider mit kompliziert drapierten knöchellangen Röcken. Keins der Mädchen lächelte.

Die Ähnlichkeit mit Polly und Harriet Beecroft war unheimlich.

Ich schaute fragend hoch.

»Das sind meine Großmutter und ihre Schwester«, sagte Beecroft. »Auch sie waren Zwillinge.«

Ich senkte den Blick wieder auf das Foto.

»Dieses Porträt wurde 1887 gemacht. Sie waren da siebzehn Jahre alt.«

»Sie sehen genauso aus wie –«

»Ja«, sagte Beecroft. »Tun sie. Taten sie.«

Dann gab mir Beecroft das letzte Foto.

Um uns herum hallte Stille, unterbrochen nur vom Grollen des herannahenden Sturms.

Ich hörte nichts. Sah nichts außer dem Bild in meiner Hand.

Ich schluckte, war zu erschüttert, um zu sprechen.

2

Dienstag, 5. Oktober

Beide Carolinas haben viele Meilen Küste aufzuweisen, Hurricanes sind deshalb nichts Ungewöhnliches. Wilmington. New Bern. Myrtle Beach. Charleston. Irgendwann wurden sie alle schon einmal getroffen.

Charlotte liegt im Vorgebirge, ist also größtenteils sicher, aber wenn eine Hurricane- oder Schneesturmwarnung ausgegeben wird, dreht die Queen City durch. Schulen und Gerichte schließen. Supermärkte leeren sich. Generatoren und Batterien verschwinden. Das Ganze verläuft dann meistens im Sand. Wir fegen auf und fangen wieder an, Lebensmittel einzukaufen, Kunden zu treffen und Fahrgemeinschaften zu bilden.

Ich bin keine Panikmacherin. Ganz und gar nicht. Aber an diesem Tag schien das Wetter der Hysterie gerecht zu werden. Der Regen hielt sich noch zurück, aber der Luftdruck wirkte wie Tonnen auf den Quadratzentimeter, und die Böen wurden sekündlich aggressiver.

Umhang und Kopftuch sind aerodynamisch nicht gerade windtauglich, aber die Oxford-Schuhe waren eine kluge Wahl. Der Fußmarsch zu Beecrofts Eingang war zwar eine Herausforderung, aber wir schafften es.

Normalerweise hätte ich nach Mama gesehen, aber sie war mal wieder unterwegs auf einem ihrer spirituellen Heilungsabenteuer. In Arizona? In den Catskill Mountains? Ich war mir nicht sicher. Nahm mir vor, sie anzurufen.

Von Rosewood aus waren es nur ein paar Minuten bis Sharon

Hall, dem Herrenhaus aus der Jahrhundertwende, das man zu einem Komplex aus Eigentumswohnungen umgestaltet hatte und in dem ich eine zweistöckige Einheit mit dem Namen der Annex, der Anbau, besaß. Niemand weiß, wann das winzige Gebäude errichtet wurde. Oder warum. Der Annex taucht in keinem der alten Grundbücher und auf keiner Karte auf. Mir ist es egal, ob seine Historie für immer ein Rätsel bleibt. Tatsächlich macht dieses Mysterium mit den Reiz aus.

Ich war nach dem Zusammenbruch meiner Ehe in den Annex gezogen, und seitdem habe ich, bis auf den Austausch von Glühbirnen und Filtern, so gut wie nichts verändert. Bis vor Kurzem. Jetzt belegt ein schickes, neues Arbeitszimmer den Raum, der ewig als Dachboden gedient hatte.

Für einen kurzen Augenblick blitzte ein Bild auf. Zerfurchtes Gesicht, herzschmelzende, blaue Augen, sandblonde Haare, die langsam grau werden.

Mir wurde die Brust eng. Gedanken an meinen neuen Mitbewohner Andrew Ryan? Oder die heftige Böe, die mein Auto schwanken ließ?

Eine kurze Bemerkung zu Ryan, *Section de Crimes contre la Personne, Sûreté du Québec.* Da er für das Morddezernat der SQ, der Polizei der Belle Province, arbeitete und ich forensische Anthropologin am dortigen LSJML bin, dem *Laboratoire de sciences judiciaires et de medicine légale,* arbeiteten der *lieutenant-détective* und ich jahrzehntelang bei Mordermittlungen zusammen, im selben Zentralgebäude in Montreal. Irgendwann in dieser Zeit fingen wir mit gelegentlichen Dates an. Daraus wurden dann, na ja, mehr als Dates. Jetzt leben wir zusammen. In gewisser Weise.

Mehr dazu später.

Am Annex angekommen, wuchtete ich die Autotür auf. Sie fiel von selbst wieder zu. Ich beugte mich vor und eilte ins Haus, mit wehenden Haaren und einem Aktenkoffer, der hin und her schwankte.

»Birdie?«, rief ich und stellte Handtasche und Aktenkoffer auf die Anrichte.

Keine Antwort von der Katze. Keine Überraschung. Wetterextreme belasten die Katzenpsyche sehr.

»Ich bin zu Hause, Bird.«

Noch immer keine Reaktion.

Wie die Lobby des MCME war das Innere des Annex für einen Nachmittag sehr dunkel. Ich legte den Wandschalter um, schaltete die Lampe im Esszimmer an und stieg dann die Treppe zu meinem Schlafzimmer hoch. Als ich meine Nikes auszog, lugte ein kleines weißes Gesicht unter dem Bett hervor, die Ohren angelegt, so weit es ging.

»Bleib locker, mein Großer. Ist doch nur ein bisschen Wind.«

Birdie musterte mich argwöhnisch. Vielleicht verärgert. Das ist bei Katzen schwer zu sagen.

Vielleicht spürte er aber auch meine eigene Angst. Das Wetter sah wirklich schlimm aus. Sollte ich im Haus bleiben und es aussitzen? Oder in ein Hotel weiter oben in den Bergen fahren?

Ein Windstoß feuerte eine Kiessalve gegen die Seitenwand des Hauses. Das Katzengesicht zog sich wieder in seinen Zufluchtsort zurück.

»Na gut. Mal sehen, was die Experten sagen.«

Ich kehrte in die Küche zurück, suchte die Fernbedienung und schaltete den lokalen Nachrichtensender ein. Stellte auf stumm, solange ein Spot lief, in dem ein Kerl anbot, mir meine Regenrinnen zu reinigen. Dann noch einer für Bojangles-Hühnchen. Die Ankündigung eines bevorstehenden Spiels der Panthers.

Schließlich kam ein Sprecher, der hinter einem Schreibtisch mit Glasplatte saß, an deren Vorderkante winzige Lichter blinkten. John Medford. Ich hatte ihn ein paarmal bei Wohltätigkeitsveranstaltungen getroffen. Wusste, dass seine Schmalzlocke höher war als sein IQ.

Hinter Medfords rechter Schulter zeigte eine Grafik eine Regionalkarte, die von weiteren blinkenden Lichtern eingerahmt war. Ein beunruhigend grüner Klecks hing im Südosten von Charlotte. Ein Ticker am unteren Bildschirmrand meldete: Inara kommt!

Ich schaltete den Ton wieder an. Medfords Stimme war neutral, die Brauen gerade so zusammengezogen, dass angemessene Besorgnis ausgesendet wurde.

»– zumindest ein Modell zeigt, wie der Sturm auf Charleston trifft und dann eingequetscht wird zwischen der rechtsläufigen Rotation eines Hochdrucksystems über dem Atlantik und der gegenläufigen Rotation eines Tiefdrucksystems über dem Mississippi-Tal. Kommt das den alten Hasen unter euch da draußen bekannt vor? Sollte es. Das ist die Kombination, die uns '89 Hugo beschert hat. Natürlich sagt das nur ein einziges Modell. Andere sehen den Sturm an der Küste entlangziehen und dann übers Meer verduften. Aber es immer besser, vorbereitet zu sein.«

Neben der Karte erschien eine Auflistung. Medford ging die einzelnen Punkte durch, jeden einzelnen auf seine joviale Art.

»Ich bin mir sicher, ihr alle kennt die Routine, aber eine Wiederholung kann nicht schaden. Sollte Inara in unsere Richtung steuern, bleibt im Haus, am besten in einem inneren Raum – vielleicht ein Wandschrank oder ein Bad – und weg von Fenstern, Oberlichtern und Glastüren.«

Okay. Birdie hatte recht.

»Wenn eurem Haus eine Überflutung droht, stellt den Strom am Hauptschalter ab. Bei Stromausfall schaltet alle Großgeräte aus – ihr wisst schon, Klimaanlage, Durchlauferhitzer – die teuren Sachen, die nicht kaputtgehen sollten. Und Kleingeräte solltet ihr auch nicht benutzen, auch den Computer nicht.«

Scheiße. Hatten mein Laptop und mein Handy genug Saft? Während ich die beiden Geräte aus meinem Aktenkoffer holte und sie zum Laden einsteckte, schwadronierte Medford weiter.

»Ich schätze, dass wir in Charlotte ziemlich sicher sind, aber an der Küste dürfte es ein ziemlicher Knaller werden.« Ermutigendes Lächeln. »Bleibt dran. In dreißig Minuten bin ich wieder bei euch.«

Der Sender schaltete wieder Werbung. Ich stellte wieder auf stumm und wollte eben zum Handy greifen, als es klingelte. Trällerte, um genau zu sein. Nachdem ich auf die Anruferkennung geschaut hatte, ging ich dran.

»Hey, Ryan.«

»Bonjour, ma chère.«

»Bist du immer noch in Yellowknife?«

Nachdem er bei der SQ den Dienst quittiert hatte, machte Ryan sich als Privatdetektiv selbstständig. Im Augenblick ermittelte er in einer Sache, die mit Diamantabbau und Schürfrechten zu tun hatte. Und einer unglücklichen Partei. Ich fragte nicht nach.

»Ja, Ma'am. Die heutige Höchsttemperatur liegt bei minus vierzehn.«

»Celsius.«

»C'est frette en esti.« Übersetzung: Arschkalt. »Ich höre Berichte über ein Windchen bei euch da unten.«

»Wenn's nach den Modellen geht, landet der Sturm überall und nirgendwo auf der Karte. Wie immer. Manche sagen vorher, dass Inara auf die Carolinas treffen könnte. In anderen zieht er in westlicher Richtung nach Keokuk ab.«

»Wo ist das?«

»In Iowa.«

»Das stimmt nicht.«

»Doch. Das ist die südlichste Stadt in dem Staat.«

Ryan ging nicht darauf ein. »Besteht die Gefahr, dass Charlotte ins Fadenkreuz kommt?«

»Sehr unwahrscheinlich.«

»Passiert ist es aber schon.«

»Ja, schon.«

»Wie nimmt's der Kater?«

»Schlecht. Hör zu, Ryan. Ich freu mich ja, dass du dich meldest, aber ich muss da noch eine Untersuchung abschließen, bei der es um eine potenzielle Kindsgefährdung geht. Vielleicht Mord.«

»Potenziell?«

»Ist kompliziert.«

»Ich war jahrelang Polizist.«

»So stand es auch auf deiner Marke.« Ich zitierte Ryans neuen Lieblingsspruch.

»Stimmt.«

»Okay.« Ich legte mir die wesentlichen Fakten im Kopf zurecht. »Das Opfer lebte hier in North Carolina. Letzte Woche wurde es tot in seinem Zuhause gefunden. Eine Autopsie ergab keine Hinweise auf äußere Verletzungen, aber die toxikologische Untersuchung wies einen tödlichen Blutalkoholpegel nach.«

»Wo waren die Eltern?«

»Beim Segeln in der Karibik.«

»Wie alt war das Opfer?«

»Der Detective kommt gleich zum Punkt.«

»Der ehemalige Detektive.«

»Richtig. Das Opfer – ihr Name ist Tereza – kam 2012 über eine bulgarische Adoptionsagentur in die USA. Zu der Zeit sagte man den Eltern, sie sei sieben Jahre alt. Aber sie behaupten, anschließend Unterlagen entdeckt zu haben, die Terezas Geburtsjahr als 2000 und nicht 2005 angeben. Damit wäre sie zum Zeitpunkt ihres Todes zwanzig gewesen und nicht fünfzehn.«

»Eine Erwachsene, keine Minderjährige.«

»Genau.«

»Also völlig legal, dass sie allein zu Hause war. Wo liegt das Problem?«

»Tereza erzählte jedem, sie sei 2005 geboren. Die Agentur besteht darauf, dass dies der Fall ist.«

»Das Mädchen hatte keine Freunde?«

»Sie kam ohne Englischkenntnisse in den Staaten an, die Eltern entschieden sich deshalb für häuslichen Unterricht. Im Lauf der Jahre wurde der wegen Verhaltensproblemen beibehalten. Ich weiß nicht so recht, welche das waren.«

»Also hatte dein Opfer kaum Kontakt zur Außenwelt?«

»Genau. Sie war sehr klein und behauptete zum Zeitpunkt ihres Todes, sie sei minderjährig. Sie zog sich wie ein Kind an und verhielt sich wie ein Kind. Die Eltern behaupten, es sei von Anfang an Betrug und Tereza eine Soziopathin gewesen, die sie jahrelang ausgenutzt habe.«

»Lass mich raten. Irgendein Staatsanwalt ist anderer Meinung und fest entschlossen, sie strafrechtlich zu verfolgen.«

»Kindsaussetzung, Kindsgefährdung, Mord durch Vernachlässigung. Wer weiß, was sonst noch. Der Anwalt der Eltern, ein Kerl namens Lloyd Thorn, besteht darauf, dass seine Mandanten sich nichts haben zuschulden kommen lassen außer Güte. Er sagt, sie hätten Tereza kostenlos ein Heim geboten. Und dass sie ihr missbräuchliches Verhalten einfach nicht länger ertragen hätten.«

»Und haben deshalb was getan?«

»Sie sind in einen verlängerten Urlaub gefahren, weil sie hofften, Tereza würde ausziehen, wie sie es ihr vorgeschlagen hatten. Sie dachten sich, sie würde schon alleine zurechtkommen.«

»Wo sind sie jetzt?«

»Auf Saint Croix in Haft. Thorn rief mich gestern an, nachdem er Zugang zu Röntgenaufnahmen erhalten hatte, die gemacht worden waren, nachdem Tereza im letzten Jahr irgendeine Art von Sturz erlitten hatte.«

»Bringen dir die Aufnahmen was?«

»Sehr viel. Ich habe eine Theorie, aber ich will noch ein bisschen recherchieren, bevor ich mit Thorn rede. Er hat mich in den letzten beiden Tagen viermal angerufen. Der Kerl macht wirklich Druck.«

»Und ich weiß, wie du auf Druck reagierst.«

»Und das sollten Sie auch nicht vergessen, Detective.«

»Oui, Madame.«

»Hier könnte jederzeit der Strom ausfallen, deshalb will ich das abschließen.«

»Ist es so schlimm?«

»Stromausfälle sind hier an der Tagesordnung.«

»Rufst du mich in ein paar Stunden zurück?«

»Klar.«

»Und reden wir dann versaut?«

»Bis dann, Ryan.«

Nachdem ich aufgelegt hatte, verifizierte ich online mehrere Punkte. Dann nahm ich mir meine Osteologie- und Genetik-Lehrbücher vor.

Hin und wieder stand ich auf und schaute zu einem Fenster hinaus. Oder lauschte unserem jovialen Wetterfrosch. Jedes Mal waren Medfords Brauen ein bisschen enger zusammengezogen.

Ich schaute mir eben die Röntgenbilder noch einmal an, als etwas Sperriges über den Rasen schlitterte und mit einem dumpfen Schlag gegen eine Wand krachte. Im Annex wurde es dunkel.

Und ich war mir so sicher wie nie, was Tereza anging.

Zeit für ernsthaftes Verbarrikadieren.

Inspiriert von Medfords zweitem Punkt auf der Liste und Birdies instinktiver Wahl eines Zufluchtsorts, schleppte ich Bettzeug in den innersten Raum des Annex, eine fensterlose Kammer mit niedriger, schräger Decke unter der Treppe. Ich fügte Handy und Laptop hinzu, eine Gallone Wasser, eine Schachtel mit Müsliriegeln, mein aktuelles Karin-Slaughter-Buch und Birdies Wasser- und Futterschüsseln.

Ein schnelles Sandwich im Licht einer Taschenlampe, ein kurzer Gang aufs Klo, und dann machte ich mich auf die Suche nach Birdie. Er war nicht sehr begeistert, als ich ihn unter dem Bett hervorzerrte.

Es fing an zu regnen, als ich die Treppe hinunterstieg. Keine furchtsame erste Welle zögerlicher Tropfen – der Wolkenbruch setzte sofort ein, mit voller Wucht und von der Seite, wie Wasser aus einem Hochdruckschlauch.

Ich lockerte meinen Griff und ließ die Katze von meiner Brust in den improvisierten Sturmkeller schnellen. Er schoss hinter eine Reihe aufgestapelter Schachteln, mit Augen wie Frisbees, das Fell gesträubt, den Schwanz aufgestellt, und aus seiner Kehle drang ein merkwürdiges Miauen. Ich kroch zu ihm hinein und schloss die Tür.

»Alles in Ordnung, Birdie. Wir haben genug Futter.«

Ich legte mich auf mein provisorisches Bett und versuchte zu entspannen. Nach einer Weile kam die Katze zu mir und rollte sich an meinem Knie zusammen. Ich streichelte ihn. Er zitterte am ganzen Körper.

In den nächsten Stunden lauschten Birdie und ich der Kakofonie aus prasselndem Regen und heulendem Wind, gedämpft zwar, aber unmissverständlich wild. Ich fragte mich, wie groß die Schäden wohl sein würden. Die Gedanken der Katze gingen mit Sicherheit in eine andere Richtung.

Irgendwann döste ich ein. Wurde geweckt vom Knall eines explodierenden Transformators.

Weil ich spürte, dass die Katze sich verkrampfte und wieder zu zittern anfing, kraulte ich sie, langsam und sanft. Während meine Hand wundertätig wirkte, wandten meine Gedanken sich wieder meiner nachmittäglichen Besucherin zu.

Polly Beecroft und ihre Schwester Harriet waren monozygote Zwillinge, was hieß, dass sie sich aus einem einzigen befruchteten Ei entwickelt hatten, das sich früh in der Embryonalentwicklung geteilt hatte. Da die Frauen identische DNA hatten, sahen sie gleich aus. Keine große Sache. Die Chance, identische Zwillinge zu bekommen, liegt bei drei bis vier pro tausend Geburten.

Ich spürte, wie die Anspannung in Birdies Körper sich ganz

leicht lockerte. Meine Berührungen zeigten die gewünschte Wirkung. Oder ihm ging langsam die Puste aus.

Pollys Großmutter und ihre Großtante waren ebenfalls identische Zwillinge gewesen, geboren in London im Jahr 1870. Polly hatte mir ein Porträt der beiden gezeigt, die eine mit dem Namen Sybil, die andere Susanne Bouvier. Auch sie hatten ausgesehen wie Klone voneinander, und sie hatten genau so ausgesehen wie Polly und Harriet, die achtzig Jahre später geboren wurden.

Im Garten zersplitterte etwas. Birdies Zittern wurde wieder stärker. Ich beschloss, laut zu denken, um das Werk meiner Hände mit meiner Stimme zu ergänzen, zum Teil der Katze zuliebe, zum Teil, um den Tumult draußen zu übertönen.

»Susanne und Sybil reisten 1888 nach Paris, und nach einem Monat in der Stadt verschwand Sybil spurlos. Bis zum heutigen Tag weiß niemand, was mit ihr passiert ist.

Pollys Großmutter Susanne emigrierte schließlich in die USA, heiratete und bekam Kinder. Pollys Mutter wurde 1909 geboren. Polly und Harriet kamen 1948 auf die Welt.

Und jetzt kommt der komische Teil, Bird. Neben Sybils Verschwinden natürlich. Polly zeigte mir auch ein Foto von einer Totenmaske.«

Birdie drehte sich auf den Rücken. Ich interpretierte das als Zeichen von Interesse.

»Totenmasken waren im 19. Jahrhundert sehr populär, bevor die Leute Kameras hatten. Sie waren so eine Art keramisches Selfie, geschaffen, um bei Freunden und Verwandten die Erinnerung an die Verstorbenen wachzuhalten.«

Diesen Teil hatte ich mir ausgedacht, er klang aber einleuchtend. Birdie hinterfragte meine Erklärung nicht.

»Polly wusste nicht, woher Harriet dieses Foto hatte. Und sie hatte keine Ahnung, wo sich die Maske jetzt befindet. Bist du bereit für die Pointe? Die Totenmaske auf Pollys Foto sah genauso aus wie sie.« Als würde die Katze eine Klarstellung benötigen, fügte ich hinzu: »Die Gesichtszüge waren dieselben wie bei beiden Zwillingspaaren.«

Birdie streckte die Vorderläufe in die Höhe und ließ die Pfoten schlaff herabhängen.

»Warum Polly sich an mich wandte, willst du wissen? Ausgezeichnete Frage. Sie fragt sich, ob die mit der Totenmaske dargestellte Frau ihre Großtante Sybil sein könnte. Und falls ja, will sie wissen, ob ich herausfinden kann, was mit ihr passiert ist.«

Draußen auf dem Rasen zerbarst ein Baum mit einem dumpfen Knall. Weit über mir hörte ich ein Krachen, dann schlitterte etwas Großes über das Dach.

Die Katze suchte Schutz unter der Zudecke.

Wir blieben die ganze Nacht in unserem Versteck, Birdie zitterte, und ich zerbrach mir den Kopf darüber, welche Verwüstungen ich am Morgen wohl entdecken würde.

Ich ahnte nicht, dass die Sturmschäden rein gar nichts waren im Vergleich zu dem, was ein bevorstehender Anruf auslösen sollte.

3

Mittwoch, 6. Oktober

Als ich aufwachte, war alles pechschwarz.

Groggy richtete ich mich auf und tastete nach der Kette der Deckenbeleuchtung. Zog daran. Nichts passierte.

Klasse. Immer noch kein Strom.

Ich ließ mich wieder auf mein improvisiertes Bett sinken und suchte nach meinem Handy. Das Display zeigte 6 Uhr 22.

Morgens?

Ich öffnete die Hurricane-Tracking-App.

Inara war in der vergangenen Nacht als Sturm der Kategorie 2 zwischen Savannah und Charleston auf die Küste getroffen. Nach fünfstündigem Toben hatte er wieder ablandig gedreht und war jetzt Virginias Problem.

Gute Nachrichten. Er hatte Charlotte nur mit seinen westlichen Ausläufern erwischt.

Ich öffnete die Kammertür. Perlgraues Licht sickerte durch die geschlossenen Lamellen der Jalousien und warf schräge Streifen auf den Boden.

Ich kroch in die Diele. Birdie blieb, vorsichtig wie eh und je, unter der Decke.

Im Annex war alles still. Kein summender Kühlschrank, keine blasende Klimaanlage. Draußen waren das Zwitschern von Vögeln hoch in den Bäumen und das entfernte Stakkatogebell eines Hundes zu hören.

Mit meiner iPhone-Taschenlampe machte ich einen schnellen Kontrollgang durch beide Etagen. Bis auf ein zerrissenes Fliegengitter vor einem der Schlafzimmerfenster schien alles intakt zu sein.

Kaffee fiel aus, deshalb holte ich mir eine Cola light aus dem schlummernden Kühlschrank und ging dann in die Küche. Trotz kräftigem Drücken und Stemmen ließ die Hintertür sich nicht öffnen. Da ich an der Haustür kein derartiges Hindernis vorfand, trat ich hinaus auf die Vordertreppe.

Wie meistens nach Wirbelstürmen wirkte die Luft außerordentlich klar und frisch. Nicht die kleinste Wolke trübte den langsam heller werdenden Himmel.

Sharon Hall sah aus, als wäre eine Bombe explodiert. Bäume waren umgestürzt, überall auf dem Gelände lagen Trümmer und Pflanzen. Entwurzelte Sträucher türmten sich an den Fundamenten des Haupthauses, und eine Mülltonne klemmte zwischen zwei Säulen. Pflanzkübel aus Beton lagen zerbrochen auf der Veranda, und Erde und Begonien quollen heraus wie die Eingeweide einer zertretenen Küchenschabe.

Langsam kamen meine Nachbarn aus ihren Häusern – zögerlich, aber mutig, wie Überlebende einer Apokalypse in einem

B-Movie. Die meisten waren bereits für die Gartenarbeit angezogen. Manche schoben Schubkarren. Viele trugen Gartenwerkzeuge.

Ich ging wieder hinein, putzte mir die Zähne und zog Jeans und ein Sweatshirt an. Nachdem ich ein Paar alte Arbeitshandschuhe gefunden hatte, beteiligte ich mich an den Reparaturarbeiten und tat das Meine mit einem sehr fragwürdigen Rechen.

Kurz nach neun sprach sich herum, dass der Strom wieder da war. Ich machte eine Pause, um in den Annex zurückzukehren und mein Handy einzustecken. Und um zu jubeln. Ich muss gestehen, ich bin ein Riesenfan von Elektrizität.

Birdie hatte sich herausgewagt, offensichtlich hatte ihn die anspringende Glühbirne in seinem Zufluchtsort geweckt. Er war ruhiger, brauchte aber trotzdem noch zwei Milligramm von irgendwas, um wieder ganz normal zu werden.

Ich war schon wieder auf dem Weg nach draußen, als mein wieder verbundenes Handy trällerte. Der erste von drei Anrufen an diesem Tag. Nicht der eine, der mein Leben so durcheinanderbringen sollte.

Als ich die Nummer erkannte, wappnete ich mich. Frühere Unterhaltungen hatten gezeigt, dass es Lloyd Thorn – gelinde gesagt – an gewissen zwischenmenschlichen Kompetenzen mangelte.

»Guten Morgen, Mr. Thorn.«

»Ich war mir nicht sicher, ob ich durchkomme. Ein echter Wichser, dieser Sturm.«

»Wir haben eben mit Aufräumen angefangen.«

»Meine Mandanten machen sich fast in die Hose, während sie auf Ihre Einschätzung warten.«

»Verstehe.«

»Missverstehen Sie mich nicht. Terezas Tod ist eine verdammte Tragödie. Aber meine Mandanten haben nichts falsch gemacht. Es ist ein Skandal, dass sie im Gefängnis sitzen.«

»Bitte warten Sie einen Augenblick. Ich muss meine Notizen holen.«

Um die Unterhaltung fortzuführen, schaltete ich Thorn auf Lautsprecher. Ich konnte hören, wie er ungeduldig herumhantierte, wahrscheinlich einen Kugelschreiber klickte.

»Ich bin in meinen Möglichkeiten etwas begrenzt, weil ich Tereza nie untersucht oder ein Foto von ihr gesehen habe. Aber ich habe mehrere Stunden mit den Röntgenaufnahmen verbracht.«

»Kommen Sie zur Sache.«

»Meiner Meinung nach war Tereza zum Zeitpunkt ihres Todes Anfang bis Mitte zwanzig. Ich glaube, sie hatte ein Krankheitsbild, das man Silver-Russell-Syndrom oder SRS nennt.«

»Was ist das?« Das Klicken hörte auf. Papier raschelte.

»Eine angeborene Wachstumsstörung, die –«

»Ich habe Jura studiert, nicht Medizin. Im Augenblick nur das Wichtigste.«

»SRS kann den Kümmerwuchs erklären.«

»Kümmerwuchs?«

»Kinder mit SRS neigen zu einer hohen Stirn, einem spitzen Kinn und einem dreieckigen Gesicht. Aber mit zunehmendem Alter werden diese Merkmale weniger offensichtlich.«

»Aha.«

»Es gibt keine spezifischen radiologischen Indikatoren für SRS. Doch verzögerte Knochenalterung, Klinodaktylie und zentrale oder distale Phalangen-Hypoplasie des fünften Fingers gelten der Fachliteratur nach als Hinweise auf das Syndrom.« Ich sprach sehr langsam und benutzte mit Absicht medizinische Fachbegriffe.

»Was zum Teufel soll das heißen?«

»Das sind Merkmale, die man auf Röntgenbildern sehen kann. Die waren meine ganze Arbeitsgrundlage, und die stellen einen objektiven Beweis dar. Klinodaktylie ist die abnorme Krümmung eines Fingers. Hypoplasie meint die Unterentwicklung eines Körperteils, in diesem Fall von Teilen des kleinen Fingers.«

»Tereza hatte das alles?«

»Hatte sie.«

»Inwieweit ist das wichtig?«

»Es kann ihren außerordentlichen Kleinwuchs erklären.«

»Kleinwuchs bei einem Erwachsenen.«

»Ja. Vor allem, wenn Größenanomalitäten nach der Geburt nicht behandelt werden.«

»Was in Bulgarien durchaus passiert sein könnte. Wie häufig ist dieses SRS?«

»Statistisch betrachtet kommt die Krankheit bei einer von tausend und bis einer von hunderttausend Geburten vor.«

»Das ist ungefähr so nützlich für mich wie die Titten von einer Nonne.«

Da ich nicht widersprechen konnte, sagte ich nichts.

»Sie sagten angeboren. Das Ding wird vererbt.«

»Ja. Aber die Genetik ist nicht eindeutig. Autosomal dominante, autosomal rezessive und X-bezogene Vererbung wurden berichtet, doch ohne ins Detail zu –«

»Tun Sie's nicht.«

Da ich genug von Thorns Grobheiten hatte, tat ich es nicht.

»Man geht davon aus, dass Loci – also Gene – auf Chromosom elf eine wichtige Rolle im Zusammenhang mit SRS spielen. Aber das Chromosom sieben kann auch – «

»Sie wollen mir sagen, Tereza war eine Zwergin, weil sie ein paar wackelige Gene hatte.«

»Ich würde es nicht unbedingt so formulieren.« Ich fragte mich, *wo genau* dieser Trottel Jura studiert hatte.

»Sie war also eine Erwachsene, keine Jugendliche mehr. In ihren Zwanzigern.«

»Ja.«

»Nicht scheiß fünfzehn.«

Eindeutig nicht in Harvard.

»Kriege ich das alles auch schriftlich?«

»Ich schicke Ihnen einen ausführlichen Bericht.«

»Wann?«

»Wenn er fertig ist.«

»Wissen Sie, einmal hat diese kleine Spinnerin das Hündchen der Familie ertränkt. Und ein anderes Mal hat sie das Haus angezündet. Ich könnte fortfahren.« Informationen, die er mir gab, damit ich schneller arbeitete? »Wie auch immer, großes Kino, Doc. Ich rufe jetzt gleich dieses Arschloch von Staatsanwalt an.«

Ich beneidete den glücklosen Staatsanwalt nicht, dessen Telefon gleich läuten würde.

Trotz der Handschuhe entwickelte ich eine epische Ansammlung von Blasen. Mittags kehrte ich in den Annex zurück, um sie zu behandeln.

Mein Handy lag auf der Anrichte, endlich wieder vollgeladen. Das kleine grüne Icon zeigte eine Sprachnachricht an. Meine beste Freundin, Anne Turnip.

Der zweite Anruf dieses Tages nach Thorns. Auch dieser war nicht derjenige, der die Welt aus den Angeln hob.

Ich lauschte der Nachricht, gesprochen mit der für Anne typischen Melodramatik.

»Ruf mich an, sobald es geht! Gleich, wenn du das abgehört hast.«

Ein paar Worte zu meiner allerbesten Freundin.

Anne hat smaragdgrüne Augen und lange, blonde Haare, deren Farbe inzwischen der Zauberkraft der Chemie zu verdanken ist. Sie ist langbeinig und hochgewachsen und, trotz ihrer Abneigung gegen Bewegung und jede Art von Sport, so schlank geblieben wie an dem Tag, als ich sie kennenlernte.

Nachdem ich mir einen leicht warmen Pfirsichjoghurt genehmigt hatte, drückte ich auf Rückruf.

»Mein Gott, Tempe! Du musst unbedingt kommen!« Annes

Tonfall ließ Birdie im Vergleich dazu wie die Ruhe in Person wirken.

»Wo bist du?«

»Im Strandhaus. Nachdem mich der Polizistenbengel an der Brücke endlich auf die Insel gelassen hat.« Ihre Vokale verrieten ihre Geburt in Alabama und ihre Schuljahre in Mississippi und wurden noch zusätzlich gedehnt von ihrer augenblicklichen Entrüstung. »Du würdest nicht glauben, was dieser Gestapo –«

»Wie sieht's aus?«

»Völlig verwüstet! Ich brauche Hilfe!«

»Jetzt atme erst mal tief durch.«

Eine lange Pause. Dann sagte Anne: »So. Du hast absolut recht. Ich klinge völlig durchgeknallt.«

»Das Haus steht noch?«

»Ja.«

»Das Dach ist noch drauf?«

»Größtenteils.«

»Die Straßen sind offen?«

»Ja.«

»Hast du Strom?«

»Noch nicht. Mein Gott, nichts funktioniert. Nicht mal die Klospülung.«

»Die Spülung dürfte funktionieren. Nur die Sitzbeleuchtung nicht. Außerdem hast du noch sechs andere.«

»Ich kann das Auto nicht aufladen. Ich bin hier gefangen.«

Klang ähnlich wie mein Vormittag. Bis auf die Luxustoilette und den Tesla.

»Wo ist TT?«, fragte ich.

»Woher soll ich das wissen?«

Jahrelang war Anne mit einem Anwalt namens Tom Turnip verheiratet. Vor Jahrzehnten, als Tom noch einfacher Mitarbeiter im zweiten Jahr in einer Kanzlei war, sprach ihn einer der Seniorpartner einen ganzen Monat lang immer nur mit Ted an. Seitdem nennen wir ihn Tom-Ted. TT.

Irgendwann war die Ehe zu Ende. Eine lange, nicht sehr originelle Geschichte. Anne kam mit einer sehr komfortablen Vereinbarung davon, zu der auch das Anwesen auf der Isle of Palms in South Carolina gehörte, kurz IOP. Trotz des finanziellen Aderlasses blieben sie und TT Freunde. Mit Zusatzleistungen. Anscheinend gehörten Aufräumen und Reparieren nach einem Sturm nicht dazu.

»Anne, ich kann nicht –«

»Sie haben die Spuren nach Osten auf der I-26 wieder freigegeben. Du wirst keine Probleme haben, hierher zu kommen.«

»Darum geht's nicht.«

»Hast du große Schäden an deinem Haus?«

»Nein. Aber –«

»Arbeitest du gerade an einem Riesenfall?«

»Nein. Aber –«

»Falls dein Chef dich braucht, Charlotte ist nur drei Stunden entfernt.«

Das nahm mir den Wind aus den Segeln. Und wäre es andersherum, würde Anne alles stehen und liegen lassen und mir zu Hilfe eilen. Sie hatte es bereits getan. Mehr als einmal.

Ich schaute auf die Uhr.

»Gut.« Unnötig dramatischer Seufzer. »Ich brauche mindestens eine Stunde, um den Annex zu sichern und ein paar Sachen einzupacken.«

»Halleluja, Harry! Die Küche ist intakt, ich kann uns also eine ganze Batterie von Drinks mit diesen kleinen Papierschirmchen drin mischen. Für dich natürlich ohne Sprit. Zum Glück habe ich noch Chips in der Vorratskammer.«

Ich versprach einen Sack voller Lebensmittel und legte auf.

Als ich mich umdrehte, sah ich, dass Birdie mich gespannt musterte.

»Bereit für einen Ausflug?«

Völlig unverbindliches Starren.

Ein schneller Anruf bei Nguyen, minimales Packen, ein Versuch, den Ast zu entfernen, der meine Hintertür blockierte, dann waren wir unterwegs.

Die Fahrt durch die Stadt war eine Erfahrung, die ich nicht wiederholen möchte. Die Straßen waren mit abgerissenen Ästen und umgestürzten Bäumen übersät, sodass ich an mehreren Stellen umkehren und Umwege fahren musste. An vielen Kreuzungen waren die Ampeln ausgefallen, was von den Fahrern Eigeninitiative verlangte. Manche bewältigten das besser als andere.

Normalerweise dauert es vom Annex bis zur I-77 zwanzig Minuten. An diesem Vormittag waren es sechzig. Mit Birdies Maunzen ständig im Ohr.

Weitere drei Stunden später hatte ich die I-77 hinter mir und war mehrere Meilen auf der I-526 gefahren, als mein Handy zum dritten Mal an diesem Tag klingelte.

Gebietskennung 843.

Der Anruf, der mein Leben aus den Fugen bringen und meine Weltsicht für immer verändern würde.

»Temperance Brennan«, antwortete ich über die Freisprechanlage.

»Dr. Brennan. Mein Name ist Ebony Herrin.« Die Stimme klang rau, weder hoch noch tief. Ausgehend von Tonlage und Kadenz vermutete ich, dass der Sprecher schwarz und männlich war. War mir allerdings bei beidem nicht sicher. »Ich bin der neu gewählte Coroner von Charleston County.«

»Wie kann ich Ihnen helfen, Dr. Herrin?«

»Titel sind unnötig. Ich bin Examinierter Krankenpfleger.«

»Wie kann ich Ihnen behilflich sein?« Sir? Madam?

»Ich habe in Ihrem Büro in Charlotte angerufen, wurde an Dr. Nguyen weitergeleitet. Sie sagte mir, Sie seien unterwegs nach Charleston.«

Eine kleine Geschichte zum Kontext.

Mit einer kurzen und unerfreulichen Unterbrechung diene ich seit Jahrzehnten dem Mecklenburg County Medical Examiner in Charlotte, North Carolina, als forensische Anthropologin. Der MCME ist der Entschlüsseler des Todes für diese Region, und ich bin die Spezialistin für die Überreste, die für das Skalpell eines Pathologen nicht mehr geeignet sind: die Verwesten, die Zerstückelten, die Verbrannten, die Mumifizierten, die Verstümmelten und die Skelettalen.

Während fast meiner ganzen Karriere war Dr. Tim Larabee mein Chef, ein brillanter Pathologe und ein absolut netter Kerl. Larabee leitete das Institut, bis ihm ein zugedröhnter Junkie während eines hirnlosen Straßenraubs mit zwei Kugeln in den Bauch das Licht ausblies.

Nach Larabees Ermordung wurde Dr. Margot Heavner mit der Leitung betraut. In ihrer Freizeit schrieb die neue Chefin Enthüllungsbücher über Forensik, die ihr den Spitznamen Dr. Edelstahl einbrachten. Um den Verkauf anzukurbeln, erschien Dr. Edelstahl auf jeder Medienplattform, die ihr Platz einräumte, und bot ihre Werke feil. Mir gingen viele ihrer Bemerkungen gegen den Strich. Und ich sagte das auch laut. Folglich gab's Spannungen.

Ein typisches Beispiel. Ich kritisierte Heavner öffentlich wegen einer Reihe von Interviews, die sie einem Aluhut-Blogger und Verschwörungstheoretiker namens Nick Body gegeben hatte. Heavner war erbost. Und hegte einen Groll gegen mich. Daher die Unterbrechung. Während Dr. Edelstahls Amtszeit war ich aus dem MCME verbannt.

Zum Glück war diese Amtszeit nur kurz. Binnen weniger Monate nach ihrer Ernennung wurde Heavner als korrupt bloßgestellt und mit Schimpf und Schande aus dem Amt geworfen. Dr. Samantha Nguyen wurde als Ersatz bestimmt.

Im Gegensatz zu Heavner hatte Nguyen kein Problem damit, Anliegen an mich weiterzuleiten, die nicht vom Institut kamen.

»Ja.« Die Reifen surrten, als ich über die Brücke rollte, die den Wando River überspannte. Als ich nach Süden schaute, sah ich die Kräne des Wando Harbor dunkel und knochig vor dem Rosa und Gelb des verlöschenden Tages aufragen.

»Wie Sie sicher wissen, haben wir in South Carolina seit vielen Jahren keinen hauseigenen forensischen Anthropologen mehr. Aber aus alten Berichten weiß ich, dass Sie für meinen Vorgänger als Beraterin fungiert haben.«

»Ja«, wiederholte ich reserviert.

»Ich habe eine Situation, die Ihr Fachwissen erfordert.«

»Ich höre.« Obwohl ich es eigentlich gar nicht wollte.

»Der Hurricane hat letzte Nacht in der Nähe der Seepromenade einen Behälter ans Ufer gespült. Ich will Sie am Telefon nicht mit Details belasten, aber ein paar Kajakfahrer fanden das Ding heute am frühen Morgen, stemmten den Deckel ab und entdeckten, was sie für eine Leiche hielten. Sie riefen die Polizei an, die Polizei rief mich an.

Mein Ermittler holte den Behälter ab und transportierte ihn in die Leichenhalle der Medical University of South Carolina. Tatsächlich sind zwei Leichen drin. Nach einem flüchtigen Blick habe ich den Eindruck, dass es sich um eine erwachsene Person und ein Kind handelt.«

»Besteht die Möglichkeit einer visuellen Identifikation?« Im Ernst, Brennan? Wenn das der Fall wäre, würde Herrin dich dann anrufen?

»Die Menge an Masse sagt mir, dass die Verwesung zu weit fortgeschritten sein wird.«

»Irgendwelche persönliche Habe, Kleidung, Schmuck oder sonst etwas?«

»Beide Leichen sind in Plastikplanen gewickelt und mit Stromkabeln verschnürt. Ich wollte nicht zu viel herumstochern, aber ich habe genug von dem Plastik abgezogen, um zu sehen, dass zumindest eine nackt ist.«

Wie aus dem Nichts tauchte plötzlich ein Bild aus meiner

Erinnerung auf. Eine Frau. Ein Kind. Ein vom Meer angespülter Plastikbehälter.

Mein Magen verkrampfte sich, und mein Mund wurde trocken.

Ich schluckte.

»Irgendwelche Hinweise auf die Todesursache?«

»Ich hatte einen besseren Blick auf eine Leiche, weil die Jungs an den Planen gezupft haben und ich noch ein bisschen mehr gezogen habe. Scheint sich um einen Kopfschuss zu handeln. Außerdem sind Finger und Zähne verschwunden.«

Das kann nicht sein.

»Sie werden einen Pathologen brauchen.« Ich klang ruhiger, als ich mich fühlte.

»Ich habe da einen namens Klopp. Ich habe ihm eine Nachricht hinterlassen mit dem Vorschlag, dass Sie alle sich morgen im Krankenhaus treffen. Ich schicke Ihnen die genaue Uhrzeit, wann er verfügbar ist.«

»Okay.«

»Eine Beamtin namens Vislosky war am Fundort. Bin mir nicht sicher, ob ihr Magen eine Autopsie aushält.« Eine kurze Pause, dann: »Sagen Sie mir, was Sie brauchen.«

Ich tat es, und wir beendeten das Gespräch.

Augenblicke später überquerte ich die Brücke, die Mount Pleasant mit der Isle of Palms verbindet. Salzmarschen erstreckten sich beschaulich und still zu beiden Seiten bis zum Horizont. Hier und dort sah ich etwas Weißes aufblitzen, einen Ibis oder Reiher, der zusammen mit dem Schlickgras, in dem er stand, mit dem Schatten verschmolz.

Als ich auf den Palm Boulevard einbog, ging mir immer wieder ein einzelner Satz durch den Kopf, das Mantra einer düsteren Vorahnung.

Das kann nicht sein.

Das kann nicht sein.

4

Mittwoch, 6. Oktober – Donnerstag, 7. Oktober

Anne hatte bereits vier Chardonnays intus, als ich ankam. Und war erwartungsgemäß ziemlich heiter. Trotz einer umgestürzten Palmetto-Palme, die eine Ecke der vorderen Veranda mitgerissen hatte.

Birdie, kein Freund des Reisens in irgendeiner Form, verströmte Missfallen durch das Gitterfenster seiner Transportbox. Während ich eine feline Hygienestation aufbaute, wie Anne es nannte, gab sie ihr Bestes, um ihn mit Häppchen eines Whoppers aufzuheitern, der von ihrem Mittagessen übrig war.

Anne war noch nie ein Katzenfreund gewesen, ihr Bestes war deshalb nicht so toll. Das galt auch für Hunde, Vögel, Karnickel und Fische. Weil Birdie diese Abneigung gegen Haustiere spürte, blieb er trotz der Verlockungen auf Distanz.

Da es noch immer keinen Strom gab, brieten Anne und ich Zackenbarschfilets auf dem Grill. Ich hatte Salat, Tomaten und eine etwas traurig aussehende Avocado mitgebracht, und das ergab einen recht passablen Salat. Das Schneiden und Mischen und Grillen lenkte mich kurzfristig von den grausigen Bildern ab, die meine Gedanken trübten.

Wir aßen auf der hinteren Terrasse, sahen zu, wie der Ozean heranrollte und wieder zurückwich. Wie meine Gastgeberin war auch ich erstaunlich ruhig.

Auf die Liste der Schäden, die Anne so hatten durchdrehen lassen, gehörten neben der entwurzelten Palme noch Sand im Garten und der Verlust des Plankenwegs, der über die Dünen zum Strand führte. Inzwischen konnte sie über ihre Überreaktion lachen. Über alles, um ehrlich zu sein, ob lustig oder nicht.

Wir redeten beim Essen. Nichts Ernstes, vorwiegend über

unsere Kinder. Herrins Anruf hatte mich so bestürzt, dass ich Tiefgründigeres nicht schaffte.

Anne erzählte, dass Stuart, ihr Jüngster, sich nach wie vor für die rechtliche Gleichstellung Schwuler einsetzte und im Augenblick in Colorado wohnte. Die Zwillinge, Lola und Josh, waren in Los Angeles und versuchten, ins Filmgeschäft einzusteigen, er als Autor, sie als Schauspielerin. Ich erzählte, dass meine Tochter Katy, deren zweiter Einsatz in Afghanistan so gut wie beendet war, in wenigen Wochen in die Staaten zurückkehren würde. Wir klatschten uns ab und riefen: »O Mann!«

Anne fragte nach Ryan. Ich erklärte ihr, dass er in Yellowknife war.

»Den Kerl musst du dir warmhalten«, sagte sie, hart an der Grenze zum Lallen. »Wenn du ihn noch länger zappeln lässt, geht er dir von der Leine.«

»Das hast du schon öfters gesagt.« Bis zum Abwinken.

»Na ja, stimmt doch auch. Was ist denn nur los mit dir?«

Als ich mich um die Antwort drückte, bohrte sie nicht nach.

»Irgendwas Interessantes in der Arbeit in letzter Zeit?«

Weil ich das Verhör vermeiden wollte, das folgen würde, sollte ich Herrins Anruf erwähnen, erzählte ich ihr von Polly Beecroft und der Totenmaske.

»Und wer ist sie?«, fragte sie, als ich fertig war.

»Ich weiß es nicht. Eins ist aber schon komisch. Sie kommen mir alle irgendwie bekannt vor.«

»Die Zwillinge und ihre Großmutter und Großtante?« Anne klang mehr als skeptisch.

»Und die Maske.«

»Wie kann das sein, wenn du keine von ihnen je gesehen hast? Ich meine, vor Polly.«

»Vielleicht erinnern sie mich an jemanden, dem ich mal begegnet bin.«

»Du hast gesagt, Polly hat eine Eigentumswohnung in Rosewood. Vielleicht hast du sie dort gesehen?«

»Daran habe ich auch schon gedacht. Aber Mama wohnt erst seit Kurzem dort. Und ihre Wohnung ist gar nicht in der Nähe von Pollys. Außerdem, wenn ich Polly im Vorübergehen gesehen hätte, würde ich mich doch daran erinnern.«

Nach einer Pause sagte Annie: »Josh und Lola sehen sich so ähnlich wie ein Papagei und ein Hamster.«

»Sie sind nicht monozygot.«

Verständnisloser Blick.

»In ihrem Fall haben zwei kleine Schwimmer zwei verschiedene Eier gefunden.«

»Richtig. Unterschiedliche Gene. Chromosomen. Was auch immer.«

Anne verschwand in der Küche, um sich noch einen Chardonnay einzugießen. Ihren fünften? Mein Handy meldete eine SMS, als sie wieder durch die Tür kam.

Ich schaute aufs Display. Herrin.

»Ist das *monsieur le détective?*«

»Nein.«

»Katy?«

»Nein.«

»Der verdammte Brad Pitt?« Beschwipstes Kichern über den eigenen Witz.

Herrins Leichen waren nicht mein bevorzugtes Gesprächsthema. Aber meine Abwesenheit am nächsten Tag erforderte eine Erklärung.

»Das ist der Coroner von Charleston County«, sagte ich.

Es gibt zwei Arten von Menschen auf dieser Welt: diejenigen, die jede Erwähnung meines Berufs vermeiden wollen, und diejenigen, die sich an jedem grausigen Detail ergötzen. Wie meine Mutter gehört auch meine beste Freundin zu Letzteren.

Anne beugte sich vor, und ihre Augen leuchteten im Mondlicht. »Raus damit.«

»Sie braucht meine Hilfe bei einem Fall.« Oder er?

»Ein Mord?«, fragte Anne mit zu viel Begeisterung.

»Keine große Sache. Überreste, die der Sturm an Land gespült hat.«

Weil Anne spürte, dass ich nicht ganz aufrichtig zu ihr war, stellte sie ihre Antennen auf.

»Wenn es keine große Sache ist« – sie malte leicht wackelige Anführungszeichen in die Luft – »warum warst du dann den ganzen Abend so angespannt wie eine Bettfeder?«

Was soll's? Herrin hatte mir ja keine Staatsgeheimnisse anvertraut. Und über meine Ängste zu sprechen würde sie vielleicht etwas bezähmen.

Ich skizzierte kurz das Wesentliche. Der Behälter, die Überreste, die Plastikplanen und die Stromkabel, die Verletzungen. Anne hörte zu, ohne mich zu unterbrechen.

Als ich fertig war, meinte sie nur: »Klingt grausig, ist aber nichts, was du nicht schon mal gesehen hast.«

»Das ist ja das Problem. Das klingt genau wie ein Fall, den ich in Quebec hatte.«

»Wann?«

»Vor fünfzehn Jahren.«

»Im Ernst?«

»Ja.«

»Das ist lange her und weit weg von hier.«

Ich zuckte die Achseln.

»Wo sind die Parallelen?«

Bilder schossen mir durchs Hirn.

Ich zählte sie an den Fingern meiner rechten Hand ab.

Zeigefinger: »In beiden Fällen waren die Leichen nackt, in Plastik gewickelt, in einen Müllbehälter gesteckt und ins Meer geworfen.« Genau genommen war es in Montreal ein Fluss, aber das war nahe dran. Mittelfinger: »In Quebec habe ich die eine Person als eine Frau in ihren Dreißigern geschätzt, die andere als ein Kind zwischen acht und zehn. Herrin glaubt, dass die Opfer hier eine Erwachsene und ein Kind sind.«

»Bist du sicher, dass das stimmt?«

Gute Frage, Annie. »Nein. Herrin ist Krankenpfleger, kein Arzt oder Anthropologe.«

»Red weiter.«

Ich fuhr fort, ohne Finger. »In beiden Fällen war die Todesursache ein Kopfschuss. In beiden Fällen wurden den Opfern die Finger abgeschnitten und das Gebiss zerstört.«

»Also keine Fingerabdrücke, kein Zahnstatus.« Habe ich schon erwähnt, dass Anne viele Fernsehkrimis schaut?

Ich nickte.

»Zeit seit Todeseintritt?«

»Das ließ sich damals nicht so genau sagen. Ich schätzte, mehr als ein, aber weniger als fünf Jahre.«

»Hat Ryan den Fall bearbeitet?«

»Er und ich haben uns monatelang den Arsch aufgerissen. Ryan hat auf eine Sondereinheit gedrängt. Die hat die Vermisstendateien von vorn bis hinten durchsucht. Jeden überprüft, der in der Nähe der Stelle lebte, wo der Behälter angespült worden war. Und die Unterlagen des Jachthafens und des Handelshafens durchforstet, die Jahre zurückreichen. Sie haben eigene Telefonhotlines für Hinweise aus der Bevölkerung eingerichtet.«

Ich erinnerte mich an die Anstrengungen, als wären sie gestern passiert.

»Ryan hat Anfragen an alle Grundschulen in Quebec nach Kindern geschickt, die nicht mehr zum Unterricht erschienen waren, und die Suche auch auf andere Provinzen sowie Vermont und New York ausgeweitet. Endlose Stunden hat er damit zugebracht, die Informationen der RCMP, des FBI und anderer Datenbanken zu sieben.

Ich habe von den Schädeln Gesichtsrekonstruktionen anfertigen lassen. Die Darstellungen wurden von ein paar Fernsehsendern gebracht und in einigen Zeitungen veröffentlicht. Überraschenderweise waren die Medien gar nicht sonderlich interessiert.«

»Und?«

»Rein gar nichts. Das alles hat nirgendwohin geführt.«

»Die Opfer wurden nie identifiziert?«

»Nope.«

»Was ist mit ihnen passiert?«

»Irgendwann wurden die Leichen beerdigt.« Ich verstummte, weil ich mich an den Kummer erinnerte, den unser Misserfolg mir beigefügt hatte.

»Das ist so traurig.«

»Eins dieser Opfer war noch ein Kind. Bis zum heutigen Tage liegt dieses Kind in einem Grab, das nur mit einer Nummer versehen ist. Unterdessen gibt es irgendwo jemanden, der sich fragt, was mit ihm passiert ist, und jemand anderen, der denkt, er kommt damit durch.« Ich klang viel zu emotional.

»Der Fall ist dir wirklich nahegegangen«, sagte Anne sanft.

»Kindsmorde tun das immer.«

»Wegen Kevin?« Sie legte ihre Hand auf meine.

Als mein Bruder mit drei Jahren an Leukämie starb, brach mein gesamtes achtjähriges Universum zusammen. Auch wenn ich kein Anhänger Freudscher Theorien bin, glaube ich doch, dass Kevins Ableben meine unbewusste Motivation für meine Beschäftigung mit den Toten ist.

»Nein«, murmelte ich. »Vielleicht. Verdammt, wer weiß das schon?«

Anne stürzte den Rest in ihrem Glas hinunter, stellte es dann übervorsichtig auf den Tisch und stand auf.

»Morgen werde ich mir Arbeiter besorgen, die sich um dieses Durcheinander hier kümmern«, sagte sie und deutete mit erhobener Hand auf Haus und Garten. »Und du wirst diesen Leichen einen Namen geben.«

Im Jahr 2021 unserer Zeitrechnung vertraut South Carolina noch immer auf ein Coroner-System zur Bearbeitung von Todesfällen innerhalb seiner Grenzen. Und auf Wahlen, um zu bestimmen, wer dieser Bearbeiter sein soll.

Wer für dieses Amt kandidieren will, muss mindestens einundzwanzig Jahre alt sein, US-amerikanischer Staatsbürger, ein Bewohner des County und registrierter Wähler, er muss einen Highschoolabschluss besitzen und darf keine Vorstrafen haben. Potz Blitz. Das schließt also Ted Bundy und den Kleinen aus dieser Müsliwerbung aus.

Ein Medical Examiner dagegen wird normalerweise ernannt und muss forensischer Pathologe, Pathologe oder wenigstens Arzt sein. Auch wenn einige Coroner sehr gut sind in dem, was sie tun, ist ihre Rolle doch begrenzt und hat nie mit Skalpellen und Y-Schnitten zu tun.

Charleston County hat eine zusätzliche Anforderung für das Amt des Coroners, die man entweder dank Erfahrung mit Todesermittlungen oder durch verschiedene Bildungsabschlüsse erfüllen kann. Ein solcher Abschluss ist ein Bachelor in Krankenpflege. Deshalb Ebony Herrin, Examinierter Krankenpfleger.

Auch wenn Herrins Büro draußen in der Vorstadt liegt, werden die meisten Autopsien im Zentralkrankenhaus der Medical University of South Carolina durchgeführt, einem nichtssagenden, mehrstöckigen Gebäude in einem Komplex aus nichtssagenden, mehrstöckigen Gebäuden, respektvoll neben, aber haarscharf am Rand von Charlestons privilegiertestem Viertel gelegen, dem »South of Broad« auf der »Peninsula«. Szenario: gepflasterte Straßen, gregorianische Backsteinbauten, ummauerte Gärten, Remisen.

Um neun Uhr morgens war ich durch das gleiche Trümmerfeld gefahren wie tags zuvor in Charlotte. Unzählige Äste und haufenweise Louisianamoos lagen auf dem Boden. Hier und dort eine heruntergerissene Stromleitung. Umgestürzte Mülltonnen und Gartenmöbel, die sich an den seltsamsten Stellen türmten. Eine gelegentliche Straßensperre wegen stehendem Wasser. Viele der Trümmer waren bereits am Bordstein zu großen Haufen zusammengeworfen worden.

Nachdem ich geparkt hatte wie von Herrin empfohlen, machte ich mich auf zur Ashley Avenue, ließ eine ganze Armada leuchtend lackierter Food-Trucks hinter mir und trat schließlich durch den Haupteingang des Krankenhauses. *Versprechen an mein zukünftiges Ich: Eine Empanada wartet auf dich. Vielleicht ein Roti.*

Dank Notfallgeneratoren lief das Krankenhaus im Vollbetrieb. Nachdem ich mich am Empfang ausgewiesen hatte, bat ich um eine Wegbeschreibung zur Leichenhalle. Die Empfangsdame, eine ältere schwarze Frau mit schlecht sitzender Perücke, bat mich zu warten. Dann wählte sie im Schneckentempo die Nummer einer Nebenstelle und sprach mit irgendjemandem irgendwo, wahrscheinlich in Kambodscha.

Zehn Minuten später tauchte ein junger Mann auf, dessen knochige Arme aus einer Krankenhauskluft baumelten, die ihm mindestens zwei Nummern zu groß war. Seine Haut war fleckig, die Haare so dünn, dass die Perücke der Dame an ihm gut ausgesehen hätte.

»Dr. Brennan?« Auf seinem Namensschild stand Brian.

»Ja.«

»Folgen Sie mir. Ich bringe Sie in den ersten Stock.«

Ich tat es. Er tat es.

»Die Damenumkleide ist hier.« Er deutete mit dem Daumen auf eine von mehreren Türen im Korridor. »OP-Kluft liegt in den Regalen links.« Wieder der Daumen. »Autopsien sind dort.«

Ich dankte Brian, offensichtlich ein Mann, der nicht viel Worte machte, und betrat einen kleinen Raum mit Spinden an den Wänden und in Reihen in der Mitte. Eine Metallbank stand in jedem Zwischengang.

Der Kluftstapel lag an der versprochenen Stelle. Ich suchte mir eine kleine Größe, zog mich um und ging wieder hinaus.

Vorbei an Büros, wie ich vermutete, ging ich zu der Tür,

die Brian mir gezeigt hatte, trat hindurch und befand mich schließlich im Herzen des Betriebs. Um mich herum waren ein Aufzug für den direkten Zugang zur Leichenhalle, ein Zuschauerraum, der große Autopsiesaal und ein kleinerer, wahrscheinlich für die Verwesten und andere übel riechende Fälle.

Ich betrat den Zuschauerraum und schaute mir an, wo ich arbeiten würde. Bemerkte Edelstahltische, Rollkarren, Arbeitsflächen, Waschbecken und Hängewaagen. Schränke mit vielen Schubladen. Verstellbare Hochleistungslampen. Gestrichener Betonboden mit vielen Abflüssen. Dieselbe Einrichtung, die ich schon Dutzende Male gesehen hatte.

Neben Brian waren zwei Personen anwesend, eine von jedem Geschlecht. Die Frau, in marineblauem Blazer, weißem Polohemd und kakifarbenen Chinos, stand etwas abseits, mit den Daumen im Gürtel, und ließ den Blick durch den Raum schweifen. Ungefähr eins achtzig groß. Sie hatte mahagonidunkle Haut, salbeigrüne Augen und sah so aus, als sei sie schon aus der Vorschule als Polizistin hervorgegangen.

Der Mann stand gebeugt da und betrachtete etwas auf einem Computerbildschirm. Mit seinen Elefantenohren, der Hakennase und einem vortretenden Adamsapfel sah er aus wie eine altmodische Disney-Comicfigur.

Eine Netzrecherche vor dem Frühstück hatte ergeben, dass die MUSC fünf interne Pathologen hatte, darunter einen Walter Klopp. Ich nahm an, dass die Disney-Figur Dr. Klopp war.

Klopps OP-Kluft deutete darauf hin, dass er bereits die ersten Schnitte gesetzt hatte. Die rechte Hälfte seiner Brust war blutverschmiert, ein kumquatgroßer Fleck hob sich dunkel von einem Ärmel ab.

Auf jedem der beiden Tische lag ein Leichensack. Der Inhalt des linken sah deutlich umfangreicher aus als der des rechten.

Einmal tief durchatmen.

Ein Geruch kam mir entgegen, als ich die Edelstahl-Pendeltüren aufstieß, eine beißend-süße Mischung aus gekühltem Fleisch, Verwesung und Desinfektionsmitteln. Und noch ein Hauch von etwas anderem. Etwas Salziges und Scharfes, das an Meer erinnerte.

Drei Köpfe drehten sich in meine Richtung. Klopp lächelte. Die Polizistin nicht.

»Dr. Brennan, nehme ich an.« Klopp hatte die Maske abgenommen und hielt sie in einer Hand. »Herrin sagt, wir sollen Sie behandeln wie eine königliche Hoheit.«

»Ich hoffe, ich kann Ihnen von Nutzen sein«, erwiderte ich.

»Walter Klopp.« Er grüßte mit zwei Fingern an der Stirn, wie manche Männer es cool finden.

»Tempe«, sagte ich und war froh, dass Klopp mir nicht die Hand angeboten hatte.

Klopp wandte sich der Frau zu. »Detective Vislosky gehört zum Charleston PD.«

Vislosky nickte.

Ich nickte.

»Ich habe eben eine medizinische Autopsie abgeschlossen.« Fühlte Klopp sich verpflichtet, seine verschmutzte Kluft zu erklären? »Ein Fall von Capno.«

Anscheinend schaute ich verwirrt.

»Capnocytophaga.« Klopp deutete mit dem Kinn zum Bildschirm, den er zuvor betrachtet hatte. »Schauen Sie es sich an. So was sieht man nicht jeden Tag.«

Neugierig ging ich zu ihm.

Das Bild zeigte eine Leiche auf einem Tisch, der so aussah wie die beiden hinter uns. Rumpf und Schädel gähnten leer. Die Organe lagen in der Schale einer Hängewaage und auf einem Schneidbrett aus Kork.

»Der arme Kerl wurde von seinem eigenen Cockapoo infiziert.«

Ich wusste nicht so recht, was er meinte, aber eins war klar:

Der arme Kerl hatte ein höchst unangenehmes Ende gefunden. Ein am Knie amputiertes Bein zeigte postoperative Narben, aber nur wenige Abheilungszeichen am Stumpf. Der überlebende Fuß und alle Finger waren schwarz wie Teeröl. Schuppige Flecken bedeckten Stirn, Lippen und Wangen des Mannes, und ein klaffendes Dreieck war alles, was von seiner Nase noch übrig war.

Ich prägte mir ein, über Capno zu recherchieren. Und ihm aus dem Weg zu gehen. Cockapoo?

»Fangen wir mit der äußeren Untersuchung der beiden an.« Klopp sprach zu Brian und deutete zu Herrins Behälter-Opfer. »Um einen Gesamteindruck zu bekommen.«

Vislosky sah zu, wie Brian, Klopp und ich Masken und Handschuhe anzogen. Und das sicherheitshalber um Schürzen und Brillen ergänzten.

Als wir fertig waren, zeigte uns Klopp den hochgereckten Daumen.

Bei Eintreffen in der Leichenhalle war jedem Opfer eine Fallnummer zugewiesen worden, die darauf hinwies, dass die Autopsie eine forensische war. Brian fing mit dem Leichensack mit dem größeren Inhalt an. AF21-986. Das Ratschen des Reißverschlusses klang wie ein Schrei in der Stille.

Er ging zu AF21-987 hinüber.

Noch ein Schrei.

Vislosky blieb auf Distanz.

Ich trat heran.

5

Donnerstag, 7. Oktober

Es war ein Déjà-vu.

Die gleiche blaue Polyäthylen-Plane. Das gleiche mohnrote Stromkabel. Die gleichen papageiengrünen Chlorophyten-Algen.

Die gleiche steingraue Tonne mit einem verwaschenen, orangefarbenen Aufkleber.

Der gleiche vielfarbige Schädel.

Ein Regenbogen-Déjà-vu.

Nachdem sie über die Tonne gestolpert waren und sie geöffnet hatten, hatten die Kajakfahrer sich bemüht, an der Plastikplane zu zupfen, die die obere Leiche einhüllte. Herrin hatte ein paar Kabelschlaufen durchtrennt und das Plastik weiter geöffnet, um zu bestätigen, dass die Leiche menschlich war. Und das Meer hatte seinen Tribut gefordert.

Klopp wies Brian an, den Schädel von AF21-986 so weit wie möglich auszuwickeln, ohne weitere Schnitte zu setzen. Seine Bemühungen entblößten das halbe Gesicht. Die Augenhöhlen starrten leer und weit, wie überrascht vom plötzlichen Lichteinfall.

Durch einige Risse im Plastik ließen sich unter dem Kopf noch Teile von algenbedeckten Knochen erahnen. Ein zahnloses Fragment des Unterkiefers. Ein schleimiger oberer Beckenrand.

Ein wenig besser war es AF21-987 ergangen, dem unteren und kleineren der beiden Opfer. Seine makabre Verpackung war größtenteils intakt geblieben.

Herrin hatte alles beschafft, worum ich gebeten hatte. Während ich die Gerätschaften auf einer Arbeitsplatte zurechtlegte – bei der Anordnung bin ich ziemlich pingelig –, drehte Klopp Videos der Überreste.

Ich arrangierte Knochensäge, Messschieber, Lupe, Zangen, Pinzetten, Dentalküretten. Weiche Borstenpinsel in abgestuften Größen. Zahnbürste. Probenröhrchen.

Schließlich blätterte ich durch eine Ansammlung von Tabellen und Diagrammen, wählte einige aus und hängte sie auf ein Klemmbrett. Als ich mich umdrehte, ließ Klopp die Kamera sinken.

»Haben Sie die auch drauf?« Ich deutete zu der Fünfzig-Gallonen-Tonne in einer Ecke, aus der schlammiges Meerwasser auf eine Abdeckplane tropfte. Sie war auf meine Bitte hin hergebracht worden.

Klopp ging wortlos in die Ecke und filmte weiter. Nachdem ich zwei Röhrchen beschriftet hatte, ging ich zu ihm. In meiner Brust breitete sich ein hohles Gefühl aus.

»Die Beschriftung ist hinüber.« Klopp stand gebückt wie zuvor, diesmal für Nahaufnahmen. Bei seiner Größe musste er sich ziemlich tief bücken.

»Ist ein Warnzeichen für Biogefährdung«, sagte ich. »Für medizinischen Abfall.«

»Verdammt. Wie können Sie das entziffern?«

»Filmen Sie auch die Steine unten drin.«

»Der Mistkerl hat das Ding beschwert, damit es sinkt.«

Wie bei den Opfern in Montreal.

Ich deutete auf diverse Verkrustungen auf der Außen- und der Innenseite der Tonne. »Filmen Sie auch die Rankenfußkrebse, und ich entnehme dann Proben.«

»Warum?«

»Sie könnten uns helfen zu bestimmen, wann die Tonne im Wasser gelandet ist. Vielleicht auch wo, wenn wir enorm viel Glück haben.«

Aus den Augenwinkeln heraus nahm ich einen ersten Funken von Interesse bei Vislosky wahr. Sie zog die Daumen aus dem Gürtel, richtete sich auf und schaute genau zu, wie ich ein paar der winzigen, stängelartigen Krebstiere ablöste, sortierte und einzeln in Röhrchen verpackte.

Aufmerksame Augen folgten mir zur Arbeitsfläche. Als unsere Blicke sich trafen, hob eine gezupfte Augenbraue sich fast unmerklich an.

»Oder auch nicht«, sagte ich.

Vislosky sagte nichts.

Eine Autopsie ist selten so dramatisch, wie sie in Krimis oft dargestellt wird. Selten ist der große *Aha*-Moment, wenn etwa die mikroskopisch kleine Schuppe eines ausgestorbenen patagonischen Reptils aus dem Innenohr des Opfers gezogen wird. Das Ziel ist, wie bei jeder wissenschaftlichen Unternehmung, ein dreifaches: Genauigkeit, Präzision und Dokumentation.

Das Protokoll ist spezifisch, der Prozess mühselig.

Klopp und ich besprachen die Strategie. Wurden uns einig. Er würde sich auf die Weichteile konzentrieren. Ich auf die Knochen. Meine Aufgabe sollte sich als anspruchsvoller erweisen als seine.

Gerüche stiegen hoch, als Brian, Klopp und ich die Bündel aus den Leichensäcken hoben. Der giftige Cocktail aus verfaulenden Algen, Meeresgetier und menschlichem Fleisch brannte mir in den Augen und zwang mich, durch den Mund zu atmen.

AF21-986 rutschte mit einem feuchten Klatschen auf den Edelstahl. AF21-987 machte, so federleicht wie es war, fast kein Geräusch. Beide Leichen waren fest zusammengedrückt worden, damit man sie in die Tonne stopfen konnte.

Während Klopp weitere Videos drehte und ich Notizen machte, nahm Brian die Drahtschere zur Hand. Nach zwanzig Minuten Schneiden und Schälen hatten wir unseren ersten unbehinderten Blick auf die Überreste.

Man könnte glauben, dass ein Absinken in die Tiefen des Meeres eine gute Möglichkeit wäre, die ganzen ekligen postmortalen Verwesungsprozesse zu vermeiden. Doch da täuscht man sich. Eine Leiche im Meer ist einer ganzen Reihe physikalischer und biologischer Kräfte unterworfen, die alle das Ziel haben, die Moleküle der Leiche in die Natur zurückzuführen. Temperatur, Salzgehalt, Strömungen, Tiefe und die Beschaffenheit des Substrats beeinflussen, wie lange der Prozess dauert. Und wie an Land spielen auch viele Tiere eine Rolle.

Meerestiere sind so opportunistisch wie ihre Pendants an Land. Fische und Aale fressen Aas. Gliederfüßler, vor allem die großen wie Hummer, Garnelen und Krebse, sind Meister im

Öffnen einer Leiche. Mollusken, von denen sich die meisten normalerweise von Algen ernähren, halten sich sehr gerne einmal an fauliges Fleisch. Stachelhäuter wie etwa die Seesterne, Sanddollars, Seeigel und Seegurken machen sich an Fleisch heran, wenn sie die Gelegenheit bekommen.

Und dann sind da noch die eben erwähnten Rankenfußkrebse. Diese und andere festgewachsene Wirbellose fressen Überreste nicht, sondern heften sich an ihnen an.

Die Polypropylen-Tonne hatte das Wasser besser überstanden, als eine metallene es getan hätte, doch dicht war sie nicht geblieben. Durch den strapazierten und verformten Deckel waren Salzwasser und diverse Tierarten eingedrungen.

Und diese Invasion hatte den ganzen Rückführungszirkus in Gang gesetzt.

Ich ließ Klopp den Vortritt und wartete, während er beide Überreste begutachtete. Als ich sah, wie er sich dazu tief bückte, musste ich einfach an eine Gottesanbeterin denken. Schließlich richtete er sich wieder auf und wandte sich mir zu.

»Scheint Ihre Show zu sein, Dr. Brennan«, sagte er kopfschüttelnd. »Kein Gehirn, keine Organe, nichts als Knochen. Ich weiß nicht so recht, ob ich mich drüber freuen soll oder nicht.«

»Könnten Sie vielleicht den Inhalt der Tonne durchsuchen? Und weitere Videos machen?«

»Sehr gerne. Um ehrlich zu sein, ich würde Ihnen gerne bei der Arbeit zusehen. Vielleicht kann ich ja ein paar Tricks von Ihnen lernen.«

»Natürlich.« Ich hasse es, wenn mir jemand über die Schulter schaut.

Ich fing mit AF21-986 an. Obwohl komplett skelettiert, waren die wesentlichen Teile des Körpers wegen der festen Umhüllung halbwegs in ihrer anatomischen Position geblieben. Die kleinen Knochen der Hände und Füße allerdings nicht so sehr.

»Warum so fleckig?« Während ich die Skelettteile befreite

und korrekt arrangierte, filmte Klopp die rote, grüne und blaue Sprenkelung des Schädels.

»Algen«, antwortete ich.

»Was ist das?«, fragte er, während er eine Reihe zusammengerollter Karbonatröhrchen auf den Stirn- und Scheitelknochen heranzoomte.

»Wahrscheinlich irgendeine Art von Meereswurm.«

»Und diese Krater?« Klopp fragte nach einer Gruppe kleiner, runder Vertiefungen auf den linken Scheitel- und Schläfenknochen.

»Raspellöcher von Schnecken.«

»Schnecken?«, wiederholte er skeptisch.

»Bis auf die zweischaligen Muscheln –«

»Venusmuscheln, Miesmuscheln, Austern – also die leckeren Viecher?«

»Ja. Alle Mollusken, von diesen paar Arten abgesehen, haben Chitinzähne – also zum Beispiel Wellhörner, Strandschnecken, Haubenschnecken –, die sehr wirkungsvoll Knochen raspeln können. Aber ich bin keine Meeresbiologin.«

»Natürlich nicht.« Klopp filmte weiter. »Habe ein Einschussloch am hinteren Schädel. Sieht aus, als wäre sie von hinten erschossen worden.«

Ich stimmte ihm weder zu, noch widersprach ich ihm.

»Keine Spur von Zähnen. Sind sie vielleicht nach dem Tod ausgefallen?«

»Das bezweifle ich.« Ich wusste, dass ich in Ober- und Unterkiefer Haarrisse finden würde. Sagte das aber nicht.

»Wie auch immer, sie sind verschwunden. Die Finger ebenso. Vielleicht mit einer Gartenschere abgeschnitten? Wir hatten schon mal das Glück, dass wir anhand des Musters der Schnittflächen den Werkzeugtyp bestimmen konnten. Haben Sie so was schon mal gemacht, vielleicht bei einem Fall von Zerstückelung?«

Da ich auf meine Arbeit konzentriert war, nickte ich nur.

Klopp filmte noch ein bisschen, ging dann zu dem anderen Tisch.

Ich setzte meine Rekonstruktion fort, wobei ich sowohl den Schädel- wie den Beckenmerkmalen besondere Aufmerksamkeit schenkte, aber auch dem Zustand der Röhrenknochen und der Schlüsselbeine. Als ich damit fertig war, hatte ich bereits ein Gespür für das Opfer.

Und wieder schoss mir das Mantra durchs Hirn.

Das kann nicht sein.

Das kann nicht sein.

»Bei dem hier habe ich Gewebereste an Fuß und Knöchel. Das könnte uns DNA einbringen.«

Ich ging zu AF21-987.

Klopp hatte recht. Reste von Bändern und Knorpeln hingen noch an den großen Gelenken, und ein breites Band verwester Haut und Muskeln bedeckte die linken Fußwurzel- und Mittelfußknochen.

»Sieht aus, als hätten wir ein paar Fasern, die an der Unterseite des Jochbeins kleben.«

Bevor ich etwas erwidern konnte, hatte Klopp eine Pinzette zur Hand genommen, dann zupfte er Fäden von der Rückseite des rechten Wangenknochens. Ich beschriftete ein Röhrchen und reichte es ihm.

Als er es verschlossen zurückgab, hielt ich es gegen das Licht.

»Ich glaube, das sind Haare«, sagte ich.

»Könnte sein«, stimmte er zu und schaute das Röhrchen mit zusammengekniffenen Augen an. »Machen die Leute nicht die verrücktesten Dinge?«

Die kurzen und lockigen Haare waren an den Wurzeln dunkel und zuckerwattepink an den Schäften.

Ich schoss ein Foto und machte mir eine Notiz auf meinem Formular.

»Das da ist kleiner als das da drüben.« Klopp stellte das Offensichtliche fest. »Herrin meinte, dass es sich um ein Kind handelt.

Ich bin mir da nicht so sicher. Schade, dass wir keine Zähne für die Altersbestimmung haben.«

Ich antwortete nicht. Mein Blick wanderte über die Knochen. Die Schädelnähte. Ich nahm ein Schlüsselbein zur Hand. Den Schädel. Ein Hüftbein – einen der verschmolzenen Knochen des Beckens.

»Sieht aus, als wurde der linke Fuß nach hinten gedreht und blieb dann in der Plastikhülle so«, fuhr Klopp fort.

»Das da kam zuerst in den Behälter. Dann wurde sie« – ich deutete auf AF21-986 – »obendrauf gedrückt. Diese Positionierung bot einen gewissen Schutz.«

Zum ersten Mal an diesem Tag sagte Vislosky etwas. »Sie?«

Ich nickte.

»Woher wissen Sie das?«

»Vorwiegend anhand des Beckens.«

»Zeigen Sie es mir.« Klopp ging um den Tisch herum.

Vislosky gesellte sich zu uns.

Scheiße.

Das würde ein sehr langer Tag werden. Da ich keine Lust auf eine Anatomievorlesung hatte, fasste ich mich sehr kurz.

Während ich das Hüftbein von AF21-986 drehte, beschrieb ich die Merkmale, benutzte dabei Alltagsbegriffe und vereinfachte stark. »Breiter, ausgestellter Hüftbereich im oberen Teil. Langes Schambein und stumpfer Winkel am unteren Ende. Breite Hüftbeinkerbe.«

Ich demonstrierte Letztere, indem ich meinen Finger hineinsteckte und hin und her bewegte.

»Das erkennen Sie nur an den Knochen?« Vislosky klang widerwillig interessiert.

Ich legte das Becken beiseite und griff zum Schädel. »Der Schädel ist ebenfalls wichtig. Achten Sie auf die glatten Muskelansätze, die kleinen Warzenfortsätze und Brauenwülste und die scharfen oberen Ränder der Augenhöhlen.« Ich zeigte auf die einzelnen Elemente.

»Schon irgendwelche Ideen zum Alter?«, fragte Klopp.

»Sie sind beide jung«, sagte ich.

»Wie jung?«, fragte Vislosky.

Ich nahm das Hüftbein wieder zur Hand und deutete auf die Schambeinfuge, die Stelle, an der die eine Beckenhälfte auf die andere trifft. »Sehen Sie, wie geriffelt diese Oberfläche wirkt? Das sagt mir, dass das Opfer jung ist.«

Ich drehte den Knochen und deutete auf den geschwungenen oberen Rand der Hüftpfanne.

»Geriffelt«, sagte Klopp.

»Genau«, sagte ich. »Im Alter zwischen fünfzehn und zweiundzwanzig verschmilzt bei Mädchen ein Knochenkamm mit dieser Oberfläche. Das ist nur eine sehr grobe Schätzung. Wie auch immer, dieser Kamm ist nicht da.«

Ich tauschte das Hüftbein mit einem Schlüsselbein. »Das ist das Schlüsselbein. Sehen Sie, wie das eine Ende geriffelt ist?« Vislosky und Klopp nickten, ohne die Blicke zu heben. »Im Alter zwischen etwa siebzehn und Anfang zwanzig verschmilzt bei Mädchen eine Knochenkappe, genannt Epiphyse, mit diesem Ende, manchmal auch noch später. Sie ist nicht da.«

Ich tauschte das Schlüsselbein gegen einen Oberschenkelknochen. »Das ist der Schenkelknochen.« Ich deutete auf einen großen Knubbel am Ende. »Das ist der Hüftkopf. Sehen Sie diese Linie?« Wieder nickten beide. »Die sagt mir, dass sich die Epiphyse im Prozess der Verschmelzung befindet, der aber noch nicht abgeschlossen ist. Diese Verschmelzung findet bei den meisten Mädchen zwischen dreizehn und siebzehn Jahren statt.«

»Sie war also in ihren mittleren Teenagerjahren.« Vislosky hatte es verstanden.

»Wahrscheinlich«, sagte ich.

Sie deutete mit dem Daumen auf AF21-986. »Und die da?«

»Ein bisschen älter.«

Vislosky schaute mich ungeduldig an.

Wie Ryan schon sagte, ich hasse es, wenn man mich unter Druck setzt.

»Ich ziehe nur ungern Schlussfolgerungen, bevor ich die Untersuchung abgeschlossen habe.«

»Tun Sie's trotzdem.«

Ich erwiderte nichts.

»Nichts, was Sie sagen, wird diesen Raum verlassen«, raunte Klopp und warf Vislosky einen bedeutungsschweren Blick zu.

»Was bin ich denn, Fox News?«

»Mit den Opfermerkmalen könnte Detective Vislosky in ihre Ermittlungen einsteigen«, sagte Klopp, um Spannungen abzubauen.

Ich wollte etwas einwenden. Vislosky schnitt mir das Wort ab. »Hören Sie, irgendein Arschloch hat diese beiden umgebracht, ihnen die Finger abgeschnitten und dann im Atlantik versenkt. Sie sagen, das da war ein Mädchen.« Sie deutete zu den Knochen an ihrem Ellbogen. »Deshalb will ich besagtes Arschlock kriegen und seine Eier in einen Schraubstock klemmen. Je früher ich Profile rausgeben und Vermisstendateien durchsuchen kann, desto schneller kann ich rausfinden, wer diese beiden sind. Und das ist der erste Schritt, um diesen Wichser festzunageln, der sie ermordet hat. *Comprendo?«*

So aggressiv ihr Ton war, hatte sie doch recht.

»Wie gesagt, Ihre Opfer sind beide weiblich. Die hier war wahrscheinlich zwischen fünfzehn und siebzehn.« Ich deutete zum anderen Tisch. »Diese ein paar Jahre älter.«

Vislosky zückte Stift und Notizbuch. »Sonst noch was?«

»Irgendein Arschloch hat beide umgebracht.«

Die salbeigrünen Augen zeigten keine Belustigung. »Abstammung? Größe? Medizinische Vorgeschichte? Individuelle Besonderheiten?«

»Im Augenblick nicht.«

Vislosky steckte ihren Block ein, ging zur Arbeitsfläche und warf eine Karte darauf.

»Ich erwarte Ihren Anruf.«

Ich sah zu, wie ihre Basketballerstatur durch die Tür verschwand.

6

Donnerstag, 7. Oktober

Klopp hielt bis sechs durch. Brian und ich waren nach zehn noch da.

Zuerst erstellte ich ein volles Skelettinventar des älteren Opfers. Als Nächstes nahm ich die Maße und ließ sie durch Fordisc 3.1 laufen, ein Computerprogramm, das Erwachsene nach Abstammung und Geschlecht klassifiziert. Dann berechnete ich die Größe.

Anschließend machte ich Videoaufnahmen und fertigte Abgüsse der Einschuss- und Austrittslöcher an. Ebenso von den verstümmelten Enden der Fingerglieder. Schließlich untersuchte ich jeden Millimeter jedes Knochens mit bloßem Auge und unter der Lupe.

Brian schoss Fotos, während ich arbeitete, und half mir bei der Entnahme von Proben für mögliche DNA- und Radioisotopen-Untersuchungen. Außerdem durchsuchte er die Schlutze in der Tonne und tütete jedes Objekt, das er darin fand, ein. Während ich meine Notizen zu AF21-986 abschloss, schlich er sich zu den Food-Trucks. Ich bin mir nicht sicher, was wir aßen.

Danach wiederholte ich den ganzen Prozess für das jüngere Opfer.

Mir fiel erst auf, wie spät es war, als wir die Rollbahren aus dem Aufzug in den Kühlraum der Leichenhalle schoben: 22 Uhr 29.

Und dass Ryan angerufen hatte. Mehr als einmal. Und dass er keine Nachricht hinterlassen hatte.

Anne war noch wach, als ich beim Haus auf der Palmeninsel ankam. Sie nippte an einem Chardonnay und schaute auf einem iPad, das an einem Starthilfegerät hing, eine alte Folge von *Bones – Die Knochenjägerin*. Bei Kerzenlicht.

»Hey, Freundin. Setz dich zu mir.« Sie klopfte aufs Sofa. »Ich schaue die Folge, in der sie eine Leiche zerquetscht hinter einer Sporthallentribüne finden.«

»Das ist das Letzte, was ich sehen will.«

»Ach ja.« Sie klopfte auf das ziegelgroße Ding, das an ihrem Tablet hing. »Ziemlich cool, was. Mein Starthilfe- und USB-Ladegerät.«

»Hast du das gekauft?« Ich war erstaunt, dass so etwas im Augenblick noch zu haben war.

»Nein. TT hat mich daran erinnert, dass wir so eins hierhaben.«

»Hat dieses Haus denn keinen Notfallgenerator?«

»Schon. Habe nur irgendwie vergessen, Gas nachzubestellen. Sie kommen morgen. Kann ich dir noch ein Häppchen machen?«

»Ich habe schon gegessen.«

»Was?«

»Vielleicht ein Chili.«

»War der Tag so grässlich?«

Ich zuckte die Achseln.

»Hilft vielleicht, wenn du drüber redest.«

»Ich will nur noch duschen und ins Bett.«

»Warum gehst du nicht ins Bad, während ich uns einen schönen Kamillentee mache?«, fragte Anne unbeirrt. »Das hilft dir, dich zu entspannen.«

»Okay«, lenkte ich ein, fest entschlossen, nicht über den Tag zu reden. »Tee klingt gut.«

Duschen ging schnell. Das Wasser war höchstens lauwarm. Zehn Minuten später war ich wieder im Wohnzimmer und roch und fühlte mich deutlich besser.

Meine Entschlossenheit hielt ungefähr fünf Minuten.

»Zwei Mädchen. Mein Bauch sagt mir, die eine war so um die fünfzehn, die andere eher zwanzig. Beide mit Kopfschuss getötet.«

»Scheiße.«

»Und was für eine.« Ich nippte an meinem Kräutertee. »Wie hast du das Wasser zum Kochen gebracht?«

»Hab den Kessel auf den Grill gestellt.«

»Genial.«

»Siehst du immer noch eine Verbindung zu deinem kanadischen Fall?«

»Eins der Opfer in Montreal war in den Dreißigern, das andere neun oder zehn. Hier sind beide Teenager.«

»Und doch?«

»Eine Tonne für medizinischen Abfall, die ins Meer geworfen wird. Die Leichen in Plastik gewickelt und mit Stromkabeln verschnürt. Abgetrennte Finger und eingeschlagene Zähne.«

»Eine Menge Übereinstimmungen.«

»Schon.«

Anne dachte lange darüber nach. Dann fragte sie: »Was meinst du, warum verlief dieser Fall im Sand?«

»Warum wohl? Wir konnten die Opfer nie identifizieren«, antwortete ich ein bisschen zu scharf.

»Aber warum?«

Eine Frage, die ich mir im Lauf der Jahre immer wieder gestellt hatte. Warum hatten wir es nicht geschafft?

»War damals eine hektische Zeit für die Montrealer Polizei.«

»Die Geschichte mit der Abspaltung Quebecs?«

Ich schüttelte den Kopf. *»La guerre de motards.«*

Anne hob eine Augenbraue.

»Der Biker-Krieg.«

»Welche Biker?«

»Rockerbanden. Ab Mitte der Neunziger haben sich die Hells

Angels und eine einheimische Gang namens Rock Machine um die Vorherrschaft im Quebecer Drogenhandel bekriegt. Von da an bis etwa 2002 haben beide Seiten hemmungslos Morde verübt und Bomben gelegt.«

»Wie wurde das beendet?«

»Im März 2001 wurden dank eines gemeinsamen Einsatzes der Mounties, der Provinzkräfte von Ontario, der Sûreté du Québec und der Montrealer Polizei jede Menge Angels in ganz Kanada verhaftet. Allein in Quebec waren es einhundertachtunddreißig, weitere fünfzig in Calgary.«

»Gute Fangquote.«

»Ja, das war es. Aber damit hörte die Gewalt noch nicht auf. 2006 zerstörten die Bandidos, zu der Zeit die einzig verbliebenen Rivalen der Angels, sich selbst, indem sie in Ontario acht ihrer eigenen Mitglieder töteten. Die Medien nannten es das Shedden-Massaker.«

»Heilige Scheiße. Klingt, als wäre es damals ziemlich wild zugegangen.«

»Ist es. Und viele der Leichen landeten in meinem Institut.«

»Was hat das alles mit deinem Behälter-Fall zu tun?«

»Vielleicht eine ganze Menge. Die Tonne wurde 2006 angespült, nicht lange nach dem Shedden-Massaker. In derselben Woche wurde ein Mann kurz nach seiner Entlassung aus dem Gefängnis erschossen. Seine Leiche wurde in einem brennenden Auto nicht weit von der Stelle entfernt gefunden, wo der Behälter auftauchte. Der Kerl war ein Möchtegern-Bandenmitglied, und ein Fahrzeug abzufackeln war eine übliche Vorgehensweise der Rocker, man nahm deshalb an, dass es ein Anschlag der Angels oder der Bandidos war.«

»Was die Angst entfachte, dass der Krieg noch einmal losbrechen würde.«

»Genau.«

»Also erhielt diese Ermittlung mehr Aufmerksamkeit als dein Behälter-Fall.«

»Höflich ausgedrückt. Alle waren nur darauf konzentriert. Die Provinzpolizei von Ontario und Quebec, das Montreal Police Department, was von den Sondereinheiten noch übrig war. Und das Gemetzel an den Bandidos war das Einzige, worüber man sprach. Abgesehen von Ryan, mir selbst und seiner kleinen Gruppe im Crimes contre la Personne interessierte sich niemand für alte Knochen, die im Saint Lawrence angespült worden waren. Unser Fall wurde richtig vernachlässigt.«

In diesem Augenblick hatte Birdie seinen Auftritt. Er sprang aufs Sofa und streckte sich in ganzer Länge zwischen uns aus.

»Außerdem haben die vielen getrennten Ermittlungen viele falsche Spuren erzeugt«, sagte ich. »Was einiges an Zeit und Ressourcen vergeudet hat.«

»Das muss frustrierend gewesen sein.«

»Es war echt beschissen. Bis auf die Morde, die auf das Konto dieser Rocker-Arschlöcher gingen, gab es in Montreal nicht so viele. Unsere Ermittlung hätte oberste Priorität haben müssen. Aber die hatte sie nicht. Und wir konnten unsere Opfer nie identifizieren, eine Frau und ein Kind. Was bedeutete, wir konnten uns nie auf eine konkrete Ermittlungsrichtung konzentrieren.«

»Also wurde der Fall zu den Akten gelegt.«

»Unter einer dicken Staubschicht.«

Birdie drehte sich auf den Rücken. Ich fing an, seinen Bauch zu kraulen. Und er fing an, wie ein Verrückter zu schnurren.

Einige Augenblicke vergingen.

»Was ist mit dem Kerl in dem brennenden Auto passiert?«, fragte Anne.

»Ich glaube nicht, dass die Ermittlung irgendwohin führte. Nachdem ich die Überreste untersucht hatte, übergab ich meinen Bericht dem Pathologen und irgendeinem Detective. Dieser Fall ging nicht an Ryan. Ich war völlig auf die Opfer aus der Tonne konzentriert, also versuchte ich erst gar nicht, den Fall weiterzuverfolgen.«

»Wenn jemand angeklagt worden wäre, hättest du doch davon gehört, nicht? Oder eine Vorladung oder sonst was erhalten?«

»Vermutlich.« Ich nahm mir vor, Ryan danach zu fragen.

Anne streckte die Hand aus, um den Kater zu streicheln. Er zuckte nicht zurück, aber er schmolz auch nicht gerade dahin.

»Also.« Anne nahm den Faden wieder auf. »Du hattest keinen Zahnstatus und keine Fingerabdrücke von deinen Tonnenopfern. Und du konntest keine DNA entnehmen.«

»Wir haben es versucht, konnten aber nie genug für eine Sequenzierung extrahieren. Die Knochen waren in einem zu schlechten Zustand.«

Anne schwieg sehr lange.

Dann machte sie einen überraschenden Vorschlag.

7

Donnerstag, 7. Oktober – Freitag, 8. Oktober

Oben in meinem Zimmer öffnete ich die Schiebetür, die auf den Balkon führte. Es herrschte Ebbe, weit draußen trommelte das Meer seinen zischenden Rhythmus. Der Geruch von salziger Luft, Tang und feuchtem Sand, normalerweise beruhigend, beschwor jetzt Bilder einer Tonne und algenbedeckter Knochen herauf.

Und noch etwas anderes.

Ein Ring mit einem Smaragd, der viel zu protzig war, um echt zu sein. Wertlos. Außer für ein Kind, das Schönheit in dem kitschigen Stein und dem abblätternden Silberlack sah.

Ich stellte mir das kleine Mädchen vor, das verzweifelt seinen Schatz in das einzige Versteck schob, das für es erreichbar war. Auf den Knien, mit einer Waffe am Kopf.

Als ich das Plastikspielzeug fand, eingeklemmt in etwas, das einmal die winzige Speiseröhre gewesen war, blieb mir das

Herz stehen, und ein brennendes Verlangen loderte in mir. *Ich werde dich rächen,* hatte ich dem toten Kind zugeflüstert. *Ich werde dich zu Fall bringen,* flüsterte ich seinem Mörder zu.

Dieser grässliche Augenblick liegt auf ewig verborgen in einer dunklen Ecke meines Hirns. Im Lauf der Jahre habe ich gelernt, die Erinnerung in ihrem Versteck zu halten. Doch wenn gelockt, entfaltet sich das Bild, gestochen scharf wie ein Hochglanzfoto.

Wie auch meine Obsession für Motive. Im Gegensatz zu anderen Verbrechen sind bei Mord die Gründe oft unklar. Eifersucht? Leidenschaft? Rache? Profit?

Aber eine Frau und ein Kind? Hatten die Opfer des Mörders etwas gesehen, das ihm schaden könnte? Sich einer Forderung widersetzt? Nach Geld? Nach Informationen? Hatte der Mörder gedroht, das Kind zu erschießen, wenn die Frau nicht gehorchte? Starb das Kind zuerst, flehte die Frau um Gnade? Starb die Frau zuerst, musste das Kind es entsetzt mit ansehen?

Hör auf!

Ich zwang mich, das Grübeln einzustellen, ließ mich aufs Bett fallen und stützte mich mit Kissen ab. Nachdem ich nachgerechnet hatte, wie spät es jetzt in den Northwest Territories war, rief ich Ryan an. Er meldete sich sofort.

»*Bonjour, ma chère.*«

»Hey.«

»Ich habe einige Male angerufen, aber du bist nie drangegangen.« Leicht verstimmt?

»Tut mir leid. Ich habe den ganzen Tag in einer Leichenhalle verbracht.«

Ryan hatte das entweder überhört, oder er zog es vor, es zu ignorieren. »Wo bist du jetzt?«

»Auf der Isle of Palmes. Bei Anne.«

Schweigen.

»Anne Turnip?«, soufflierte ich. »Meine allerbeste Freundin?«

»Die mit den Beinen, die –«

»Ja. Sie hat ein paar Schäden an ihrem Strandhaus und mich gebeten, ihr zu helfen.«

»Irgendwas Ernstes?«

»Nein. Der Sturm hat ziemlich weit südlich von Charleston zugeschlagen, kein Monster, und ist dann übers Meer abgezogen.«

»Ist der Annex okay?«

»Unversehrt. Genießt du Yellowknife immer noch?«

»Ich habe einen Laden namens Bullocks Bistro entdeckt. Er liegt an der Ragged Ass Road. Vielleicht ziehe ich hierher.«

»Hm.«

»Im Flughafenterminal ist ein Eisbär.«

»Lebendig?«

»Ausgestopft.«

»Wahrscheinlich gestorben, während er auf das Gepäck wartete.«

»Yellowknife eben.«

Ich unterdrückte ein Gähnen.

»Halte ich dich wach?«

»Na ja, sehr wach bin ich nicht mehr. War ein langer Tag.«

»Verbracht in einer Leichenhalle.«

Ich hätte es mir denken können. Ryan überhörte nie etwas. Ich erzählte ihm die ganze Geschichte: die Tonne, die Plastikplanen und Stromkabel, die Opfer, die abgeschnittenen Finger, die Kopfschüsse. Er hörte zu, ohne mich zu unterbrechen.

Als ich fertig war, gab es eine Pause. Als Ryan dann etwas sagte, klang er eher wie ein Polizist als wie ein Geliebter. »Du denkst an den Fall damals 2006.«

»Ja.« Plötzlich hellwach. »Siehst du auch die Parallelen?«

»Könnte Zufall sein.«

»Mein Bauch sagt mir was anderes.«

»South Carolina ist weit weg von Quebec.« Genau dieselbe Reaktion wie Anne.

»Diese Opfer haben nie die Aufmerksamkeit bekommen, die sie verdient hätten.«

»Hallooo?«

»Nicht wegen dir natürlich.« Mein Gott. Die Erschöpfung verdrehte mir die Worte. »Dein Team hat alles getan, was möglich war. Aber so kurz nach dem Shedden-Massaker und dem Kerl in dem abgefackelten Auto sind doch alle wegen eines möglichen neuen Kriegs mit den Angels durchgedreht.«

»Ein paar hohe Tiere meinten, dass der Behälter vielleicht einen Bandenbezug haben könnte«, sagte Ryan.

»Eine Frau und ein Kind?«

»Du hast recht. Nicht gerade rockertypische Vorgehensweise.«

»Aber der Rocker war eben sexier als ein paar alte Knochen in einer Tonne.«

»Nicht so sexy wie du.« Eindeutig kein Polizistensprech. »Wann kommst du nach Montreal zurück?«

»In zwei Wochen. Hör zu, magst du mir einen Riesengefallen tun?«

»Da könnte eine Gegenleistung fällig werden. Weißt du, das Ding, das du mit deinen –«

»Könntest du die Fallakte besorgen? Und mir alles schicken, was du findest?«

»Ich tue, was ich kann.« Das klang alles andere als zuversichtlich. »Das ist fünfzehn Jahre her.«

»Danke.«

»Was denkst du?«

Ich erzählte ihm von Annes Vorschlag.

»Das ist aber weit hergeholt.«

»Von hier bis Pictor und zurück.«

»Pictor?«

»Das Sternbild, in dem der Junge diesen neuen Exoplaneten entdeckt hat.«

Irgendwann im Verlauf der Nacht war der Strom wieder da. Mich weckte das durchdringende Jaulen einer Kettensäge. Nur die Eröffnungsfanfare.

Um neun wimmelte es im Haus und auf dem Grundstück von Handwerkern. Ein Schreiner reparierte die Veranda. Zwei andere hämmerten Schindeln aufs Dach. Ein Team pumpte Schlamm aus dem Pool auf der rückwärtigen Terrasse. Ein Kerl stutzte Palmen und bündelte die Wedel vor dem Haus.

Ich war eben mit Kaffeekochen fertig, als Herrin anrief. Ich ging mit ihr/ihm meine Notizen durch. Der Coroner dankte mir und bat dann darum, dass ich Vislosky informierte. Ich versprach es.

Anstatt anzurufen, beschloss ich, sie persönlich auf den neuesten Stand zu bringen. Eine Ausrede, um dem Chaos entfliehen zu können.

Charlestons Nobelviertel mit seinen Spitzenvorhängen und blaublütigen Bewohnern ist ein blütenblattförmiges Stückchen Land, das von zwei Flüssen aus dem Atlantik geschnitten wird, dem Cooper im Osten und dem Ashley im Westen. Besonders beliebt ist ein Gewimmel aus schmalen, baumgesäumten Straßen an der Südspitze des Blütenblatts. Auch wenn sie heutzutage bei Weitem keine Mehrheit mehr darstellen, führen viele Bewohner dieser Gegend, bekannt als South of Broad oder SOB, ihre Herkunft auf die Plantagenbesitzer von vor dem Bürgerkrieg zurück.

Ich fuhr von der IOP auf Sullivan's Island, durch Mount Pleasant, über die Cooper River Bridge und quer durchs Blütenblatt zur Adresse 180 Lockwood Boulevard. Obwohl geografisch in der Nähe gelegen, ist sie Jahrhunderte entfernt von den putzigen Läden, Pferdekutschen und schmalen gregorianischen Häusern dicht an den schmalen Straßen von SOB. Doch die Parkflächen sind angemessen. Ein netter Kontrast.

Der Chief Reuben M. Greenberg Municipal Complex beherbergt den Gerichtshof, die Büros des Stadtgerichts, das

Amt für Verkehr und Transportwesen und ein Büro der Zulassungsstelle. Hinter dem Greenberg erhebt sich das viel größere Chief John Conroy Law Enforcement Center, das Präsidium des Charleston Police Department.

Als ich vor der Polizeizentrale stand, beschlich mich der Verdacht, dass hier eine ähnliche architektonische Hand am Werk gewesen war wie beim MUSC-Krankenhauskomplex. Die gleichen funktionalen, aber wenig inspirierenden geraden Linien und Meilen von Backstein und Glas. Identische Palmen in ordentlichen Reihen, wie sie in der Natur nicht zu finden sind.

Hinter der Lockwood erstreckte sich der Brittlebank Park, eine Grünfläche am Ufer des Ashley River. Nordwestlich davon lag das RiverDogs-Baseballstadion. Im Südosten das College of Charleston und ein Marriott-Hotel. Nur ein paar Blocks entfernt war das Gebäude, in dem ich tags zuvor geschuftet hatte. Und der verwahrloste Küstenabschnitt, an dem der Behälter angespült worden war.

Bevor ich mein Auto verließ, zog ich Visloskys Karte aus meiner Handtasche. Sie war der Abteilung für Gewaltverbrechen zugeordnet. Keine große Überraschung.

Ich wählte ihre Nummer. Vislosky meldete sich und sagte mir, ich solle hereinkommen.

Ich überquerte den Parkplatz, stieg die Stufen hoch und betrat die CPD-Zentrale. Die Lobby war von der Stange. Abgenutzte Fliesen. Holztreppen. Im Boden verschraubte Sitzgruppen. Vitrinen, die Trophäen und Fotos von herausragenden Beamten ausstellten.

Und ein Gegenstand, der mich einen Augenblick innehalten ließ.

Neben einer Säule stand ein leuchtend roter Behälter der Pharmaziekette CVS. Eine Beschriftung auf der Vorderseite erklärte den Verwendungszweck des Behälters: Medizinischer Abfall. Nachdem ich mit meinem Handy ein Foto geschossen hatte, ging ich zur Rezeption und sprach mit dem Diensthabenden. Er verlangte einen Ausweis. Ich hielt meinen Führerschein ans Glas. Er schaute ihn an und telefonierte dann nach oben.

Augenblicke später kam der Aufzug an, mit Vislosky an Bord. Heute war der Blazer anthrazit, die Hose hellgrau. Visloskys glänzende schwarze Haare standen in kurzen, straffen Locken von ihrem Kopf ab.

Wir standen schweigend da, beide auf die Ziffern konzentriert, die aufleuchteten und wieder dunkel wurden. Hin und wieder wagte ich einen Seitenblick. Vislosky war mindestens zehn Zentimeter größer als ich. Ihre Haltung, die Füße gespreizt, der Körper straff, deutete darauf hin, dass sie immer eher kämpfte als floh.

Als die Türen aufgingen, führte sie mich einen Korridor entlang zu einem Bereitschaftssaal, der wie die Lobby keine Überraschungen bot. An Schlackenbetonwänden hingen die Fahnen der Stadt, des Staates und des Bundes. Dazwischen Anschlagtafeln mit Fotos, Broschüren, Fahndungsfotos und Speisekarten von Imbissständen.

Visloskys Schreibtisch stand in einer hinteren Ecke. 2+ für Ordentlichkeit.

Sie zog einen Stuhl von einem abwesenden Nachbarn heran und bedeutete mir, mich zu setzen. Als sie dann auf der anderen Seite Platz genommen hatte, fragte sie: »Was haben Sie?«

»Freut mich auch, Sie zu sehen, Detective«, gab ich zurück, während ich meine Notizen hervorholte.

Kein Lächeln von Vislosky.

»Zwei Frauen. Eine fünfzehn bis siebzehn, die andere achtzehn bis zwanzig, aber möglicherweise auch bis zweiundzwanzig Jahre alt. Beide kaukasisch.«

»Weiß.« Vislosky griff zu Stift und Papier.

»Ja. Die Jüngere war eins fünfundfünfzig bis eins siebenundfünfzig groß, die Ältere eins dreiundsiebzig bis eins achtundsiebzig.«

»Gewicht? Körperbau?«

»Kann ich nicht sagen«, erwiderte ich. »Höchstens, dass die Jüngere wahrscheinlich zierlich war.«

Vislosky hob die Augenbrauen.

»Kleine Muskelansätze.«

»Fahren Sie fort.« Der Blick blieb auf das Papier gesenkt.

»Das jüngere Mädchen hatte eine laterale Kondylusfraktur des rechten Humerus erlitten, wahrscheinlich neun Monate bis zu einem Jahr vor ihrem Tod.« Als Vislosky den Kopf hob, deutete ich auf einen Knochenknubbel an der Außenseite meines Ellbogens. »Der Bruch heilte gut aus, ohne Deformation, was darauf hindeutet, dass sie in ärztlicher Behandlung war und wahrscheinlich für ein paar Wochen einen Gips trug.«

»Was könnte eine solche Art von Verletzung verursachen?«

»Kinder fallen oft hin.«

Vislosky hob das Kinn und neigte den Kopf zur Seite. »Wie häufig ist das?«

»Etwa zehn Prozent aller Brüche bei Kindern betreffen den Ellbogen.«

Vislosky machte sich eine Notiz.

»Möglicherweise hatte sie kurze, pink gefärbte Haare«, fügte ich hinzu, weil ich mich an die »Fasern« erinnerte, die Klopp entdeckt hatte.

Ich hielt inne, weil ich denselben Schmerz spürte wie während der Autopsie. Die Jüngere hatte sich den Arm gebrochen, vielleicht weil sie aus einem Schubkarren oder von einem Skateboard gefallen war. Sie hatte sich ihre Haare frech zuckerwattepink gefärbt, vielleicht hatte sie mit dem Bild experimentiert, das sie der Welt von sich geben wollte. Als ich ihre Knochen untersuchte, hatte ich Lebensfreude vermischt mit jugendlicher Unsicherheit gespürt. Ich hatte ihn auch einmal erlebt, diesen merkwürdigen Zustand, kein Kind mehr, aber auch noch keine Frau. So viel Hoffnung. So viel, wofür es sich zu leben lohnte. So viel einfach ausgelöscht.

Visloskys Frage holte mich zurück.

»Und die Ältere?«

»Sie hatte einen Abszess an ihrem oberen, zweiten linken Backenzahn, der bei ihrem Tod aktiv war, sie hatte deshalb vermutlich Schmerzen. Zweifelhaft, dass sie bei einem Zahnarzt war.«

Am übernächsten Tisch klingelte ein Telefon.

»Jede erhielt einen Kopfschuss in den Okzipitalknochen.«

Vislosky verdrehte die Augen.

»Den Hinterkopf. Der Schusskanal deutet darauf hin, dass die Opfer knieten und der Schütze hinter ihnen stand.«

»Wie bei einer Hinrichtung.«

Das Bild der Frau und des Kindes in Montreal blitzte vor mir auf. Ich schob es beiseite.

»Sieht so aus. An beiden Skeletten konnte ich sonst keine Hinweise auf Gewaltanwendung entdecken, wenn man von postmortalen Verletzungen absieht.«

»Nachdem sie erschossen worden waren.«

»Ja.« Das Telefon verstummte. »Beiden Opfern wurden die Zähne ausgeschlagen und die Finger knapp über den Knöcheln abgeschnitten.«

»Womit abgeschnitten?«

»Einem Werkzeug mit nichtgezahnter Klinge. Ich würde auf eine Gartenschere tippen. Leider ist das alles, was ich sagen kann.«

»Sonst noch was?«

»Sonst nichts mehr.«

»Was glauben Sie, wie lange waren sie in diesem Behälter?«

»Ist schwer, das genau zu sagen. Zwischen einem und fünf Jahren?«

»Was ist mit diesen Rankenfußkrebsen?«

»Das braucht Zeit. Und ein ganz anderes Spezialwissen.«

»An wen wende ich mich da?«

»Das liegt bei Ihnen.«

»Die Plane?«

»Gewöhnliches Polyäthylen. Wie das Kabel. Normales 18er-Stromkabel, in jedem Baumarkt erhältlich.«

Vislosky warf ihren Stift auf den Tisch, lehnte sich zurück und streckte die Beine aus. Sie reichten sehr weit. Ein kurzes Schweigen, dann fragte sie: »Das alles haben Sie aus den Knochen erfahren?«

»Bis auf die Details über die Verfügbarkeit des Kabels.«

»Irre.«

Vislosky nahm den Stift wieder zur Hand und ließ ihn zwischen zwei Fingern wackeln. Es waren sehr lange Finger. Dann griff sie mit der freien Hand über den Tisch und lächelte fast unmerklich.

»Vielleicht war ich gestern in der Leichenhalle etwas kurz angebunden.« Keine Entschuldigung, nur eine Feststellung. »Mein Vorname ist Tonia.«

»Temperance Brennan. Tempe.« Wir gaben uns die Hände, wobei meine in ihrer verschwand. »Tonia ist ungewöhnlich.«

»Meine Mama hat ihn irgendwo gehört und wahrscheinlich falsch aufgeschrieben. Wie auch immer. Sie wollte, dass ich Ärztin werde. Ich wollte Polizistin werden.«

»Sie haben sich durchgesetzt.«

»So bin ich eben.« Vislosky richtete einen ET-Finger wie eine Pistole auf mich, nahm einen himmelblauen Ordner zur Hand und schlug ihn auf.

»Nachdem ich gestern die Autopsie verlassen hatte, habe ich die Vermisstendateien durchforstet. Bin fünf Jahre zurückgegangen auf der Suche nach Mädchen, die zu Ihren Profilen passen. Habe nichts gefunden.«

»Wie breit haben Sie die Suche angelegt?«

»Keine Treffer in der Gegend um Charleston, in South Carolina, North Carolina oder Georgia. Jetzt kann ich meine Suche verfeinern. Die medizinischen Informationen sind Gold wert. Ich rufe Krankenhäuser an, lasse sie ihre Unterlagen der letzten fünf Jahre nach Mädchen durchsuchen, die sich mit einer« –

sie verdrehte die Augen – »lateralen Kondylusfraktur vorgestellt haben.«

»Das wird denen gefallen.«

»Ich kontaktiere das FBI, schicke Anfragen an Schulen, schließe mich mit dem NCMEC kurz.« Vislosky meinte das National Center for Missing und Exploited Children, einer Organisation, die sich landesweit für vermisste und missbrauchte Kinder einsetzt.

In den nächsten zehn Minuten erläuterte sie mir ihre Strategie. Alles klang auf traurige Weise vertraut.

Als Vislosky fertig war, sagte ich: »Diese Morde ziehen vielleicht weitere Kreise, als Ihnen bewusst ist.«

»Soll heißen?«

Ich erzählte ihr von den Fällen in Montreal.

Ihre Reaktion war so, wie ich erwartet hatte.

8

Freitag, 8. Oktober

Ryan rief gegen halb sechs an. Ich arbeitete mit meinem Laptop auf der hinteren Veranda. Anne war unter mir im Garten und stritt mit einem Arbeiter. Und zwar laut.

»*Bonjour, ma chère.*«

»Hey.«

»Was ist das für ein Geschrei?«

»Einer von Annes Arbeitern hat in einem Büschel Strandgras eine Schlange gefunden. Und will sie töten. Sie plädiert für Fangen und Freilassen.«

»Was für eine Schlange?« Er klang, als lägen seine Sympathien bei dem Kerl mit dem Rechen.

»Eine harmlose, kleine, alte, schwarze Erdnatter.« Ich versuchte, Annes Akzent nachzuahmen, jedoch ohne die Lautstärke.

»Was treibst du gerade?«

»Schreibe Berichte für meinen Coroner-Freund Herrin und diesen Anwalt Thorn. Solange ich noch alles frisch im Hirn habe.«

»Und wie frisch dieses Hirn ist.«

»Hast du die Akte besorgen können?«

»Sag mir, dass ich ein Genie bin.«

»Du bist ein Genie.«

»Sag mir, dass ich dein Held bin.«

»Was hast du gefunden?«

»Babe …« Als wäre er verletzt.

»Du bist mein Held. Was hast du gefunden?«

»Toute le patent.«

»Die ganze Akte?«

»La totale.«

»Ryan.« Leicht gereizt.

»Notizen und Berichte von Detectives, anthropologische Berichte, Fotos, ein paar Zeitungsausschnitte, die –«

»Ist es eine dicke Akte?« Total aufgeregt.

»Nein.«

»Kannst du sie mir scannen und schicken?«

»Bereits in Arbeit.«

»Du bist mein Held.«

»Keine einfache Mission.«

»Bin ich so schwer zufriedenzustellen?«

»Kein Kommentar. Aber das dürfte dir gefallen. Ich habe mir auch Informationen über den Kerl besorgt, der in seinem Auto geröstet wurde.«

»Hältst du das für relevant?«

»Hauptsächlich war ich neugierig. Hat mich geärgert, dass ich mich nicht erinnern konnte, wie die Ermittlung ausging.«

»Warst du damals nicht auf einem Sondereinsatz?«

»Ja.« Ich hörte, wie eine Seite umgeblättert wurde. »Das Opfer wurde letztendlich anhand des Zahnstatus identifiziert.

Jean-Pierre Tremblay aus Sorel. Die Spur verlief im Sand, aber nach fünf Jahren nahm die Cold-Case-Abteilung die Ermittlung wieder auf.«

»Warum?«

»Ich weiß es nicht. Wie auch immer, anscheinend hatte Tremblays Lebensgefährtin viel Zeit zum Nachdenken, während ihr Kerl im Knast saß. Sonja beschloss, dass sie keine Lust mehr hatte, Jean-Pierres Punchingball zu sein. Außerdem hatte sie einen neuen Macker gefunden.«

»Lass mich raten. Sonja und ihr neuer Liebling schmiedeten einen Plan.«

»Sie erschossen Jean-Pierre wenige Tage nach seiner Entlassung. Und zündeten das Auto an, um es aussehen zu lassen wie eine Rockerabrechnung.«

»Man muss ihnen zugutehalten, dass sie sich über das Tagesgeschehen auf dem Laufenden hielten.«

»Ja, wirklich.«

»Wurden Sonja und ihr Kumpel angeklagt?«

»Das ist der Gipfel allen Karmas. Ihr Transporter wurde ein Jahr nach Jean-Pierres Ermordung auf einem Bahnübergang plattgemacht.«

»Sie wurden beide getötet?«

»Ziemlich gründlich.« Ich hörte einen Stuhl quietschen. »Du solltest die Akte zu den Behälter-Opfern heute Abend noch bekommen.«

»Wirklich, Ryan. Ich liebe dich.«

»Wann beweist du es mir?« Heiser und ganz und gar nicht subtil.

»Ich muss erst in ein paar Wochen wieder im Institut sein.«

»Weiß nicht, ob ich so lange warten kann.«

»Ich weiß, dass du dich beschäftigen kannst.«

»Habe heute einen Anruf von einem Kerl in Vermont bekommen.«

»Du bist als Privatdetektiv ja ganz schön beliebt.«

»Das ist das Geniale, das ich an mir habe.«

Das Geschrei hatte aufgehört, und Anne kam die Treppe hoch gepoltert.

»Ich freue mich auf deine E-Mail.«

»Ciao.«

»Ciao.«

»Der Trottel hat so viel Hirn wie ein Blaubeerpfannkuchen.« Annes Haare lagen in den letzten Zügen einer hastigen Hochsteckfrisur.

»Er ist Gartenpfleger.«

»Genau. Und deshalb ist er nicht der Vorsitzende des Komitees, das entscheidet, welches Tier lebt und welches nicht. Nicht auf meinem Grundstück.«

»Wo ist diese Schlange jetzt?«

»Der Baumschneider hat mir geholfen, sie in einen Sack zu packen. Und versprochen, sie in die Marschen zu fahren.«

»Können Erdnattern in Salzwasser denn überleben?«

Anne schaute mich nur an. Auf der Wange hatte sie einen Klecks, der aussah wie Guacamole.

»Ich bin mir sicher, Señor Schlange wird es in seinem neuen Heim gut gehen«, sagte ich. »Wie machen wir es mit dem Abendessen?«

»Ich koche.«

Na Mahlzeit.

Ich machte mich wieder an meinen Bericht.

Eine Stunde später rief Anne mich ins Haus. Sie hatte Shrimps und Maisgrütze mit Pimento-Käse gemacht, ein Gericht, das meinen Cholesterinspiegel mit Sicherheit anheben würde.

»Du hast aber viel geschafft«, sagte ich und legte Krustentiere zu der orangefarbenen Kohlehydratbombe auf meinem Teller.

»Nicht einfach, wenn die Helfer einen kollektiven IQ haben, der darauf hindeutet, dass man sie wöchentlich gießen muss.«

»Warst du den ganzen Tag draußen?«

»Den größten Teil. Aber nicht den ganzen. Ich habe ein bisschen recherchiert. Du wirst dich freuen, wenn du hörst, was ich herausgefunden habe.«

»Was hast du recherchiert?«

»Totenmasken.«

Offensichtlich machte ich ein verdutztes Gesicht.

»Polly Beecroft? Die Fotos?«, half sie nach.

»Ach ja.«

»Donnerlittchen, Tempe. Hast du diese süße alte Dame vergessen?«

»Natürlich nicht.« Vor lauter Hurricane und Behälter-Fall hatte ich es natürlich schon.

»Einen Augenblick.«

Anne verließ den Tisch und kam Augenblicke später mit ihrem Laptop zurück. Den sie auf einen ziemlich großen Grützeklecks stellte.

»Die Praxis, Gesichter in Wachs, Gips oder Bronze zu bewahren, reicht bis ins Altertum zurück. Du hast doch bestimmt Fotos von Tutanchamuns Maske gesehen.«

»Ich habe das Original gesehen.«

»Natürlich hast du das.« Sie verdrehte die Augen. »Die von Tut war eine Bestattungsmaske. Wohlhabende Römer haben sich ebenfalls aus unterschiedlichen Gründen Masken gemacht. Um ihre Vorfahren zu präsentieren, vielleicht um ihnen zu huldigen, da bin ich mir nicht so ganz sicher.«

Anne hielt inne, um sich einen Shrimp in den Mund zu stecken. Kaute.

»Die Viktorianer waren eine Weile ganz besessen davon. Soweit ich das sagen kann, hatte das viel mit der sogenannten Phrenologie zu tun. Schon mal gehört?«

»Phrenologen behaupteten, man könne anhand von Kopfform und Gesichtsmerkmalen Intelligenz und Persönlichkeit bestimmen. Das war völliger Unsinn.«

»Genau. Alles fing mit diesem deutschen Arzt an, Franz

Joseph Gall. Gall propagierte die Theorie, dass die Höcker und Vorsprünge am Kopf etwas über den Charakter eines Menschen aussagen würden. Klingt hirnrissig, aber zu den Zeiten der höchsten Beliebtheit der Phrenologie, ungefähr von 1820 bis 1840, konnte ein potenzieller Arbeitgeber tatsächlich eine Charakteranalyse von einem Phrenologen verlangen.«

»Im Ernst?«

Anne nickte. »Wie du sagst, reiner Blödsinn, aber es führte dazu, dass die Leute eifrig Masken machten. Dieser Brite, James De Ville, sammelte mehr als zweitausend dieser Dinger. Natürlich wurden nicht alle nur für die Phrenologie erschaffen. Manche wurden als Vorlage für Leute angefertigt, die sich ihr Porträt malen lassen wollten –«

»Was hat das mit Polly Beecroft zu tun?«, unterbrach ich sie. Ein bisschen barsch, aber wir waren mit dem Essen fertig, und ich wollte unbedingt nachsehen, ob Ryans Nachricht schon angekommen war.

»Dazu komme ich noch.« Anne tippte kurz, verifizierte irgendetwas auf ihrem Monitor. »Die Princeton University hat eine Sammlung von Totenmasken. Wie auch das Anatomische Museum der Edinburgh University und das Kriminologische Museum von Scotland Yard. Die Viktorianer waren besessen von grausigen Morden, also wurden Unmengen von Masken von hingerichteten Kriminellen angefertigt. Schon mal was von William Burke gehört?«

»Burke und sein Kumpel William Hare plünderten Gräber, und später mordeten sie, um medizinische Fakultäten mit Leichen zu beliefern.«

»Und sich die Taschen zu füllen. Wie auch immer, seine Maske schwirrt irgendwo herum.« Wieder ein paar Tastenanschläge. »Manche von diesen Dingern sind inzwischen irre wertvoll. Eine Bronzemaske von Napoleon, angefertigt kurz nach seinem Tod 1821, wurde 2013 für zweihundertzwanzigtausend Dollar verkauft.«

Mein Blick wanderte zur Uhr über Annes Schultern. Sie bemerkte es.

»Immer mit der Ruhe. Zum spannenden Teil komme ich gleich.«

»Ich bin ganz Ohr.«

»Dante, Mary, Queen of Scots, John Keats, Napoleon, Oliver Cromwell, William Blake, Beethoven, John Dillinger, James Dean – du wärst überrascht, von wie vielen Leuten Masken angefertigt wurden. Und nicht nur von Berühmtheiten.

Das University College London hatte jahrelang eine Sammlung von siebenunddreißig Köpfen. Niemand wusste, um wen es sich handelte. Für eine Weile wurden sie an Kunststudenten ausgeliehen, die sie als Modelle benutzten. In den Neunzigern fanden einige Studenten dann eine Publikation mit dem Titel *Notes Biographical and Phrenological Illustrating an Collection of Casts* von Robert R. Noel.«

»Die UCL-Masken gehörten ursprünglich Noel?«

»Ja. Anscheinend gab's da früher noch mehr – ungefähr siebenundfünfzig, sowie eine Sammlung von Schädeln.«

»Im Lauf der Jahre gingen Exemplare verloren.« Ich verstand, worauf sie hinauswollte.

»Genau. Heutzutage sammelt ein Brite namens Nick Booth Totenmasken. Er bietet eine ›Schädelamnestie‹ an.«

»Eine was?«

»Booth sagt, dass, wenn man in den Achtzigern die Slade School of Fine Art besucht und eine von Noels kleinen Schönheiten geklaut hat, man sie ihm zurückgeben kann, ohne dass Fragen gestellt werden.«

Anne klappte ihren Mac zu und schaute mich erwartungsvoll an.

»Du glaubst, die Maske auf Beecrofts Foto könnte eine von denen sein, die aus Noels Sammlung verschwunden sind?«

»Hast du nicht gesagt, Pollys Schwester war Künstlerin?«

»Harriet. Sie war Malerin.«

»Könnte Harriet in den Achtzigern in London studiert haben?«

Ich rechnete schnell nach.

»Möglich ist es. Aber –«

»Überleg mal. Die Masken in Noels Sammlung waren in zwei Kategorien unterteilt: Intellektuelle sowie Kriminelle und Selbstmörder.«

»Spricht Bände über die Haltung zum Selbstmord in dieser Zeit.«

»Was, wenn die Frau in der Maske Beecrofts Großtante war und sie sich selbst umbrachte?«

Mir fiel keine Antwort ein.

»Und da ist noch eine interessante Tatsache, die ich gefunden habe. Masken wurden nicht nur von Phrenologen oder als Modelle für Porträts angefertigt. Es gab noch einen anderen Grund.«

Der Spannung wegen zögerte sie kurz und enthüllte dann ihre Entdeckung.

»Manchmal wurden sie auch von nicht identifizierten Leichen gemacht.«

»Damit sich die Verwandten von Vermissten die Masken in der Leichenhalle ansehen konnten.«

Anne nickte feierlich.

»Nicht schlecht, Annie.«

»Ich bleibe dran.«

Das bezweifelte ich nicht.

Wie ein Jagdhund an einem Lendenstück.

Nachdem dreißig Minuten später der Tisch abgeräumt und das Geschirr in die Maschine geladen war, zogen Birdie und ich uns in mein Zimmer zurück. Wie zuvor öffnete ich die Glastür. Gelockt vom Ruf der Wildnis, tapste der Kater auf den Balkon hinaus.

Ich setzte mich im Schneidersitz aufs Bett und fuhr meinen

Mac hoch. Der Atlantik war heute Abend ausgelassener, deshalb arbeitete ich zum Krachen der Wellen und dem Britzeln der Gischt im Sand. Zum Geschrei der Möwen, die Vogelklatsch austauschten. Sich vielleicht über die Fischknappheit beklagten.

Ryans E-Mail war angekommen. Ich lud die beiden Anhänge herunter und schaute sie durch. Eine Datei mit Dokumenten, die andere mit Fotos.

Ich machte eine schnelle Inventur Ersterer. Zu den Dokumenten gehörten: der Vorgangsbericht. Reihenweise Zusammenfassungen von Zeugenbefragungen. Formulare, die sichergestellte und analysierte Beweisstücke und persönliche Habe auflisteten. Notizen von Ryan, dem Ermittlungsleiter, und zwei anderen Mitgliedern der Sondereinheit, beide von der SQ. Ein Bericht über eine Schnecke. Ein Bericht über die Wasserhydraulik des Saint Lawrence River. Berichte vom Pathologen, mir selbst und dem Coroner.

Ich sparte mir die Dokumente für später auf und wandte mich den Fotos zu, weil ich dachte, dass Bilder meiner Erinnerung eher auf die Sprünge helfen würden als Text.

Ryan hatte Sammlungen von Fotos aus vier unterschiedlichen Paketen eingescannt. Eins stammte vom Spurensicherungsteam der SQ, das den Fundort bearbeitet hatte. Eins kam von LaManche, dem LSJML-Pathologen, der die Autopsien durchgeführt hatte. Eins kam von mir. Bei der vierten Serie war ich mir nicht ganz sicher. Ich würde sie mir als letzte anschauen.

Ich hatte auf traurige Weise recht, was die Wirkung der Bilder anging. Während ich mich durchklickte, stürmte das ganze hässliche Kuddelmuddel wieder donnernd auf mich ein. Der Behälter, der im schlammigen Ufer steckte. Das algenverschmierte Kabel und die fleckige Plastikplane. Die gesprenkelten Knochen. Die verstümmelten Fingerglieder. Die Einschusslöcher, dunkel und rund und tödlich. Der kleine falsche Smaragdring.

Das alles war zu viel, um es zu verdrängen. Ich sah die Frau und das Kind auf den Knien. Stellte mir vor, wie sich das Mädchen den Ring schnell in den Mund steckte.

Die üblichen quälenden Fragen hämmerten auf mein Hirn ein. Waren die Frau und das Kind zusammen erschossen worden? Hatten sie um ihr Leben gefleht? Wer war zuerst getötet worden? Hatte das Kind gewusst, dass es sterben würde?

Ich dachte an meine Tochter Katy in diesem Alter. Fragte mich, ob das Kind den Tod hatte begreifen können. Was weiß man mit zehn Jahren über die Sterblichkeit?

Diese unerträglichen Gedanken verbannend, wandte ich mich der letzten Serie zu. Diese Bilder waren die herzzerreißendsten von allen.

Der trostlose Friedhof an der Rue Sherbrooke, Le Repos Saint-François d'Assise. Die Reihe der Grabsteine, alle ohne Namen. Die tristen Inschriften.

LSJML-41207. Os non identifiés d'une femme. LSJML-41208 Os non identifiés d'un enfant.

Nicht identifizierte Knochen einer Frau. Nicht identifizierte Knochen eines Kindes.

Der Schmerz stach so scharf wie an dem Tag, als ich an diesem Grab gestanden hatte.

Während ich mir eine Träne von der Wange wischte, fiel mir Annes Vorschlag wieder ein.

Ich traf eine Entscheidung.

9

Samstag, 9. Oktober – Sonntag, 10. Oktober

Trotz des beruhigenden Wiegenlieds der Wellen schlief ich schlecht. Eine Million Bilder und Sorgen schossen mir durchs Hirn. Knochen. Tonnen. Beecrofts. Birdie. Was sollte ich mit der Katze tun, wenn ich meinen Plan in die Tat umsetzte?

Um halb sieben gab ich auf, zog meine Laufsachen an, fasste die Haare zu einem Pferdeschwanz zusammen und ging nach draußen. Es herrschte Ebbe, die Sonne hatte noch kaum den Horizont überschritten. Das Meer und der Strand glitzerten rosig und bronzefarben in den tiefen, schrägen Strahlen.

Der Strand war fast leer. Ich lief an einigen Hundehaltern vorbei, die mit ihren Pudeln oder Boxern Apportieren übten. An einer Stelle hätte ich fast einen Strandläufer niedergetrampelt, der im Sand stocherte, während seine langen, dürren Beine mit einem Schattenbild seiner selbst verschmolzen.

Unter der Brücke zu Sullivan's Island an der Südspitze der IOP vollführte eine Schule Delfine langsame, träge Sprünge im Breach Inlet. Ihre Haut schimmerte silbrig grau, sooft ihre Rücken die Wasseroberfläche durchbrachen.

Der schnelle Zwei-Meilen-Lauf half mir, den Kopf klar zu bekommen. Nachdem ich meine sandigen Schuhe auf der Terrasse abgestellt hatte, duschte ich, zog Shorts und mein UNC-Lieblingsshirt an und stieg hinunter für eine Begegnung mit der Jura X8, einem Ungetüm von Kaffeevollautomaten, das wahrscheinlich mehr gekostet hatte als mein Auto. Ich arbeitete eben am Bericht für Herrin und meiner dritten Tasse, als meine Gastgeberin durch die Tür taumelte.

Der frühe Morgen ist nicht Annes allerbeste Zeit. Auch der mittlere Vormittag noch nicht. *Zerzaust* war kein Ausdruck für das wirre Durcheinander ihrer Haare. Wimperntusche hatte ihre Augenpartie in ein Schlachtfeld verwandelt.

»Du siehst reizend aus«, sagte ich.

»Hm«, sagte Anne.

»Ich habe Kaffee gemacht.«

Anne hob anerkennend einen Finger und ging zu der Wundermaschine. Ich hörte eine Schranktür aufgehen, Klappern, dann den Toaster.

Ich trug eben ein letztes Detail zu AF21-986 ein, als Anne sich zu mir an den Tisch setzte. Ihr Toast war beschmiert mit etwas Dunklem und Gelatinösem, das aussah, als gehörte es nicht einmal in die Nähe von Toast.

»Was ist das?«

»Vegemite. Super nahrhaft.«

»Nur wenn du Australier und im Outback verschollen bist.«

»Solltest du mal probieren. Wird aus Gemüse gemacht.«

»Das ist doch kein Gemüse. *Das* ist Gemüse.«

»Was?«

»Vergiss es. Ich will dich was fragen.«

Die schwarz verschmierten Augen hoben sich zu mir.

»Ich habe über deinen Vorschlag nachgedacht.«

»Zum Vegemite?«

»Zu dem ungelösten Fall in Montreal.«

Sie sagte nichts.

»Hättest du was dagegen, wenn ich morgen aufbreche? Ich würde gern früher in den Norden fahren als geplant.«

»Wirst du in Charleston nicht mehr gebraucht?«

»Ich frage bei Vislosky und Herrin nach. Und bei meiner Chefin in Charlotte.«

»Ich halte das für eine großartige Idee. Gott weiß, dass du mir hier keine große Hilfe bist.« Verschmiertes L'Oréal-Zwinkern. »Und Ryans Glocken werden klimpern.«

Ich verdrehte die Augen und verbrachte die nächste halbe Stunde am Telefon.

Herrin meinte, ein Bericht wäre ausreichend. Vislosky stellte ein paar Fragen und hatte rein gar nichts Neues für mich. Nguyen hatte nichts, was meine Aufmerksamkeit erforderte, versprach aber, anzurufen oder zu mailen, wenn sich das änderte. Alle rieten mir zu fliegen.

Als ich mein Handy weglegte, war ich erleichtert. Und fühlte mich ein bisschen ungeliebt.

Bis ich Ryans Nummer wählte. Ich konnte seine Glocken klimpern hören.

Nachdem ich bei American Airlines angerufen hatte, packte

ich meine Sachen und diverse Katzenutensilien zusammen und machte mich dann auf die Suche nach dem Kater.

Wie Anne ist auch Birdie unheimlich geschickt darin, meine Gedanken zu lesen. Und meine Handlungen zu deuten. Es dauerte vierzig Minuten, bis ich ihn unter einem Bett gefunden hatte, in der zerrissenen Verkleidung eines Boxspring-Gestells.

Die Fahrt nach Charlotte war irritierend laut, weil mein Mitfahrer auf dem Rücksitz beharrlich seine Empörung zum Ausdruck brachte. Um das Miauen zu überdecken, hörte ich den lokalen NPR-Sender, weil ich wissen wollte, ob die Entdeckung vom Donnerstag es in die Nachrichten geschafft hatte.

Weder die Tonne noch die Leichen wurden erwähnt, was mich nicht überraschte. Weder Herrin noch Vislosky kamen mir besonders medienfreundlich vor. Oder vielleicht war der Fall schon nicht mehr aktuell genug.

Eine Meldung erregte allerdings meine Aufmerksamkeit, ein kurzer Bericht über die steigende Anzahl von *Capnocytophaga*-Todesfällen in South Carolina. Während ich zuhörte, dachte ich an Walter Klopp und den Mann, den er vor zwei Tagen obduziert hatte.

Der Nachrichtensprecher erklärte, dass medizinische Behörden die Inzidenz von Capno beobachteten, auch wenn das Gesundheitsministerium sie noch nicht als Cluster kategorisiert hatte. Ich fragte mich, welche Zahlen wohl nötig waren, um es auf den Radar der Seuchenbehörde zu schaffen.

Eine interessante Randnotiz zu der Meldung war ein berichteter Anstieg der Waffenverkäufe im Staat. Viele Befragte sagten, sie hätten gehört, Capno würde von Haustieren übertragen. Anscheinend rüstete Otto Normalverbraucher auf, um jeden wegzuballern, der versuchte, Fluffy oder Fido zu beschlagnahmen.

Im Annex packte ich aus und machte meine Wäsche. Dann rief ich Archie an, den Zwölfjährigen, der sich um Birdie kümmert, wenn ich auf Reisen bin.

Der erste Rückschlag. Archies Mutter sagte, er sei im Feriencamp in den Bergen.

Ich probierte es bei meinem Nachbarn Walter.

Der zweite Rückschlag. Walters Nichte Rhonda war zu Besuch aus Colorado. Rhonda hatte eine starke Katzenallergie.

»Mist!«, blaffte ich mit solcher Vehemenz, dass Birdie sich zur Flucht bereit machte.

Ich schaute den Kater an. Er schaute mich an, ohne einen Vorschlag zu machen.

Für den Rest des Tages und bis in den Abend hinein las ich sehr aufmerksam die Dokumente, die Ryan mir geschickt hatte.

Was ich fand, war nicht sehr vielversprechend.

Ein Wort über mein schizoides, grenzübergeifendes Leben.

Seit Ewigkeiten unterrichte ich biologische und forensische Anthropologie an der University of North Carolina in Charlotte. Vor Jahrzehnten schaffte eine Notiz über den Nationalen Fakultätsaustausch NFE es auf die Tagesordnung einer Fachbereichssitzung. Der NFE, ein Programm, in dem ein Professor einer Institution seinen Platz für ein akademisches Jahr mit einem anderen tauscht, hatte einen Herrn in Kanada gelistet, der an die UNC kommen wollte.

Was für ein Spaß, dachte ich. Und machte mich auf den Weg.

Während meiner Lehrtätigkeit an der Concordia und der McGill, den beiden englischsprachigen Universitäten in Montreal, trat der Direktor des *Laboratoire de Sciences Judiciaires et de Médecine Légale,* dem zentralen kriminaltechnischen und rechtsmedizinischen Institut der Provinz Quebec, an mich heran. Er brauchte einen *anthropologue judiciaire.* Es gab zwei Grundvoraussetzungen für diese Position: eine Zulassung durch das American Board of Forensic Anthropology und Französischkenntnisse.

Obwohl ich die Sprache zu dieser Zeit noch alles andere als flüssig beherrschte, bekam ich den Job.

Fantastique.

Am Ende meines NFE-Jahres war das LSJML zufrieden mit mir, und ich war zufrieden mit ihnen. Ich ging zwar wieder nach Charlotte, doch wir trafen die Vereinbarung, dass ich alle paar Monate nach Montreal zurückkehren würde. Mit der Bedingung, dass ich sofort verfügbar sein müsste, sollte eine Katastrophe eintreten, ein Fall sich als dringend erweisen oder eine Zeugenaussage vor Gericht nötig sein.

Und seitdem ist das mein Leben.

Um zehn am nächsten Morgen waren Birdie und ich am Charlotte Douglas International Airport. Wir konnten zwar pünktlich an Bord gehen, die Maschine startete aber mit zwanzig Minuten Verspätung. Was nicht dazu beitrug, die Laune des Katers aufzuhellen. Er war ohnehin schon mürrisch, und die Verzögerung stachelte seine Proteste zu persönlichen Höchstleistungen an.

Als wir auf dem Pierre Elliott Trudeau International in Dorval landeten, war ich der zweitunbeliebteste Passagier der Maschine. Mein Begleiter unter dem Sitz gewann den ersten Preis.

Jetzt zu den versprochenen Informationen über Andrew Ryan.

Wie schon erwähnt, lernten wir uns kennen, als er *lieutenant-détective* in der Abteilung Gewaltverbrechen der Provinzpolizei, der Sûreté du Québec, war. Da die SQ ihre Zentrale im selben Gebäude wie das LSJML und mein Institut hat, war es unvermeidlich, dass unsere Wege sich kreuzten.

Jahrelang ermittelten Ryan und ich zusammen bei Mordfällen, damals noch rein professionell. Kollegen, die total auf Mord konzentriert waren.

Nach einer Weile fing Ryan an, mich zu umschmeicheln, weil er mehr wollte. Und nach einer Weile bekam er es auch.

Wir hatten Dates. Für sehr lange Zeit.

Vor Kurzem hatte Ryan mir einen Heiratsantrag gemacht.

Jetzt mal langsam, Junge!

Ich ließ mich auf Zusammenwohnen ein.

Um mein Engagement für diese neue Vereinbarung zu demonstrieren, baute ich den Annex in Charlotte um und verkaufte meine geliebte Eigentumswohnung in Montreals Centreville. Ryan und ich kauften eine Wohnung in einem schicken neuen Hochhaus, ebenfalls im Zentrum. Obwohl nur wenige Blocks von meinem komfortablen alten Zuhause mit Gartenanteil entfernt, ist diese neue Bleibe in jeder sonstigen Hinsicht eine ganze Galaxie weit weg.

Ich nannte dem Uber-Fahrer André meine Adresse an der Rue Sherbrooke. Mit einem angewiderten Blick zu Birdie wuchtete André mein Gepäck in den Kofferraum seines Nissan Maxima, und wir fuhren los.

Da auf der Autoroute 20 kein Stoßverkehr herrschte, war die Fahrt in die Stadt halbwegs kurz. Aber nicht kurz genug, wenn's nach Birdie ging.

Am Gebäude angekommen, beeilte sich André, uns loszuwerden. Nachdem er mein Gepäck auf den Bürgersteig gehoben hatte, schaute er die Katze finster an und raste, Kies und Laub aufspritzend, davon.

Der Portier Sylvain nahm mir sowohl die Katzenbox als auch meinen Riesenkoffer ab und half mir in einen Aufzug. Ich war mit den Nerven zu sehr am Ende, um etwas einzuwenden. Nicht so Birdie.

»Grande paire de poumons«, sagte Sylvain.

»Oui«, pflichtete ich ihm bei. Ein Paar kräftige Lungenflügel.

Wir sausten in der schnittigen neuen Kabine nach oben, dann betraten Birdie und ich unsere schnittige neue Bude.

Ich musste laut auflachen.

Ryan hatte Ballons und Papiergirlanden aufgehängt und ein großes, glitzerndes Schild an die Wand geklebt. *Bienvenue!*

Nachdem ich meinen Koffer ins Schlafzimmer gerollt hatte, befreite ich meinen von wachsendem Missfallen erfüllten Reisegefährten. Birdie verließ sein Gefängnis und schaute sich um, noch immer verärgert, aber neugierig auf die neue Wohnung. Und endlich still.

Ich schaute eben in den Kühlschrank, als mein Handy eine SMS meldete.

Sicher angekommen?

Ja.

Katze zufrieden?

Kein Kommentar.

Entspann dich. Ich bringe Abendessen mit.

Ich liebe die Ballons.

Bis bald.

Als Erstes stellte ich Birdies Katzenklo auf. Er benutzte es. Dankte mir nicht, schaffte es aber großartig, seine Hinterlassenschaft zu tarnen, indem er die Streu neu arrangierte.

Ich war eben mit Auspacken fertig, als ich die Wohnungstür klicken hörte.

»Wo bist du, Zuckerwürfelchen?«, trällerte Ryan.

»Nenn mich noch einmal so, und ich bleibe nicht lang.«

Ryan erschien in der Schlafzimmertür, eine Pizza in einer Hand, einen kleinen, pelzigen Nager in der anderen.

»Eine Angela *spéciale* für uns.« Er hob die Pizza hoch. »Eine Kleinigkeit für deinen Freund.«

»Birdies Zuneigung kann nicht erkauft werden.«

»Der kleine Kerl vergöttert mich bereits.«

Nachdem er Pizza und Spielzeug auf den Nachttisch gestellt hatte, beugte sich Ryan zu mir und drückte mich fest an sich. Krönte die Umarmung mit einem sehr langen, sehr innigen Kuss.

Habe ich schon erwähnt, dass Ryan topfit und äußerst gut aussehend ist? Und dass wir einander fast einen Monat lang nicht gesehen hatten?

Ich spürte ein Kribbeln im Bauch. Oder, um genau zu sein, irgendwo weiter südlich.

Ich stieß ihn nicht weg.

Bei der Pizza, die während unserer Balgerei in den Laken kalt geworden war, besprachen Ryan und ich den Behälter-Fall. Und die Gründe, warum die Akte so dünn war.

»Die Opfer sind seit Jahren tot. Ohne Namen konnten wir weder Familien noch bekannte Partner benachrichtigen. Es gab keine Zeugen, keine Verdächtigen. Kein Mensch wusste irgendwas.«

»Oder behauptete, nichts zu wissen.«

Ryan neigte den Hals seiner Moosehead-Flasche in meine Richtung, um meine Ergänzung zu bestätigen.

»Der Behälter wurde in einem Trailer-Park in Saint-Anicet ans Ufer gespült«, sagte ich.

»Korrekt. Wir haben den Kerl befragt, der ihn gefunden hatte.«

»Keins von Gottes intelligenteren Geschöpfen.«

»Eigentlich nur ein Hirnstamm auf zwei Beinen. Wir haben mit allen Bewohnern des Parks geredet und mit Leuten, die im Ort und auf den angrenzenden Farmen leben. Wir haben alle Jachtclubs entlang des Ufers abgeklappert, jeden Bootsbesitzer überprüft, der in der Provinz registriert war.«

»Weil ihr dachtet, der Behälter war aus einem Boot in den Fluss geworfen worden.«

»Wir haben uns an jede Schule in der Gegend gewandt. Verdammt, an jede Schule in der Provinz und auch darüber hinaus.«

»In den Formularen zu Beweismitteln und persönlicher Habe gab es nur wenige Einträge«, sagte ich. »Die Polyäthylenplane und das 18er-Kabel waren identisch mit den in Charleston verwendeten Materialien.«

»Hier haben wir den Ring des Mädchens sichergestellt«, sagte Ryan. »Dort hast du keine persönliche Habe gefunden.«

Das vergrabene Bild drehte sich um und hob den Kopf. Ich verweigerte ihm den Zugang zu meinem Bewusstsein.

»Ja«, pflichtete ich ihm bei. Dann, weil ich Ryans nächste Frage voraussah: »Keine Fingerabdrücke auf irgendwas. Beim Behälter dasselbe.«

Ryan streckte die Hand aus, um mir Tomatensauce von der Oberlippe zu streichen. Vielleicht Käse.

»Danke.« Ich hatte nichts dagegen, dass sein Finger zu lange verweilte. »Die Steine, mit denen der Behälter beschwert wurde, sind untersucht worden.«

»Das habe ich ganz vergessen. Irgendwelche Lichtblicke?«

»Gewöhnliche Flusskiesel, die man überall findet.«

»War da nicht auch eine Schnecke drin?«

»Schwarz, die Gattung nicht bestimmbar.« Ich zitierte aus der Zusammenfassung des Malakologen. »Das Gutachten zur Flusshydraulik war ähnlich unergiebig.«

»Viele Parallelen zu deinen Opfern in Charleston?«

Ich beschrieb sie ihm.

Zusammen räumten wir das Geschirr auf und steckten die Pizzareste in einen Ziplock-Beutel. Ryan öffnete sich ein zweites Moosehead, und ich machte mir Tee.

Wir setzten uns in zwei Lehnsessel vor der Glaswand mit Blick über die Skyline, die sich bis zum Fluss erstreckte. Zwölf Etagen unter uns blitzten die Fenster an der Sherbrooke kupferfarben in den warmen Strahlen der untergehenden Sonne auf.

»Hast du was zu tun, solange ich hier bin?«, fragte ich.

»Ein Kerl in Montpellier will, dass ich mir einen tödlichen Autounfall ansehe.«

»Klingt ziemlich langweilig.«

»Hm.« Ryans Gedanken waren nicht bei einem Unfall in Vermont. Nachdem er sein Bier ausgetrunken hatte, drehte er meinen Sessel, beugte sich vor und fing an, mir Hals und Schultern zu kneten.

Ich stellte meinen Tee ab. Zum ersten Mal seit einer ganzen Weile fing ich an, mich zu entspannen.

Ryans Hände bewegten sich nach unten, seine Daumen massierten tiefe Kreise in die Muskeln neben meinem Rückgrat.

Ich muss es gestehen: Ich liebe Rückenmassagen. Man muss mich nur richtig massieren, dann verrate ich den Standort jeder Atomwaffe im US-amerikanischen Arsenal.

Ryans Hand glitt in den Bund meiner Jeans.

»Zweimal in einer Nacht? Für wie locker hältst du mich?«

»Das können wir später besprechen.«

Seine Finger rutschten noch tiefer.

Vorteil Ryan.

10

Montag, 11. Oktober

Als ich aufwachte, duftete es nach Kaffee. Und das Bett neben mir war leer.

Ein Post-it-Zettel zierte die Tür des schnittigen, hochmodernen Edelstahl-Kühlschranks. Errötend zerknüllte ich Ryans Kunstwerk und warf es in den Papierkorb.

Birdie klebte am Wohnzimmerfenster, und sein Schwanz zuckte, sooft eine Taube vom Dach nach unten schoss. Ryan war nirgendwo zu sehen.

Als wir die Wohnung kauften, deren Preis unser Budget bereits bedenklich überstieg, beschlossen Ryan und ich, noch mehr Geld für zwei Stellplätze im Haus auszugeben. Da Ryan bei der SQ ausgeschieden war, konnte er kein Dienstfahrzeug mehr nutzen und war deshalb abhängig von dem Jeep, den er seit Jahren besaß. Da ich bereits in Charlotte in ein neues Auto investiert hatte, benutzte ich jetzt bei meinen halbmonatlichen Besuchen in Montreal meinen alten Mazda.

Na und? Man lebt nur einmal.

Als ich in die Tiefgarage kam, war Ryans Stellplatz leer. Unterwegs, um einen Mann wegen eines Unfalls zu sprechen, vermutete ich.

Nachdem ich aus dem Untergrund aufgetaucht war, fuhr ich in den Bezirk Hochelaga-Maisonneuve, einem Arbeiterviertel knapp östlich des Centreville. Nach zehnminütiger Suche im Gewirr der schmalen Straßen fand ich eine Lücke zwischen den Autos, die den Bordstein säumten. Nach einigem anstrengenden Lenkradkurbeln und Vor- und Zurückruckeln hatte ich mich hineingezwängt, mit gut dreißig Zentimeter Platz an den beiden Stoßstangen.

Außer Atem und ein bisschen verschwitzt, stieg ich aus und las drei Schilder, die Parkbeschränkungen für diese Straßenseite auflisteten, und zwar für diese und jene Tage in diesen und jenen Monaten für Fahrer, die keine Anwohnererlaubnis hatten und auch keine Befreiung durch das pangalaktische Tribunal für zeitweilige Fahrzeugverwahrung. Über die Parkvorschriften in Montreal hätte ich so einiges zu sagen.

Als ich mir einigermaßen sicher war, dass ich legal parkte, verriegelte ich die Türen per Knopfdruck und ging los. Der Tag war kühl, der Himmel bleigrau und die Luft schwer vom Geruch von totem Laub und Abgasen. Hin und wieder wehte ein Hauch von Öl und totem Fisch vom Fluss herauf.

Nach wenigen Minuten stand ich vor einem T-förmigen Hochhaus, das unharmonisch aus dem Labyrinth ein- und zweistöckiger Wohnhäuser aufragte. Das *Laboratoire des Sciences Judiciaires et de Médecine Légale* nutzt die oberen beiden Stockwerke, das *Bureau du Coroner* ist im elften und die Leichenhalle im Keller. Da die restlichen Etagen von der Provinzpolizei benutzt werden, heißt das Gebäude, obwohl offiziell Èdifice Wilfrid-Derome genannt, bei alten Hasen noch immer das SQ-Gebäude.

Ich zog meinen Ausweis durch, trat durch das Metalltor und

stieg in den nur Befugten zugänglichen LSJML/Coroner-Aufzug, zog die Karte noch einmal durch und fuhr mit einem Dutzend anderen nach oben. Die Muntereren murmelten ein *»Bonjour«* oder *»Comment ça va?«*. Hallo. Wie geht's?

Mehr schaffte man an einem frühen Montagmorgen einfach nicht.

Vier von uns stiegen im zwölften Stock aus. Nachdem ich das Foyer durchquert hatte, zog ich einen zweiten Ausweis durch und betrat den Arbeitsbereich des Instituts. Durch Guckfenster und offene Türen sah ich Sekretärinnen, die Computer hochfuhren, Techniker, die Geräte einstellten, und Wissenschaftler und Analytiker, die in Labormäntel schlüpften.

Ich zog noch eine letzte Karte durch. Glastüren zischten auf und gewährten mir Zutritt zum gerichtsmedizinischen Flügel.

Laut Anschlagtafel waren drei von fünf Pathologen anwesend. Das Kästchen neben Emily Santangelo meldete: *Témoignage: Joliette.* Zeugenaussage in Joliette. Natalie Ayers war auf *congé personnel.* Urlaub aus persönlichen Gründen.

Weiter entlang des Korridors kam ich zu meiner Linken an den Pathologie-, Histologie- und Anthropologie/Odontologie-Laboren vorbei, zu meiner Rechten an den Büros der Pathologen. LaManche. Pelletier. Morin. Santangelo. Ayers. Das meine war das letzte in der Reihe.

Noch mehr Security. Altmodisch mit Schlüssel und Schloss.

Ich war zwei Wochen weg gewesen. Mein Büro sah aus, als wäre ich seit dem Fall der Berliner Mauer nicht mehr hier gewesen.

Arbeiter, wahrscheinlich Reinigungsleute, hatten mir jedes bewegliche Objekt auf den Schreibtisch gestellt. Den Papierkorb, meinen Bürostuhl, den Garderobenständer mit frischen Labormänteln auf Kleiderbügeln. Mein Spurensicherungskoffer und die Stiefel standen auf dem Fensterbrett neben dem Kugelkaktus, der bereits bei Ankunft tot gewesen war. Aber die Fliesen unter meinen Füßen glänzten.

Nachdem ich die Ausstattung wieder an ihren Platz gestellt hatte, setzte ich mich in meinen quietschenden alten Sessel.

Auf der Schreibplatte türmte sich Papier in einer Menge, die wohl einige Bäumen das Leben gekostet hatte. Ich warf Werbung und Anzeigen in den Papierkorb und behielt nur Folgendes: die neueste Ausgabe von *Voir Dire,* dem Tratschblatt des LSJML; ein medizinisches Dossier aus einem Krankenhaus in Saint-Jérôme, ein Päckchen mit Fotos von einem Fotografen der *Section d'Identité Judiciaire*, einen Brief von einem Staatsanwalt in Quebec City, zwei Formulare mit *demandes d'expertise en anthropologie.*

Vorsintflutlich, ich weiß, aber ich bewahre alle Papierunterlagen meiner Fälle auf. Zusätzlich zu den Fotos und Abschlussberichten, die ins System eingegeben werden, behalte ich auch alle meine handschriftlichen Notizen und Diagramme und die Formulare, die ich bei meinen Untersuchungen ausfülle.

Ohne die Überlebenden meiner Selektierung weiter zu beachten, ging ich zu einem beunruhigend klobigen Aktenschrank, der nach vorne zu kippen droht, wenn die beiden oberen Schubladen gleichzeitig geöffnet werden, und holte die Ordner für LSJML-41207 und LSJML-41208 heraus. Fünfzehn Jahre alt hieß unterste Schublade – keine Gefahr von der Schwerkraft.

Ich kehrte zum Schreibtisch zurück und öffnete den ersten Ordner. Überflog den Inhalt. Wandte mich dem zweiten zu.

Bewaffnet mit den notwendigen Informationen, begann ich meine Recherche. Zuerst im Computer, dann an verschiedenen Örtlichkeiten im Gebäude.

Eine Stunde später kehrte ich mit leeren Händen zurück. Entmutigt und frustriert, wechselte ich von den alten Fällen zu den neuen und überflog die erste Anforderung eines anthropologischen Gutachtens zu Überresten, die kürzlich im LSJML eingetroffen waren.

Pathologe: M. Morin. Ermittelnder Beamter: L. Claudel, *Service de Police de la Ville de Montréal*. SPVM. Früher als *Service de Police de la Communauté Urbaine de Montréal* oder SPCUM bekannt, ist der SPVM die Truppe der städtischen Jungs. Dieselbe Truppe, neuer Name. *Nom: Inconnu*. Name: Unbekannt. Ich übersprang die Fallnummern des LSJML, der Leichenhalle und der Polizei und nahm mir direkt die Zusammenfassung der bekannten Fakten vor.

Ein Hausbesitzer hatte beim Graben in seinem Keller in Saint-Leonard Knochen entdeckt. Könne ich bestimmen, ob die Knochen menschlich waren? Wenn ja, wie viele Personen? Leichenliegezeit? Wenn jüngeren Datums, könne ich Alter, Geschlecht, Abstammung und Größe bestimmen und für jede Person charakteristische Merkmale angeben? Könne ich die Todesursache feststellen?

Ein klassischer Fall für die forensische Anthropologie.

Das zweite Formular nannte LaManche als Pathologen. Ich las die Zusammenfassung. Es ging um einen Autounfall und einen fehlenden Beinknochen. Verdutzt las ich sie noch einmal.

Im Gegensatz zu Morins fiel LaManches Fall in die Zuständigkeit der SQ. Der Provinzpolizei.

Eine Stadt, zwei Polizeibehörden. Klingt kompliziert, ist es aber nicht. Und dann auch wieder schon.

Montreal ist eine Insel, die Südspitze vom Fleuve Saint-Laurent umflossen, die Nordseite von der Rivière des Prairies. Dieser nur fünfzig Kilometer lange Landstrich variiert in der Breite zwischen fünf und dreizehn Kilometern, enger an den Spitzen und breiter in der Mitte. Sein beherrschendes Merkmal ist der Mont Real, ein Gesteinsbrocken, der sich stolze 231 Meter über den Meeresspiegel erhebt. *Les Montréalais* nennen diesen bescheidenen Buckel *la montaigne*. Der Berg.

Aus polizeitaktischen Gründen ist Montreal entsprechend dieser geologischen Details unterteilt. Auf der Insel: SPVM.

Auf dem Festland: SQ. Auch wenn es Rivalitäten gibt, im Allgemeinen *ça marche.* Es funktioniert.

Dr. Pierre LaManche, der Direktor der gerichtsmedizinischen Abteilung der LSJML, bevorzugt Kreppsohlen und leere Taschen und bewegt sich so leise, dass er ohne jede Vorwarnung einfach auftauchen kann.

Was er in diesem Augenblick tat.

»Was für eine glückliche Wendung.« LaManches Französisch ist pariserisch und präzise.

Ich hob den Kopf.

Le directeur stand in meiner Tür, Aktenordner an die Brust gedrückt. Eine ganze Menge davon. Was typisch war für einen Montagmorgen. Wie in jedem Zuständigkeitsbereich finden auch *les Québecois* an den Wochenenden unzählige Möglichkeiten, sich selbst und andere umzubringen. Nach einem Sechserpack oder einem Liter Bourbon erscheint manch einem ein Auerbachsalto in einen Steinbruch oder ein selbst gebauter Sprengsatz wie eine brillante Idee.

»Ich habe Gerüchte gehört, dass Sie wieder bei uns sind.«

»Bonjour. Bitte kommen Sie herein.« Ich ließ mir meine Überraschung nicht anmerken. Es kam nicht oft vor, dass der Chef meine bescheidene kleine Kammer besuchte.

LaManche ist ein großer, kräftiger Mann. Mit deutlich über sechzig sieht seine Haltung allmählich aus, als sollte er in Notre-Dame die Glocken läuten. Er schaute sich unschlüssig um.

»Entschuldigung.« Ich ging um meinen Schreibtisch herum, schnappte mir die Labormäntel, die alle auf meinem einzigen Besucherstuhl lagen, und hängte sie wieder an den Garderobenständer.

Mit einem Nicken betrat LaManche das Büro und änderte seine gebückt stehende in eine gebückt sitzende Haltung, die Brauen fest zusammengekniffen. Ganz offensichtlich hatte er etwas auf dem Herzen. Ich wartete, bis er zu reden anfing.

»Sie kennen natürlich *maître* Lauzon.«

In Quebec sind die Coroner entweder Ärzte oder Anwälte. Komisches System, aber *ça marche*. Hélène Lauzon war Anwältin, deshalb *maître*.

Ich nickte.

»Als *maître* Lauzons Vater Alfonse Vachon am Samstag von seiner wöchentlichen Bowlingrunde nach Hause fuhr, stieß er mit seiner Front gegen das Heck eines Umzugswagens und klemmte einen der beiden Arbeiter ein, die eben ein Sofa einluden. Die Wucht des Aufpralls war so stark, dass es Monsieur Vachon hinter dem Lenkrad aufstellte. Sein rechter Unterschenkel und mehrere Rippen erlitten Brüche, sein Gesicht wurde stark zerschnitten.«

»War er angeschnallt?« Ich hatte keine Ahnung, wohin das führen sollte. Was in letzter Zeit ziemlich häufig vorkam.

»Nein. Und er hatte getrunken.«

»Autsch.«

LaManche schien den Zustand des Kaktus zu begutachten. Ich wartete, bis er fortfuhr.

»Heute Morgen unterzog Monsieur Vachon sich einer Operation zur Wiederherstellung seines gebrochenen Beins. Nach Aufschneiden und Reinigen des Gewebes stellte der Chirurg fest, dass ein Teil des Schienbeins des Patienten fehlte.«

»Verschwunden?« Ich war mir nicht sicher, ob ich *manquant* richtig übersetzte.

»Es war nicht da.«

»Wo war es?«

»Das ist genau seine Frage.«

Ich sagte nichts.

»Der Chirurg rief *maître* Lauzon an. Sie rief wiederum mich an, um die Situation zu erklären und eine gründliche Durchsuchung des Fahrzeugs ihres Vaters zu beantragen. Ich erwähnte, dass Sie gegenwärtig in Montreal sind, und sie bat um Ihre Anwesenheit.«

»Warum ich?«

»Sie kennen sich mit Knochen aus.«

»Das klingt sehr bizarr.«

LaManche hob leicht eine Schulter, eine Geste aus dem grenzenlosen Repertoire des Achselzuckens, das die Franzosen so perfekt beherrschen. *Wer weiß? Ist es wichtig? Ich brauche eine Zigarette.*

»Wo ist das Auto?«, fragte ich.

»Pierrefonds.«

»Wann soll ich dort sein?«

»So schnell wie möglich. Wenn Sie unten anrufen, fährt ein SQ-Beamter Sie hin.« Wenn. Nicht falls. Na toll.

»Wie geht es dem Arbeiter, der eingeklemmt wurde?«

»Dieser Herr liegt in unserer Kühlung.«

»Ich bin dabei«, gab ich resigniert zurück. So hatte ich mir meinen ersten Tag hier nicht vorgestellt.

LaManche legte die Handflächen auf die Knie und wollte sich aufrichten.

»Wenn Sie noch einen Augenblick Zeit haben. Ich habe da etwas, das ich mit Ihnen besprechen will, bevor ich aufbreche.«

»Bien sûr.« Natürlich. Er lehnte sich wieder zurück.

Ich hatte mir meine Formulierungen gut überlegt und war knapp und präzise.

Ich informierte LaManche über die 2006 gefundenen Behälter-Leichen. Zeigte ihm Fotos und meine alten Berichte. Er meinte, er erinnere sich vage an den Fall.

Dann berichtete ich ihm von den Opfern in Charleston von vergangener Woche.

Oft ist es schwer, das Gesicht des alten Mannes zu lesen. Nicht in diesem Augenblick. Die Falten in seinem Gesicht vertieften sich zu Furchen des Zweifels.

Ich redete weiter. »Seit 2006 hat es Fortschritte bei der DNA gegeben. Verbesserungen der Extraktions- und Vermehrungstechniken. Erweiterung der Datenbanken. Dasselbe trifft auf alle forensischen Verfahren zu. Isotopenanalyse –«

»Was schlagen Sie vor, Temperance?« La Manche benutzt immer meinen vollen Namen und betont dabei die letzte Silbe.

»Eine Exhumierung.«

»Haben Sie 2006 keine Proben genommen?«

»Die Knochen waren so beschädigt, dass es keine schlüssigen Ergebnisse gab.«

»Können Sie diese Proben jetzt nicht einfach noch einmal verwenden?«

»Ich kann sie nicht finden. Ich fürchte, die Knochenfragmente wurden 2016 beim Aussortieren eingelagerten Materials zerstört.« Ohne meine Zustimmung. Das erwähnte ich nicht.

Die Furchen arrangierten sich um. Auf keine gute Art.

»Ich kümmere mich um alles«, machte ich unbeirrt weiter. »Aber ich brauche Ihre Zustimmung.«

LaManche ließ die Schultern sinken und schüttelte langsam den Kopf.

»Tut mir leid, Temperance. Im Augenblick kann ich weder Personal noch Mittel für die Verfolgung eines so alten Falls erübrigen. Dr. Ayers ist wegen des Todes ihrer Mutter abwesend. Dr. Santangelo wird für längere Zeit in Joliette bleiben. Ich hoffe, Sie verstehen das.«

»Natürlich.« Ich versuchte erst gar nicht, meine Enttäuschung zu verbergen.

»Sollte sich die Lage ändern –« LaManche ließ den Satz unvollendet.

Die Île de Montréal ist geformt wie ein Fuß – wobei die Zehen nach Nordosten, die Ferse nach Südosten und der Knöchel nach Südwesten zeigen. Hochelaga-Maisonneuve und Centreville liegen und an der Ferse. Der Bezirk Pierrefonds-Roxboro liegt an der nordwestlichen Seite des Schienbeins, an der Rivière des Prairies. Was eine etwas umständliche Beschreibung dafür ist, dass Monsieur Vachons Auto nicht gerade ums Eck stand. Als ich in die Wohnung zurückkam, war es fast sieben.

Eine der Freuden des Lebens sind Kochgerüche nach einem langen Arbeitstag. Genau die empfingen mich, als ich die Wohnungstür öffnete.

»Liebling, ich bin zu Hause.« Ein Spruch aus *Vater ist der Beste,* der uns immer amüsierte.

Keine Antwort. Ich hängte meine Jacke in den Wandschrank und folgte den Aromen von Rosmarin und Knoblauch.

Ryan war in der Küche und sah aus wie ein Häftling auf Freigang. Sein Gesicht war gerötet, die Haare standen ihm in alle Richtungen ab. Sein über der Hose hängendes, großzügig mit Fett besprenkeltes Hemd war zum Teil verdeckt von einer Schürze, die ihm an einer Schlaufe vom Hals hing und hinten an der Taille verknotet war. Darauf stand: *Patron du thon.* Thunfisch-Boss. Den Reiz des Reims gibt es nur im Französischen.

»Nette Schürze«, sagte ich.

»Die gehörte meiner Mutter.«

Ich behielt meine Meinung über Mamas Abgelegte für mich und ging zu ihm hinüber, um ihn zu küssen. Von unerschütterlicher Hoffnung erfüllt, blieb Birdie auf seinem Wachposten am Herd.

»Riecht köstlich«, sagte ich.

»So soll es auch sein, *ma chère.* Und jetzt geh.« Er scheuchte mich mit der Hand, die nicht den Pfannenheber hielt, davon. »Einlass ist um halb acht.«

»Was –«

»Geh.«

Ich ging.

Vierzig Minuten später saßen wir in den Sesseln am Fenster, nippten Espresso und verdauten die Hühnerbrüste mit Knoblauch und Rosmarin, Kartoffelbrei und gebratenem Spargel. Ryan hatte nicht übertrieben. Das Essen war köstlich gewesen.

»Das Fahrzeug war auf einem Abschlepphof«, sagte ich, um unser Gespräch über die Ereignisse des Tages fortzusetzen.

»Hatte der Hof einen Hund?«

»Einen großen braunen.«

»Hunde von Autohöfen können heikel sein.«

»Sein Name war Merle. Er hat uns sehr genau beobachtet. Wie auch immer, das Auto hatte Fußmatten, du weißt schon, für schneeverkrustete Stiefel und so.«

»Wir sind in Quebec. Sogar Merle hat Fußmatten.«

Ich warf Ryan einen tadelnden Blick zu. »Auf der Fahrerseite war nur getrocknetes Blut zu sehen. Aber als ich die Matte entfernte, konnte ich vorn bei den Pedalen ein kleines, fransiges Loch im Teppichbelag erkennen. Nachdem ich diesen Teil des Teppichs herausgeschnitten hatte, entdeckte ich einen kleinen, dreieckigen Einstich im Bodenblech. Und tatsächlich steckte da ein Stück Schienbein drin.«

»Der Knochen von dem Kerl drang also durch die Matte, den Teppich und den Metallboden des Autos? Ist das überhaupt möglich?«

»Die Rinde eines Schienbeins ist dick, was dem Knochen eine beeindruckende Festigkeit gibt. Vachon war mit über sechzig Sachen unterwegs, und der Laster stand, sodass der Aufprall ziemlich heftig war.«

»Schätze, die Ersthelfer waren darauf konzentriert, Vachon herauszuholen, und achteten nicht darauf, ob irgendwas von ihm zurückblieb.«

»Außerdem hatte das Bein einen offenen Bruch, also war da wahrscheinlich sehr viel Blut.« Ich trank einen Schluck Kaffee. »Nach mehr als achtundvierzig Stunden war das Weichgewebe hinüber. Aber man sollte noch Teppichfasern am Knochen finden können.«

»Der Fuß des Kerls muss hin- und hergeschlenkert sein wie eine Flickenpuppe.«

Jetzt warf ich Ryan einen Blick gespielten Missfallens zu.

»Was passiert mit dem Stück, das du gefunden hast?«

»Ist eingetütet und beschriftet. Keine Ahnung, was das Labor damit macht.«

»Kann man es Monsieur Vachon zurückgeben?«

»Keine Chance. Was ist eigentlich mit deinem Unfallopfer?« Zuvor hatten Ryan und ich uns unterhalten, wie ironisch es sei, dass wir beide Autounfälle bearbeiteten.

»Da gibt's nicht viel zu sagen. Der Kerl, der sich an mich gewendet hatte, ist Schadenssachverständiger bei einer Versicherung. Kurz gesagt, die Ehefrau des Verstorbenen besteht darauf, dass der Tod ihres Gatten ein Unfall am Arbeitsplatz war. Wenn das stimmt, gibt's jede Menge Kohle.«

»Klingt ziemlich banal.«

»Das Komische ist, der Unfall ist vier Jahre her.«

»Warum wird die Forderung erst jetzt gestellt?«

»Genau das ist auch die Frage meines Klienten.«

»Hältst du es für einen Betrugsversuch?«

»Das habe ich vor herauszufinden.«

Ich wollte eben noch eine Frage stellen, als mein Handy klingelte. Ich schaute auf die Anruferkennung.

»LaManche«, sagte ich zu Ryan.

»Ruft er dich oft auf dem Handy an?«

»Nie.«

Ich ging ran.

Was LaManche sagte, hätte ich am wenigsten erwartet.

11

Mittwoch, 13. Oktober

Die Rue Sherbrooke ist mehr als neunzehn Meilen lang, eine wichtige Ost-West-Arterie und die zweitlängste Straße auf der Île de Montréal. Unsere Wohnung in Centreville liegt am einen Ende. Le Repos Saint-François d'Assise liegt am anderen.

Um sieben am Mittwochmorgen fuhr ich nach Osten. Wie ich es schon am Dienstag getan hatte.

Wie schon an einem trüben Herbsttag im Jahr 2010.

LaManches Anruf hatte mich auf Touren gebracht. Ohne Erklärung für seine verblüffende Kehrtwende hatte er gesagt, er habe beschlossen, grünes Licht für die Exhumierung zu geben. Er hatte vorgeschlagen, dass ich mich an Rémi Arbour wende, den Leiter des Friedhofs.

Genau das tat ich. Eine Nanosekunde nach der dienstäglichen Eröffnungsglocke. Arbour war zwar nicht gerade begeistert, aber bereit, mich zu empfangen. Er schlug vor, ich solle mittags in sein Büro kommen.

Ich war eine halbe Stunde zu früh dran. Arbour kam zehn Minuten zu spät. Der Kerl war Mitte vierzig, übergewichtig und kurzatmig, und alles an ihm schrie Herzinfarkt.

Da Arbour die Stelle erst seit Kurzem hatte, wusste er nichts von Grabstätten, die älter als zwei Jahre waren.

Er ließ sich mit einigem Drängen dazu erweichen, mir bei der Suche im Archiv zu helfen. Danach fuhren wir in Arbours Pick-up über das Friedhofsgelände. Manches kam mir bekannt vor. Eine Statue des heiligen Franz. Ein Drache.

Schließlich hatten wir die Abteilung gefunden, die für die Beerdigung Unbekannter im Jahr 2010 benutzt worden war, dem Jahr, in dem LSJML-41207 und LSJML-41208 zur letzten Ruhe gebettet worden waren. Aus dem Transporter ausgestiegen, gingen wir die Reihen entlang, bis wir ihre Gräber gefunden hatten.

Ich verglich die Szene mit den Fotos, die ich mitgebracht hatte. Ein alter Ahorn war verschwunden, ein Strauch war stark gewachsen. Ansonsten sah alles noch so aus wie vor zehn Jahren.

Und auch die kalte Leere, die meine Brust füllte, war dieselbe.

Jetzt saß ich also hinter dem Lenkrad wie schon am Tag zuvor und blinzelte in eine safrangelbe Morgendämmerung, während mein Herz viel zu schnell schlug.

Um mein Unbehagen etwas zu lindern, ging ich noch einmal durch, was ich bei einer schnellen, spätabendlichen Internetsuche herausgefunden hatte.

Der 1724 gegründete Repos Saint-François d'Assise ist eine der ältesten Begräbnisstätten Montreals. Nach mehreren Umbenennungen und Verlegungen im Lauf der Jahre ermöglichte der gegenwärtige Friedhof sowohl Beerdigungen wie Kremationen, zusammen mit drei Angeboten für die langfristige Verwahrung: Kolumbarium, Mausoleum oder ein altmodisches Grab. Egal wie man sich das Jenseits vorstellt, der heilige Franziskus von Assisi deckt alle Wünsche ab. Wie man das auch verstehen mag.

Noch eine Tatsache, die man online allerdings nicht erfährt. In früheren Jahren hatte Le Repos einen Vertrag mit den Behörden, in dem sich der Friedhof verpflichtete, Grabplätze für jene bereitzustellen, die die schlechte Entscheidung getroffen hatten, mittel- oder namenlos zu sterben.

Kurz hinter der Rue St-Germain blieb der SUV vor mir plötzlich stehen. Ich trat auf die Bremse.

Wegen Arbeiten an einer Rohrleitung war die halbe Straße aufgerissen worden, und der Verkehr kam in beiden Richtungen zum Stehen. Eine Frau in einer neon-orangefarbenen Weste dirigierte mit einem rotierenden Signalstab und einem Napoleon-Komplex die Verkehrsströme. Der kleine General hatte keine Eile.

Ich saß da, trommelte mit den Fingern aufs Steuer und hörte CJAD, Montreals Rund-um-die-Uhr-Nachrichtensender, weil ich wissen wollte, ob unsere kleine Exhumierungsaktion Erwähnung fand. Erfuhr nichts dergleichen. Die zwanzigminütige Verzögerung und die Nachrichten des Tages trugen nicht gerade dazu bei, meine Aufregung abzufedern.

Die Sonne stand schon gut über dem Horizont, als ich durchs Tor des Haupteingangs zum Friedhof an der Rue Langelier fuhr. Nach einem Slalom durch Grabsteinreihen und einer Berg-und-Tal-Fahrt durch Senken und über Buckel hielt ich in der Nähe der Grabstätten, die Arbour und ich identifiziert hatten.

Und fluchte. Ich war zu spät dran.

Neben der schmalen Fahrspur stand ein Streifenwagen der SQ, ein Spurensicherungstransporter des SIJ, ein Transporter des Coroners, ein Golfkarren und Arbours Pick-up. Ich stellte meinen Mazda hinten in die Schlange, stieg aus und lief auf die Gruppe zu, wobei ich mir Details einprägte.

Es waren keinen Maßnahmen ergriffen worden, um Vertraulichkeit zu gewährleisten. Keine provisorischen Zäune. Keine Plastikzelte. Keine Sägeböcke mit Absperrbändern.

Ein Schaufelbagger stand bereit, der Fahrer saß an den Kontrollhebeln und trank aus der Kappe seiner Thermosflasche. Sperrholzplatten bedeckten die Erde zu beiden Seiten des Grabs.

Neun Personen standen in Zweier- und Dreiergruppen zusammen und unterhielten sich. Zwei Uniformierte der SQ, der Fahrer des Coroners und sein Partner, zwei SIJ-Techniker, Arbour. Etwas abseits lehnte ein Paar in identischen Stiefeln, Jeans, Windjacken mit mürrischem Gesichtsausdruck auf langstieligen Schaufeln.

Gute Entscheidung, was das Thema Vertraulichkeit anging. Schutz war keiner nötig. Kein einziger Reporter war aufgetaucht. Vielleicht hatten die Medien nichts davon erfahren. Vielleicht war es ihnen gleichgültig, wie schon in der Vergangenheit.

»Tut mir leid, dass ich zu spät bin«, sagte ich zu niemandem im Besonderen.

Einer der Männer des Coroners kam zu mir. Gaston irgendwas. Ich hatte mit ihm schon andere Bergungen gemacht.

»*Bonjour, doc.*« Gaston hielt mir einen Styroporbecher hin.

»Danke.« Der Inhalt war nicht ganz lauwarm. Gaston war schon eine Weile hier. Die anderen auch, wie ich annahm.

Ungeduld aus dem Inneren seines glänzenden Polyestermantels abstrahlend, fragte Arbour: *»Nous sommes prêt? Enfin?«* Sind wir so weit? Endlich?

Himmel, Herrschaft!

»Gehen wir's an«, sagte ich kühl, aber lächelnd.

Arbour hob einen Finger und fuhr damit schnelle Kreise in die Luft.

»Das Arschloch hat wahrscheinlich 'nen Steifen, den er wegstecken muss«, murmelte Gaston. Oder irgendein Quebecer Äquivalent.

Der Baggerfahrer schraubte den Deckel auf seine Thermosflasche und stellte sie weg. Sekunden später erwachte das große gelbe Monster zu brüllendem Leben. Nach viel Manövrieren blieb die Maschine stehen, und die Schaufel senkte sich an einem Ende des nördlichen Grabs in Position.

Arbour wiederholte seine Fingergeste.

Die Klauen der Schaufel schwangen hoch und durchbrachen die winterbraune Erde. Der Geruch von totem Gras und feuchter Erde stieg in die Luft.

Der Ausleger hob sich und schwang nach rechts. Die Schaufel kippte ihre Ladung aus, schwang zurück und wiederholte die Aktion. Immer und immer wieder.

Während die Wunde in der Erde immer tiefer wurde, schaute ich genau hin und entdeckte schließlich einige feuchte Splitter in der Schaufelfüllung.

»Stopp!« Ich hob die Hand und schrie, um durch das Knirschen gehört zu werden.

Der Ausleger hielt mitten in der Bewegung inne.

Um meinen ersten Eindruck zu bestätigen, kauerte ich mich an den Rand des Grabs.

»Zeit für die Schaufeln«, sagte ich.

»Das wird die Sache stark verlangsamen.« Arbours Verärgerung war aus zehn Metern spürbar.

»Ich sehe erste Fragmente.«

Ein massiger Schatten fiel über das Grab. Ich deutete auf

eine Stelle in der Grube. Der Schatten stemmte die Hände in die Hüften.

Arbour machte wieder sein Fingerzeichen. Er schien es zu genießen.

Die Friedhofsarbeiter sprangen in die Grube und fingen an zu schaufeln. Die Sonne stieg höher, erwärmte die kühle Luft und ließ die bleiche Linse des Reifs auf dem Rasen schmelzen. Nach einer Weile zogen beide Männer ihre Jacken aus.

Neue Geräusche füllten die Stille, die der ruhende Bagger hinterlassen hatte. Schaufeln, die in die Erde stießen. Erde, die von den Schaufelblättern rutschte. Das Knistern von Statik, die aus dem Funkgerät des Streifenwagens kam. Hin und wieder trällerte ein optimistischer Vogel ein paar hoffnungsfrohe Töne.

Wie Autopsien sind auch Exhumierungen keine pulsbeschleunigenden Dramen. Auch hier ist der Prozess mühselig und langsam. Um mir die Zeit zu vertreiben, schaute ich immer wieder aufs Handy. Und musterte die Umgebung.

Der Friedhof blieb größtenteils verlassen. Hin und wieder fuhr ein Pkw oder der Transporter eines Gärtners vorbei. Irgendwann fuhr eine Frau in einem blauen Hyundai vor, stieg aus und ging zwischen den Grabsteinen auf der anderen Straßenseite hindurch. Sie trug eine schwarze Lederjacke und einen langen grünen Rock. Ihre kurzen und drahtigen Haare waren höchst unvorteilhaft karottenorange gefärbt. Ich beobachte sie verstohlen und fragte mich, wen sie wohl betrauerte.

Karottenhaar blieb vor einem zum Kreuz geformten, rosafarbenen Granitstein stehen. Mit verschränkten Armen und gespreizten Füßen schien sie die Inschrift zu betrachten.

»Yo! Wir können ihn hochziehen.« Arbours Bellen holte mich zurück.

Die Schaufler waren aus der Grube geklettert. Beide schwitzten und tranken gierig Wasser aus Plastikflaschen.

Ich ging an ihnen vorbei und schaute nach unten.

Die Überreste lagen offen da. Durchfeuchtet von eindringendem Grundwasser und eingedrückt vom Gewicht der aufliegenden Erde, war der provisorische Sarg zusammengebrochen und umwickelte den Leichensack wie eine nasse Windel.

Ich zog Handschuhe an, schob mir mein Baumwolltuch vom Hals über die Nase, schnappte mir eine Kelle und stieg ins Grab. Nachdem ich ein paar Minuten lang schlammige Erde weggekratzt hatte, wurde das Etikett sichtbar. Mit dem Daumen säuberte ich die Oberfläche, bis die Nummer zu lesen war.

Ich atmete tief ein. Und wieder aus. Wir hatten das Kind gefunden.

Ich griff nach der Hand, die mir gereicht wurde, und ließ mich hochhieven. Dann gab ich das Startsignal.

Einer der SIJ-Techniker schoss Fotos, während der andere filmte. Als sie fertig waren, hoben Gaston und sein Partner LSJML-41208 heraus und legten sie behutsam auf eine Bahre.

Der Bagger sprang wieder an.

Als die zweite Exhumierung begann, ging ich mit dem Team des Coroners zum Van und sah zu, wie sie die Bahre hineinschoben. Sah und hörte, wie die Hecktüren zugeknallt wurden.

Hinter unseren geparkten Fahrzeugen stand Karottenhaar noch immer vor dem kreuzförmigen Stein, anscheinend tief in Gedanken versunken. Ins Gebet? Eine lange Zeit für einen Besuch bei den Toten, dachte ich.

Ich zog die Handschuhe aus und ging zu der Kühlbox. Richtete mich mit einer Flasche in der Hand eben wieder auf, als mein Blick noch einmal über die Straße wanderte.

Mein Rückgrat versteifte sich, und mein Puls raste.

Karottenhaars Handy war direkt auf mich gerichtet.

Als sie meine Reaktion sah, steckte die Frau ihr Handy in ihre Schultertasche, eilte zum Hyundai und fuhr davon.

Hatte Karottenhaar mich gefilmt? Oder bildete ich mir das nur ein?

Bessere Frage: Warum hatte ich mir ihr Kennzeichen nicht gemerkt?

Die ganze Operation dauerte sechs Stunden. Ich überließ es Arbour, Anweisungen zum Auffüllen der Gräber zu brüllen.

Zurück im Büro, rief ich sofort im Keller an. Die ausgegrabenen Überreste waren da und registriert. Ich bat darum, beide Fälle in *salle quatre* zu bringen, einen Raum mit einer speziellen Belüftungsanlage. Ich erwartete zwar nur minimalen Gestank, arbeitete aber gerne im »Stinker«, weil er der am weitesten entfernte der vier Autopsiesäle war. Mehr Einsamkeit, weniger Unterbrechungen.

Ich wies mich aus und fuhr im Aufzug des Coroners nach unten. Im Keller, der Leichenhallenebene, zog ich mich um und eilte in den *salle quatre.*

Zwei Edelstahlrollbahren standen an entgegengesetzten Wänden. Auf jeder lag ein schlammverkrusteter Leichensack. Eine dritte Bahre stand neben dem im Boden verschraubten Untersuchungstisch in der Mitte des Raums.

Nachdem ich getrennte Fallidentifikationskarten ausgefüllt hatte, zog ich die Reißverschlüsse der beiden Säcke auf und schoss Polaroids. Lisa kam, als ich die Kamera weglegte.

Ein Wort zu Lisa Savard. Intelligent und motiviert wie sie ist, handelt Lisa vorausschauend und braucht keine Anweisungen bei jedem Schritt. Im Lauf der Jahrzehnte habe ich schon mit vielen Autopsietechnikern gearbeitet, doch sie ist und bleibt mir die liebste.

Blond und mit einem legendären Vorbau ausgestattet, ist Lisa auch der Liebling der Polizisten. Zumindest des männlichen Teils.

»Brauchen Sie Röntgenbilder?« Lisa ist zwar frankophon, übt mit mir aber ihr Englisch.

Ich nickte. »Wenn da irgendwas Verdächtiges ist, will ich es wissen.«

Nach dreißig Minuten war Lisa zurück. Gemeinsam betrachteten wir die Aufnahmen. Entdeckten keine Überraschungen.

Während Lisa Tücher über den Tisch und die Rollbahre ausbreitete und ein Sieb ins Spülbecken stellte, zog ich eine Papierschürze aus einer Schublade, zog sie mir über den Kopf und band sie hinten am Rücken zu. Dann legte ich Maske und Operationshandschuhe an und begann damit, die Skelettelemente aus dem Sack mit der Beschriftung LSJML-41207 zu holen.

Von den Füßen zum Kopf arbeitend, legte ich die Knochen in anatomisch richtiger Reihenfolge aus. Lisa sichtete den restlichen Sackinhalt, siebte jede Handvoll unter sanft fließendem Wasser durch.

Drei Stunden später war der mühselige Prozess endlich abgeschlossen.

Ein erdverkrustetes Skelett lag auf dem Tisch, ein zweites, viel kleineres auf der Rollbahre.

Eine Sammlung von Insektenhüllen und Steinchen lag zum Trocknen auf der Arbeitsfläche, zusammen mit einem Plastikknopf und einer verrosteten Sicherheitsnadel. Nachdem wir ein partielles Mausskelett gefunden hatten, war das Rätsel der menschengemachten Gegenstände gelöst, die mich anfangs verwirrt hatten, da beide Überreste nackt begraben worden waren. Wir hatten keine Ahnung, welchen Reiz diese Gegenstände für den verstorbenen Wühlnager gehabt haben mochten.

Die Wanduhr zeigte 21:46. Ich fühlte mich erschöpft und nahm an, dass Lisa ähnlich müde war. Und hungrig. Seit sechs hatten wir nichts gegessen außer einem Sandwich aus dem Automaten.

Ich dankte Lisa und schickte sie nach Hause. Während sie das erwachsene Opfer in die Kühlung schob, warf ich einen schnellen Blick auf das Kind. Schädel. Becken. Die langen Knochen. 2006 ließ grüßen.

Charleston ließ grüßen.

Morgen würde ich ein komplettes Inventar machen und beide Bio-Profile überprüfen. Aber ich wusste bereits, was ich schlussfolgern würde. Wir hatten die Richtigen ausgegraben – die Frau und das Kind, die in einem Behälter bei Saint-Anicet gefunden worden waren.

Den Schädel von LSJML-41208 in den Händen, zögerte ich einen Augenblick.

»Ich verspreche dir«, sagte ich leise und sanft, »ich werde herausfinden, wer du bist.«

Stumm im Tod starrten die beiden leeren Augenhöhlen mich an.

Ich stellte eben den Schädel wieder auf seinen Gummiring, als mir ein flüchtiger Lichtschein ins Auge stach. Eine Reflexion von den Neonröhren an der Decke.

Neugierig holte ich eine Stablampe aus meiner Tasche und richtete den Strahl auf die rechte Augenhöhle. Entdeckte nichts in oder hinter der Öffnung des Keilbeins tief in der Höhle. Ich bewegte die Lampe hin und her. Die linke Höhle war ebenfalls sauber.

Ich leuchtete in die Nasenöffnungen.

Mir stockte der Atem.

12

Mittwoch, 13. Oktober – Donnerstag, 14. Oktober

Lisa, die noch immer da war, meldete sich.

»Sie sehen aus, als hätten Sie gesehen, wie sagt man, *un fantôme?«*

»Einen Geist. Pinzette, bitte.«

Sie gab sie mir.

Mit behutsamen Bewegungen zupfte ich das Objekt aus der Nasenmuschel.

Lisa hatte den Nagel auf den Kopf getroffen. Ein Geist. Ein schmerzhaft trauriger.

Ich ging zum Spülbecken, ließ Wasser über meinen Fund fließen und legte ihn dann auf die Arbeitsfläche. Lisa kam dazu. Wir starrten ihn beide an.

»Was ist das?«

Ich schüttelte nur den Kopf, weil ich meiner Stimme nicht traute.

Lisa bedrängte mich nicht. Das ist noch etwas, das ich an ihr mag.

Zusammen deckten wir LSJML-41208 zu, und sie schob das Kind aus dem Saal. Wir zogen uns um und verließen das Gebäude.

Eine letztes *adieu,* dann gingen wir in verschiedenen Richtungen in die Nacht davon.

Ryan lag im Bett und las.

»Langer Tag.« Er ließ das Buch auf seine Brust sinken.

»Der mit einer sehr langen Dusche enden muss«, sagte ich.

»Brauchst du Hilfe?«

»Ich schaff das.«

Er half mir trotzdem. Ryan seift ein und schrubbt wie ein Weltmeister. Und noch andere Dinge.

Während heißes Wasser auf meinen Körper prasselte und Ryan seine Kunststücke vollführte, spürte ich, wie mein Blutdruck sich normalisierte.

Dreißig Minuten später lagen wir beide, nach Grapefruit und Bergamotte duftend, unter der Decke und schnabulierten von einem Käseteller, den Ryan hergerichtet hatte.

»Feine Seife«, sagte Ryan.

»Old Whaling Company. Was liest du?«

»Tess von den d'Urbervilles.«

»Warum?«

»Ist ein Klassiker.«

Ich konnte nicht widersprechen.

»Bei der Ausgrabung lief alles glatt?« Ryan wechselte das Thema. »Keine Überraschungen?«

»Doch, da war eine.«

Ich erzählte ihm von dem Objekt, das ich aus LSJML-41208 geborgen hatte.

»Wie kam denn ein Gebetszettel in ihre Nase?«

»Ich hab ihn da hingetan.«

Ryans Brauen schossen in die Höhe.

»Nicht in die Nase«, korrigierte ich mich. »Oben auf ihren Schädel. Kurz vor der Bestattung.«

»Wie konnte er in ein Nasenloch schlüpfen?«

»Im Ernst? Ist das deine erste Frage?«

Ryan zuckte die Achseln.

»Er war irgendwie ziemlich winzig. Vielleicht gedacht für einen Schlüsselanhänger oder eine Halskette.«

Ryan sagte nichts.

»Die Plastikbeschichtung half. Trotzdem war das Bild fast zerstört.«

»Bild von wer?«

»Wem.« Ryan und ich lieben es, uns gegenseitig bei Grammatikfehlern zu erwischen.

»Ein Punkt für dich.«

»Mutter Mary MacKillop. Sie ist in altmodischer Schwesterntracht dargestellt.«

»Warum sie?«

»Das ist eine lange Geschichte.«

»Ich habe die ganze Nacht Zeit.« Ryan wackelte mit den Augenbrauen wie Groucho Marx. »Vielleicht willst du lieber –«

»Bei der Bestattung 2010 gab es einen Trauergast, ein Gemeindemitglied namens Ariel irgendwas von einer nahen Kirche. Sie sagte, ein Mitglied ihrer Andachtsgruppe besuche jede anonyme Bestattung.«

»Der Verabschiedung Namenloser verschrieben.«

Ich nickte.

»Eine sehr liebenswürdige Geste.«

»Ist es. War es. Ich weiß nicht, ob sie es immer noch tun.«

Ich nahm mir ein Stück Cheddar.

»Wie auch immer, Ariel hatte mich gebeten, dass ich den Zettel in den Leichensack des Mädchens lege. Es war ihr sehr wichtig, und es schien harmlos, also dachte ich mir, was soll's?«

»Warum MacKillop?«

»Sie ist die Schutzheilige misshandelter Mädchen.«

»Sie wurde heiliggesprochen?«

»Ja. Das war der zweite Grund, warum Ariel auf sie kam. Du kennst doch Bruder André, nicht?« Ich meinte André Bessette, einen Bruder vom Heiligen Kreuz und eine in Montreal sehr beliebte Gestalt.

»Machst du Witze? Als diese Arschlöcher sein Herz geklaut haben, ist die ganze Stadt durchgedreht.«

Es passierte vor meiner Zeit, aber die Geschichte ist eine Legende. Jahrelang ruhte das Herz des Bruders in einem Glasgefäß auf einem Marmorpodest unter der Basilika des Saint Joseph's Oratory. 1973 stahlen es Diebe, um ein Lösegeld zu erpressen. Als das Organ im folgenden Jahr wiedergefunden wurde, führte unser Institut die Identifikation durch.

»Laut Ariel waren sowohl Bruder André wie auch Mutter Mary MacKillop in der Woche zuvor heiliggesprochen worden. Am selben Tag.«

Schon komisch, wie das Gehirn funktioniert, wie es einige Details behält und andere löscht. Der Tag war der 17. Oktober. Erinnerte ich mich an das Datum, weil es auch der Geburtstag meines kleinen Bruders war? War das der Grund, warum ich so impulsiv reagiert hatte? Hatte ich Ariels Bitte wegen Kevin entsprochen?

»Sonst nichts Komisches?«, fragte Ryan. »Keine Schaulustigen oder Journalisten, die ihr bändigen musstet?«

»Um ehrlich zu sein, eins war schon noch komisch. Eine Frau hat ein Grab auf der anderen Straßenseite besucht.«

Ich hielt inne, weil ich nicht so recht wusste, ob der Vorfall überhaupt erwähnenswert war.

»Und?«, wollte Ryan wissen.

»Ich habe sie ertappt, wie sie Fotos von der Exhumierung gemacht hat.« Vielleicht.

»Morbide Neugier?«

»Wer weiß? Vielleicht hofft sie, die Geschichte an *Dateline* zu verkaufen.«

»Was steht für morgen an?«

»Ich werde mir beide Skelette genau anschauen, auch für die Akten, aber vor allem, um Proben zu entnehmen.«

»Die Suche nach der goldenen Doppelhelix.«

»Knochen sind nicht ideal, aber wir könnten Glück haben. Vielleicht fordere ich auch einen Radiokarbon-Test an.«

»Ich bin mir sicher, du wirst mir das gleich erklären.«

»Wenn man Knochen untersucht, können die Radioisotope zeigen, wo die betreffende Person die letzten zehn Jahre vor ihrem Tod verbracht hat. Wenn es die Zähne sind, können sie zeigen, wo sie die ersten fünf bis zehn verbracht hat.«

»Wo sie aufgewachsen ist.«

»Vermutlich. Haare können da noch besser sein. Indem man ein Haar in Wachstumseinheiten unterteilt, kann man die Bewegungen einer Person in der letzten Phase ihres Lebens nachvollziehen.«

»Hast du welche?«

»Zähne? Nein«, sagte ich, weil ich mir nicht sicher war, wonach er fragte. »Ich suche noch einmal nach Haaren, bin aber nicht sehr optimistisch.«

»Und wieder ein rundum spaßiger Tag.«

Ryan sollte recht behalten. Es wurde ein richtiger Freudentag.

Um sieben wachte ich auf. Wieder war mein Zimmergenosse als Erster durch die Tür gewesen. Mann, war der Kerl still in der Früh.

Ich fütterte Birdie, irgendetwas mit Huhn aus einer Dose. Er schnupperte an der braunen Pampe und marschierte protestierend davon.

Notiz: Der Katze einen Vorrat vom Lieblingsfutter anlegen.

Schnell über Zähne und Haare. Unterschiedliche Bürsten, derselbe Aufwand. Wen würde ich schon treffen, den ich beeindrucken musste?

Nachdem ich Jeans und einen Sweater übergezogen hatte, schnappte ich mir mein Handy. Anne hatte angerufen. Und geschrieben. Zweimal.

Obwohl ich es sehr eilig hatte, erwiderte ich ihren Anruf. Landete auf Voicemail. Hinterließ eine Nachricht.

Der Verkehr war Stoßstange an Stoßstange. Bis ich das Auto abgestellt und das Institut erreicht hatte, war es deutlich nach acht. Ich steckte meine Handtasche in eine der Schreibtischschubladen, hängte meine Jacke an die Garderobe und eilte nach unten.

Lisa war bereits umgezogen und startklar. Ich zog OP-Kluft an, und die nächsten eineinhalb Stunden untersuchten wir noch einmal die Knochen, die Leichensäcke und die Rückstände aus dem Sieb. Fanden sechs verstreute Haare. Alle von der Maus.

Lisa packte von jedem Opfer einen Oberschenkelknochen ein, während ich mich umzog. Dann fuhr ich mit dem Aufzug wieder nach oben.

Claire Willoughby war die DNA-Technikerin, die die Probenaufnahme machte. Ende zwanzig, groß und gertenschlank, benahm Willoughby sich wie eine Frau, die wusste, dass sie schön war. Sie war's allerdings nicht, was hauptsächlich an ihrer Einstellung zu Make-up lag.

Willoughby überflog das Antragsformular, die überzupfte Braue in hoher Wölbung über dem smaragdgrünen Lid. Dann hörte sie sich meinen Bericht an.

»Ich werde ganz offen mit Ihnen sein«, sagte sie mit einem britischen Akzent, der so stark war, dass er mit einem Foto der Queen wedeln sollte. »Ich bin da nicht sehr optimistisch.«

»Geben Sie Ihr Bestes.«

Wir streckten beide den Daumen in die Höhe.

Zurück in meinem Büro, schaute ich in meine Kontakte und wählte dann eine Nummer. Eine Stimme antwortete, flott und freundlich wie die Zuckerfee.

»DNA Analysis International. Mit wem darf ich Sie verbinden?«

»Dr. Griesser, bitte.«

»Darf ich fragen, wer am Apparat ist?«

»Temperance Brennan.«

»Einen Augenblick bitte. Einen gesegneten Tag noch.«

Eine Berieselungsversion von *Brown Skin Girl* – eindeutig nicht Beyoncé – wurde gnädigerweise abgeschnitten von einer anderen Stimme, diese zigarettenrau und voller Sorge.

»Tempe. Wie geht's, wie steht's, meine Liebe?«

»Geht und steht gut. Tut mir leid, dass ich während der Arbeitszeit anrufe.«

»Stimmt mit Mom was nicht?«

Lizzie Griesser ist Molekularbiologin in den Diensten des DAI, einem privaten DNA-Labor mit Sitz in Virginia. Wir lernten uns kennen, als wir in Charlotte am selben Fall arbeiteten, Lizzie für das Forensiklabor des CMPD, ich für das MCME. Nach einer Weile wurde aus Kollegialität Freundschaft.

Einige Jahre nachdem Lizzie von einem Headhunter nach Richmond gelockt worden war, entwickelte ihre Mutter eine Demenz und brauchte betreutes Wohnen. Da die Einrichtung nicht weit von meinem Haus entfernt ist, versprach ich Lizzie, sie so oft wie möglich zu besuchen. Dieses Versprechen hielt ich seit fast schon acht Jahren.

»Ich habe sie letzte Woche gesehen«, sagte ich. »Es geht ihr gut.«

»Danke, dass du nach ihr schaust.« Ihre Erleichterung war deutlich zu hören. »Und? Man erzählt sich, es gibt einen neuen Sheriff in der Stadt.«

»Samantha Nguyen.«

»Und?«

»Ich mag sie.«

»Halleluja! Du bist also wieder im Spiel.«

»Und das ist auch der Grund, warum ich anrufe.«

»Leg los.«

Ich erzählte ihr von dem Behälter und der Exhumierung und erklärte, dass ich eine DNA-basierte Phänotypenzeichnung und ein Wahrscheinlichkeitsgutachten bezüglich der geografischen Herkunft jedes Opfers brauchte. Lizzie machte diese Art von Untersuchungen regelmäßig. Ich brauchte ihr nicht lange zu erklären, was sie zu tun hatte.

Eine kurze Pause. Als Lizzie sich meldete, klang sie voller Zweifel.

»Bis zu fünf Jahre im Meer, noch einmal vier im Kühlraum, elf in der Erde. Kann sein, dass deine Leute keinen Pups mehr sequenzieren können.«

»Sie versuchen es zumindest«, sagte ich. »Und dieses Mal ist die Anfrage offiziell.«

Während meines Exils vom MCME hatte Lizzie eine Gesichtsrekonstruktion für mich angefertigt, unter der Hand.

»Soll heißen, wir werden bezahlt?« Kehliges Lachen.

»Reichlich.«

»Schick das Formular direkt an mich.«

Wir versprachen uns, dass wir uns sehen würden, sobald wir wieder beide in Charlotte waren, und legten auf.

Meine alten Papierakten zu LSJML-41207 und LSJML-41208 lagen noch auf meinem Schreibtisch. Die Gesichtsrekonstruktionen, die ich 2006 bestellt hatte, waren ins Zentralarchiv eingescannt worden, aber sammelwütig, wie ich bin, hatte ich die Originale aufbewahrt.

Ich zog beide Skizzen heraus und legte sie nebeneinander auf die Schreibunterlage.

Die Bilder lösten so viel Kummer in mir aus, wie es die Tatort- und die Autopsiefotos getan hatten. Vielleicht noch mehr. Ich betrachtete sie und ließ die schmerzhaften Bilder in meinen Kopf eindringen.

Obwohl Gesichtsrekonstruktion nie mein Ding war, wusste ich doch, wie das damals ablief. Gewebestärke-Marker an anatomischen Schlüsselpunkten anbringen. Den markierten Schädel in den Computer einscannen. Wenn verfügbar, Daten über Geschlecht, Alter und Herkunft eingeben. Gesichtsmerkmale aus der Datenbank des Programms auswählen und darüberlegen.

Das Ergebnis war immer ein comichaftes Bild in Grautönen. Bart? Schnurrbart? Brille? Pony? Buschige Brauen? Pausbacken? Nur von den Knochen ausgehend, war das ein wildes Ratespiel. Ziel war, eine Ähnlichkeit herzustellen und womöglich Irreführendes wegzulassen. Wenn Identifikationsversuche misslangen, brachten die Polizei und die Medien die Bilder in die Öffentlichkeit in der Hoffnung, dass irgendjemand die Person wiedererkannte.

Wie erwartet, waren die Gesichter ausdruckslos und unnatürlich symmetrisch.

Die Augen der Frau waren groß, die Nase lang und schmal. Ihr Unterkiefer verjüngte sich scharf zu einem vorstehenden Kinn. Der Künstler hatte ihr Haare mit Mittelscheitel gegeben, die hinter unauffällige Ohren zurückgekämmt waren. Die schlanken, gewölbten Brauen waren reine Spekulation.

Das Kind hatte eine hohe Stirn, die Frisur war genauso unauffällig wie die der Frau. Die Augen standen weit auseinander und verengten sich zu den Schläfen hin. Dieselben Augenbrauen.

Als ich das Gesicht des Kindes betrachtete, musste ich wieder an diesen Ring denken. Die traurige Vorstellung, wie es ihn vor seinem Mörder verstecken wollte. Ich dachte an all die Dinge, die es nie erleben würde. Den Weihnachtsbaum, den es nie schmücken würde. Die Sandburgen, die es nie bauen würde. Die Abschlussfeier, die es nie besuchen würde.

Hör auf!

Ich richtete den Blick von der Darstellung des Kindes auf die der Frau.

Beim Betrachten ihres Gesichts beschlich mich ein schlimmes Gefühl.

Diese Augen.

Unmöglich, warnten einige Hirnzellen.

Dieses Kinn.

So einzigartig ist es auch wieder nicht, wandten die Zellen ein.

Plötzlich packte mich das Grauen.

Ein Grauen, das aus der Magengrube hochkroch.

13

Freitag, 15. Oktober – Montag, 25. Oktober

Der Winter detonierte in Montreal wie eine eisige Fünf-Kilotonnen-Bombe.

Am Donnerstag war das Thermometer noch auf milde dreizehn Grad gestiegen.

Am Freitag wachte ich zu minus zehn Grad und zehn Zentimetern Schnee auf.

Als wahre Dixie-Tochter liebe ich Sandalen und Sommerkleidchen, den Duft von Hawaiian-Tropic-Sonnencreme, das Geräusch von Palmwedeln, die an meinem Fliegengitter kratzen. Mir kann es nie zu mild oder zu tropisch sein.

Und doch arbeite ich nördlich des neunundvierzigsten Breitengrads.

Jeden Winter rede ich mir selber gut zu. Es wird kalt sein.

Sehr kalt. Es gibt kein schlechtes Wetter, nur schlechte Kleidung. Zieh dich anständig an, dann bist du gewappnet.

Ich bin es nie.

Vielleicht waren es *les Québecois* in diesem Jahr auch noch nicht. Deprimiert von den schnell schwindenden Tageslichtstunden? Voller Grauen vor der nächsten langen, dunklen Jahreszeit? Sauer, weil es für eine solche Kälte viel zu früh war? Warum auch immer, die Einheimischen waren stark damit beschäftigt, die Herde auszudünnen.

Was mir genug zu tun gab, während ich auf die DNA-Ergebnisse wartete.

Ein Farmer in Saint-Felicien hatte seine Frau erdrosselt und in seiner Scheune vergraben. Zwei Tage später halluzinierte er, dass sie schon wieder zu nörgeln anfing. Nach einer schlaflosen Woche buddelte der Mann sie wieder aus und rief seinen Priester an. Als die Dame durch unsere Türen rollte, sah sie nicht gerade taufrisch aus.

Ein Apotheker in Trois-Rivières nahm eine Überdosis von Produkten, die er aus seinen Regalen geklaut hatte. Seine Freundin fand ihn drei Tage später, die Füße in Slippers auf einem Heizofen, eine Steppdecke über den Beinen. Seine Liebe zur Wärme hatte dem Herrn nicht gerade gutgetan.

Ein Speed-Junkie in Val d'Or war in einen Abwasserkanal gekrochen und hatte sich eine Stricknadel in die Schläfe gerammt. In Bezug auf die Chronologie der Ereignisse war ich mir nicht ganz sicher. Ein Wartungsteam fand die Leiche, als sie eine Verstopfung untersuchte.

Fischern auf dem Lac Saint-Jean gingen ein Paar Beine ins Netz.

Sie wissen, worauf ich hinauswill. Ich musste jeden Tag ins Institut fahren und wieder zurück.

Ein volles Geständnis. Mich mit verwesten oder verstümmelten Leichen abzugeben ist für mich kein Problem. Aber auf Schnee oder Eis zu fahren macht mir eine Heidenangst. Ist nicht allein mein Problem. Nur ein Wort über eine Schneeflocke, und alle Charlotter gehen in Deckung, bis die Welt wieder taut.

Doch Montreal tickt nicht so. Nach einem Schneesturm sind alle Hauptverkehrsstraßen bis zur Stoßzeit des nächsten Morgens geräumt, und alles läuft wie gewohnt.

Zumindest für die anderen. Für mich? Ich schaue hinunter auf die schneebedeckten Autos an der Rue Sherbrooke und wäge Auto und Métro gegeneinander ab. Öffentlicher Nahverkehr bedeutet, Ellbogen an Ellbogen in kleinen, schlecht belüfteten Räumen eingezwängt zu sein. Seit Ausbruch der COVID-19-Pandemie ist das für mich keine Alternative. Stattdessen ziehe ich dicke Socken, Stiefel, Parka, Handschuhe und Schal an und trotte, ohne auf Ryans spitze Bemerkungen über Eskimos und das Michelin-Männchen zu achten, hinunter in die Garage.

Das Lenkrad fest umklammert, verschwitzt, aber unverdrossen reihe ich mich in die Armee bewollmützter Pendler ein, die eisige, kleine Rauchwölkchen aus ihren Auspuffrohren blasen. Da die kleinen Straßen in Hochelaga-Maisonneuve nur in den Reifenspuren befahrbar sind, die entlang der Mitte verlaufen, bezahle ich, um mein Auto auf dem Parkplatz des Wilfrid-Derome abstellen zu dürfen. Dann steige ich, nach Eisplatten Ausschau haltend, in tiefgekühlter Luft aus und haste, den Kopf gesenkt, das Gesicht in Kaschmir gewickelt, ins Gebäude.

An Wochenenden verlasse ich die Wohnung nie.

An diesem ersten Samstagmorgen wagte Ryan sich hinaus, um eine *Gazette* zu besorgen, während ich Rühreier mit Käse und gebratenem Speck zubereitete, eins meiner wenigen kulinarischen Talente. Nach dem Frühstück entzündete er ein Feuer, und wir teilten uns die Zeitung. Ich fing mit Nachrichten und Kunst an. Er mit Sport und Finanzen.

Ich war auf Seite vier des Lokalteils, als mir ein Foto ins Auge stach. Körniges Schwarz-Weiß, unterhalb der Mittelfalte.

Der begleitende Artikel war nur eine Spalte breit und zehn Zeilen lang.

»Verdammte Scheiße!«, explodierte ich.

»Was für ein Temperament«, bemerkte Ryan, ohne aufzusehen.

»Ich glaub's einfach nicht.«

»Noch mehr Schnee?«

»Kannst du dich an die Frau erinnern, von der ich dir erzählt habe?«

»Die dir den schlechten Camembert verkauft hat?«

»Die auf dem Friedhof am Tag der Exhumierung.«

»Ihre Haare haben dir nicht gefallen.«

Ich verdrehte die Augen und stieß die Zeitung in Ryans Richtung.

Ein schneller Blick auf das Foto, dann meinte er: »Das bist ja du.«

»Bin ich.«

»Siehst gut aus.«

Eindeutig nicht.

»Hast du mit ihr gesprochen?«

»Absolut nicht.«

»Die Angaben scheinen zu stimmen. 2006. Eine Frau und ein Kind. Der –«

»Darum geht's doch nicht.«

»Da steht kein Verfassername. Glaubst du, die Karottenhaar-Knipserin hat den Artikel geschrieben?«

Ich zuckte die Achseln. »Wer weiß?«

»Vielleicht war Arbour der Tippgeber.«

»Oder einer seiner Angestellten.«

Ryan überlegte einen Augenblick. Dann meinte er: »Muss ja nicht unbedingt ein Schaden sein. Vielleicht hilft die Veröffentlichung sogar. Du weißt schon, bringt die Leute dazu, noch einmal über die Opfer nachzudenken.«

»Vielleicht.«

Ich ließ es dabei bewenden.

Mein Fehler.

An diesem Abend marschierte Ryan zum Le Roi du Wonton und brachte uns ein chinesisches Menü mit nach Hause. Nach dem Essen schaute er sich das Spiel der Canadiens gegen die Bruins an, dann das der Islanders gegen die Sharks und noch eins von irgendeiner gegen eine andere Mannschaft. Ich nahm mir Polly Beecrofts Anfrage vor.

Ich setzte mich an den Tisch im Esszimmer, fuhr meinen Laptop hoch und holte mir die Aufnahmen auf den Bildschirm, die ich von Beecrofts Totenmaske gemacht hatte. Weil ich dann nicht so recht wusste, wie ich weitermachen sollte, fing ich mit Annes Entdeckung über das University College London an.

Wie Anne schon erklärt hatte, war die siebenunddreißig Exemplare umfassende Robert Noel Collection of Life and Death Masks das Werk eines eifrigen deutschen Phrenologen. Indem er Abgüsse der Köpfe von Lebenden und Toten anfertigte, hoffte Noel seine Überzeugung zu untermauern, dass Höcker und Vorsprünge am Schädel Einsichten in den Charakter eines Menschen boten.

Wie Anne ebenfalls erklärt hatte, wurde Noels Sammlung in der Vergangenheit mehrmals ausgestellt. Einmal im Galton Eugenics Laboratory, einmal an der Slade School of Fine Art. Bis in jüngerer Zeit war sonst kaum etwas darüber bekannt. Der erste Durchbruch in Bezug auf ihre Geschichte passierte, als einer der Abgüsse einer Gruppe von Studenten der Museumswissenschaft zu Recherchezwecken angeboten wurde. Das ausgewählte Exemplar war das einzige, bei dem noch die ursprüngliche Dokumentation vorhanden war, ein um den Hals gehängtes Etikett mit den handschriftlichen Angaben *Irmscher N; 34, Mörder, enthauptet 1840.*

Dank Anne wusste ich auch bereits, dass die schlauen Studenten es geschafft hatten, in der British Library einen obskuren Band aufzustöbern: *Notes Biographical and Phrenological Illustrating an Collection of Casts.* Von Noel verfasst, lieferte das Buch Informationen über jedes Exemplar seiner Sammlung.

Was Anne mir nicht vermittelt hatte, war das absolut faszinierende Wesen von Noels Vorhaben. Auch hatte sie die YouTube-Clips nicht erwähnt, die Exemplare sowohl aus seiner »kriminellen« wie der »intellektuellen« Kategorie beschrieben.

Während Ryan sich auf Netze und Pucks konzentrierte und hin und wieder aufschrie oder -stöhnte, vertiefte ich mich in die Videos. Es war, als würde man zwischen alten Grabsteinen herumgehen und sich die Tragödien vorstellen, die aus den Inschriften sprachen.

Carl Gottlob Irmscher ertränkte seinen zweijährigen Sohn in einem Bach und legte die Leiche des Jungen danach wieder in sein Bett. Weil er die Entdeckung fürchtete, schickte er etwas später seine Frau in den Keller, um Kartoffeln zu holen, und tötete sie mit einer Axt, als sie die Treppe hinunterstieg. Er wurde hingerichtet, Enthauptung mit dem Schwert. Irmschers Maske zeigt einen Mann mit geöffnetem Mund, die Augenbrauen zeichnen sich im Gips ab.

Christian Gottlieb Meyer ermordete seine Kinder, indem er sie in einen Bergwerksschacht warf. Er wurde verurteilt und starb im Gefängnis. Interessanterweise unterscheidet sich Noels Ansicht über Meyer stark von seiner Beurteilung Irmschers. Noels Notizen zufolge war die Region von Meyers Kopf, die seine Kinderliebe widerspiegelte, ziemlich ausgeprägt, und nichts auf seinem Schädel deutete auf eine Neigung zur Gewalt hin. Meyers Taten, so schloss Noel, resultierten aus seinem Alkoholmissbrauch und der Angst, dass seine Kinder in ein Heim müssten. Trotz des Kindsmords klassifizierte Noel Meyer als »nicht gewalttätig«. Ein bisschen die Daten frisiert, Doc?

Die einzige Frau in Noels Sammlung war Johanne Rehn. Da sie eine Zurückweisung durch ihren neuen Geliebten vermeiden wollte, warf Rehn ihre Tochter mit dem Kopf voran in eine Jauchegrube. Eine Autopsie zeigte, dass das Mädchen den Sturz überlebt hatte, aber in dem Dreck erstickt war. Noel kategorisierte Rehn als kriminell und bemerkte, dass ihre vordere Schädelregion klein im Vergleich zum »hinteren Teil des Scheitels« war, was Rehn »unzureichend in ihrer Fähigkeit zur Kinderliebe« machte. Rehn wurde vor zwanzigtausend Zuschauern geköpft. Der Scharfrichter brauchte drei Hiebe, und die nach dem Tod zugenähten Fehlhiebe sind in ihrer Totenmaske sichtbar.

Weiter und immer weiter arbeitete ich mich durch die Videos und schriftlichen Berichte, fasziniert von den Gesichtern und den Geschichten dahinter. Nicht nur Noels Objekte, sondern auch Hunderte anderer, manche berühmt, andere nicht. Doch ich entdeckte nichts, was für Polly Beecrofts vermisste Großtante von Bedeutung war.

Als ich den Kopf hob, war der Fernseher verstummt, und Ryan schürte das Feuer.

Einen Großteil des Sonntags brachte ich mit weiteren Totenmaskenrecherchen zu. Wieder erfuhr ich nichts, was für Beecroft relevant war.

Die folgende Woche und das Wochenende waren eine endlose Wiederholung. Ein Kältekreislauf.

Dramatische Wendungen durch DNA sind nicht so spektakulär, wie sie im Fernsehen dargestellt werden. Ergebnisse brauchen ihre Zeit. Ich wusste das. Trotzdem machte mich die Wartezeit nervös.

Zweimal rief ich Vislosky an. In beiden Telefonaten erhielt ich dieselben Informationen. Mithilfe meiner Profile verfolgte sie mehrere Ermittlungsansätze: Vermisstenlisten, Schulen, Krankenhäuser, frühere Vermisstenmeldungen in den Medien, Verhaftungsprotokolle von Jugendlichen. Bisher ohne jedes Ergebnis.

Den Anruf erhielt ich am zweiten Montag, eine Stunde nachdem ich ins Büro gekommen war. Zehn Tage nachdem ich die Oberschenkelknochen für DNA-Tests eingereicht hatte. Willoughbys vorläufiger Bericht lag endlich vor. Ich eilte sofort zu ihr.

Willoughby war durch eins der Gangfenster zu sehen, sie stand an der Kontrolltafel einer kompliziert aussehenden Maschine. Als ich ans Glas klopfte, ließ sie mich ein.

»*Bonjour,* hi.« Heute waren Willoughbys Lider blaugrün. Zumindest das eine, das ich sehen konnte. Ihre jetzt auf der linken Seite ausrasierten Haare waren purpurn gesträhnt und bedeckten ihre rechte Stirn.

»Hi«, sagte ich und suchte in der Miene der Technikerin nach einem Hinweis. Gute Nachrichten? Schlechte Nachrichten?

»Gehen wir zu meinem Schreibtisch«, sagte sie.

Was wir auch taten. Ohne sich hinzusetzen, ohne zu lächeln. Willoughby nahm zwei Ausdrucke zur Hand und gab sie mir.

Ich überflog den oberen Teil der ersten Seite und übersetzte beim Lesen. *Name, Verbrechen, Fallnummer, Priorität, Datum der Anfrage, Datum der Erledigung, Berichtsdatum. Angefragt von, Ausgeführt von.*

Darunter: *Erhaltenes Beweismittel: 1 rechtes Femur in verschlossenem Behältnis, Etikett: LSJML-41207*

Mein Blick schnellte zum Ende des Formulars, zu den Daten, die mich interessierten.

Ergebnis: Menschliche DNA wurde aus dem Femur entnommen und quantifiziert.

Ha!

Die gesicherte DNA wurde charakterisiert durch Polymerase-Kettenreaktion (PCR) mit der Analyse der Amelogenin-Loci für die Geschlechtsbestimmung und dem folgenden Short-Tandem-Repeat (STR) Loci.

Ein Absatz listete die Genorte auf.

Mit klopfendem Herzen las ich den zweiten Ausdruck.

Mein Blick schnellte zu Willoughby. Sie betrachtete mich mit vor der Brust verschränkten Armen.

»Wahnsinn!« Ich hätte fast mit ihr abgeklatscht.

Sie zuckte die Achseln.

»Sie haben es geschafft, ein Profil für beide zu erstellen.«

»Haben Sie daran gezweifelt?« Die grellroten Lippen zuckten an einem Winkel leicht nach oben.

»Keine Sekunde! Wie haben Sie das gemacht?«

»Reinigen und vervielfachen, Baby.« Eine DNA-Redensart?

»Ich kann mir vorstellen, dass die Techniken seit 2006 große Fortschritte gemacht haben.«

»Und die Geräte.«

»Sie haben meiner Anfrage Toppriorität gegeben. Dafür bin ich Ihnen was schuldig.«

»Zu einer Flasche Jimmy B würd ich nicht Nein sagen.«

»Schon erledigt.«

»Dieser Bericht bleibt ausschließlich zwischen uns«, sagte Willoughby. »Ist nur vorläufig.«

»Klar. Wie kommt's, dass Sie mich vorgezogen haben?«

»Es geht das Gerücht, dass Sie eine ziemliche Nervensäge sein können.«

»Danke.« Glaube ich.

»Das ganze Ding kommt als Anhang zu den offiziellen Berichten.«

Ich nickte.

»Sie wissen, dass Ihnen das nullkommanull darüber sagt, wer die Opfer waren?«

»Zugegeben, aber jetzt bin ich mir sicher, dass das Kind weiblich ist.«

»Ist es.«

»Und jetzt habe ich Profile, die ich durch jede Datenbank auf dem Planeten laufen lassen kann.«

»Ein bisschen übertrieben, würd ich sagen. Aber darum müssen sich die Bullen kümmern.«

»Sie wissen, was ich meine.«

»Mein Chef sagt, ich soll den Bericht an einen gewissen Trout bei der SQ schicken.«

Der Name sagte mir nichts. »Ist es okay, wenn ich auch Detective Ryan Bescheid sage?«

»Dachte, der ist im Ruhestand.«

»Nicht bei diesem Fall.«

»Der Typ hat echt was unterm Hemd.«

»Wann können wir volle Profile erwarten?«

»Ich werd mir hier nicht die Eier kraulen.«

Willoughbys seltene Mischung aus britischer Aussprache und derbem Slang amüsierte mich immer. Ich verstand das so, dass sie dranbleiben würde.

»Da ist noch eine Sache«, sagte Willoughby.

Auch wenn nicht gerade ein Knaller, war ihre Beobachtung doch sehr hilfreich.

14

Montag, 25. Oktober – Mittwoch, 27. Oktober

Als ich zurück in mein Büro kam, lag eine weitere *demande d'expertise* auf meinem Schreibtisch. LaManche wollte meine Meinung zu »verdächtigen Körperteilen«, die man auf einer Baustelle an der Rue Verreau gefunden hatte.

Ich ignorierte die Anfrage und rief Ryan an. Die Geräuschkulisse deutete darauf hin, dass er unterwegs war.

So aufgeregt wie ich war, plapperte ich einfach drauflos.

»S'il te plait, ma chère. Lentement.«

»Willoughby hat es geschafft«, wiederholte ich langsam, wie Ryan mich gebeten hatte. »Sie hat DNA sequenziert.«

»Aus den exhumierten Knochen?«

»Ja.«

»Du kriegst die Tür nicht zu. Wem wurde der wiedereröffnete Fall bei der SQ zugewiesen?«

»Einem Kerl namens Trout.«

»Ich kenne Trout.« Ich spürte, dass gewisse Worte ungesagt blieben. Nicht sehr schmeichelhafte. »Mal sehen, was ich tun kann.«

»Wirklich?«

»Ich bin ein Genie, hast du das vergessen?«

»Wenn ich dir den offiziellen Bericht schicke, kannst du die Profile dann durch NDDB, CODIS, die DNA Gateway und so weiter jagen?« Ich meinte die landesweite DNA-Datenbanken Kanadas und der Vereinigten Staaten und das Äquivalent von Interpol.

Ich wartete ein Zwischenspiel ungeduldigen Hupens ab. Dann: »Kann ich machen.«

»Und ich aktualisiere unsere Einträge in NamUS und den kanadischen Seiten für vermisste Personen und nicht identifizierte Überreste«, fügte ich hinzu.

»Mach dir nicht zu viel Hoffnung. Wir haben das schon 2006 probiert.«

»2006 hatte wir keine DNA.«

»Stimmt.«

»Willoughby hat mir ein paar interessante Sachen gesagt. Das Kind ist eindeutig weiblich.«

»Das hast du doch schon gewusst.«

»Ich habe es stark vermutet.«

»Sie hatte doch diesen Ring.«

»Das ist kaum ein Beweis. DNA schon. Außerdem sind die Frau und das Kind verwandt.«

»Mutter und Tochter?«

»Vielleicht.«

»Das ist schon was.«

»Ja. Wo bist du?«

»Auf der Fahrt nach Burlington.«

»Vermont?«

»Wie ich dir schon gesagt habe, behauptet die Frau des Toten, der Autounfall ihres Gatten habe mit dem Arbeitsplatz zu tun. Sie behauptet, man schuldet ihr zweihunderttausend Scheine.«

»So viel bezahlt die Versicherung?«

»Wenn sie wegen der Umstände recht hat.«

»Warum wartet sie dann vier Jahre mit der Klage?«

»Das würde der Sachverständige gern wissen.«

Eine plötzliche Erkenntnis. Ich war so mit meinen eigenen Anliegen beschäftigt gewesen, dass ich kein Interesse an Ryans gezeigt hatte.

»Tut mir leid«, sagte ich. »Bring mich auf den neuesten Stand.«

»Ich habe die letzte Woche hier unten ein bisschen herumgestochert und erfahren, dass die Kollegen des Kerls noch nie was von der Frau gehört hatten. Ihr Name ist übrigens Agnes. Der seine Rupert. Außerdem habe ich herausgefunden, dass der Unfall mehr als hundert Kilometer von der Fabrik entfernt passierte, in der Rupert arbeitete.«

»Ein bisschen komisch.«

»Außerdem habe ich einige von Ruperts früheren Kollegen aufgespürt. Die meisten konnten sich kaum an ihn erinnern.«

»Das ist traurig.«

»Wenn man tot ist, ist man tot.«

»Und jetzt?«

»Während der Arbeitswoche wohnte Rupert in einem Trailerpark namens Idle Acres.«

»Klingt idyllisch.«

»Dort sind Haustiere unter fünfundzwanzig Pfund erlaubt. Ich bin gerade auf dem Weg dorthin.«

»Um weiter zu ermitteln.«

»Das ist mein Beruf. Und was ist mit dir?«

»Ich schaue mir für LaManche etwas an.« So in der Art.

»Ich sollte um fünf wieder zu Hause sein«, sagte Ryan.

»Pass auf dich auf«, sagte ich.

»Hüte dich vor den Shih Tzus und den Yorkshire Terriern?«

»Ein beleidigter Bichon hat meinem Großvater mal eine Zehe zerfleischt.«

Nachdem wir aufgelegt hatten, wählte ich eine andere Nummer. Bereichsvorwahl 843.

Eine Roboterstimme entschuldigte sich mit all der Herzlichkeit eines Zulassungsbeamten. Bat um eine Nachricht. Verärgert hinterließ ich eine.

Ein Blick auf LaManches »verdächtige Körperteile« genügte mir schon. Ein Zimmerer oder Dachdecker hatte in dem leeren Haus eine Schweinshaxe genossen und die Knochen einfach weggeworfen.

Ich beendete eben den einzeiligen Bericht und überlegte mir, ob ich später die Energie aufbringen würde, Ossobuco zu kochen, als mein Handy klingelte.

»Danke, dass Sie mich so schnell zurückrufen«, sagte ich.

»Muss aber schnell gehen. Hier ist die Hölle los.«

»Ach so?«

»Erinnern Sie sich noch an Klopps *seltene* Capno-Autopsie?« Herrins Stimme triefte vor Sarkasmus.

»Er hat Ihnen davon erzählt?«

»Hat er.«

»Schießen Sie los.« Ich erinnerte mich an die entstellte Leiche auf dem Bildschirm des Pathologen. Und daran, dass ich es nicht geschafft hatte, meinen Plan, den Krankheitserreger zu recherchieren, in die Tat umzusetzen.

»In South Carolina explodieren die Fälle.«

»Ich habe im Lokalradio was davon gehört.«

»COVID-19 hat Charleston schon außer Gefecht gesetzt. Und jetzt das. Könnte der Todeskuss für mein Budget sein. Kein Kalauer.« Trotz des Witzes war der Stress in Herrins Stimme unverkennbar.

»Ich hätte nicht gedacht, dass Capno ansteckend ist.«

»Ist es auch nicht. Aber plötzlich sind wir das gottverdammte Epizentrum eines großen Ausbruchs. Hören Sie, ich muss los. Was brauchen Sie?«

»Ich fasse mich kurz. Ich bin in Montreal. Das LSJML konnte DNA aus der Frau und dem Kind extrahieren, die 2006 in einem Behälter in Saint-Anicet gefunden wurden.«

»Sie denken immer noch, dass Ihre Quebecer Opfer mit den Jugendlichen zu tun haben, die hier gefunden wurden?«

»Ich halte es für möglich.«

»Aha.« Das klang so skeptisch, dass man praktisch die in die Hüften gestemmten Hände sehen konnte.

»Bei meiner Untersuchung habe ich Knochen für einen DNA-Test beiseitegelegt. Ich frage mich, ob das bei Ihnen auch gemacht wurde.«

»Himmel noch mal! Die ganze verdammte Welt hat nur noch DNA im Hirn. Die Medien haben den Leuten eine solche Angst vor Capno eingejagt, dass sie in Röhrchen spucken.«

Das weckte meine Neugier.

»Diese Trottel glauben, dass es ein Gen gibt, das die einen immun und die anderen anfällig macht.«

Im Hintergrund war eine Stimme zu hören. Die Leitung wurde dumpf, wahrscheinlich, weil Herrin die Sprechmuschel mit der Hand abdeckte.

»'tschuldigung.«

»Die Behälter-Fälle?«, sagte ich, um wieder zum Thema zu kommen.

»Ich habe meine Marke nicht auf dem Rummel geschossen, Doc. Auch unser staatliches Labor kann zaubern.«

»Die konnten DNA extrahieren?«

»Konnten sie.«

»Von beiden Mädchen?«

»Ja. Überrascht mich, dass Sie von Vislosky nichts gehört

haben. Mein Büro hat den Bericht letzten Donnerstag an sie weitergeleitet.«

»Könnten Sie ihn bitte auch an mich weiterleiten? Und an eine Mikrobiogin namens Lizzie Griesser.«

»Klar. Schicken Sie mir ihre Kontaktdaten.«

»Werde ich.«

»Hätte es wahrscheinlich schon früher tun sollen. Aber hier geht alles drunter und drüber.«

»Danke.«

Dreimaliges Piepsen sagte mir, dass Herrin aufgelegt hatte.

Ich saß einen Augenblick nur da und rang mit meiner Wut. Am Mittwoch hatte ich mit Vislosky geredet. Sie wusste, wie sehr mir diese Behälter-Fälle am Herzen lagen. Am nächsten Tag hatte sie DNA-Informationen erhalten und es nicht für nötig befunden, mir das zu sagen.

Tiefer Atemzug. Und noch einer. Dann gab ich eine weitere Nummer ein.

»Vislosky.« Die Hintergrundgeräusche verrieten mir, dass sie im Bereitschaftssaal war.

»Tempe hier.«

»Ich habe Anruferkennung.«

»Herrin sagt mir, ihr Büro hat Ihnen DNA-Ergebnisse geschickt?«

»Hat es.«

»Und?«

»Ich lassen sie durchlaufen.«

»Und?«

»Und nichts. Bis jetzt keine Treffer, weder örtlich noch staatlich noch national. Immer noch keine Berichte über Vermisste, die den Merkmalen entsprechen, die Sie mir gegeben haben.«

»Sind Sie fünf Jahre zurückgegangen?«

»Das hatten wir doch schon.«

»Sonst noch was, das ich wissen sollte?«

»Seit Mittwoch?«

Sie haben die DNA-Ergebnisse zurückgehalten. Das sagte ich nicht. »Ich habe Profile von meinen Opfern hier oben.«

Darauf reagierte Vislosky nicht.

»Die Frau und das Kind sind verwandt.«

»Miteinander?«

»Ja.«

»Große Sache.«

»Große Sache?« Ich musste mich sehr anstrengen, um nicht zu explodieren.

»Was haben Sie erwartet? Dass sich Ihr Täter irgendeine beliebige Tussi und irgendein beliebiges Kind geschnappt und zusammen in eine Tonne gesteckt hat? Kein Wunder, dass sie verwandt sind.«

Dem konnte ich nicht widersprechen. Aber ich hatte etwas gegen ihre Arroganz. Und ihre Einzelkämpferattitüde.

»Sind Sie auch der Sache mit den Rankenfußkrebsen nachgegangen?«

»Am College of Charleston gibt es einen Meeresbiologen, der sagt, dass er ein paar Simulationen versuchen wird.«

»Die Zeit seit Eintritt des Todes einzugrenzen könnte helfen.«

»Könnte.«

»Oder zu wissen, wo der Behälter überall war.«

»Der Kerl ist nicht sehr optimistisch.«

»Halten Sie mich auf dem Laufenden.«

»Hm-hm.«

Und dann wartete ich wieder.

Willoughby schickte mir ihren ausführlichen Bericht am späten Dienstagnachmittag. Wie sie bereits betont hatte, können Forensiklabore rechtlich nur Profile für festgelegte Teile des Genoms eines Individuums liefern. Aber nur die Strafverfolgungsbehörden können diese Profile durch die verschiedenen DNA-Datenbanken laufen lassen, die es gibt.

Nachdem ich mit Willoughby gesprochen hatte, rief ich eine vertraute Nummer in der SQ-Zentrale an. Detective Yves Trout hörte mir mit deutlich spürbarer Ungeduld zu und meinte dann, er könne in meinem Behälter-Fall nur etwas unternehmen, wenn und falls die Zeit es erlaubte.

Wütend über die Abfuhr, rief ich Ryan an. Er erklärte mir, dass Trout, der erst seit Kurzem für die Abteilung Gewaltverbrechen arbeitete, in dem Ruf stehe, nur die Fälle zu verfolgen, die seine Karrierechancen erhöhen würden. Und Altfälle gehörten normalerweise nicht dazu.

Am Mittwochmorgen legte Ryan, weil ihm klar war, dass ich »eine ziemliche Nervensäge« sein konnte, wie Willoughby es genannt hatte, bei Agnes und Rupert eine Pause ein und schaute in seiner alten Arbeitsstätte in der SQ-Zentrale vorbei. Trout erklärte ihm, dass er sehr auf einen Mord im häuslichen Umfeld konzentriert sei, und schlug vor, dass er mit den Opfern aus Saint-Anicet tun könne, was er wolle. Eigentlich brauchte Ryan Trouts Erlaubnis nicht. Obwohl im Ruhestand, hatte er immer noch Zugang.

Da ich Papierkram zu erledigen hatte und Materialien aus dem LSJML brauchte, fuhren wir gemeinsam ins Wilfrid-Derome. Während wir auf unsere getrennten Aufzüge warteten, vereinbarten wir, uns um halb fünf in der Lobby zu treffen.

Um zwei zirpte mein Handy, als ich eben den Bericht über die Farmersfrau aus Saint-Felicien abschloss. Ich nahm mir vor, irgendwann meinen Klingelton zu ändern, und schaute auf das Display.

Vislosky.

Überrascht ging ich dran.

»Guten Morgen, Detective.«

»Hier regnet es wie die Seuche.«

»Ich hoffe, Sie rufen mit guten Neuigkeiten an.«

»Kann sein, dass ich bei dem jüngeren Opfer eine Spur habe.« Unterlegt von einer ähnlichen Mischung von Geräuschen, wie ich sie am Montag bei Ryan gehört hatte. Motor. Wischerblätter. Die Klimaanlage war ein neuer Effekt.

»Im Ernst?«

»Im Ernst. 2017 hat die Unfallstation des Beaufort Memorial ein Mädchen behandelt wegen – wie hieß dieser Bruch gleich wieder?«

»Laterale Kondylusfraktur des rechten Humerus.«

»Deswegen, ja. Jessica Gray Jeben. Weiß, weiblich. Geboren am 1. Juli 2002.«

Ich rechnete schnell nach. »Fünfzehn. Das passt.«

»Jeben kam nie zurück, um sich den Gips abnehmen zu lassen. Und ungefähr zur selben Zeit hörten auch ihre Schulbesuche auf.«

»Verdammt.«

»Die Mutter wohnt immer noch unter derselben Adresse in Yemassee.«

»Wo ist Yemassee?«

»In Beaufort County. Ich fahre eben von dort wieder weg. Die Gegend ist sehr ländlich, und Mama ist eindeutig kein Genie.«

»Wie erklärt sie den gebrochenen Arm ihrer Tochter?«

»Die haben an einem Baum im vorderen Garten so eine Reifenschaukel. Sie sagt, das Mädchen sei von der Schaukel gefallen.«

»Glauben Sie ihr?«

»Wer weiß?«

»Ist Jessica wiederaufgetaucht?«

»Nein.«

»Was sagt sie dazu?«

»Das Mädchen hat sich von ihrem Freund getrennt.«

»Schätze, sie hat sie nicht als vermisst gemeldet?«

»Die ist zu blöd, um sich selbst die Nägel zu feilen.«

»Haben Sie eine DNA-Probe bekommen?«

»Habe hier eine Bierdose in einem Beutel neben mir.«

»Gut gemacht.«

»Dein Freund und Helfer, Baby.«

»Halten Sie mich –«

»Jaja. Auf dem Laufenden.«

Obwohl Ryan nur ein paar Stockwerke unter mir war, kreuzten sich unsere Wege den ganzen Tag nicht. Ich kam vor ihm in die Lobby. Ein Blick in sein Gesicht und ich wusste, dass er keine Treffer gelandet hatte.

»Nichts?«, fragte ich, als er aus dem Aufzug stieg.

Ryan schüttelte den Kopf.

»Nicht überraschend, was das Kind angeht«, sagte ich. »Aber ich dachte, bei der Frau könnten wir Glück haben.«

»Schätze, sie war immer brav.«

»Und nie beim Militär.«

»Du nimmst das aber gut auf«, sagte Ryan. »Ich dachte, du wärst am Boden zerstört.«

Ich berichtete ihm von Visloskys Spur.

»Im Ernst?«, sagte er.

Wir mussten beide unser Vokabular erweitern.

Die Unterhaltung brach ab, als wir das Gebäude verließen. Im scharfen, beißenden Wind auch fast die Atmung. Ich hielt den Kopf gesenkt, den Mund geschlossen und hoffte, dass die Tränen mir nicht auf dem Gesicht gefroren.

Als wir dann im Jeep saßen, spielte Ryan mit der Heizung herum, die oft Probleme machte. Ich ballte immer wieder die Fäuste, um die Durchblutung in Schwung zu bringen.

»Du brauchst dickere Handschuhe«, sagte Ryan.

»Ja.«

»Ungewöhnlich, dass es im Oktober schon so kalt ist.«

»Hm.« Wie oft hatte ich das schon gehört?

»Ich habe mir deine Paparazza angesehen«, bemerkte Ryan, während er sich in den Verkehr einreihte.

»Was?« Mit dem plötzlichen Schwenk hatte er mich abgehängt.

»Das Glamour-Foto in der Samstagszeitung.«

»Das war ja wohl kaum ein Glamour-Foto.«

»Ich habe in der *Gazette* angerufen. Die Journalistin ist eine Freiberuflerin namens Laura Bianchi. Es heißt, sie ist jung und ehrgeizig und hört auf der Suche nach Knüllern den Polizeifunk ab.«

»Und so hat sie von der Exhumierung erfahren?«

»Weil sonst nicht viel los war, dachte sie sich, ausgebuddelte Leichen sind besser als nichts. Sie schoss das Foto, verkaufte es an eine Presseagentur, die *Gazette* brachte es. Ende der Geschichte. Nichts Gruseliges.«

»Du hast die Haare der Frau nicht gesehen.«

Es war *l'heure de pointe,* Stoßzeit, doch irgendwo durchzustoßen war unmöglich. Trotzdem machten wir einen Umweg zur Rue Saint-Laurent für Rauchfleisch. Während Ryan in Schwartz's Deli rannte, checkte ich meine E-Mails, weil die Finger jetzt wieder so warm waren, dass ich die Tasten bedienen konnte.

Herrins DNA-Berichte waren angekommen.

Ich öffnete die Mail und überflog beide Dokumente. Nur beiläufig, weil ich überzeugt war, dass wir das jüngere Opfer bald identifiziert haben würden. Dass ihr Name zur Identität ihrer Begleiterin führen würde.

Als ich die Daten auf dem winzigen Display mit zusammengekniffenen Augen anschaute, sagte etwas tief unten in meiner Psyche: *Hä?*

Aber was?

Sosehr ich es auch versuchte, ich konnte den Gedanken nicht aus der Ritze des Unterbewusstseins reißen, in der er klemmte. Versuchte es immer noch, als Ryan die Tür öffnete und hinter das Steuer rutschte. Die Luft füllte sich mit den widersprüchlichen Gerüchen von Winterluft, feuchter Wolle und warmem, gewürztem Fleisch.

Obwohl ich nicht so recht wusste, warum, schickte ich

Herrins Bericht an Willoughby weiter. Erwartete keine Reaktion.

Wie sehr ich mich täuschte.

15

Freitag, 29. Oktober

Am Freitagvormittag klingelte mein Handy mit einer wichtigen Entwicklung.

»Das ältere Mädchen in Charleston ist verwandt mit der Frau hier.«

Willoughbys Worte jagten mir Adrenalin durch den Körper.

»Sind Sie sicher?«, fragte ich verblüfft.

»Ja.«

»Was ist mit dem Kind hier?«

»Die Probe war in einem zu schlechten Zustand.«

Ich wusste gerade genug, um zu verstehen, dass Willoughby und ihr Kollege in South Carolina sich Genvariationen in kurzen Wiederholungssequenzen der DNA an bestimmten Orten auf den Chromosomen angeschaut hatten. Willoughby hatte von der Montrealer Frau genug vermehren können, um sie mit den beiden Teenagern in Charleston vergleichen zu können. Bei dem Montrealer Kind war das nicht möglich gewesen.

»– diese Wichser drankriegen.«

Willoughbys Worte holten mich zurück.

»Aber Sie konnten feststellen, dass das Kind hier verwandt ist mit der Frau, die mit ihm in dem Behälter steckte.« Mehr eine Frage als eine Aussage.

»Ja. Aber dieser Vergleich basierte auf weniger Genorten. Es ist kompliziert. Soll ich es Ihnen erklären?«

»Im Augenblick nicht.« Mein Hirn raste, um die Informationen zu verarbeiten. »Wenn die Frau und das Kind in Montreal miteinander verwandt sind, dann sind vermutlich auch beide verwandt mit dem älteren Kind in Charleston.«

»Wahrscheinlich.«

»Wow.« Ich hatte schon *Im Ernst* sagen wollen.

»Ihre Vermutung war genau richtig.«

»Was hat Sie dazu gebracht, den Vergleich zu versuchen?« Ich hatte sie nicht darum gebeten.

»Etwas in den Genomen fiel mir ins Auge, deshalb dachte ich, warum nicht einen Schuss ins Blaue wagen?«

»Ryan hat Ihre Profile hier und in den Staaten durchlaufen lassen. Keine Ergebnisse.«

»Überrascht mich nicht.«

Ich überlegte mir, ob ich Willoughby von Jessica Jeben erzählen sollte. Aus irgendeinem Grund hielt ich das aber zurück. Stattdessen sagte ich nur: »Ich bin Ihnen was schuldig.«

»Geben Sie's einfach zu. Ich bin eine Legende.«

»Sind Sie.« Obwohl ich nicht so recht wusste, was sie meinte.

»Falls sich noch irgendwas ergibt, einfach anrufen.«

Mein Handy meldete einen Anrufer, der anklopfte.

Ryan. Perfekt.

Ich schaltete um, doch in der Aufregung war ich so ungeschickt, dass ich den Apparat beinahe fallen gelassen hätte.

»Guten Morgen, Detective.« *Lentement.* Langsam.

Ryan ließ sich nicht täuschen. »Was ist los?«

»Was?«, fragte ich gespielt angegriffen.

»Du klingst wie ein Kokser nach einer Nase.«

Ich berichtete ihm, was ich eben von Willoughby erfahren hatte.

Ryan sagte nichts.

»Ich hatte recht. Die Fälle hier haben mit denen in Charleston zu tun.«

»Schon was Neues zu der Jeben-Spur?«

»Vislosky hat um schnelle Bearbeitung gebeten. Auch wenn

ihre Anfrage höchste Priorität erhält, werden die Ergebnisse ein paar Tage auf sich warten lassen.«

Ein kurzes Schweigen, dann sagte er: »Wir sollten feiern.«

»Ist noch ein bisschen früh, um die Party-Hütchen rauszuholen.«

»Stimmt. Aber wir können ein schönes Abendessen auch ohne Grund genießen.«

»Heute Abend?«

»Warum nicht?«

»Wo?«

»Wird eine Überraschung. Sei um sieben fertig.«

Ich saß einen Augenblick nur da, um mich zu beruhigen. Mit dem Blick auf die Landschaft vor meinem Fenster.

Über Nacht hatte eine mildere Front die arktische Kälte vertrieben, und zwölf Stockwerke unter mir ließ schmelzender Schnee schwarze Rinnsale über dem Asphalt des Parkplatzes glänzen. In der Ferne hingen fette Wolken über dem Fleuve Saint-Laurent, der sich dunkel und stumm am Horizont erstreckte.

Als mein Puls sich wieder normalisiert hatte, rief ich Vislosky an.

Sie ging sofort dran. »Vislosky.«

Während ich ihr von Willoughbys Schocker berichtete, stellte ich mir vor, wie diese eine zynische Augenbraue in die Höhe ging.

»Könnte ein wichtiger Durchbruch sein«, sagte ich nach einem langen Augenblick, als Vislosky gar nicht reagierte.

»Jetzt sind es also vier.«

Waren es immer, dachte ich. »Was Neues zu Jeben?«

»Der Freund ist ein Kerl namens Thomas Slinger. Sechsundzwanzig. Nannte sich Slick.«

»Slick Slinger?«

»Sagt einem alles, was man über den kleinen Wurm wissen muss.«

»Das und die Tatsache, dass er mit einem fünfzehnjährigen Mädchen ging.«

»Und das.«

»Seine Geschichte?«

»Der Kerl ist der reinste Charmebolzen.«

»Soll heißen?«

»Sein jugendliches Vorstrafenregister ist lang und unkreativ. Größtenteils Kleinigkeiten – alkoholisiertes Fahren, Ruhestörung, Vandalismus, Ladendiebstahl. 2015 wurde er unehrenhaft aus der Marine entlassen.«

»Warum?«

»Der Herr hat eine Vorliebe für Koks. Mein persönlicher Liebling: 2016 verhaftete ihn der Sheriff des Beaufort County, weil er lebendige Hühner an Pitbulls verfütterte, die er für den Ring trainierte. Hier endet das Register.«

»Mein Gott. Haben Sie mit ihm gesprochen?«

»Der Ex-Soldat Slinger ist gegenwärtig unauffindbar.«

»Lassen Sie mich raten. Er verschwand ungefähr zur selben Zeit wie Jessica Jeben?«

»Genau. Hören Sie, ich muss noch eine Tür-zu-Tür-Befragung abschließen und Unmengen Papierkram erledigen.«

Tote Leitung.

Wieder konnte ich nichts anderes tun als warten.

15 Uhr 30. Draußen hingen die Wolken so tief, dass sie den Fluss zu küssen schienen. Dunkel und geschwollen kündigten sie ihre Niederkunft an.

Ich hatte eben einen weiteren Bericht abgeschlossen. Der Speed-Junkie im Abwasserkanal war tatsächlich, wie schon vermutet, die verrückte Marie Cloutier. Ich konnte zwar die Todesursache nicht angeben, aber doch sagen, dass Maries Stricknadel beeindruckende Schäden in ihrem Schläfenlappen verursacht hatte.

Kaum hatte ich auf Senden gedrückt, flogen meine Gedanken zu der Frau und dem Kind zurück, die in Saint-Anicet ans Ufer gespült worden waren. Ich holte mir die Datei auf den Bildschirm und starrte die krude Darstellung der beiden Gesichter an.

Die beiden starrten zurück. Eine Frau mit einer schmalen Nase und einem vorstehenden Kinn. Ein Kind mit hoher Stirn und weit auseinanderstehenden Augen.

Der übliche Gedankentumult überfiel mich. Während ich versuchte, sie zu sortieren, sendete eine Ansammlung von Neuronen ein provokatives *psst!*

Was denn?

Ich versuchte, die unterschwellige Synapse an die Oberfläche zu holen.

Während ich die Gesichtszüge auf meinem Bildschirm betrachtete, fragte ich mich, welche Details meine tieferen Zentren bemerkt hatten, die mir entgangen waren?

Unerwartet schickte mein Hirn mir ein Bild von Polly Beecroft.

War diese synaptische Warnung ähnlich der, die ich erhalten hatte, als ich Beecrofts Maske betrachtet hatte? Was hatte damals den Alarm ausgelöst?

Die geistigen Räder griffen nicht ineinander.

Frustriert verkleinerte ich die beiden Skizzen und öffnete die Datei mit meinen Aufnahmen von Beecrofts Fotos.

Ein paar Neuronen gaben widerwillig zu, dass die Ursache meines Unbehagens das Gefühl war, dass mir die Frau, wenn auch schon lange tot, irgendwie bekannt vorkam.

Aber vor ihrem Besuch im MCME hatte ich Polly Beecroft noch nie getroffen. Und auf keinen Fall ihre mysteriöse Totenmasken-Vorfahrin.

Ein Hirnschnippen. War es Beecrofts Besuch, über den nachzudenken meine Zellen mich drängten?

Ich lehnte mich zurück, und meine Ideen schossen in tausend Richtungen.

Aus dem Morast von Ideen stieg eine als bedenkenswerte Möglichkeit hervor.

Ich ging auf die Website der American Academy of Forensic Sciences, gab meine AAFS-Mitgliedsnummer ein und holte mir das *Journal of Forensic Sciences* auf den Schirm. Fand dort den Artikel, den ich suchte, und las ihn durch.

Ryan hatte in einem meiner Lieblingsbistros reserviert, Leméac an der Avenue Laurier Ouest, in einem als Plateau bekannten Stadtteil. Einen Parkplatz fanden wir schließlich mehrere Lichtjahre entfernt. Zum Glück hatte es noch nicht angefangen zu regnen. Aber die schwere, feuchte Luft versprach, dass es nicht so bleiben würde.

Aus schmelzenden, von Öl und Autoabgasen geschwärzten Schneeverwehungen lief trübes Wasser in die Rinnsteine und auf die Bürgersteige. Unsere Absätze klackerten feuchte Trommelwirbel, als wir über das Pflaster eilten.

Das kleine Restaurant war voll, aber wir wurden sehr schnell an unseren Tisch geführt. Ich bestellte einen Salat aus Rucola und Fenchel zur Vorspeise. Ryan die Butternuss-Kürbissuppe. Als Hauptgericht wählten wir beide *moules et frites*. Muscheln mit Pommes.

Während wir auf unser Essen warteten, machte ich mir die Mühe, Ryan nach Agnes und Rupert zu fragen. Der Geräuschpegel war so hoch, dass wir uns zueinander beugen mussten, um uns unterhalten zu können.

»Wie war's in Idle Acres?«

»Hab einen Rottweiler namens Jose getroffen.«

»Einen Rottweiler unter fünfundzwanzig Pfund.«

»Ich habe Jose nicht nach seinem Gewicht gefragt. Er hat nicht nach dem Grund meines Besuchs gefragt.«

»Verständlich.«

»Wie sich zeigte, hat der Park einen neuen Besitzer. Arnie

Kim. Kim meinte, der Platz sei durch mehrere Hände gegangen. Er hat ihn vor zwei Jahren gekauft und kennt Rupert oder Agnes nicht.«

»Hatte Kim irgendwelche alten Unterlagen?«

»Wir reden von einem Trailerpark.«

»Wusste er den Namen des früheren Besitzers?«

»Ja. Jimmie Gardner.«

»Wusste er Gardners Adresse?«

»Wusste er nicht.«

Unsere Vorspeisen kamen. Ryan und ich verbrachten Zeit mit Salz und Pfeffer. Ich bestellte ein Perrier mit Limone. Er bestellte noch ein Moosehead und nahm dann den Faden wieder auf.

»Unverdrossen habe ich jeden Jimmie und James Gardner in jedem Telefonbuch in Vermont angerufen.«

»Klingt beängstigend.«

»Mir ist noch kein Mann entkommen.«

»Was du nicht sagst.«

»Würde ich mit so etwas Späße machen?« Ryans Augen funkelten wie Saphire im flackernden Kerzenlicht. »Gardner erinnerte sich an Rupert und schwach auch an Agnes und deren Sohn Zeke, von den paar Besuchen. Ihr Familienname ist übrigens Schultz. Für Zeke hatte er nicht viel übrig.«

»Warum nicht?«

»Jimmies Argumentation war da nicht ganz klar.« Ryan aß seinen Teller leer und legte den Löffel auf den Tisch. »Unter der Woche blieb Rupert in Idle Acres, weil es näher zu der Fabrik war, in der er arbeitete. An den Wochenenden fuhr er nach Hause in ein winziges Kaff mit dem Namen Ferdinand.«

Nach einem Schluck Bier lehnte Ryan sich zurück.

»Und?«, wollte ich wissen.

»Ich habe in Ferdinand ein bisschen ermittelt.«

Ryans Bericht wurde von der Ankunft unseres Hauptgerichts beendet.

Meine Wahl war alles, was ich mir erhofft hatte. Das Dessert, ein Turm aus Schokoladenmousse, Kirschen und Schlagsahne, war sogar noch besser. Als wir fertig gegessen und Ryan, trotz meines Protests, bezahlt hatte, war es halb elf.

Streitlustig nach einem Tag der Zurückhaltung brach der Sturm nun richtig los. Ryan bot an, das Auto zu holen, aber ich bestand darauf, gemeinsam hinzulaufen. Eine kurze Diskussion in zwei Sprachen, dann gab er nach.

Hand in Hand joggten wir die Laurier hoch, die, bis auf die Autos, die an den Straßenrand gezwungen worden waren, größtenteils verlassen war. Der Wolkenbruch prasselte auf Windschutzscheiben, Motorhauben und Dächer. Der jetzt sehr böige Wind wirbelte Laub in Kreisen um unsere Füße hoch. Gebäude, Bäume und Strommasten erschienen als verwaschene Schemen im gedämpften Schein der Natriumdampflampen.

Vornübergebeugt sprinteten wir weiter, und Wasser lief uns über Haare und Gesicht, als die Straße plötzlich von hinten erleuchtet wurde. Ich sah Ryan sich umdrehen und folgte seinem Blick zu einem Scheinwerferpaar einen halben Block entfernt.

Durch den Regenschleier konnte ich kaum etwas erkennen. Aber zwei Dinge prägten sich mir ein. Die beiden Lichtscheiben wurden immer größer. Der linke Nebelscheinwerfer brannte bernsteinfarben, der rechte war dunkel.

Ein paar Sekunden, dann schwangen die Scheinwerfer nach links und verschwanden in der Avenue Durocher. Ryan beschleunigte unser Tempo. Beunruhigt?

Augenblicke später bog vor uns ein Fahrzeug von der Avenue Querbes auf die Laurier ein und kam auf uns zu. Wie zuvor konnte ich das Modell, die Autonummer, den Fahrer und die Anzahl der Mitfahrer nicht erkennen. Aber ein einzelnes Detail war klar. Eine Nebelleuchte war tot.

»Das ist dasselbe Auto!«, schrie ich gegen den Sturm an.

Unnötig. Ryans Griff um meine Hand hatte sich bereits fester geschlossen, sein Körper war angespannt.

Bevor er oder ich reagieren konnte, fauchte ein Motor auf, und die Scheinwerfer schwollen rasend an.

Das Auto schoss direkt auf uns zu.

16

Freitag, 29. Oktober – Samstag, 30. Oktober

Die nächste Ereignissequenz schien ein Leben zu dauern. In Wirklichkeit spielte sie sich in Sekunden ab.

Die Scheinwerfer bohrten sich durch den Wolkenbruch, wurden mit Furcht einflößender Geschwindigkeit größer und wanderten weiter auseinander.

Jetzt zeigte sich Ryans jahrelanges Training. Er packte mich an den Schultern, drehte mich und schubste mich mit beiden Händen.

Ich flog zur Seite. Ein Fuß verfing sich am Bordstein, ich fiel auf die Knie.

Ich stützte mich mit den Händen ab und drehte den Kopf, um die Straße sehen zu können.

Ryan war eine schwarze Silhouette im blendenden Schein des Doppelstrahls.

Sätze schossen mir durchs Hirn. Aus einer vor langer Zeit gelesenen Passage über Bedrohungsanalyse. *Die erste Annäherung eines Fahrzeugs dient zur Bestätigung. Die zweite Annäherung dient zum Töten.*

Nein!, schrie eine Stimme.

Meine?

Unwillkürlich registrierte mein Hirn Daten. Das Fahrzeug war niedrig und schnittig und klang wie der *Millennium Falcon*. Der Fahrer war nur ein Schemen hinter dem Lenkrad. Als er Gas gab, drehten die Hinterräder auf dem nassen

Asphalt durch. Das Auto schleuderte und schoss direkt auf Ryan zu.

Und kam schnell näher.

Drei Meter.

Eineinhalb.

Dann Geräusche, die auf ewig durch meine Träume spuken würden.

Das dumpfe Klatschen, als der Kühlergrill auf Ryans Fleisch traf. Das scharfe Krachen, als sein Schädel auf Metallblech prallte. Das Zischen und der dumpfe Schlag, als Ryans Körper nach unten rutschte und auf den Boden knallte.

Das Auto röhrte davon. Ich kniff die Augen zusammen, um das Kennzeichen zu lesen. Sah nur die Rücklichter, die zu roten Punkten schrumpften und dann in der Nacht verschwanden.

Mit hämmerndem Herzen rappelte ich mich hoch und humpelte, den Schmerz in meinem Knie ignorierend, zu Ryans reglosem Körper.

Ryan war von dem Aufprall in die Höhe und dann gegen die Ecke eines Bushäuschens geschleudert worden. Jetzt lag er bewegungslos an dessen Sockel, die Glieder verdreht. Ein Streifen Blut verlief von der Glaswand bis zu seinem Kopf.

Mit bebender Brust wühlte ich in meiner Tasche nach meinem Handy. Geblendet von der Mischung aus Regen und Tränen, brauchte ich zwei Versuche, um die 911 zu wählen.

Dann kniete ich mich neben Ryan. Ganz sanft, um nicht weiteren Schaden anzurichten, tastete ich seine Halsschlagader nach einem Puls ab.

Spürte ein zaghaftes Beben.

In der Ferne heulte eine Sirene.

Totes Laub umwirbelte mich.

»Ich liebe dich, Andrew Ryan«, schluchzte ich in die nach Regen riechende Luft.

Dann wartete ich.

Und sah zu, wie Ryans Blut vom schmutzigen Glas gespült wurde.

Sieben Stunden später saß ich zusammengesunken auf einem Stuhl, den ich dicht an Ryans Bett gezogen hatte. In mir tobte ein Chaos der Gefühle. Angst. Wut. Bedauern. Ryan hatte den Kopf hingehalten, weil er versucht hatte, mich zu schützen.

Die Angst dominierte. Ein eisiges Brennen in meiner Brust.

Gedämpfte Geräusche wehten durch die offene Tür. Das Läuten eines Aufzugs. Das Rattern eines Karrens. Eine Roboterstimme, die einen Code ausrief.

Immer wieder kreisten meine Gedanken um die Fahrt im Krankenwagen. Um Ryans blutiges Gesicht, das zuerst rot pulsierte, dann dunkel wurde. Um die Stütze um seinen Hals. Die Maske über seinem Mund.

Um das Mantra, das in meinem Schädel pochte. *Er atmet. Sein Herz schlägt.*

Im Krankenhaus war Ryan hastig davongeschoben worden, für Röntgenaufnahmen oder ein CT oder ein Kernspintomogramm und vielleicht eine Operation, während ich unter Protest in der Notaufnahme untersucht wurde. Ich hatte mir ein Knie verdreht und einen Ellbogen aufgeschürft. Ansonsten war ich unverletzt davongekommen.

Nach meiner Entlassung aus der Notaufnahme hatte ich in der Lobby gewartet. Der Stuhl war aus Spritzgussplastik. Eine Ecke war angeschlagen, der Spalt geformt wie der Kopf eines Einhorns.

Komisch, woran man sich erinnert.

Während die Nachricht sich verbreitete, fluteten Polizisten das Krankenhaus, sowohl von der SPVM wie der SQ. Ihre Streifenwagen und zivilen Impalas und Crown Vics kreuz und quer vor dem Haupteingang, waren sie in der Lobby zusammengeströmt. Wütend und machtlos, wollten sie ihre Unterstützung einfach durch ihre Anwesenheit zeigen.

Der Fall ging an die SPVM, die städtischen Beamten. Zwei Detectives befragten mich, der eine behutsam, der andere mit seiner gewohnten aggressiven Masche, beide fest entschlossen, den Mistkerl zu fangen, der einen aus ihren Reihen verletzt hatte. Luc Claudel und Michel Charbonneau. Ich hatte mit beiden schon gearbeitet.

Noch immer voller Adrenalin und verrückt vor Sorge um Ryan, hatte ich versucht, ihnen so detailliert wie möglich zu berichten. Die Details hielten sich in Grenzen. Charbonneau war mitfühlend. Claudel war sauer.

Ich hatte ihnen unseren Weg die Laurier hoch beschrieben. Ihnen mitgeteilt, was mir an dem Fahrzeug aufgefallen war. Ihnen gesagt, ich hätte weder den Fahrer noch das Nummernschild erkennen können. Hatte nur verwirrt geschaut, als Claudel wissen wollte, ob es ein beabsichtigter Anschlag war oder nur ein Unfall mit Fahrerflucht.

Schließlich waren sie alle wieder verschwunden.

Jetzt waren wir in diesem Zimmer mit dem höchst komplizierten Bett und den piepsenden Maschinen. Gaze bedeckte die rechte Seite von Ryans Kopf. Vom Hals abwärts war sein Körper von einem Laken verborgen, nur seine Arme lagen frei. Ein gegabeltes Röhrchen blies Sauerstoff in seine Nase. Eine Nadel ließ Flüssigkeiten in eine Vene an seinem Handgelenk laufen. Der Arm mit der Infusion lag dicht an seinem Körper. Der andere ruhte locker angewinkelt auf seiner Brust.

Stundenlang hatte ich zugesehen, wie die Linien auf den Monitoren ihre erratischen Berge und Täler zeichneten. Stundenlang hatte ich dem rhythmischen Pingen der Sensoren gelauscht.

Obwohl ich erschöpft war, gestattete ich mir nicht zu schlafen. Irrational, ich weiß. Aber ich musste wach bleiben, um den Linien und dem Pingen meinen Willen aufzuzwingen. Man hatte mir gesagt, dass die Aufnahmen keine Schädelbrüche aufgezeigt hätten. Wahrscheinlich, weil das Plexiglas des

Bushäuschens einen direkten Aufprall auf den Beton verhindert hatte.

Ich stand auf und ging zum Fenster. Über Nacht hatten Regen und Wolken sich verzogen. Die Sonne schickte ihre ersten, zaghaften Strahlen über den Horizont und erleuchtete die vielfarbigen Gebäude des Montreal General. Jenseits des Komplexes schimmerten die Hügel von Westmount in einem dunstigen Blaugrau wie die Farben und die Struktur eines Monet-Gemäldes.

Ich erinnerte mich an die Worte der Chirurgin. Gute Nachrichten und schlechte. Auch wenn kein Bruch vorlag, hatte ein CT eine epidurale Blutung festgestellt. Eine sofortige Operation war nötig.

Eine Ewigkeit später war sie zurückgekehrt, die Augen mitfühlend, die Stimme ruhig trotz der Erschöpfung. Sie hatte ein winziges Loch in Ryans Schädel gebohrt, um das angesammelte Blut abfließen zu lassen und den Druck zu senken. Alles war gut gegangen. Jetzt musste man Geduld haben.

Deshalb wartete ich.

Ich dachte an die vielen Jahre, die Ryan und ich miteinander verbracht hatten. Die gemeinsamen Herausforderungen. Das gemeinsame Erfolgsgefühl, wenn wir einen Fall gelöst hatten. Die gemeinsame Frustration und Enttäuschung, wenn wir es nicht geschafft hatten.

Ryan und ich hatten miteinander viel Tod gesehen. Leben, die auf jede vorstellbare Art beendet worden waren. Männlich, weiblich, alt, jung. Während unserer ganzen Laufbahn waren wir oft die Überbringer lebensverändernder Nachrichten gewesen. Hatten besorgte Angehörige darüber informiert, dass ihre Lieben tot waren. Und Trost gespendet, wenn wir berichteten, dass ein Mörder gefasst worden war.

Der Tod war eine Konstante in unserer Arbeit. Wir hatten unsere Hochs und Tiefs gehabt, und Ryan war nicht immer da gewesen. Aber wenn wir zusammen waren, hatte er immer zugehört, wenn ich mein Herz ausschüttete, er hatte mich getröstet und unterstützt.

Ich spürte ein Beben in meiner Brust. Kämpfte es nieder, als eine Schwester erschien, die Gummisohlen geräuschlos auf den makellosen Fliesen. Sie war silberhaarig und stämmig, freute sich wahrscheinlich auf ihren Ruhestand in ein paar Jahren. Auf ihrem Namensschild las ich *S. Beauvais.*

»Bonjour.« S. Beauvais senkte kurz das Kinn.

»Bonjour«, sagte ich.

S. Beauvais fing an, Flüssigkeitspegel und Anzeigen und Verläufe zu kontrollieren, und ihre Haare strahlten aquamarin im Schein des Monitors. »Meine Nachtschichtkollegen sagten mir, dass Sie die ganze Nacht hier waren.«

»Ja«, sagte ich.

»Sie müssen erschöpft sein.«

»Mir geht's gut.« Ich schaute S. Beauvais zu, staunte darüber, wie flüssig und effizient ihre Bewegungen waren. Und ihre Wahrnehmungen. Ich war tatsächlich *epuisée.*

»Er wird eine Weile schlafen. Das ist normal. Vielleicht sollten Sie die Gelegenheit nutzen und dasselbe tun?«

»Ich will nicht –«

»Wenn sich an seinem Zustand irgendwas ändert, rufen wir Sie.«

Ich erwiderte nichts.

»Wenn sie eine Hilfe sein will, muss eine Bezugsperson fit und wach sein.«

Ich starrte Schwester S. Beauvais' breiten Rücken an, der jetzt durch die Tür verschwand. Sie hatte recht. Was mich verdammt ärgerte.

Aufgewühlt zog ich mein Handy aus der Tasche, um nach Nachrichten zu schauen. Kein Netz. Ich wusste das. Ich hatte das Ritual schon tausendmal wiederholt.

Ich nahm meine Wache wieder auf.

In der unheimlichen Abstrahlung des Monitors wirkte Ryans

Gesicht eingefallen, die Augen noch tiefer in die Höhlen gesunken als sonst. Unter beiden zeichnete sich ein spektakuläres Veilchen ab.

Ich sah zu, wie Ryans verhüllte Brust sich hob und senkte. Sich hob und senkte. Hob und senkte.

Die Sensoren pingten.

Die Lider fielen mir zu. Mein Kinn senkte sich.

Ich riss den Kopf hoch. Ich verlor den Kampf.

Für unser »Date« im Leméac hatte ich ein Seidenkleid angezogen. Der Stoff war jetzt runzlig wie das Gesicht einer alten Apfelpuppe, das leuchtende Rot gesprenkelt von Wassertropfen und blutverschmiert.

Ich strich mit beiden Händen über den Rock und zog die Ärmel zu den Handgelenken herunter. Sinnlos. Niemand, dem ich begegnete, würde sich drum kümmern, wie ich aussah. Ich holte Ryans Schlüssel aus der Plastiktüte mit seiner persönlichen Habe, schnappte mir meinen Mantel und ging.

Draußen auf der Straße zeigte mein Handy sofort fünf Balken. Ich wischte ein wenig und tippte dann auf ein Icon.

Es war Stoßzeit. Das Uber würde zwanzig Minuten brauchen.

Um mir die Zeit zu vertreiben, schaute ich meine Nachrichten durch. Keine SMS, eine Voicemail. Eine Nummer in Charleston, South Carolina.

Ich tippte die Nachricht an. Hörte sie ab.

»Vislosky hier. Dachte, das wollen Sie wissen. Jessica Jeben lebt und wohnt mit ihrem Stecher in Myrtle Beach. Wir sind also wieder bei null. Wenn Sie Fragen haben, wissen Sie ja, wie Sie mich erreichen können.«

Es war zu früh, um zurückzurufen. Und ich war zu kaputt.

Hinter mir erhellte die Morgendämmerung die Freiflächen zwischen den vielen Gebäuden des Krankenhauses und schimmerte in dem schmelzwasserverkrusteten Schnee. Über mir bewegten sich die Äste eines Ahorns steif in der Brise.

Das Uber kam nach dreißig Minuten, ein grüner Dodge Dart mit einem Fahrer namens Farid. Farid fuhr mich zu Ryans Jeep. Ich fuhr den Jeep zur Wohnung.

Nachdem ich Birdie gefüttert hatte, zog ich mich aus und warf das ruinierte Kleid weg. Dann duschte ich sehr lange. Bevor ich ins Bett fiel, ließ ich die Jalousien herunter und stellte den Wecker auf Mittag.

Birdie kam zu mir, völlig unvoreingenommen trotz seiner einsam verbrachten Nacht. Vielleicht weil er meinen Kummer spürte, drückte er sich an mich und fing an, ernsthaft zu schnurren.

Der Kater war zwar tröstend, aber er reichte nicht. In diesem Augenblick brauchte ich menschlichen Zuspruch.

Ich wählte Annes Nummer. Ihre Voicemail antwortete.

Natürlich. Die Uhr zeigte 7:22. Ich hinterließ eine Nachricht. Ruf mich an.

Mama war auf einer ihrer spirituellen Auszeiten und nicht zu erreichen.

Katy war in Afghanistan.

Pete? Mein Ex hatte seine eigenen Probleme.

Das Bett war so groß. So leer.

Ich fühlte mich völlig allein.

Und zum ersten Mal in meinem Leben spürte ich echten Hass und aufrichtige Wut.

Als ich so dalag, wurde ich von einem so intensiven Abscheu überwältigt, dass ich ihn im Mund schmecken konnte. In mir brannte das primitive Verlangen, den Menschen, der Ryan verletzt hatte, zur Strecke zu bringen.

Aber wer war dieser Mensch? Ein Mann, nahm ich an.

Warum?

War Ryan das Ziel? War ich es? Wir beide?

Ich wusste, was ich zu tun hatte.

17

Samstag, 30. Oktober

Gellende Kirchenglocken rissen mich aus dem Schlaf.

Ich brauchte mehrere Sekunden, um mich zu orientieren.

Leméac. Der Vorfall auf der Laurier. Ryan.

Ich griff zum Handy. Keine verpassten Anrufe.

Ich streifte einen Pullover und eine weite Hose über und kümmerte mich halbherzig um meine Morgentoilette. Nachdem ich Birdie gefüttert hatte, der mich ungläubig anstarrte, suchte ich Sachen zusammen, von denen ich glaubte, dass Ryan sie brauchen würde. Den Augenkontakt mit dem Kater vermeidend, schnappte ich mir Jacke und Handtasche und stürzte davon.

Samstagnachmittag. Es herrschte nur wenig Verkehr. Trotz eines Stopps für Kaffee und ein Croissant war ich um dreiviertel zwei im Krankenhaus.

Die hübsch dauergewellte Dame an der Rezeption hieß Veronique. Ich sagte Veronique, dass ich wegen Andrew Ryan hier sei. Ihre rot lackierten Nägel klackerten über die Tastatur. Viele Tasten, viel Geklacker. Dann schaute sie zu mir hoch und informierte mich darüber, dass der Patient in Zimmer 1807 lag.

Als ich zu den Aufzügen ging, freute ich mich, dass man Ryan aus der Intensivstation verlegt hatte. Und ärgerte mich, dass man mir nicht, wie versprochen, Bescheid gesagt hatte.

Alle Besucher um mich herum trugen Blumen, Ballons oder Plüschtiere mit sich. Ich dachte an einen Abstecher zum Geschenkekiosk, als die Aufzugtüren sich öffneten. Ich stieg ein und fuhr mit der bunt dekorierten Horde nach oben.

1807 war ein Einzelzimmer mit einem normalen Bett, einem Schwenkarmtisch, einem Stuhl und einem schmalen Garderobenschrank. Hässliche Blumenvorhänge waren geöffnet und erlaubten einen ziemlich guten Blick auf den Komplex.

Ein breites Ryan-Lächeln, als ich durch die Tür kam. *»Bonjour, ma chère.«*

»Nette Bude«, sagte ich.

»Vorzüglich«, sagte er.

»Du siehst aus, als hätte dir jemand die Seele aus dem Leib geprügelt«, sagte ich bemüht lässig, weil mir beim Anblick seines Gesichts die Tränen in die Augen stiegen.

»Da müsstest du mal den anderen sehen.«

Ich trat an sein Bett. Er stellte seinen Wackelpudding weg, um sich küssen zu lassen.

»Ich habe dir ein bisschen was mitgebracht.« Ich hielt die Reisetasche in die Höhe. »Pyjama, Kulturbeutel, Handy, den Stephen King, den du gerade liest. Ich wusste nicht so recht, was du brauchst.«

»Du bist die Beste.«

»Deshalb bezahlen sie mich ja so mittelmäßig.« Ich stellte die Tasche auf eine Ablage im Schrank.

»Wie geht's dem Kater?«, fragte Ryan.

»Sauer, weil er so viel allein gelassen wird.«

»Er wird es verkraften.«

»Wird er.«

Während Ryan den Wackelpudding zu Ende aß, mit mehr Begeisterung, als die grüne Gelatinepampe verdient hatte, zog ich mir den Stuhl an sein Bett.

»Dein neuer Look ist ja wirklich umwerfend.« Ryans Haare stachen in Büscheln aus dem Verband um seinen Kopf heraus.

»Unter diesen Banden ist männlich nackter Knochen.« Er deutete mit dem Löffel auf sein rechtes Scheitelbein.

»Du könntest ihn tätowieren lassen.«

»Da ist außerdem ein winziges Löchlein.«

»Arbeite es in das Muster mit ein.«

»Ich denk mal drüber nach.«

»Du wirkst ja putzmunter.«

»Könnte mit ein paar Pharmazeutika zu tun haben.« Jetzt deutete der Löffel auf den Schlauch in seinem Arm.

»Mit Chemie lebt sich's besser.«

»Wie ist das Wetter?«

»Der Winter ist zurück und scheint einen längeren Aufenthalt zu planen.« Ich nahm ihm den leeren Puddingbecher und den Löffel ab. »Wie lange bist du schon wach?«

»Ein paar Stunden.«

»Wie fühlst du dich?«

»Durstig.«

Ich füllte sein Trinkgefäß mit Wasser und gab es ihm.

»Woran erinnerst du dich noch?«, fragte ich, als er nicht mehr an dem biegsamen Strohhalm saugte.

»An das rote Kleid«, antwortete Ryan mit einem Brauenzwirbeln wie Groucho Marx, das ihm aber offensichtlich Schmerzen bereitete.

»Leider war das tot bei Ankunft.«

Ryan verzog das Gesicht. Mit dem blauen Auge und den abstehenden Haaren sah er aus wie ein Serienkiller-Clown aus einem B-Movie. Was mich an das Datum erinnerte.

»Morgen ist Halloween. Ich bring dir Geleebohnen.«

»Morgen bin ich nicht mehr da.«

»Träum weiter.«

»Der Doc sagt, ich mache erstaunlich gute Fortschritte.«

»Für einen Kerl mit einem winzigen Löchlein im Schädel.«

Ryan ignorierte das. »Vorher waren Claudel und Charbonneau hier.«

»Itchy und Scratchy. Die haben mich gestern Abend befragt.«

»Charbonneau ist der Gute.«

Ich sagte nichts.

»Claudel ist verlässlich.«

»Genau. *Deadline Hollywood* beschreibt ihn als irre komisch.«

»Trifft's genau.«

Ich verzog das Gesicht. »Die sollten dich nicht schon so früh belästigen.«

»Du kennst doch das alte Klischee.«

»Die ersten Achtundvierzig«, sagte ich.

»Zeit ist der Feind.«

»Auch ein Klassiker. Trotzdem.«

»Es war okay. Obwohl ich ihnen *nada* berichten konnte.«

»Du erinnerst dich an nichts?«

»Nur Bruchstücke. Ich werd mir Sachen aufschreiben, wenn sie mir wieder einfallen.«

»Hast du eine Ahnung, was das für ein Auto gewesen sein könnte?«

»Irgendwas Schnelles. Vielleicht ein Porsche.«

»Das dachte ich auch.«

»Und Hartes.«

»Alle Autos sind hart.«

»Sehr, sehr hart.«

Ich verdrehte die Augen.

»Was für ein Modell das auch war, dem Verrückten, der es gefahren hat, gehört der Kopf abgerissen und in seinen Arsch gesteckt«, sagte Ryan.

»Du musst deine Gefühle wirklich nicht unterdrücken.«

»Ich arbeite daran. Irgendwas Neues zu deinen Behälter-Fällen?«

»Willst du das wirklich hören?«

»Will ich.«

Ich berichtete ihm von Visloskys Anruf.

Ein komischer Blick wanderte über Ryans Gesicht. Bevor er etwas erwidern konnte, kam eine Schwester herein. Nicht S. Beauvais. Die heutige war groß und knochig und trug eine übergroße, schwarz gerahmte Brille. Sie spulte ihre Routine mit den Geräten und Anzeigen ab.

Dann wandte sie sich an mich: »Wir hatten einen sehr vollen Vormittag. Wir dürfen den Patienten nicht überanstrengen.«

Als sie wieder gegangen war, fragte ich Ryan: »Ernsthaft: Wie fühlen *wir* uns?«, fragte ich im Schwestern-Sprech.

»Wie jemand, dem man die Seele aus dem Leib geprügelt hat.« Diesmal schaffte es das Grinsen nicht bis zu den lila geränderten Augen.

Ich stand auf und nahm Ryans Hand. »Ruf mich an, wenn du dich erholt hast. Ich bin dann sofort da.«

»Was wirst du nur ohne mich tun?« Groggy.

Ich hatte einen Plan.

Mein Handy klingelte, als ich von der I-20 auf die Rue Guy fuhr.

»Annie Fanny!«, rief ich mit einer Fröhlichkeit, die ich nicht empfand.

»Was um Himmels willen ist denn los?«

»Wieso?«

»In deiner Nachricht hast du geklungen wie der Tod.«

Ich redete auf dem ganzen Weg zur Wohnung. Als ich damit fertig war, summte die Leitung so lange still vor sich hin, dass ich schon dachte, wir wären getrennt worden.

»Anne?«

»Ich bin noch da. Wie geht's dem kleinen Cowboy?«

»Hat noch Schmerzen, ist aber außer Gefahr. Und hat schon wieder Ameisen im Hintern. Er glaubt, dass man ihn morgen schon entlässt.«

»Plant er ein Halloween-Kostüm?«

»Glaub mir, er braucht keins.«

»Sieht er so schlimm aus?«

»Schlimmer.«

»Wird er?«

»Wird er was?«

»Morgen entlassen?«

»Nein.«

»Kriegt er Schmerzmittel?«

»O ja.«

»Was glaubst *du,* was passiert ist? Unfall oder Angriff?«

»Eine absichtliche Kollision, aber ich habe keine Ahnung, warum.«

Wieder eine lange Pause, dann sagte Annie: »Brauchst du eine Ablenkung?«

»Klar doch. Aber ich fahre jetzt gleich in die Garage und könnte das Signal verlieren.«

»Kann sein, dass ich eine Spur zu Beecrofts Maske habe.«

»Ich höre.«

Anne startete einen Monolog über Vorfahren und Abstammung und Familienähnlichkeiten, der allerdings abbrach, als ich unter die Erde fuhr.

Oben lockte ich Birdie mit seinen Lieblingsleckereien unter dem Bett hervor. Mehr, als ihm guttaten. Oder dem weißen Teppich. Ein schlechtes Gewissen kann gewaltige Kraft entfalten.

Danach machte ich mir einen Erdnussbuttertoast, spülte ihn mit einer Cola light hinunter und dachte dabei die ganze Zeit über eine von Annes Bemerkungen nach.

Ich lümmelte mich in einen Sessel im Wohnzimmer, drückte auf Rückruf und schaute müßig hinunter auf die dick eingepackten Gestalten auf der Rue Sherbrooke. Einkaufende, Touristen, Mütter oder Nannys mit Kinderwägen. Alle weniger kälteempfindlich als *moi.*

»Tut mir leid«, sagte ich, als Annie sich meldete. »In der Garage hatte ich kein Netz.«

»Hab ich mir schon gedacht.«

»Hör mal, würdest du dir mal so eine Idee von mir anhören?«

»Schieß los.«

»Du hast gesagt, deine Recherche zu Beecrofts Maske hat dich auf einige Genealogie-Websites geführt.«

»Nicht absichtlich. Es ist, als würde man in einen Kaninchenbau fallen. Eins führt zum anderen und zum nächsten. Ich bin über eine ganze Schiffsladung von Sites gestolpert, die mir ein persönliches Genprofil anbieten.«

Anne hatte recht. Im letzten Jahrzehnt war eine Reihe von Firmen aufgetaucht, die ihren Nutzern DNA-Tests anboten. Kauf das Paket, schick uns deine Spucke. Wir sagen dir, wo deine Ur-Uroma und dein Ur-Uropa geboren wurden. Kinderleicht. Manche Firmen, AncestryDNA etwa, waren eher auf die Erstellung von Familienstammbäumen ausgerichtet. Andere, wie 23andMe, konzentrierten sich mehr auf medizinische Aspekte.

Schon bald nach dem Auftauchen dieser Direktvermarktungs-DNA-Dienste begannen Cyber-Detektive zu erkunden, inwieweit sie als Ermittlungswerkzeuge für die Strafverfolgung dienen konnten. Genauer gefragt: Konnten ihre Datenbanken verwendet werden, um unbekannte Verbrechensopfer oder Verdächtige zu identifizieren? Um unbekannten Toten einen Namen zu geben?

Wie sich zeigte, lautete die Antwort Ja. Aber nur indirekt. Die forensische Anwendung fußte auf dem Einsatz eines anderen Typs quelloffener Datenbanken. Und auf der Bereitschaft der Nutzer, die DNA-Ergebnisse hochzuladen, die sie sich in der Hoffnung besorgt hatten, Verwandte ausfindig zu machen.

»Ist dir irgendetwas zu forensischer genetischer Genealogie begegnet?«, fragte ich.

»Gib mir einen Hinweis.«

»Der Golden State Killer?«

»Sicher doch. Ein paar Genealogen haben der Polizei dabei geholfen, dieses Arschloch festzunageln.«

»GEDmatch war der Name der Site, die benutzt wurde, um den Kerl zu identifizieren«, sagte ich. »GEDmatch bietet keine DNA-Tests an, sondern gestatten dem Nutzer, Ergebnisse von Firmen wie 23andMe oder AncestryDNA hochzuladen. Sie behaupten, für mehr als neunzig Prozent der Bevölkerung mindestens einen Cousin dritten Grades oder sogar nähere Verwandte identifizieren zu können.«

»Und wie funktioniert das?«, fragte Anne durch Zellophanrascheln. Ich fragte mich, was sie wohl aß.

»Das läuft ganz ähnlich wie bei einem Adoptivkind, das seine leiblichen Eltern sucht. Man macht den DNA-Test –«

»Indem man ein Stäbchen mit Abstrich einschickt.«

»Dann lädt man seine DNA-Ergebnisse in eine quelloffene Datenbank wie GEDmatch hoch. In den meisten Fällen sind die Treffer, die sie landen, entfernte Cousins. Und hier kommen die Genealogen dazu. Sie setzen Stammbäume zusammen, indem sie gemeinsame DNA-Abschnitte mit Dingen wie Geschlecht, Alter, Wohnort, Todesanzeigen, Behördendaten und Profilen aus sozialen Medien und so weiter abgleichen. In Kriminalfällen kann es passieren, dass Polizisten tatsächliche Familienmitglieder kontaktieren und sie um zusätzliche Informationen oder mehr DNA bitten.«

»Um die möglichen Treffer einzugrenzen.«

»Ja.«

»Du hast gesagt, eine Datenbank *wie* GEDmatch. Gibt es noch andere?«

»Viele. FamilyTreeDNA zum Beispiel.«

»Warte mal.« Lautes, schmalziges Schlucken. »Ich habe deren Werbung gesehen. Die mit dem Vater des Kindes, das seinem Entführer entkam.«

»Elizabeth Smart.«

»Genau. Der Vater drängte die Zuschauer, ihre DNA einzureichen, um bei der Ergreifung von Tätern zu helfen.«

»Ein guter Wortführer trägt dazu bei, einen Bedarf zu wecken, und damit ist viel Geld zu verdienen. Ich glaube, ich habe gelesen, dass FamilyTreeDNA kürzlich ihre Preise für die Strafverfolgungsbehörden von einhundert auf siebenhundert Dollar pro Fall angehoben hat. Und sie stellen wie verrückt Leute ein.«

Wieder Zellophan. »Red weiter.«

»Was isst du da?«

»Snickers. Ich habe eine Tüte für die Süßes-oder-Saures-Kinder gekauft.«

Gott, das klang gut.

»Also …« Ich suchte nach der richtigen Formulierung.

»Lass mich raten. Trotz DNA steckst du bei deinen Behälter-Opfern in einer Sackgasse. Und jetzt denkst du, du könntest es mal mit forensischer Genealogie versuchen.«

»Genau.«

»Das ist ein Schuss ins Blaue.«

»Ins Himmelblaue.«

»Nichts wie ran.«

18

Samstag, 30. Oktober – Freitag, 5. November

Als Nächstes rief ich Claire Willoughby auf ihrem Handy an.

Sie meldete sich sofort. Verkehrsgeräusche und Kinderlärm deuteten darauf hin, dass sie draußen war. Keuchen deutete darauf hin, dass sie joggte.

»Tut mir leid, Sie am Wochenende zu belästigen.«

»Keine Sorge. Ich bin beim Joggen. Ich hasse Joggen.«

Ihre Worte kamen in kurzen, kleinen Stößen.

Ich kam direkt zur Sache, erwähnte Ryan nicht. »Haben Sie schon mal von forensischer genetischer Genealogie gehört?«

»Soll das ein Witz sein?«

»Nein.«

»Natürlich habe ich davon gehört. Diese Jungs sind *on fire* – behaupten, sie könnten einen Altfall in einer Woche lösen.«

»Könnte das auch mit den Knochen gemacht werden, die ich exhumiert habe?«

»Der Frau und dem Kind aus dem Behälter?«

»Ja.«

Sie zögerte nicht. »Keine Chance.«

»Warum nicht?« Ich musste mich anstrengen, um meine Enttäuschung zu verbergen.

»Erstens macht unser Labor keine SNP-Tests. Nur STR.«

»Also Short Tandem Repeats.« Die Wiederholung kurzer Basenpaarmuster.

»Ja.« Ich hörte sie stehen bleiben, um Atem zu holen. »Die Art von Profil, das in Datenbanken wie CODIS kommt, um nach möglichen Treffern zu suchen. Die forensische genetische Genealogie benutzt SNP-Genotypdaten.«

»Single Nucleotide polymorphism.« Einzelnukleotidpolymorphismus.

Ausgehend von dem mageren Wissen, das ich durch Lektüre und aus Gesprächen mit Kollegen in der Molekularbiologie erworben hatte, begriff ich, dass es bei einem SNP um den Austausch einer einzelnen von vier möglichen Basen, A, T, C oder G, an einem spezifischen Ort im DNA-Molekül ging.

Ich legte Willoughby meine vereinfachte Definition vor.

»Im Wesentlichen geht's genau darum. Allgemeinverständlich gesagt, auf einer spezifischen Position auf der Doppelhelix, wo die meisten Leute ein Gen haben, eine Minderheit aber ein anderes.« Trotz der angestrengten Atmung klangen Willoughbys Schritte schnell und regelmäßig. »Und solche Polymorphismen, wie wir sie nennen, sind verantwortlich für individuelle Variationen, Dinge wie unterschiedliche Anfälligkeit für Krankheiten wie Sichelzellenanämie oder zystische Fibrose.«

Die Schritte wurden langsamer, verstummten. Ich hörte Rasseln, dann Schlucken.

»Hören Sie, Tempe, das ist genau mein Ding. Aber es wird einfach nicht funktionieren. Selbst wenn wir in unserem Labor SNP-Tests durchführen würden, was wir nicht tun: Der Zustand der Knochen, die Sie geborgen haben, ist zu schlecht. Ich habe den Großteil der Probe für den STR-Test verwendet.«

»Wer macht solche SNP-Tests?«

»Soweit ich weiß, vorwiegend private Labore.«

»Danke.«

»Hab doch nichts getan.«

»Sie haben meinen Anruf am Samstag entgegengenommen.«

»Habe ich schon gesagt, dass ich Joggen hasse?«

»Lauf, Forrest, lauf.«

»Was?«

»Egal.«

Ich schaute zum Fenster hinaus auf die Straße unter mir. Es schneite leicht. Noch immer strömten Menschen in beiden Richtungen über die Rue Sherbrooke. An der Rue Crescent neben dem Musée des Beaux-Arts löste sich ein Transporter vom Bordstein. Dahinter wartete ein Auto auf den freien Parkplatz.

Ein Porsche Panamera. Schnittig und flach.

Plötzliche Rückblende zur Avenue Laurier.

Alle meine Sinne waren plötzlich hellwach.

Mit angespanntem Körper sah ich zu, wie der Porsche vor und zurück ruckelte, der Fahrer hatte offensichtlich Probleme mit der steilen Hangneigung. Nach sechs oder sieben Versuchen war das dilettantische Manöver zu Ende. Die Tür ging auf, eine Frau stieg aus. Sie trug einen braunen Mantel, der über den Rand ihrer Stiefel hing, einen karierten Schal und eine rote Strickmütze, die von lockigen, weißen Haaren eingerahmt wurde.

Ich lehnte mich in meinem Sessel zurück, peinlich berührt von dem Melodram, das sich in meinem Hirn breitgemacht hatte.

Weiter zu Plan B.

Ich scrollte durch meine Kontakte und wählte eine weitere Nummer. Weit weg in Virginia fragte eine Rezeptionistin nach meinem Namen und verband mich dann mit Lizzie Griesser.

»Du bist sauer, weil ich dir deine Skizzen noch nicht geschickt habe.« Lizzie blies Luft aus. »Mein Fehler. Aber ich war sehr –«

»Deswegen rufe ich nicht an.« Wobei sie nicht ganz unrecht hatte.

Lizzie wartete.

»Macht dein Labor auch SNP-Genotypisierungen?«

»Ja.«

»Forensische Genealogie?«

»O mein Gott. In letzter Zeit machen wir Unmengen davon. So viel, dass wir einen forensischen Genealogen unter Vertrag haben. Auch deswegen konnte ich –«

»Wenn ich dir vom Coroner in Charleston zusätzliche Proben zuschicken lasse –«

»Aus Charleston habe ich nie irgendwas erhalten.«

»Im Ernst?«

»Alles, was ich habe, sind die Proben von deinen Opfern aus Montreal.«

Herrin hatte meiner Bitte nicht entsprochen. Das machte mich *wirklich* sauer.

»Wenn ich dir Proben schicken lasse, kannst du dann eine SNP-Genotypisierung der beiden Mädchen machen, die wir da unten in dem Behälter gefunden haben?«

»Wie schlecht ist der Zustand der Knochen?«

»Das staatliche Labor konnte STR sequenzieren.«

»Das heißt so gut wie gar nichts. Aber ich kann's versuchen.«

»Danke.«

»Und ich *werde* dir diese Phänotyp-Skizzen schicken.«

»Großartig.«

Sehr zu seinem Missfallen verbrachte Ryan Halloween in seinem vorzüglichen Zimmer 1807. Ich brachte ihm eine Süßes-oder-Saures-Tüte mit seinen Lieblingssnacks, Hershey's, Twix und Kit Kats. Eigentlich *meine* Lieblinge. Ryan dankte mir, doch sein Gesicht sah aus wie eine Illustration neben dem Wörterbucheintrag *unleidlich.*

Obwohl Ryan sich wehrte, ließen weder der behandelnde Arzt noch der Chirurg sich erweichen. Gehirnerschütterung. Loch im Schädel. Der Patient blieb, wo er war. Ich war einer Meinung mit den Ärzten.

Gleich am Montagfrüh rief ich das Büro des Coroners im Charleston County an. Landete auf Voicemail. Hinterließ eine Antwort.

Zwei Stunden später rief Herrin zurück. Das Gespräch ließ unser letztes ausufernd erscheinen.

Herrin klang erschöpft und entschuldigte sich, weil er die Sache mit Griesser nicht zu Ende gebracht hatte. Die Proben seien entnommen, aber nicht verschickt worden. Dieselbe Entschuldigung. Eine Explosion der Capno-Fälle.

Herrin versprach einen FedEx-Versand bis zum Ende dieses Tages.

Lizzies E-Mail kam am Dienstag um 17 Uhr an. Ihrem Phänotyp-Bericht zufolge waren die Frau und das Kind beide von westeuropäischer Abstammung, hatten helle Haut, blaue oder grüne Augen, dunkelbraune bis schwarze Haare und keine Sommersprossen. Alle Voraussagen hatten eine Sicherheitswahrscheinlichkeit von neunzig Prozent. Keine Überraschung.

Ich holte meine Gesichtsnäherungen von 2006 heraus und legte sie neben meinen Laptop. Dann öffnete ich Lizzies Dateien mit ihren Gesichtsdarstellungen.

Die Augen der Frau waren groß, die Nase lang und schmal, der Unterkiefer spitz zulaufend zu einem vorstehenden Kinn. Das Kind hatte eine hohe Stirn, die Augen lagen weit auseinander und neigten sich schräg zu den Schläfen hin.

Beide Bildpaare hatte diese Merkmale gemeinsam. Doch über diese vagen Ähnlichkeiten hinaus hätte ich auch verschiedene Frauen und Kinder anschauen können, wobei die Darstellungen auf dem Bildschirm realistischer waren als die auf dem Schreibtisch.

Meine alten Gesichtsnäherungen fußten allein auf den Knochen. Ich war noch nie ein Fan dieser Technik. Dieser Vergleich bestätigte meine Skepsis. Und erklärte, warum unsere Skizzen 2006 keine Erfolge gebracht hatten.

Lizzies Reproduktionen waren aus einer digitalen Kombination der DNA-Voraussagen des Labors mit den präzisen Schädelfotos und -maßen, die ich geliefert hatte, entstanden.

Ich starrte die Bilder an. Die Gesichter waren so lebendig, so real. So jung. Ich spürte, wie der alte Kummer neu aufloderte.

Ich ignorierte das schwarze Loch, das in meiner Brust brannte, und schickte Lizzies Anhänge an Ryan weiter. Er konnte sich den Bericht ansehen, während er sich erholte.

Am Mittwochvormittag wurde Ryan entlassen. Die rasierte Stelle auf seinem Schädel war jetzt mit einem Pflaster bedeckt, und die Veilchen hatten sich gelblich-grün verfärbt.

Nachdem ich Ryan nach Hause gebracht hatte, machte ich gegrillte Käse-Sandwiches und servierte sie, auf seinen Wunsch hin, mit Root Beer. Das Telefon klingelte, bevor ich den Tisch abgeräumt hatte.

Charbonneau und Claudel waren in der Lobby. Sie hatten alles in Bewegung gesetzt, um den Kerl zu finden, der uns angefahren hatte, und wollten sich jetzt noch einmal mit Ryan unterhalten. Widerwillig ließ ich sie ein.

Während ich Kaffee kochte, musterte Claudel unsere Inneneinrichtung, ein abfälliges Kräuseln auf seiner Hakennase. Zum Glück für ihn behielt er seine Kritik für sich.

Wir setzten uns mit unseren Bechern an den Tisch im Esszimmer. Als wir Platz genommen hatten, fing Charbonneau mit der Befragung an.

Ryan konnte sich immer noch nicht an allzu viel erinnern.

Ich füllte die Lücken in seiner Ablaufbeschreibung. Das war alles nur Wiederaufbereitung. Wir waren diese Details bereits durchgegangen.

Dann wechselte Claudel die Richtung, indem er den Faden eines Gesprächs im Krankenhaus wiederaufnahm, bei dem ich nicht dabei gewesen war.

»Wir waren gestern in Ferdinand.«

»Wo Rupert und Agnes Schultz gelebt haben.« Ich versuchte, auf den neuesten Stand zu kommen. Offensichtlich redeten Claudel und Charbonneau mit Leuten, die mit Ryans Unfalltod-Ermittlungen zu tun hatten. Weil Ryan aus dem Verkehr gezogen war? Inoffiziell, weil alle Beteiligten in Vermont lebten? Oder weil sie eine Verbindung zu dem Angriff vermuteten?

Claudel ignorierte mich. »Das Kaff ist so groß wie mein linkes Ei.«

»Dann muss es aber verdammt klein sein«, murmelte ich, weil es mich ärgerte, so links liegen gelassen zu werden.

Claudel ignorierte auch das.

»Agnes war bei keiner Adresse aufzufinden, die du uns gegeben hast, und hat sich auch unter keiner der Telefonnummern gemeldet.« Claudel richtete seine Bemerkungen direkt an Ryan. »Wir haben rumgefragt und schließlich diese hohle Nuss von Verkäuferin im Circle-K-Markt gefunden, die meinte, die alte Dame vielleicht zu kennen. Der rennen die Hochbegabten-Clubs bestimmt die Tür ein.«

»Sie hat uns zu einem Haus geschickt«, warf Charbonneau dazwischen.

Claudel ahmte, wie ich vermutete, die bedauernswerte Verkäuferin nach. »Unten am Ende von der Broadberry. Das Grüne, wo die Läden gestrichen gehören.«

Keiner lachte.

»Offenbar hat das Haus Agnes' Mutter Mary Gertrude gehört. Die Dame muss in ihren Neunzigern sein«, sagte Charbonneau. »Mary Gertrude hat Agnes angerufen, sie ist rübergekommen, und die beiden haben eine Runde geheult, und dann haben sie angefangen, Alben rauszukramen, um uns Fotos von Rupert zu zeigen.«

»Der Kerl sah aus wie eine vergammelte Hämorrhoide.« Am liebsten hätte ich Claudel sein Grinsen aus dem Gesicht geschlagen.

»Ist doch gut zu wissen, dass jemand um Rupert trauert«, sagte ich, weil ich mich an die unverbindliche Haltung seiner Arbeitskollegen erinnerte.

»Herzerwärmend.«

Ich starrte Claudel nur böse an.

»Die Damen haben erzählt, Rupert sei an einem Montag auf dem Weg zur Arbeit gestorben.« Charbonneau, der Friedensstifter. »Normalerweise kehrte er schon am Sonntagabend in den Trailerpark zurück, aber es war Ostern, deshalb blieb er länger.«

»Was, sagen sie, ist passiert?«

»Dasselbe wie der Polizeibericht. Der alte Mann ist von der Straße abgekommen und gegen einen Baum geknallt.«

»Dann wird Agnes das Geld von der Versicherung wahrscheinlich bekommen.« Ryan strich sich mit der Hand über die gute Seite seines Gesichts. Er seufzte. »Aber warum hat sie mit ihrer Forderung vier Jahre gewartet?«

Als ich sah, dass Ryan müde wurde, versuchte ich, die Unterhaltung etwas zu beschleunigen. »Was hat das alles mit der Suche nach dem Kerl zu tun, der Ryan niedergemäht hat?«

»Brandheiße Neuigkeiten.« Claudel wackelte mit beiden Händen in der Luft. »Rupert hatte die Police durch die Arbeit bekommen, und Agnes hatte keine Ahnung davon.«

»Im Ernst?« Ryan wurde wieder munterer. »Wer hat dann den Antrag gestellt?«

»Sonnyboy.«

»Zeke?«

»Ezekiel Hoag. Agnes' ganzer Stolz aus einer früheren Ehe.«

»Zeke hat den Vertrag gefunden und den Antrag gestellt, ohne es seiner Mutter zu sagen?« Ryan klang ungläubig.

»Hat er.«

»Das war reines Wunschdenken. Zeke war nicht als Begünstigter genannt und kein Verwandter Ruperts. Er konnte sich das Geld unmöglich unter den Nagel reißen. Trotzdem, warum vier Jahre warten?«

»Ich habe erst angefangen, mich mit diesem Flachwichser zu beschäftigen. Aber als wir Zekes Namen durchlaufen ließen, kam ein ziemlich langes Vorstrafenregister raus. Darauf, neben anderen Großtaten, fünf Jahre Knast wegen Tötung mit einem Fahrzeug.«

»Heilige Scheiße«, sagte ich.

»Heilige Scheiße«, sagte Ryan.

»In der Northwest State Correctional Facility«, ergänzte Charbonneau. »In Swanton, Vermont.«

»Lassen Sie mich raten«, sagte ich. »Der Antrag wurde erst gestellt, als Zeke wieder frei war?«

Claudel und Charbonneau nickten beide.

»Tabarnac!« Ryan hatte Mühe, das alles in seinen zerschundenen Kopf zu bekommen. Und ehrlich gesagt, ich auch.

»Hatte Zeke auch mit Wirtschaftskriminalität zu tun?«, fragte ich.

»Nein. Aber sein Zellengenosse in Swanton war ein Kerl namens Roger Carnegie. Carnegie saß ein wegen Veruntreuung und Geldwäsche.«

Alle brauchten einen Augenblick, um das zu verdauen. Ryan meldete sich als Erster.

»Glaubt ihr, Zeke hat mich als Bedrohung gesehen, weil er vom Tod seines Stiefvaters profitieren wollte? Hat erfahren, dass ich herumschnüffele, und beschlossen, mich aus dem Weg zu räumen?«

»In diese Richtung denken wir im Augenblick.«

»Könnte passen«, sagte Ryan und nickte langsam.

»Wie die Nutte zum Nietengurt«, pflichtete Claudel ihm bei.

Zwei Tage später rief Lizzie Griesser an. Ich dankte ihr für die DNA-Phänotypen und die Reproduktionen. Dann hörte ich mir mit angehaltenem Atem ihren jüngsten Bericht an.

»Ich habe von jedem deiner Charleston-Opfer eine Probe erhalten.«

»Ja.«

»Ein Femur von dem älteren Mädchen, ein Femur und etwas Gewebe von dem jüngeren.«

Ich unterbrach sie nicht.

»Trotz des Salzwassers waren beide in einem ziemlich guten Zustand. Und das jetzt wirst du nicht glauben.«

»Versuch's mal.«

»Auch wenn das unmöglich erscheint: Tief in der Markhöhle des Knochens des jüngeren Opfers waren noch Spuren getrockneten Bluts erhalten.«

»Genug, um eine SNP-Genotypisierung zu machen?«

»Klar doch.«

»Genug, um eine forensische Genealogie-Analyse zu machen?«

»Genug, um es zu versuchen.«

»Dann mach's.«

Ein langes Schweigen folgte. Was Lizzie dann sagte, war ihr deutlich unangenehm.

»So sehr ich es möchte, Tempe, aber ich kann nicht noch einen Test so nebenbei machen.«

»Verstehe. Wie viel?«

Sie nannte einen Preis. Einen hohen.

Ich zögerte nicht.

»Wenn der Coroner den Test nicht genehmigt, bezahle ich ihn.«

»Das reicht mir.«

Im Verlauf der nächsten Tage nahmen die Temperaturen in Quebec polare Züge an. Jeder redete über die für die Jahreszeit ungewöhnliche Kälte. In beiden Sprachen. Die Franzosen waren besonders kreativ. *Un froid de canard*. Entenkälte. *Un vent a décorner les bœufs.* Ein Wind zum Ochsenenthornen.

Ryan und ich blieben zu Hause und ließen uns viel Essen liefern.

Die Welt drehte sich langsam um ihre Achse.

Er erholte sich.

Ich wartete ab.

19

Dienstag, 9. November

Dr. Aubrey Sullivan Huger.

Es hatte so lange gedauert, dass ich aufgehört hatte, die Tage zu zählen. Und jetzt war er da. Ein Name. Eine Verbindung.

»Wiederhol das«, sagte ich, während ich mir Stift und Papier von der Anrichte holte.

Lizzie tat es. »Dr. Aubrey Sullivan Huger.«

»Das jüngere Charleston-Opfer ist mit Huger verwandt?«

»Jetzt krieg nicht gleich eine Thrombose.«

Lizzie hatte recht. Ihre Neuigkeit hatte mich so elektrisiert, dass ich Funken sprühte.

»Sorry.«

»Es ist verwandt.«

»Was ist mit dem älteren Opfer?«

»Da war zu wenig DNA für einen SNP-Genotyp. Und eine Radioisotopenuntersuchung kannst du bei beiden vergessen.«

»Verdammt.«

Schweigen.

»Versteh mich nicht falsch. Ich bin begeistert.«

»Hätte ich fast nicht bemerkt.« Lizzie klang leicht pikiert.

»Es ist nur so, dass das ältere Mädchen mit meinen Opfern aus Montreal verwandt ist, deshalb wären Informationen über sie ein Riesendurchbruch für die ganze Sache.«

»So ist nun mal die Lage«, sagte Lizzie mit leichter Gereiztheit in der Stimme.

»Hast du was über Huger?«

»Nicht ein Fitzel.«

»Lebt er noch?«

»Ich habe den Bericht des Genealogen nicht vor mir. Ich habe nur mit dem Namen angerufen, weil ich wusste, dass du ihn unbedingt hören willst.«

Unbedingt war noch untertrieben. »Wie ist Huger verwandt? Vater? Bruder? Cousin?«

»Ich glaube, der Genealoge sagte, maximal Cousin dritten Grades. Oder so was. Aber du wirst mit ihm reden müssen.«

»Wo lebt Huger?«

»Genealoge?«

»Ist Huger Arzt? Womit verdient er seinen Lebensunterhalt?«

»Hörst du mir nicht zu?«

Zur Beruhigung atmete ich einmal tief ein. Und wieder aus. Hielt den Stift über das Papier.

»Wie heißt der Genealoge?«

»Bando Slug.«

»Machst du Witze?«

»Nein.«

»Wie komme ich mit ihm in Kontakt?« Ich schrieb Slugs Name unter Hugers.

Lizzie gab mir eine Telefonnummer. »Aber erwarte keinen freundlichen Empfang.«

»Soll heißen?«

»Der Nachname Nacktschnecke passt ganz gut zu seiner Persönlichkeit.«

»Danke, danke, danke«, sagte ich.

»Nichts zu danken. Dreimal.«

Kaum hatten wir aufgelegt, wählte ich Slugs Nummer.

»Hallo. Sie hören das, weil ich wahrscheinlich versuche, Ihnen aus dem Weg zu gehen. Hinterlassen Sie eine so kurze Nachricht wie möglich.«

Ein Piepton. Ein zweiter kurz nach dem ersten, der den Großteil meiner Nachricht abschnitt.

Ich rief noch einmal an und hinterließ in einem Schnellfeuerstoß nur meinen Namen und meine Nummer.

Ich rief eben bei Vislosky an, als Ryan in die Küche kam. Er trug jetzt einen Retro-Bürstenschnitt, und der sah gar nicht schlecht aus.

Ich legte auf.

»Worum ging's denn da?«

»Lizzies Genealoge hat einen Treffer gelandet. Oder wie sie das nennen.«

»Immer mit der Ruhe«, sagte Ryan, als er meine Aufregung bemerkte.

»Ein Mann namens Huger«, fuhr ich fort. »Ein entfernter Cousin.«

»Im Ernst?«

»Im Ernst.«

»Was weißt du über ihn?«

»Sein voller Name ist Aubrey Sullivan Huger. Irgendein Doktor.«

»Das ist alles?«

»Das ist alles.«

»Du solltest mit dem Genealogen sprechen.«

»Er nimmt keine Anrufe entgegen.«

Ryan neigte den Kopf zu meinem Laptop. »Dann mach das, was du so gut kannst, Butterblümchen.«

»Nenn mich nicht so.«

»Unterdessen lasse ich den Namen durchlaufen. Ein Schuss ins Blaue, aber vielleicht ist er ja in irgendeiner Datenbank.«

Ich hob eine Hand. Ryan klatschte ab.

Binnen zwei Stunden hatte ich ein ungefähres Bild von Dr. Aubrey Sullivan Huger. Oder genauer, von seiner öffentlichen Persönlichkeit, wie sie sich auf Google und den anderen von mir benutzten Suchmaschinen darstellte.

Ich war immer noch dabei, als Ryan zurückkehrte. Keine Ahnung, von wo genau.

»Irgendwas aufgetaucht?«

»Nichts. Der Kerl ist sauber. Zumindest in Kanada. Hat Vislosky ihn durchlaufen lassen?«

»Ich war so beschäftigt, dass ich leider vergessen habe, sie anzurufen.«

»Das wird ihr nicht gefallen.«

»Nope«, pflichtete ich ihm mit einem Anflug von schlechtem Gewissen bei.

»Hast du ihn gefunden?«

»O ja.«

Ryan nahm neben mir am Tisch Platz, lehnte sich im Stuhl zurück und setzte eine Zuhörermiene auf.

»Huger nennt sich Sullie.«

»Natürlich tut er das.«

»Ich habe einige Artikel über ihn gefunden. In den meisten kommen irgendwo im Text die Wörter ›Genie‹ oder ›brillant‹ vor.«

»Eine Genie in was?«

Ich griff zu meinen schnell hingekritzelten Notizen und las das Wichtigste vor.

»Huger wurde 1964 geboren. Bekam vom University College in Chapel zwei Doktortitel verliehen, 1990 und 1991.«

»Im reifen Alter von sechsundzwanzig.«

»Ja.«

»In was?«

»Biochemie und Softwaretechnik.«

»Der Kerl ist also kein Trottel.«

»Ich hab's dir gesagt. Ein Genie.«

»Und brillant.«

»Gleich nach seinen Abschlüssen arbeitete Huger für das Human Genome Project, das da eben erst anfing.«

Ryan schaute mich fragend an.

»Du hast nichts davon gehört?«

»Gehört, ja – Notizen gemacht, nein.«

»Das Ziel war, das gesamte menschliche Genom zu sequenzieren und alle Gene zu identifizieren, die es enthält.«

»Ehrgeizig.«

»Das war es.«

»Wer leitete es?«

»Die US-amerikanischen Gesundheitsinstitute und das Energieministerium koordinierten es, aber das Projekt war international.«

»Hatten sie Erfolg?«

»Das Projekt wurde 2003 abgeschlossen, zwei Jahre vor dem Zeitplan.«

»Eine Blaupause, um ein menschliches Wesen zu bauen. Ich würde das als Gewinn verzeichnen.«

So hatte ich das noch gar nicht gesehen. »Ein großer. Ein besseres Verständnis der Funktion von Genen und Proteinen hat enormen Einfluss auf Medizin und Biotechnologie.«

»Aber wir schweifen ab.«

»Ja.« Wieder sortierte ich Unwichtiges aus. »Huger verließ 1995 das Projekt, um eine Stelle bei GlaxoSmithKline anzunehmen, auch als GSK bekannt.«

»Pharma-Riese. Schätze, er wurde von der Kohle angelockt?«

»Wer weiß? Aber da Huger anscheinend ein Biochemie-Wunderkind war, gehe ich davon aus, dass das Angebot beträchtlich war.«

»Geht man mit einunddreißig immer noch als Wunderkind durch?«

»Ich glaube schon.« Wieder überflog ich einiges. »Huger

war auch Unternehmer. 1999 gründete er eine Firma namens GeneMe.«

»Jeans-Lieferant?« Ryans Miene blieb unbewegt.

Nachdem ich ihm einen vernichtenden Blick zugeworfen hatte, sagte ich: »GeneMe war eine der ersten DTC-Gentest-Firmen.« Schon als mir die Worte über die Lippen kamen, spürte ich, dass ich als Genetik-Besserwisser rüberkam. Wie konnte *das* passieren? Noch vor einem Monat hätte ich kaum mehr als ein paar einfache Fakten zum Thema wiedergeben können.

»DTC?«

»*Direct-to-consumer.* Direktvermarktung. In den Anfangstagen machte die Firma Vaterschaftstests und solche Sachen. 2000 gewann sie einen Preis für die Erfindung des Jahres. Wie's aussieht, konnten Nutzer ihre DNA einschicken, um ihre Vorfahren aufzuspüren.«

»Meine würde direkt zu einem der Louises zurückreichen. Vielleicht zu allen.«

Meine Augen verdrehten sich von selbst.

»Existiert die Firma noch?«

»Nein. Irgendwann wurde sie in GeneFree umgewandelt.«

»*Tabarnac.* Die Jeans sind umsonst?«

»Die Website von GeneFree ist noch aktiv.«

»Wo lebt dieser geniale Junge?«

»Ich habe so gut wie nichts Persönliches über ihn gefunden. Auch seine Adresse nicht.«

»Hat denn nicht jeder auf dem Planeten eine Facebook-Seite?«

»Du nicht.«

»Weil ich dich habe.« Mit einem Chorknabengrinsen.

»In den sozialen Medien ist Huger nicht vorhanden. Keine persönliche Website. Kein Facebook-, Instagram- oder Twitter-Account. Wobei er natürlich unter irgendeinem Namen twittern könnte.«

Ryan überlegte einen Augenblick. »Huger hat seine Doktortitel an der University of North Carolina gemacht?«

»Ja.«

»GlaxoSmithKline hat überall im Land Fabriken. Wo hat Huger für sie gearbeitet?«

Ich schaute in meine Notizen.

»Zebulon, North Carolina.«

»Und wo hat GeneFree ihren Sitz?«

Ich brauchte ein paar Sekunden auf Google.

»Charleston.«

Ryan und ich schauten einander an.

»Sieht aus, als könnte Sullie ein Carolina-Junge sein.«

»Zeit, Vislosky anzurufen?«, fragte Ryan.

»Ist schon fast zu spät«, antwortete ich.

Bevor ich wählte, saß ich einen Augenblick da und betrachtete eins der vielen Fotos, die das World Wide Web mir freundlicherweise geliefert hatte. In der Aufnahme saß Huger an einem Mikroskop, ein Teströhrchen in der erhobenen, behandschuhten, linken Hand. Ein blaues Band hing ihm um den Hals, die daran befestigte Identifikationskarte steckte in der Brusttasche des Labormantels und war nicht zu lesen.

Huger sah aus wie die Hälfte der Mittfünfziger in Dixie, die unauffällig geschnittenen grauen Haare fielen ihm in die Stirn und lockten sich hinter seinen Ohren. Eine straffe Figur deutete auf Stunden im Fitnessstudio hin. Eine satte Bräune deutete auf Tage an Stränden, Skihängen und Golfplätzen hin.

Mit anderen Worten, Huger ähnelte eher einem anmutig gealterten Tennistrainer als einer Laborratte.

Ich drückte auf Kurzwahl. Vislosky antwortete auf ihre gewohnt barsche Art.

»Vislosky.«

»Tempe hier –«

»Ich weiß.«

Ich erzählte ihr von Lizzies Anruf.

»Bando Slug?«

»So heißt er. Und Aubrey Sullivan Huger.«

»Geben Sie mir ein paar Minuten.«

Eine halbe Stunde später rief Vislosky zurück.

»Bis auf ein paar Strafzettel ist Huger sauber. Er gibt den Philanthropen, spendet für ein halbes Dutzend Wohltätigkeitsorganisationen.«

»Lebt Huger in Charleston?«

»Ich habe eine Adresse auf James Island gefunden. Eine örtliche Telefonnummer, wahrscheinlich ein Handy.«

»Wo arbeitet er?«

»Er ist selbstständig, betreibt seine eigenen Internetfirmen.«

»GeneFree?«

»Ja, das ist eine davon. Und andere. Eine ist irgend so eine Klitsche für ganzheitliches Essen.«

»Und jetzt?«

»Ich fahre hin und frage ihn nach dem Mädchen.«

»Ich habe eine bessere Idee. Laden Sie ihn aufs Revier ein.«

»Warum?«

»Dann kann ich über Zoom zusehen.«

Ein kurzes Zögern, dann meinte sie: »Könnte mal darüber nachdenken. Immerhin haben Sie den Kerl gefunden.«

»Was für einen Grund nennen Sie ihm?«

»Ich lass mir einen einfallen.«

»Und wenn er nicht kommt?«

»Er wird kommen.«

Ich zweifelte keine Sekunde daran.

»Könnte der Durchbruch sein, den wir brauchen«, sagte ich.

»Wenn schon kein Durchbruch, dann wenigstens ein Lichtblick.«

20

Mittwoch, 10. November

Vislosky hatte einen Laptop vor einen Spionspiegel gestellt. Bevor sie zu Huger ins Zimmer ging, mailte sie mir einen Zoom-Link. Ich war mir nicht ganz sicher, ob das Ganze legal war, aber ich fragte nicht nach.

Das Bild war verschattet, der Ton hohl und voller Störgeräusche. Trotzdem war das Material gut genug, um mir einen Eindruck von Huger zu vermitteln und um der Unterhaltung folgen zu können.

Das Verhörzimmer ähnelte unzähligen anderen, die ich im Lauf der Jahre gesehen hatte. Betonziegelwände. Fliesenboden. Zerkratzter grauer Metalltisch, drei Metallstühle. Wandtelefon. Aufnahmegeräte hoch oben in einer Ecke.

Huger saß in einem naturfarbenen Leinensakko über einem pinkfarbenen Strickhemd mit kecken Palmenemblem auf der linken Brusttasche, einer hellbraunen Chinohose und Slippers am Tisch. Keine Socken. Er vertrieb sich die Zeit mit seinem iPhone und wirkte überraschend entspannt für einen Kerl, den man in ein Polizeirevier bestellt hatte.

Huger schaute hoch, als die Tür aufging. Trotz der miesen Übertragung sah ich, dass sein gebräuntes Gesicht viel zu glatt war für einen Siebenundfünfzigjährigen. Er hatte offensichtlich etwas machen lassen. Und zwar gut. Gepflegte und gezupfte Augenbrauen wölbten sich über sehr blauen Augen. Ich konnte nicht sagen, ob das verblüffende Türkis echt oder gefärbten Kontaktlinsen zu verdanken war.

»Vielen Dank für Ihr Kommen.« Vislosky war ungewohnt freundlich. »Tut mir leid, dass ich Sie habe warten lassen.«

»Das ist überhaupt kein Problem, Detective.« Hugers Vokale waren dick wie tagealte Maisgrütze. »Obwohl ich zugeben muss, dass ich überrascht bin.« Ein überraschtes Lächeln.

»Möchten Sie etwas zu trinken?«

»Nein, Ma'am. Aber danke für das Angebot.«

Huger sah zu, wie Vislosky das Zimmer durchquerte, sich auf den Stuhl ihm gegenüber setzte und einen Becher und einen Aktenordner auf dem Tisch platzierte. Dann wanderte sein Blick hoch zur Videokamera.

»Nehmen Sie unsere Unterhaltung auf?«

»Wäre es Ihnen lieber, wenn ich es tue?«

Huger bewegte die Hand hin und her, eine Geste, die in ihrer Flüssigkeit sehr graziös wirkte. »Worum geht's eigentlich? Um die Sicherheit in meiner Firma?«

»Nein, Sir. Nichts dergleichen.« Vislosky trank einen Schluck von ihrem Kaffee. »Diesen Schuss am Morgen brauche ich einfach. Sind Sie sicher, dass Sie nicht auch eine Tasse wollen?«

Huger schüttelte den Kopf. Er war sicher.

»Es heißt Doktor, nicht?«

»Ja. Aber Förmlichkeiten sind unnötig.«

»Doktor in was?«

»Biochemie und Softwaretechnik.«

»Beeindruckend.«

Huger zuckte bescheiden mit den Achseln.

»Haben Sie gewusst, Doktor« – sie hob ihren Becher in Anerkennung des Titels – »dass die Zahl der Hassverbrechen in unserem Staat in jüngster Zeit in die Höhe geschossen ist? Dass mehrere farbige Transgenderfrauen tatsächlich getötet wurden?«

»Das ist sehr traurig.« Hugers freundlicher Gesichtsausdruck wandelte sich in einen der Besorgnis. »Aber was hat das mit mir zu tun?«

»Das CPD startet eine Initiative für Safe Spaces. Ist nicht auf unserem Mist gewachsen. Die Kollegen in Seattle hatten als Erste die Idee.«

»Verstehe.«

»Wir bitten örtliche Geschäftsleute, an ihren Geschäftsräumen Aufkleber mit Hinweisen anzubringen, dass sie einen sicheren Zufluchtsort für LGBTQ-Anwohner bieten, die sich bedroht fühlen.«

»Sie meinen damit meine Firma am Maybank Highway?«

»Ja, Sir.«

Entschlossenes Nicken. »Klingt nach einem bewundernswerten Bestreben. Ich verstehe zwar den Lebensstil nicht, aber Sie können mit mir rechnen.«

»Vielen Dank, Mr. Huger.« Noch einen Schluck Koffein, dann wechselte Vislosky das Thema. »Ich überlege, ob ich mir auf James Island ein Anwesen kaufen soll. Gefällt Ihnen das Leben da draußen?«

»O ja, sehr.« Er schien überrascht, dass Vislosky seine Privatadresse hatte.

»Warum?«

»Ich habe viel Platz, einen schönen Blick aufs Wasser und meinen eigenen Angelsteg. Was kann ein Mann mehr verlangen?«

»Gibt es eine Mrs Huger?« Beiläufig.

Huger lachte, als könne es nichts Amüsanteres geben. »Nein, Detective. Es gibt keine Mrs Huger.«

»Soweit ich weiß, besitzen Sie eine Firma namens GeneFree.«

»Neben anderen.«

»Worum geht es?«

»Wie bitte, Ma'am?«

»Was verkaufen Sie?«

»DNA-Tests online.«

»Tests für was?«

»Wir analysieren den genetischen Code eines Nutzers, um ihm optimierte Ernährungsvorschläge zu machen.«

»Schneller Check, um ihn dann mit Proteinpulver und getrockneten Algen zu schröpfen.«

»Der Prozess ist viel komplexer.«

»Da bin ich mir sicher.«

»Langsam kommt mir der Verdacht, hier geht's nicht um Aufkleber.«

Vislosky stellte ihren Becher ab. »Hat Hurricane Inara viele Schäden bei Ihnen angerichtet?«

»Ein Teil von meinem Steg ist weg.«

»Also nicht so schlimm.«

»Nein. Warum bin ich hier, Detective?«

»Unten bei der Battery hat der Sturm einen Behälter an den Strand gespült.«

»Stürme tun das manchmal.« Das Lächeln hielt noch, wurde aber etwas weniger herzlich. »Sie sind berühmt dafür.«

»In dem Behälter befanden sich zwei Leichen.«

Ich achtete auf Anzeichen von Nervosität bei Huger. Muskelanspannung. Erröten. Ein zuckendes unteres Lid. Sah nichts außer dem normalen Abscheu, den man bei der Konfrontation mit einer solchen Nachricht erwarten würde.

»Zwei Jugendliche«, fuhr Vislosky fort, ohne viel preiszugeben. »Beide ermordet.«

Die graziöse Hand wanderte an Hugers Hals. »Gott im Himmel. Was für ein Monster tötet Kinder?«

Vislosky öffnete die Akte. Nahm sich einen Augenblick, um etwas zu lesen. Oder so zu tun.

»Sie haben sicherlich schon von forensischer Genealogie gehört.«

Huger nickte, die Miene jetzt düster und ernst.

»Wir haben das gemacht, Sir. Wie sich zeigte, war eins der Opfer mit Ihnen verwandt.«

»Was? Das ist unmöglich. Wie?« Huger wirkte und klang aufrichtig entsetzt.

»Sie wissen, wie das funktioniert, da Sie sich doch mit der Doppelhelix und so weiter sehr gut auskennen.«

»Das habe ich nicht gemeint.«

»Wir haben DNA aus den Knochen der Opfer extrahiert –«

»Knochen?«

»Ja.«

»Wie lange waren sie schon tot?«

»Details der Ermittlungen darf ich nicht preisgeben.«

»Wie sind sie gestorben?«

»Dieselbe Antwort.«

»Was kann ich tun?« Seine Aquamarin-Augen schauten Vislosky unter gerunzelter Stirn direkt an.

»Ein wichtiger erster Schritt in jeder Mordermittlung ist die Identifikation der Opfer.«

»Ich habe keine Ahnung, wer diese toten Kinder sein könnten.« Huger wirkte und klang ernsthaft verwirrt. Wenn er das vortäuschte, hatte seine schauspielerische Leistung einen Oscar verdient.

»Ihre DNA findet sich auf GEDmatch. Warum?«

Die gezupften Brauen hoben sich verdutzt. »Ich habe mich schon vor Jahren sequenzieren lassen. Natürlich. Das ist meine Branche. Anscheinend habe ich die Nutzung meines Profils durch diese Datenbank autorisiert.«

»Reden wir über die Familie.«

»Ich will ehrlich sein, Detective. Kling vielleicht kaltherzig, aber in meinem Leben war die Familie noch nie wichtig.«

»Sie sind nicht aus einem Ei geschlüpft.«

Huger senkte zustimmend den Kopf. Er stieß einen kleinen Seufzer aus und sagte dann: »Meine Eltern sind beide tot. Ich habe keine Geschwister. Keine Nachkommen.«

Vislosky sagte nichts, in der Hoffnung, dass Huger weiterreden würde. Was er auch tat.

»Mein Vater war ein Einzelkind.«

»Sein Name?«, hakte Vislosky nach, während sie Block und Stift aus ihrer Tasche holte.

»Jordan Sullivan Huger.«

»J. S. Huger?«

Huger nickte.

»Am College of Charleston gibt es ein Gebäude, das nach ihm benannt ist.«

»Dad hat dem College ziemlich viel gespendet.« Ein Hauch von Verbitterung klang durch. »Nur um dann alles durch eine unbedachte Investition in Fast-Food-Konzessionen zu verlieren.«

»Ein Kumpel von mir wurde auf dieselbe Art übers Ohr gehauen.«

Huger sagte nichts.

»Wie hieß Ihre Mutter?«

»Cheryl Leigh Hinkes.« Er buchstabierte die Namen. »Sie hatte einen Bruder, Farley. Er ist in Vietnam gefallen.«

»Das tut mir leid. Sie sagten, Sie haben keine Geschwister?« Vislosky betonte das als Frage.

»Mein älterer Bruder Shelby ist mit acht Jahren ertrunken. Meine Eltern hat das so ziemlich zerstört. Ich kann mich kaum an ihn erinnern.«

Ein Schweigen entstand. Vislosky brach es.

»Ziehen wir den Kreis größer, Dr. Huger. Großeltern? Cousinen zweiten Grades?«

»Ich fürchte, wir waren kein sehr fruchtbarer Clan, Detective. Meine Großmutter – die Mutter meiner Mutter – hatte eine Schwester, Zara. Sie heiratete einen Mann namens Eden France. Sie hatten einen Sohn, Digby.«

»Hatte Digby Kinder?«

»Vielleicht eine Tochter. Ich bin mir nicht ganz sicher.«

»Ihr Name?«

»Ich habe absolut keine Ahnung.«

»Wo können wir diesen Verwandten Digby finden?«

»Ich weiß es nicht.«

»Was *wissen* Sie denn?«

»Kann sein, dass ich Digby einmal als sehr kleines Kind getroffen habe. Kann sein, dass er auf Shelbys Begräbnis war. Die Erinnerung ist sehr vage. Ich meine, mich an einen großen Mann mit Whiskey-Atem und Furcht einflößender Gesichtsbehaarung zu entsinnen. Laut meiner Mutter, die für ihren Cousin offensichtlich nicht viel übrighatte, war Digby irgendein Musiker.«

»Sonst noch etwas?«

Huger breitete die Hände mit gespreizten Fingern aus. »Ich wünschte, ich könnte Ihnen mehr helfen.«

»Ich auch.«

Huger erwiderte nichts.

»Das jüngere Opfer könnte Ihre Cousine sein.«

»Das bricht mir das Herz.«

»Sie wurde erschossen und weggeworfen wie Müll.«

»Ich werde für ihre Seele beten.«

»Tun Sie das. Doch in der Zwischenzeit geben Sie mir bitte Ihre aktuellen Kontaktdaten.«

»Ich bin ein offenes Buch, Detective.«

Vislosky schob Huger Block und Stift zu. Er schrieb etwas auf, gab ihr beides wieder zurück.

»Kann ich jetzt gehen?«

Vislosky reichte Huger eine Karte. »Falls Ihnen noch irgendetwas einfällt, rufen Sie mich an.«

»Natürlich.«

Beide standen auf.

Huger ging zur Tür.

»Ach, Doc?«

Huger drehte sich um.

»Wegen dieses Aufklebers können Sie am Empfang unterschreiben.«

Eine Stunde nachdem Vislosky Huger entlassen hatte, saßen sie und ich zwölfhundert Meilen voneinander entfernt an unseren Laptops und diskutierten auf FaceTime über Onkel Digby. Auch wenn Frances Fußabdruck im Netz kleiner und weniger präsent war als der seines Neffen, hatte er einen, wie jeder heutzutage.

»Die Digger France Band«, rief ich ins Handy, das ich neben meinem Mac aufgestellt hatte.

»Noch nie von denen gehört«, sagte Vislosky.

»Stehen Sie auf Country and Western?«

»Ja.« Verächtliches Schnauben. »Wie auf Sonnencreme aus Nilpferdschweiß.«

»Gibt's das wirklich?«

»Ja.«

»Ein paar C-and-W-Songs mag ich schon.« Eigentlich mag ich sehr viele, aber das behielt ich wohl besser für mich.

»Wie's aussieht, war die Band von den späten Sechzigern bis in die frühen Neunziger ziemlich berühmt«, sagte Vislosky.

»Eher im Südosten.«

»Eher in einem Fünf-Meilen-Radius um Nashville herum.« Vislosky schnaubte noch einmal. Sie konnte das wirklich gut.

»Sie haben ein Album rausgebracht.«

»Gütiger Himmel. Diese Songtitel sind ja nicht zufassen! *Hungover with Love for Jesus. Hand Me a Beer und Tie Up the Dog. All I Need Is the Lord und My Refried Jeans.*«

»Volkspoesie.«

»Was zum Teufel sind *›refried Jeans‹?*«

»Können Sie France mal durchlaufen lassen? Schauen, ob sich was ergibt?«

»Mach ich, wenn ich Luft dazu habe. Die Stadt dreht durch, weil irgend so eine Krankheit ausgebrochen ist, die mit Hunden zu tun hat.«

»*Capnocytophaga?*« Ich erinnerte mich an Herrins entnervte Bemerkungen.

»Kommt hin. Bringt die Leute dazu, sich bis an die Zähne zu bewaffnen.«

»Warum?«

»Die eine Hälfte will jeden Hund erschießen, der ihr über den Weg läuft. Die andere schwört, ihren Wauwau bis aufs Blut zu verteidigen.«

»Ist es so schlimm?«

»Leute sterben.«

»Und seit COVID-19 liegen die Nerven blank.«

»Nichts, was eine Kalaschnikow nicht beheben kann.« Visloskys Stimme triefte vor Sarkasmus.

Damit war sie aus der Leitung.

Es dauerte eine Ewigkeit, bis sie wieder anrief.

»France hat ein Register, aber nichts Gröberes. Betrunkenes Randalieren, Pinkeln in der Öffentlichkeit, typischer Macho-Unfug.«

»Irgendwas Neueres?«

»Die letzte Anzeige war von '97.«

»Glauben Sie, dass er noch lebt?«

»Ich habe eine Autozulassung auf den Namen Digby Nelson France gefunden, die eine Adresse in Nashville angibt.«

»Haben Sie eine Telefonnummer gefunden?«

»Ja.«

»Sie sind eine sehr tüchtige Detective.«

»Ich habe im Telefonverzeichnis von Nashville nachgesehen. Der Eintrag ist seit fünf Jahren nicht mehr aktuell.«

»Zeit, Mr. France anzurufen?«

»Habe ich getan. Die Nummer ist nicht vergeben.«

»Das ist nicht gut.«

»Nein.«

Am späten Nachmittag bestand Ryan trotz meiner Einwände darauf, zu seinem Lieblingsdelikatessengeschäft Fou d'Ici zu gehen, das etwa eine Meile östlich auf dem Boulevard Maisonneuve lag. Das Angebot des Ladens ist sehr bunt, und seine Menüs zum Mitnehmen ändern sich täglich, also hatte ich keine Ahnung, was er bringen würde.

Ryan war kaum gegangen, als Claudel aus der Lobby anrief.

»Ryan ist weg, aber er sollte in einer Stunde zurück sein.«

»Ich würde lieber mit Ihnen sprechen.«

»Es wäre vielleicht besser –«

»Jetzt, *s'il vous plaît.*«

Weil ich Angst hatte, dass Detective Wonneproppen seine Zähne in Sylvain, den Portier, schlagen könnte, ließ ich ihn ein.

Claudels Nase und die Wangen waren von der Kälte gerötet. Die Stellung seiner Augenbrauen deutete auf schlechte Nachrichten hin.

»Darf ich Ihnen den Mantel abnehmen?«, fragte ich und streckte die Hand aus.

»Ich bleibe nicht lange.«

»Möchten Sie sich setzen?«

Ein knappes Kopfschütteln, dann kam er mit typischer Barschheit zur Sache. »Zeke Hoag hat den Wagen nicht gefahren.«

»Wirklich?« Das überraschte mich.

»Zur Zeit des Angriffs war Hoag im Krankenhaus.«

»Hätte er –«

»Hoag hat Dickdarmkrebs im vierten Stadium. Er stirbt. Er hatte nicht die Absicht, seine Mutter zu hintergehen. Er hatte veranlasst, dass das Versicherungsgeld direkt auf ihr Konto überwiesen wird.«

»Warum hat er nichts gesagt?«

»Er wollte, dass die Zahlung eine Überraschung ist.«

»Und jetzt?«

»Detective Charbonneau und ich überdenken unsere Vorgehensweise.«

Polizistensprech für *Wir waren auf der falschen Spur.* Ich wartete ab.

»Uns fällt kein Motiv für einen Angriff auf Detective Ryan ein.«

»Früherer Detective.«

»*Précisement.* Ryan ist mit nichts beschäftigt, was eine so gewaltsame Attacke erklären könnte.«

Ich wartete.

Claudels Augen bohrten sich in meine.

»Wir glauben, das beabsichtigte Ziel des Angriffs waren Sie.«

21

Mittwoch, 10. November

Um mich von Claudels Paukenschlag abzulenken, ging ich online und machte mich ein wenig über Capno schlau. Ich erfuhr Folgendes:

Capnocytophaga canimorsus ist ein bakterieller Krankheitserreger, der sich im Speichel gesunder Hunde und Katzen findet. Der Organismus ist zwar selten, kann aber bei Menschen Krankheiten verursachen. Die Übertragung geschieht durch Bisse, Kratzer und Lecken.

Eine Capno-Infektion kann zu einer schweren Blutvergiftung und zu einem tödlichen septischen Schock führen, außerdem zu Gangränen an Fingern, Zehen und allgemein Gliedmaßen, zu hochgradiger Bakteriämie, Hirnhautentzündung, Herzinnenhautentzündung und gründlich ruinierten Augen.

Ein erhöhtes Risiko für eine schwere Erkrankung droht nach einer Entfernung der Milz, bei Alkoholmissbrauch oder einem geschwächten Immunsystem, auch für an Aids Erkrankte.

Online-Fotos von fleckigen und geschwollenen Gliedmaßen, entzündeten Augen, geschwärzten Fingern und eiternden Abszessen bestätigten, dass der Capno-Organismus ein höchst fieser kleiner Mistkerl ist.

Die Todesrate der Krankheit liegt ungefähr bei sechsundzwanzig Prozent.

All das Stöbern in der medizinischen Literatur bescherte mir eine Rückblende: die Leiche, die Klopp am Tag unserer Skelettanalyse in dem Krankenhaus in Charleston obduziert hatte. Und ließ Fragen nach der Situation dort aufflammen.

Vor allem: Warum dieser plötzliche sprunghafte Anstieg der Capno-Fälle?

Ich schaute vom Laptop hoch und sah Birdie voll ausgestreckt neben mir auf dem Tisch liegen. Als ich mich auf meinem Stuhl bewegte, hob er den Kopf und fixierte mich mit einem Blick, den ich nicht einordnen konnte. Schlimme Vorahnung? Verärgerung? Vielleicht war die Katze aber einfach noch nicht ganz wach.

»Das kommt meistens von Hundebissen«, sagte ich, und es klang ein wenig wie eine Rechtfertigung.

Birdie sagte nichts.

»Und Capno ist sehr selten.«

Noch immer keine Antwort.

»Okay. Da gibt's so einen Ausbruch in Charleston. Aber ich mache mir keine Sorgen.«

Birdie verschob die Schnauze auf den Pfoten. Ich nahm an, er war zufrieden mit meiner Erklärung.

Ryan kehrte mit Poke-Schüsseln zurück, eine mit Thunfisch, eine mit Lachs, beide mit genügend Toppings, um eine Passagierfähre zu versenken. Ich erkannte Rote Bete, Karotten, Mangos und Avocados. Den Rest konnte ich nicht so gut benennen.

Beim Essen erzählte ich Ryan, was Claudel gesagt hatte. Ich sah, wie seine Kiefermuskeln sich anspannten und seine Augen wütend aufblitzten. Einen Augenblick später wirkte er dann grimmig ruhig.

»Was halten die davon?«, fragte er mit ausdrucksloser Stimme.

»Du weißt, was ich weiß.«

»Was hältst *du* davon?«

»Habe ich vielleicht einem Uber-Fahrer zu wenig Trinkgeld gegeben?«

»Ein Brüller.« Ryan beharkte etwas, das eine Edamame-Bohne hätte sein können. »Woran hast du in letzter Zeit gearbeitet?«

»Im Ernst?«

Ryan nickte.

Ich zählte alle meine jüngsten LSJML-Fälle auf. Der Farmer in Saint-Felicien. Der Pharmakologe in Trois-Rivières. Der Speed-Junkie im Abwasserohr in Val d'Or. Die Beine aus dem Lac Saint-Jean. »Aber meine Beteiligung an diesen Fällen ist nicht öffentlich bekannt.«

»Was sonst noch?«

»Bevor ich gegangen bin, habe ich in Charlotte ein paar Gutachten für private Kunden gemacht.«

»Die Adoptivtochter mit dem Silver-Russell-Syndrom.«

»Du hast ein ausgezeichnetes Gedächtnis, Detective. Ja. Tereza Deacon. Außerdem hatte ich Polly Beecroft versprochen, mir die Sache mit ihrer vermissten Vorfahrin genauer anzusehen, aber da habe ich noch nicht viel unternommen.«

»Unwahrscheinlich, dass dich jemand wegen einer alten Totenmaske umbringen will.«

»Ja. Außerdem sind das alles Sachen aus North Carolina.«

Ryan und ich hatten denselben Gedanken im selben Augenblick.

»Die Behälter-Fälle. Das ältere Mädchen aus Charleston ist verwandt mit den Montreal-Opfern.«

»Vislosky hat in South Carolina zwar ganz schön Druck gemacht. Aber das ist tausend Meilen von hier entfernt. Und die Morde in Quebec fanden vor mindestens fünfzehn Jahren statt.«

Wir aßen schweigend zu Ende. Ryan stand auf und fing an, den Tisch abzuräumen, mit einem Gesicht wie eine Steinmaske, die mir Angst einjagte.

»Claudel und Charbonneau sind dran, Ryan. Die finden den Kerl schon. Wenn es überhaupt einen Kerl gibt.«

Ryan stellte die leeren Schüsseln ab und fasste meine Hände, mit einem Lächeln, das wohl beruhigend wirken sollte, aber erzwungen und nicht sehr überzeugend war. »Daran habe ich keinen Zweifel. Aber bis sie es geschafft haben, musst du vorsichtig sein.«

»Ich bin immer vorsichtig.«

»Dieses Arschloch wird sich wünschen, es wäre nie geboren worden.«

Um neun hatte Vislosky noch immer nicht angerufen. Ich fragte mich, ob sie von der Capno-Sache abgelenkt war. Oder ob sie bei der Suche nach Cousin Digger in eine Sackgasse geraten war.

Ich saß an meinem Laptop und suchte im Netz nach Erwähnungen einer vermissten Jugendlichen mit dem Nachnamen France. Fand nichts.

Nervös und nicht zur Entspannung fähig, beschloss ich, ausgehend von den Informationen, die Vislosky bei der Befragung erhalten hatte, ein Familiendiagramm zu erstellen. Mit Kreisen für die Frauen, Quadraten für die Männer und durchgezogenen Linien für die Blutsverwandtschaften fing ich bei Aubrey Sullivan Huger an und ging dann eine Generation zurück zu seinen Eltern, J.S. Huger und Cheryl Leigh Hinkes, dann noch weiter zurück zu Cheryl Leighs Mutter. Dann bewegte ich mich seitlich zur Schwester der Mutter von Cheryl Leigh, die offensichtlich einen Mann namens France geheiratet hatte, und arbeitete mich nach unten zu Digger vor.

Danach schaute ich mein grobes Diagramm ratlos an. Wenn Digger eine Tochter hatte, wie Huger glaubte, wäre sie zu alt, um das Mädchen in dem Behälter zu sein. Wenn er eine Enkelin hätte, wäre sie dann eine Cousine zweiten Grades zu Huger? Dritten Grades? Oder noch weiter entfernt?

Frustriert gab ich auf. Ich hasste diese Übung so sehr wie damals, als ich für meine Promotion gezwungen war, an Ethnologieseminaren teilzunehmen.

Um halb elf tauchte Ryan wieder auf, um mir zu sagen, dass er ins Bett gehe. Ich folgte ihm, saß dann aber auf die Kissen gestützt und mit dem iPhone in der Hand da und verschwendete Zeit mit sozialen Medien.

Um elf fand ich mich damit ab, dass Vislosky heute Abend nicht mehr anrufen würde. Nachdem ich das Licht ausgeschaltet hatte, zog ich mir die Decke bis zum Kinn hoch und kuschelte mich an Ryan. Habe ich schon erwähnt, dass er das Thermostat im Schlafzimmer auf Polarkälte eingestellt hat?

Mein Hirn war ein Mahlstrom aus Bildern. Eiternde Wunden. Algenbedeckte Knochen. Blendende Scheinwerfer. Blaue Polypropylen-Planen. Der Plastikring eines Kindes.

Nach einer Stunde Herumwerfen gab ich auf. Leise schloss ich hinter mir die Schlafzimmertür, ging in die Küche und machte mir eine Tasse Kamillentee. Als ich dann wieder am Esszimmertisch saß, öffnete ich meinen Mac und gab den Namen Digger France ein.

Gleich die ersten Einträge bezogen sich auf die Digger France Group. Aktiv von den Sechzigern bis in die Neunziger, spielte die Band vorwiegend christliche Country-Musik und Coverversionen klassischer C&W- und Bluegrass-Songs. Während der gesamten Existenz der Band war Digger France ihr Gitarrist und Lead-Sänger. Die restliche Besetzung fluktuierte. Eine Joy Sparrow schien es am längsten ausgehalten zu haben.

Das einzige Album der Band war bei MCA Records herausgekommen. Ich fand einen Link und hörte mir das erste Stück der Platte an, *All I Need Is the Lord and My Refried Jeans*, einer der Titel, die Vislosky so amüsiert hatten. Viel Banjo, Mundharmonika, Waschbrett und mehrstimmiger Gesang. Ein Stil, den ich nur als schrill bezeichnen konnte.

Die Bilder, die ich fand, waren unscharf und alt. Ein paar Werbeaufnahmen. Schnappschüsse von Live-Auftritten, die offensichtlich meistens in Bars stattgefunden hatten. Digger trug immer ein T-Shirt, Jeans, Stiefel und eine runde Sonnenbrille mit Drahtgestell. Haare und Bart waren lang und kastanienbraun, Erstere zum Pferdeschwanz gebunden, Letzterer mit bunten Gummibändern auf zwei Höhen zusammengefasst.

Um Mitternacht war mein Tee kalt, und hinter der Stirn pochte ein Schmerz. Ich wollte schon Schluss machen, als ich über eine Aufnahme der Digger France Band stolperte, wie sie in einem Laden namens Shady Sam's spielte. Ein Transparent hinter der Bühne verkündete, dass diese Show aus dem Jahr 2005 Teil einer Wiedervereinigungstour war.

Die Leute waren nicht gut gealtert. Digger und sein Bart waren dünner. Keine Gummibänder mehr. Seine fast zu lachsrosa ausgebleichten Haare schienen den Kampf gegen die männliche Glatzenbildung zu verlieren.

Die Gäste saßen unter der grob zusammengezimmerten Bühne, die Gesichter verdunkelt von schlechtem Licht und der in den Rückraum gerichteten Kamera. Was mein Interesse weckte, war eine kleine Gestalt an einem Tisch in der vorderen Reihe. Ein Mädchen mit kurzen, stacheligen Haaren, die zuckerwatterosa gefärbt waren.

Ich versuchte, die Aufnahme zu vergrößern. Sie wurde unscharf.

Könnte das rosahaarige Mädchen Diggers Enkelin sein? War das Kind deshalb in eine Bar mitgenommen worden? Um Opa spielen zu sehen?

Rechts von dem Mädchen saß noch jemand, doch von der Person waren nur ein Arm und eine Schulter zu sehen. Der Arm sah ziemlich dünn aus, war aber nicht eindeutig zu erkennen. War der Begleiter eine Frau? Ihre Mutter?

Mit frischer Energie stürzte ich mich wieder ins Spiel, diesmal mit Suchbegriffen, die mit der Wiedervereinigungstour und dem Shady Sam's zu tun hatten. Minuten später hatte ich das Mädchen wiedergefunden, diesmal auf einem Hocker hinter der Bühne in einem Laden namens Dirty Rabbit.

Die Kamera, die sich auf die Band konzentrierte, hatte das Mädchen im Profil erfasst. Sie saß da mit dem Kinn auf den

Fingerknöcheln, dem Ellbogen auf den Knien. Ihre Nase war lang und gerade, ihre Augen nur Schatten. Ihre Haare leuchteten wie eine rosa Pusteblume im abgestrahlten Licht der Bühnenscheinwerfer.

Das Mädchen sah aus wie dreizehn. Ich rechnete nach. Das passte.

Wie Digger trug auch das Mädchen ein T-Shirt. Vergrößert konnte ich die Aufschrift lesen: *Amity House.* Darunter war die grafische Darstellung von Menschen zu sehen, die sich an den Händen hielten. Und darunter, in kleiner Schrift und in einem Halbkreis: *Harmony. Hugs. Help.*

Eine schnelle Suche ergab, dass Amity House eine Unterkunft für obdachlose Jugendliche in Nashville war. Ich ging auf ihre Website.

Gegründet 1979, beschrieb sich Amity House als Kriseninterventionszentrum, das Unterstützung für obdachlose und von zu Hause ausgerissene Kinder im Alter zwischen sieben und siebzehn bot. Die Einrichtung konnte zwölf Kinder beherbergen. Diese durften bis zu drei Wochen bleiben, während sie mit ihren Familien an Problemlösungen arbeiteten. Von den Bewohnern wurde erwartet, dass sie sich um das Haus und umeinander kümmerten. Zu weiteren Serviceleistungen gehörten eine rund um die Uhr besetzte Hotline und spontane Krisenunterstützung.

Ich widmete mich wieder dem im Dirty Rabbit aufgenommenen Foto. Betrachtete mit pochendem Herzen das Mädchen hinter der Bühne.

Hatte ich jetzt endlich eine Spur? Hatte das Mädchen mit den Zuckerwattehaaren im Amity House gewohnt? Oder deren Hotline angerufen? Hatte sie dort ehrenamtlich gearbeitet? Würde man dort ihren Namen haben?

War sie Digger Frances Enkelin?

Sullie Hugers entfernte Cousine?

Das jüngere Opfer aus dem Container in Charleston?

Sollte ich im Amity House anrufen?

Auf die letzte Frage war die Antwort ein klares Nein. Es war egoistisch, in den frühen Morgenstunden Personal abzulenken, das sich um Kinder zu kümmern hatte.

Eins war allerdings sicher.

Ich konnte es nicht abwarten, mit Vislosky zu sprechen.

Ich schickte das Bild an den Drucker. Wollte den Abzug eben abholen, als mein Handy eine Nachricht meldete.

Um eins in der Früh?

Ich schaute aufs Display.

Anne.

Ich las ihre Nachricht.

Bist du wach?

Bin ich.

Das wird dir gefallen.

????

Ich habe sie gefunden.

Amelia Earhart?

Die Maskendame.

Ist nicht wahr.

Bist du online?

Ich lebe dort.

Ich legte das Handy weg und hielt meine Finger über die Tastatur.

Anne schickte einen Link. Ich klickte mich zur Website durch.

Und starrte auf den Bildschirm.

Schockiert.

Nicht schockiert.

22

Donnerstag, 11. November

Ein Didgeridoo weckte mich.

Ich verfluchte meine Entscheidung für den neuen Klingelton und tastete nach dem Handy.

»Temperance Brennan.«

»Ich weiß.« Hintergrundgeräusche deuteten darauf hin, dass Vislosky wieder in ihrem Auto saß. »Hab Sie ja angerufen.«

»Ich hatte eigentlich erwartet, schon gestern Abend von Ihnen zu hören.« *Mein Gott, Brennan. Mach sie nicht sauer.*

»Hier ist einiges passiert.«

»Haben Sie France gefunden?«

»Hab ich. Verdammt. Moment mal.«

Vislosky schaltete mich für eine Ewigkeit in die Warteschleife.

Ich war allein im Bett. Als ich auf Lautsprecher schaltete, fiel mir auf, dass die Ziffern auf meinem Display 7 Uhr 14 anzeigten.

»France hat ein Anwesen außerhalb von Nashville«, sagte Vislosky, nachdem sie mich wieder in die Leitung geholt hatte. »Ein Haus mit großem Grundstück am Highway Zwei Einundfünfzig.«

»Lebt er dort?«

»Mein Kontakt im Nashville PD sagt, dass die Hausanschlüsse auf Frances Namen laufen. Kein Telefon. Kein Internet.«

»Aber ist er tatsächlich *dort?*«

Eine kurze, tadelnde Pause, dann antwortete sie: »Ein Kollege ist da mal vorbeigefahren. Hat das Nummernschild des Pick-ups überprüft, der in der Einfahrt stand. Das Fahrzeug ist auf France zugelassen.«

»Der Hammer.«

»Oberhammer.«

Ich erzählte Vislosky von dem Mädchen mit den Zuckerwattehaaren. Von dem T-Shirt, das auf Nashville hindeutete.

»Sie denken, dieses Mädchen ist unser Opfer?«

»Auf sie trifft einiges zu.«

»Scheint so.«

Ich hörte Hupen.

»Sind Sie in Ihrem Auto?«, fragte ich.

»Ich schau den Leuten gern in die Augen. So kann ich sie besser einschätzen.«

Ich brauchte eine Sekunde, bis ich verstand. »Sie fahren nach Nashville?«

»In die Olde Music City.«

»Ich will dabei sein.« *Was zum Teufel?* Wollte ich das wirklich?

»Wie soll das funktionieren?«

»Ich buche mir den nächsten Flug.«

Nach einer Pause sagte Vislosky: »Wann?«

»Geben Sie mir zehn Minuten.«

Ich schlug die Decke zurück und rannte in die Küche. Ryan aß Toast mit Frischkäse, Rosinen und Müsli obendrauf. Bird hatte seine Schüssel noch nicht ganz geleert.

Ich fragte sie, ob sie was dagegen hätten, für ein paar Tage Strohwitwer zu spielen. Beide waren einverstanden.

Ich brauchte sieben Minuten für die Reservierung.

Ryan bot an, mich zum Flughafen zu fahren.

Vislosky sagte, sie werde mich am Flughafen in Nashville abholen.

Ein Wunder der Luftfahrt. Beide Etappen liefen gut. Ich schaffte den Anschluss in Detroit ohne Rennen und Schwitzen. Landete vor der Zeit um 16 Uhr 07 in Nashville.

Vislosky wartete auf einem Kurzzeit-Parkplatz, als ich ihr die Nachricht schickte.

Vom Navi geleitet, machten wir uns auf den Weg. Ich benutze für meins die Stimme von »Jane«. Vislosky hatte sich einen Mann ausgesucht, der klang wie ein Londoner Ballettstudent. Über Geschmack lässt sich nicht streiten.

Die programmierte Adresse war ein schmales Asphaltband ohne Straßenmarkierungen, das von einer wenig befahrenen zweispurigen Abzweigung des Tennessee Highway 252 abging, in einer Gegend mit dem Namen Bullfrog Hollow. Nach fünf Minuten auf dem Asphaltband verkündete der Ballettjunge, dass unser Ziel auf der linken Seite liege.

Ein rostiger Briefkasten war derselben Ansicht. Seitlich war der Name *France* aufgemalt.

Vislosky hielt an, und wir beide musterten die Umgebung.

Der Besitz war eins dieser ländlichen Anwesen, die weder als Farm noch als herrschaftlicher Landsitz durchgingen. Keine Scheune, kein Schuppen, keine Außengebäude irgendeiner Art. Keine Hühner oder Kühe. Kein Traktor, der auf seinem Einsatz zum Pflanzen oder Säen wartete. Nur ein bescheidenes, von Feldern umgebenes Haus.

Der Bungalow hatte eine limonengrüne Verkleidung, weiße Zierleisten und eine kanariengelbe Haustür. Die Veranda war aus Holz und konnte tun und machen, was sie wollte.

Ein Kiespfad durchschnitt eine entmutigt aussehende Rasenfläche vor dem Haus. Eine entsprechende Einfahrt begrenzte den Rasen auf der Ostseite. Am hinteren Ende stand ein alter roter Pick-up.

Ich schaute Vislosky an. Sie nickte. Wir stiegen beide aus.

Unkraut überwucherte Bankett und Graben neben dem Asphalt. Zu beiden Seiten des Hauses umschloss Stacheldraht etwas Trockenes und Braunes mit sehr hohen Stängeln. Verkümmerte Kiefern unterbrachen die regelmäßigen Reihen, zu stur zum Sterben oder zu tief verwurzelt, um die Mühen des Ausreißens zu rechtfertigen.

Wir blieben stehen und horchten.

Wind raschelte im Getreide. Irgendwo außer Sicht krächzte

eine Krähe. Weit weg gurgelte Wasser. Ansonsten war alles still.

»Ist das ein Fluss, den wir da hören?«, fragte ich.

»Der Cumberland ist da dorten«, antwortete Vislosky mit einem Nicken zu den Feldern.

»Haben Sie da dorten gesagt?«

»Wir sind auf dem Land. Kann's losgehen?«

Ich nickte.

»Dann wollen wir Digger mal kennenlernen.«

Beim Geräusch der zuknallenden Autotüren verstummte die Krähe.

Mit knirschenden Stiefeln ging Vislosky den Kiespfad hoch und ließ den Blick durch die Umgebung schweifen. Sie suchte nach Lebenszeichen und prägte sich Details ein. Ich folgte und tat dasselbe.

Die Luft roch schwach nach Kiefern, feuchtem Fels, Rauch und herbstlichen Blättern. Mücken stürzten sich auf mein Gesicht, was überraschend war bei der Kühle des Tages.

Am Fuß der Treppe blieben Vislosky und ich stehen und schlugen nach den Plagegeistern.

»Hallo«, rief sie.

Keine Antwort.

»Mr. France?«

Dieselbe Reaktion.

Wir stiegen zur Veranda hoch und stellten uns links und rechts der Tür. Vislosky klopfte. Fest.

Ein Hund drehte durch.

Nach einem Augenblick rief eine Stimme durch das hektische Kläffen: »Verdammt, Axel, ich tret dir in deinen struppigen Arsch, dass du bis zum Mond fliegst.« Dann, noch lauter: »Augenblick da draußen.«

Der Hund jaulte und fing dann an zu wimmern. Nachdem das Gekläff verklungen war, klackerten Schlösser, und die Tür ging auf.

Wenn auch älter und dünner, wurde Digger doch seinem alten Image gerecht. Er trug Jeans und ein ausgewaschenes T-Shirt mit einer amerikanischen Flagge auf der Brust. Keine Sonnenbrille, und der Vollbart war jetzt ein Gestrüpp am Kinn.

»Ja?« Fragend hochgezogene, buschige Augenbrauen.

»Digby France?«

»Den Namen habe ich schon Jahre nicht mehr gehört.«

»Digger?«

»Das bin ich. Aber wenn Sie Autogramme wollen, ich gebe keine mehr.« Nicht unfreundlich, aber ohne ausgestreckte Hand.

»Ich bin Detective Vislosky.« Sie hielt ihre Marke hoch.

France schaute auf das Blechschild und hob dann den Blick zu mir.

»Dr. Temperance Brennan«, sagte ich mit leeren Händen.

France verschränkte knochige Arme vor seiner knochigen Brust. »Hat dieser Wichser Jensen Sie geschickt?«

»Nein, Sir.«

»Ich hab seit über fünf Jahren keinen Tropfen mehr getrunken, also kann er mich an meinem dünnen Allerwertesten lecken.«

»Sehr empfehlenswert, Sir«, sagte Vislosky. »Aber das ist nicht der Grund unseres Besuchs.«

»Ach so?«

»Dürfen wir reinkommen?«

»Habe normalerweise keine Besucher.«

»Haben Sie eine Enkelin, Mr. France?«

Ich schaute mir sein Gesicht genau an. Bemerkte ein Zucken seines rechten unteren Lids.

»Warum fragen Sie das?«

Vislosky nahm den Blick nicht von France.

Ein kurzes Zögern, dann seufzte Digger und trat einen Schritt zurück. »Keine Angst vor Axel. Er kläfft, aber er beißt nicht.«

Ein kurzer, schummriger Gang knickte nach der Hälfte rechts ab und führte in ein kleines Wohnzimmer. Die Einrichtung war verblüffend.

Die Wände waren apfelgrün. Chartreusegrüne Kissen schmückten ein mohnrotes Sofa, das von orangefarbenen Ledersesseln flankiert wurde. Der Couchtisch und die Beistelltischchen waren von einem dunklen Blaugrün. Ein Flechtteppich in Regenbogenfarben bedeckte den Boden.

Der Wandschmuck bestand hauptsächlich aus Postern der Digger France Band, jedes in einem grellbunten Plastikrahmen. Zwischen den Postern hingen Bilder von Jesus.

Ein Aquarium von der Größe des Great Barrier Reef erstreckte sich über die ganze Länge einer Wand. Ich erkannte einen gefleckten Clownfisch, einen Rotschwanz-Schleimfisch und einen lila Doktorfisch.

Am anderen Ende des Zimmers hing über dem Kamin eine fuchsienrote Gitarre. Kaminsockel und -mauern waren in einem schockierenden Nelkenrosa gestrichen.

Der kaleidoskopische Ansturm war überwältigend.

»Ihr Heim ist umwerfend.«

»Hatte schon immer ein Faible für Farben, seh sie aber nicht so gut.«

Irgendwo weiter hinten im Haus jaulte und kratzte hektisch ein Hund.

»Sollte Axel wohl besser losmachen. Sonst hört das Nölen ja nie auf.«

»Natürlich«, sagte ich. *Nein,* dachte ich.

France bot Vislosky und mir die Couch an. Während wir Platz nahmen, verschwand er durch die Tür, durch die wir eingetreten waren. Ich hörte Angeln quietschen, dann Klauen, die über Holz kratzten.

Eine Nanosekunde später schoss Axel ins Zimmer. Wenn man mich zwingen würde, seine Eltern zu erraten, würde ich sagen, Chihuahua und Vielfraß. Eine Runde Bellen und

Jaulen, dann ließ France sich in einen Sessel fallen. Axel hüpfte auf den Schoß seines Herrchens, setzte sich und betrachtete uns mit zitternder Verachtung.

»Was soll das mit meiner Enkelin?«

Ich hatte das im Shady Sam's aufgenommene Foto ausgedruckt. Vislosky bedeutete mir, es auf den Tisch zu legen.

»Ist sie das?«, fragte sie.

France warf einen Blick auf das Bild und zuckte dann scharf mit dem Kinn. »Geht's darum, dass ich eine Minderjährige in eine Bar mitgenommen habe?«

Wie Vislosky mich angewiesen hatte, blieb ich stumm, während sie die Befragung übernahm.

»Können Sie uns von Ihrer Enkelin erzählen, Sir?«

»Was wollen Sie denn wissen?«

»Vielleicht könnten wir mit ihrem Namen anfangen.«

»Harmony.«

»Haben Sie was dagegen, wenn ich unser Gespräch aufnehme?«

Bevor France etwas erwidern konnte, zog Vislosky ihr Handy heraus, strich mit dem Daumen über das Display und legte das Gerät zwischen uns.

»Zunächst, kennen Sie einen Mann namens Aubrey Huger? Nennt sich Sullie?«

»Noch nie von ihm gehört.«

»Vielen Dank. Der Name Ihrer Enkelin ist also Harmony France?«

»Harmony Wren Boatwright.«

»Das ist ein wirklich wundervoller Name«, sagte ich.

France ging nicht auf meine Bemerkung ein.

»Ist sie Ihr einziges Enkelkind?«, fragte Vislosky.

»Ist sie.«

»Harmony ist das Kind Ihrer Tochter?« Mir fiel auf, dass Vislosky die Gegenwartsform verwendete.

»Ihre Mama ist seit Langem verschwunden.« Zum Handy

gebeugt und langsam sprechend. »Das wäre Bonnie Bird Boatwright.«

»Lebt Bonnie noch in Nashville?«

»Bonnie Bird«, korrigierte France sie. »Unwahrscheinlich. Seit Harmonys dreizehntem Geburtstag hat sie kein Mensch mehr gesehen.«

»Der Aufenthaltsort Ihrer Tochter ist Ihnen unbekannt?«

»Macht mich zwar nicht glücklich, aber so ist es.« France schlug ein dürres Bein über das andere. Axel richtete sich auf, jaulte und setzte sich wieder. »Ist besser so. In der Bibel steht, es ist ein Gräuel, dass ein Mann bei einem Manne liegt. Das trifft auch auf Frauen zu.«

»Ist das so?« Visloskys Ton war plötzlich kälter.

»Levitikus achtzehn zweiundzwanzig.«

»Sie haben Ihre Tochter weggeschickt?«

»Hab's getan, um Harmony zu schützen. Weil sie doch in dem Alter war, in dem man so leicht zu beeinflussen ist. Habe es später bereut. Hat das Mädchen schier zerrissen.«

»Wie das?«

»Danach konnte sie sich auf nichts anderes mehr konzentrieren als auf die Suche nach ihrer Mutter.«

»Haben *Sie* versucht, Ihre Tochter zu finden?«

»Nach einer Weile habe ich sie als vermisst gemeldet. Die Polizei hat mal kurz nachgeschaut. Aber so war Bonnie Bird eben. Wenn es ihr irgendwo nicht mehr passte, ist sie einfach abgehauen. Die Polizei meinte, das Muttersein sei wohl nicht so ihr Ding.«

»Und da war dann noch diese hässliche Lesbengeschichte«, ergänzte Vislosky eisig.

France sagte nichts.

»Wann haben Sie Bonnie Bird zum letzten Mal gesehen?«

»Im Sommer 2015.«

»Wer zog Harmony auf, nachdem Sie Ihre Tochter rausgeworfen hatten?«, fragte Vislosky.

»So war das nicht.«

»Hm-hm.«

»Harmony kam dann in meine Obhut«, sagte France. »Die Boatwrights, also ihre anderen Großeltern, waren tot, und ihr Daddy hat sich im Knast umbringen lassen.«

Da ich Visloskys Feindseligkeit spürte, spielte ich nun den guten Bullen: »Das muss schwer gewesen sein.«

»Ich hatte Hilfe von einer Freundin, die in der Band sang.«

»Joy Sparrow.«

»Ja, Ma'am.« Mit einem Anflug von Überraschung.

»Ist Joy Sparrow denn Bonnie Birds Mutter?«

»Nein, Ma'am. Wobei Sie mein Privatleben nichts angeht.«

»Wuchs Harmony hier in diesem Haus auf?«, fragte Vislosky und warf mir einen Seitenblick zu, um mich an mein Schweigeversprechen zu erinnern.

Als France den Kopf schüttelte, streifte die Spitze seines Kinnbarts Axels Ohren. »Wir lebten damals in der Stadt.«

»Wo ist Harmony jetzt?«

»Schätze, der Apfel fällt nicht weit vom Stamm.«

»Erklären Sie mir das.«

France hob das Kinn und strich sich mit der Hand über die Kehle. Als er dann wieder sprach, wippte das flusige Haardreieck in der Luft.

»Die Kleine ist abgehauen, wie ihre Mutter.«

»Wissen Sie, wohin sie ging?«

»Nein.«

»Hält Sie Kontakt zu Ihnen?«

»Nein.« Eine Pause, dann: »Ich will ehrlich sein, Ma'am. Harmony war ziemlich schwierig, nachdem ihre Mam verschwunden war. Und ich gebe es ja zu, damals habe ich ziemlich gesoffen.«

»Inwiefern war sie schwierig?«

»Sie war ein totaler Hitzkopf. Wir stritten uns oft, normalerweise wegen der Schule und so, und dann haute sie ab, blieb manchmal Wochen weg. Dann kam sie wieder zurück und machte weiter, als wäre nichts passiert. So war sie eben. Sie kam und ging. Als sie das letzte Mal ging, kam sie nicht zurück.«

»Hatte sie einen festen Freund?«

»Keine Ahnung. Wie gesagt, ich und der Schnaps hatten eine enge Beziehung.«

Frances Nasenflügel wurden weiß, als er scharf einatmete.

Weil ich Angst hatte, dass wir seine Kooperationsbereitschaft überstrapazieren könnten, fragte ich sanft: »Hat Harmony sich mal den Arm gebrochen?«

»Ja, Ma'am. Hat sie.« Wieder diese leichte Überraschung. »Ist vom Skateboard gefallen. Ich brachte sie in die Notaufnahme. Dort hat man ihr einen Gips und alles verpasst. Sie mochte ihn nicht, aber sie trug ihn.«

»Besuchte sie des Öfteren eine Jugendeinrichtung namens Amity House?«

France nickte, anscheinend nicht mehr überrascht von der Menge an persönlichen Informationen, die ich hatte. »Das war der Grund, warum ich mir keine großen Sorgen machte. Ich dachte mir immer, dass sie dort hingeht.«

»Wann haben Sie Ihre Enkelin zum letzten Mal gesehen?«

Wieder das erhobene Kinn. Diesmal streichelte die leberfleckige Hand über den Hund, nicht seine Kehle.

»Am fünfzehnten Februar 2018.« Der Februar klang sehr gedehnt.

»Ihre Erinnerung ist aber sehr genau.«

»Es war der Tag nach ihrem sechzehnten Geburtstag. Ich hatte ihr in diesem Jahr einen original Armeerucksack geschenkt, den mit den vielen Reißverschlüssen und Fächern. Dachte mir, vielleicht gehen wir mal miteinander zum Fischen.«

»Seitdem haben Sie nichts mehr von ihr gehört oder gesehen?«

»Sie war sechzehn«, rechtfertigte sich France. »Der Staat

Tennessee sagt, das ist alt genug, um zu heiraten. Sie wollte nicht hier sein, was hätte ich tun sollen?«

»Wie kam Harmony herum?«, fragte Vislosky.

France wackelte mit einem hochgereckten Daumen, um Trampen anzudeuten.

Vislosky senkte den Blick auf ihre Hände. Trotz ihrer Abneigung gegen France wusste ich, wie sehr ihr davor graute, jetzt zu sagen, was sie sagen musste.

Sie straffte leicht ihre breiten Schultern und sagte: »Ich fürchte, ich habe schlechte Nachrichten.«

France streichelte weiter Axels Rücken.

»Im letzten Monat wurde in Charleston, South Carolina, ein Mädchen tot aufgefunden.« Sie wählte ihre Worte mit Bedacht. »Wir haben Grund zu der Annahme, dass das Mädchen Ihre Enkelin sein könnte.«

France blieb teilnahmslos, entweder begriff er nicht, oder er wusste nicht, was er antworten sollte.

»Das Opfer war in der Mitte seiner Teenagerjahre und hatte kurze, dunkle, pink gefärbte Haare. Sie war zwischen eins fünfundfünfzig und eins achtundfünfzig groß.«

Frances rechtes unteres Lid zuckte nun wieder. »Hat sie irgendeine Überdosis genommen?«

»Darauf deutet nichts hin.«

»Wie kam sie dann ums Leben?«

»Ich bin nicht befugt, über Einzelheiten der Ermittlung zu sprechen.«

»Sie sagten Opfer. Heißt das, dass jemand sie umgebracht hat?«

Vislosky antwortete nicht.

»Könnte ja sein, dass es gar nicht Harmony ist.« Durch das Gurgeln des Aquariums war Frances Stimme kaum zu hören.

»Möglich.« Vislosky räusperte sich. »Wir brauchen eine Speichelprobe für einen DNA-Test.«

France, der leicht benommen wirkte, nickte.

Ich holte ein Röhrchen aus meiner Tasche, und ohne auf Axels Knurren zu achten, strich ich Frances Wangeninnenseite ab, verschloss und beschriftete dann das Röhrchen.

»Wissen Sie, ob Harmony ein Handy oder einen Laptop besaß?«

»Natürlich hatte sie ein Handy. Wir sind in Nashville, nicht am Arsch der Welt.«

»Wissen Sie, was damit passiert ist?«

»Man sollte meinen, dass sie es mitgenommen hat. Welcher Jugendliche geht heutzutage ohne Handy aus dem Haus? Außerdem habe ich es nirgendwo gesehen.«

»Bezahlen Sie die Rechnung dafür?«

»Nein.«

»Wissen Sie, welchen Anbieter sie nutzte?«

Frances schüttelte den Kopf und stand dann auf. »Jetzt ist Axels Fresszeit. Wenn ich ihn nicht füttere, wird er quengelig.«

Vislosky nahm ihr Handy wieder an sich und legte eine Karte auf den Tisch. Wir standen beide auf.

»Wenn Ihnen noch irgendwas einfällt, rufen Sie mich doch bitte an.«

»Harmony hat ein paar Sachen hiergelassen. Nicht viel. Ich hab ein bisschen was davon eingepackt und mitgenommen, als ich hierhergezogen bin.« Die niederschmetternde Aussicht, dass seine Enkelin tot sein könnte, schien ihm langsam bewusst zu werden. »Schätze, ich hab sie behalten, weil ich dachte, wenn sie eines Tages wieder auftaucht, wird sie sie haben wollen.«

»Alles, was Sie haben, würde uns bei unserer Ermittlung helfen.«

France verschwand, mit Axel dicht auf den Fersen, und kam nach ein paar Minuten mit einem großen Pappkarton in den Armen wieder zurück.

»Ich habe einen Song über Harmony geschrieben, kurz nachdem sie bei mir eingezogen war. *Motherless Little Wren*. Hab mir gedacht, dann ist sie vielleicht weniger sauer.«

»Ich bin mir sicher, sie hat sich darüber gefreut.«

France schüttelte den Kopf. »Hat sie ziemlich wütend gemacht.«

Frances Trauer war jetzt offensichtlich. Sie färbte seine Worte und vertiefte die Falten in seinem Gesicht. Ich kam mir vor wie ein Ungeheuer in diesem Drama, das sein Leben für immer verändern würde. Und doch nahm ich daran teil, denn ich wusste, es war nötig, um den beiden ermordeten Mädchen Gerechtigkeit widerfahren zu lassen.

»Harmony sehnte sich immer nach ihrer Mama.« Schwermütig. »Ich dachte mir, vielleicht hat sie sie irgendwo gefunden.«

»Wir halten Sie auf dem Laufenden«, sagte Vislosky.

Frances nickte, die aufbewahrten Teile eines Lebens in den Armen.

An der Tür drehte Vislosky sich noch einmal um.

»Wissen Sie, was die Bibel sonst noch als Gräuel bezeichnet, Sir?«

France schaute sie nur an.

»Sich den gottverdammten Bart abzuschneiden.«

Wir nahmen den Karton und gingen.

23

Donnerstag, 11. November

Vislosky stellte den Karton in den Kofferraum, und wir stiegen ein.

»Stimmt das?«, fragte ich, als wir uns anschnallten.

»Was?«

»Dass die Bibel einem Mann verbietet, sich den Bart zu schneiden?«

»Ja.«

»Altes Testament?«

»Woher soll ich denn das wissen?«

»Warum haben Sie das gesagt?«

»Der Kerl ist ein bigotter Wichser.«

Ich verfolgte es nicht weiter. Aber es interessierte mich, warum Vislosky eine solche Antipathie gegen Frances hegte. Wegen seiner lässigen Haltung zu Harmonys Verschwinden? Wegen seiner Ablehnung von Bonnie Birds lesbischer Lebensart? Wegen seiner schrillen Musik?

»Amity House?«, fragte ich.

»Kann nicht schaden«, gab sie zurück.

Ich programmierte das Navi. Die Anweisungen des Balletttänzers führten uns auf eine baumbestandene Straße mit einer Mischung aus Privatwohnungen und großen Herrenhäusern, die für gehobene kommerzielle Zwecke umgebaut worden waren. Ein Architekturbüro. Eine Anwaltskanzlei. Ein Kindertheater.

Unser Ziel war ein zweistöckiges Backsteingebäude mit einer ziegelgedeckten Veranda, die die gesamte Vorderfront umspannte. Eine riesige Virginia-Eiche breitete ihre Äste über einen Großteil des leicht abfallenden Vorgartens aus. Unter der Eiche verkündete ein Schild: *Amity House. Ein Krisenzentrum für Jugendliche.*

Drei Betontstufen führten von einem kurzen Pfad auf die Veranda. Wir stiegen sie hinauf. Vislosky drückte auf die Klingel. Einen Augenblick später erklang eine Stimme aus einer perforierten Messingplatte.

Vislosky erklärte, wer wir waren, und erwähnte den Namen Harmony Boatwright.

Nach kurzer Wartezeit wurde die Tür von einer Frau geöffnet, die jedem Tante-Emma-Laden zur Zierde gereicht hätte. Kurz und stämmig, mit drallen Wangen und hochgesteckten grauen Haaren. Sie hätte freundlicher sein können, aber nur mithilfe starker Pharmazeutika.

»Meine liebe, liebe Harmony«, zirpte sie in freudiger Erwartung. »Sagen Sie mir doch, wie es ihr geht.«

»Dürfen wir reinkommen?«, fragte Vislosky. Ich fragte mich, ob die Vorschriften in Nashville diese Frage verlangten.

»Oh.« Ganz die tüttelige Tante. »Natürlich. Bitte entschuldigen Sie meine schlechten Manieren.«

Die Tür öffnete sich in ein großes, rechteckiges Wohnzimmer. Die eine Seite enthielt einen Mischmasch aus abgenutzten Polster- und Holzmöbeln, die zu Gesprächsgruppen zusammengestellt waren. Auf der anderen befanden sich Stühle und Tische, die meisten bedeckt mit Stapeln von Brettspielen in Kartons. Ich entdeckte Scrabble, Monopoly, das Leiterspiel. Auf einem Sideboard lag ein halb fertiges Puzzle, die losen Teile um das unvollständige Zentrum verstreut.

Tante Emma führte uns zu einer der Sitzgruppen. »Darf ich Ihnen vielleicht Kekse anbieten? Eine Limonade?«

»Nein, vielen Dank.« Vislosky und ich lehnten einstimmig ab.

Aus alter Gewohnheit setzten wir uns auf die Couch. Tante Emma setzte sich in einen Sessel, die Knöchel gekreuzt, die Knie leicht gespreizt, aber züchtig von ihrem bedruckten Hauskleid und einer Metzgerschürze bedeckt.

»Haben Sie etwas dagegen, wenn ich unser Gespräch aufnehme?« Wieder aktivierte Vislosky ihr Handy, ohne auf die Erlaubnis zu warten.

Tante Emma schaute skeptisch, wandte aber nichts ein.

»Darf ich Sie nach Ihrem Namen und Ihrer Funktion hier in Amity House fragen.«

»Gertrude Pickle. Ich weiß. Beide sind schrecklich.« Mit einem albernen Kichern. »Die Kinder nennen mich Mama Gertie.«

»Ihre Funktion hier?«

»Hausmutter.«

»Wohnen Sie im Haus?«

»Ich habe im Erdgeschoss eine Wohnung. Sie ist klein, hat aber alles, was ich brauche.«

»Wie lange arbeiten Sie schon hier?«

»Ach du meine Güte. Seit ich Witwe bin. Im nächsten Monat werden es neunzehn Jahre. Wie die Zeit doch verfliegt. Kann mir gar nicht vorstellen, was ich tun würde, wenn ich alleine leben müsste.«

Wie zuvor legte ich das Foto aus dem Shady Sam's auf den Tisch.

»Sie erinnern sich an Harmony Boatwright?«, fragte Vislosky.

»Aber natürlich doch. Harmony war oft bei uns. Ich liebe es, Neuigkeiten von unseren jungen Leuten zu hören, vor allem, wenn sie schon so lange weg sind. Wie geht es ihr? Sie müssen mir alles erzählen.«

Vislosky und ich wechselten verstohlene Blicke.

»Wann war Harmony das letzte Mal hier?«, fuhr sie fort.

»Na ja …« Sie versuchte, sich zu erinnern. »Das ist schon eine ganze Weile her.«

»Eine ganze Weile?«

»Wir halten es so, dass die jungen Leute sich nicht an- oder abmelden müssen. Die Verwaltung hat den Eindruck, dass eine verpflichtende, förmliche Registrierung –«

»Ein Jahr? Fünf?«

Pickle schloss die Augen und legte nachdenklich den Kopf schief. »Ich würde sagen, es sind fünf Jahre.«

»Warum kam Harmony hierher?«

»Aus denselben Gründen wie viele junge Leute. Um Konflikten zu Hause zu entgehen. Ach du meine Güte. Worum geht's denn hier überhaupt?« Ihre Stirn legte sich in Falten, als ihr die Bedeutung dieses Polizeibesuchs endlich klar wurde. »Ist etwas passiert?«

Als Vislosky ihr kurz von dem toten Mädchen in Charleston berichtete, schien sich Pickles ganzer Körper in sich zusammenzuziehen.

»Kennen Sie Digger France?«, fragte Vislosky.

»Wir sind uns ein- oder zweimal begegnet.« Alle Fröhlichkeit war verschwunden.

»Ihr Eindruck?«

»Harmlos, aber hoffnungslos.«

»Hoffnungslos?«

»Darf ich Ihren Ausweis sehen?«

Vislosky zeigte ihr die Marke. Pickle betrachtete sie so lange, dass ich schon dachte, sie wollte sie auswendig lernen. Schließlich sagte sie: »Sie sind Polizeibeamtin. Und die arme, liebe Harmony ist, ich meine, vielleicht« – ihre Stimme verklang, der schreckliche Gedanke blieb unausgesprochen – »also ist es vermutlich gestattet, dass ich Ihnen sage, was ich weiß.«

Vislosky wartete ab.

»Meiner Meinung nach war Harmony Boatwright ein sehr gestörtes Mädchen.«

»Gestört?«

»Nachdem ihre Mutter weggegangen war, wurde das Kind zwischen Verwandten hin und her geschoben. Die Familie ist, na ja, man muss es ja nicht unbedingt aussprechen. Ihr Großvater hat es versucht, aber er war ein Säufer. Und ungeeignet, um mit einem halbwüchsigen Mädchen umzugehen. Ich bin mir sicher, Sie wissen, dass Harmonys Mutter verschwand, als das Kind zwölf oder dreizehn war. Und Harmony wollte in ihrem Leben nichts mehr, als sie zu finden. Meiner Meinung nach war sie besessen von dem Gedanken.«

»Wie kommen Sie darauf?«

»Wir bieten hier WLAN an. Ansonsten hätten einige der Kinder keinen Zugang zum Internet. Aber wir lassen sie nicht einfach von der Leine. Das wäre töricht. Wir stellen von vorneherein klar, dass die Browsergeschichte eines jeden Geräts jeden Tag kontrolliert wird. Das ist eine meiner Aufgaben. Wenn ein Benutzer irgendwas tut, das die Hausregeln bricht, verliert derjenige sein Internet-Privileg.« Pickle hielt eine Hand an den Mund und sagte in einem leisen, verschwörerischen Flüstern: »Sie wissen schon, Pornos schauen und so.«

»Was ist, wenn ein Kind sich mit einem privaten Gerät einloggt?«, fragte ich.

»Das können wir nicht kontrollieren.«

»Hatte Harmony einen eigenen Laptop?«

»Ich glaube nicht. Sie benutzte einen der Haus-PCs. Deshalb weiß ich ja, dass sie häufig auf Seiten war, wo es um Vermisste geht. Dieses arme, süße Lämmchen suchte und suchte endlos nach dem Namen ihrer Mutter.«

»Wissen Sie noch, welche Seiten sie besuchte?«

»Tut mir leid. Das ist lange her.« Pickle schaute aufrichtig bedauernd, doch dann hellte ihr Gesicht sich auf. »Moment mal. Da gab es eine mit dem Namen MMM. Ich mag diese Bonbons sehr, Sie wissen schon, diese kleinen runden Schokoladendinger? M&Ms? Schmilzt im Mund, nicht –«

»Ja.« Vislosky schnippte ungeduldig mit den Fingern.

»Deshalb habe ich den Namen behalten«, fuhr Pickle fort, etwas verstimmt über die Barschheit.

»Das hilft uns sehr weiter«, sagte ich, auch wenn ich mir nicht sicher war, ob es das tat. Ich wollte beschwichtigen.

»Harmony erwähnte mal, dass sie so eine Freundin gefunden habe, in so einer Art Chatroom.« Pickle hob die Hand in einer abwehrenden Geste. »Aber bitte fragen Sie nicht nach. Sie hat nie einen Namen genannt. Nur dass diese andere Person ebenfalls nach ihrer Mutter suchte.«

»Erinnern Sie sich an sonst noch was über diese Cyber-Freundin?«

Pickles Antwort jagte mir das Adrenalin durch den Körper.

»Missing and Murdered Moms dot com.« Vermisste und Ermordete Mütter. Vislosky saß am Steuer, und ich hatte auf meinem iPhone eine Google-Suche gestartet. »Eine Site für die Kinder von –«

»Vermissten und ermordeten Müttern.« Vislosky schnitt mir das Wort ab.

»Wollen Sie das hören?«

Vislosky zuckte die Schultern. Wir waren beide gereizt. Ich bedauerte meine Entscheidung, die neun Stunden mit ihr nach Charleston zu fahren. Aber Anne hatte angerufen und ließ sich nicht abwimmeln. Sie war wieder im Krisenmodus und wollte mich so schnell wie möglich bei sich haben. Sie hatte mir das jüngste Drama erklärt, etwas mit ihrem Ex-Mann, aber ich hatte nicht richtig zugehört.

»Die Site hat einen Chatroom, Pickles Information trifft also zu«, sagte ich.

»Kann sich jeder an dem fröhlichen Geplapper beteiligen?«

»Die Teilnahme ist kostenlos, und Benutzer müssen keinen eigenen Account einrichten. Wie bei Zobe oder Teen-Chat.«

»Zobe?«

»Egal. Man muss sich nur einen Benutzernamen zulegen und sich anmelden.«

»Es gibt also keine Möglichkeit, Teilnehmer zu identifizieren?«

»Genau.«

»Gibt's da irgendwas, das aufs entfernte Nordland hindeutet?«

Vislosky bezog sich auf Pickles Schlussbemerkung, der Satz, der mein Adrenalin in die Höhe getrieben hatte. Harmony Boatwright hatte Mama Gerti erzählt, sie habe sich in dem MMM-Chatroom mit einem kanadischen Mädchen angefreundet.

»Noch nicht«, murmelte ich, auf Benutzernamen und Nachrichten konzentriert.

diggitydog schien in New Haven zu sein. *violetdawn* postete, dass er oder sie die Polizei von Albuquerque bedrängte, den Garten des Nachbarn umzugraben. *foreversearching* und *neverletgo* diskutierten über die Vorteile von Leichensuchhunden gegenüber Spürhunden. *neverletgo* und *alwayslooking* diskutierten über Verwesungsraten in Gewässern. *leftbehind* hatte Selbstmordgedanken, und *babysnowflake* und *uptheanty* versuchten, sie ihr oder ihm auszureden.

Ich starrte immer noch aufs Display, als ich spürte, dass das Auto abbog und stehen blieb. Vislosky war auf den Parkplatz eines Burger King gefahren.

»Weiß ja nicht, wie's bei Ihnen aussieht, aber dieses Mädchen hier braucht was zum Beißen.«

»Wie spät ist es?«

»Dreiviertel neun.«

Seit einem schnellen Bagel auf dem Montrealer Flughafen hatte ich nichts gegessen. Plötzlich war ich am Verhungern.

Die Pommes waren kalt und fettig. Der Whopper war ein Whopper. Aber es ging schnell, nach zwanzig Minuten waren wir wieder draußen.

»Haben Sie Lust, die Nacht durchzufahren?«

»Keine große.«

»Motel?«

»Müssen Sie nicht zurück?«

»Heute ist Veteran's Day, wissen Sie das nicht?«

Das hatte ich total vergessen.

»Und ich habe mir noch mal vierundzwanzig Stunden freigenommen.«

»Dann war diese Reise ein Privatvergnügen?«

»Haben Sie ein Problem damit?«

»Nein.« Ich dachte mir, dass Vislosky trotz ihrer Barscheit und ihres Sarkasmus vielleicht doch nicht so übel war.

Hinter der nächsten Ausfahrt lag ein Laden namens Music City Inn. Auf dem Schild leuchteten rote Neonbuchstaben und blaue Notenlinien mit einem grünen Violinschlüssel und orangefarbenen Noten. Digger hätte das gefallen.

Das Büro war unauffällig, mit schmutzigem Glas zum Parkplatz hin und Astkiefer hinter der Theke. Der Junge, der uns eincheckte, war mindestens zwölf Jahre alt und hatte dringend einen Hautarzt nötig.

Vislosky und ich nahmen unsere Schlüssel, die an gitarrenförmigen Holztäfelchen hingen, und folgten einem Fußweg zu unseren Zimmern. Mein Rollkoffer war nicht sehr erfreut über die holprige Fahrt auf rissigem Beton.

Trotz meiner Erschöpfung ließ der Schlaf auf sich warten. Meine überreizten Neuronen schickten mir Bilder von Bettwanzen. Von luminolblauen Tatortfotos von Bettdecken und Matratzen, auf denen Körperflüssigkeiten leuchteten.

Ich muss es gestehen. Als Folge meines Jobs habe ich eine Motelphobie.

Die Neuronen schickten mir auch Millionen von Fragen.

War das jüngere Opfer in dem Behälter in Charleston Harmony Boatwright?

Könnte Boatwrights Cyber-Freundin ihre Gefährtin im Tode sein? Das Mädchen, dessen DNA es mit den Opfern in Montreal 2006 in Verbindung brachte?

Laut Pickle trat Boatwright mit dem kanadischen Mädchen über MMM in Kontakt. Waren die zwei sich je persönlich begegnet? Oder kommunizierten sie direkt, vielleicht per E-Mail, SMS oder Telefon?

Wie Boatwright suchte auch das kanadische Mädchen nach einer verschwundenen Mutter. War die Frau im Behälter in Montreal die ihre?

Wer war sie?

Wer war das Kind bei ihr?

Wer hatte sie getötet?

Wer hatte die Mädchen in Charleston getötet?

Wurden sie alle von derselben Person getötet, wenn auch viele Jahre und viele Meilen voneinander entfernt?

24

Freitag, 12. November

Meine Augen flogen auf.

Düsteres Zimmer. Grobe Bettwäsche, die nach scharfem Waschmittel roch. Gedämpfte Verkehrsgeräusche.

Beharrliches Hämmern.

Ich schaute mich um. Ein hellgraues Rechteck rahmte ein, was ein Fenster sein musste.

Dann ein Sperrfeuer der Synapsen. Digger France. Der Karton. Amity House. Gertrude Pickle. Der Whopper. Die Neonnoten.

Die Millionen Fragen.

Noch mehr Hämmern.

Ich sprang aus dem Bett. Wäre beinahe über die Tagesdecke gestolpert, die ich zu Boden geworfen hatte.

Vorsichtig mit nackten Füßen über stachligen Zottelteppich stapfend, drückte ich ein Auge an den Spion. Draußen stand Vislosky, ein Papptablett in der einen Hand, mit der anderen hämmernd.

Ich öffnete die Tür einen Spalt.

»Wollen Sie den ganzen Tag schlafen, Prinzessin?«

»Wie spät ist es?«

»Zwanzig nach sechs.«

»Geben Sie mir zehn Minuten.«

Vislosky wackelte mit einem Styroporbecher. Ich dankte ihr, nahm ihn und zog mich zurück.

Nachdem ich frische Unterwäsche und die Jeans und das Oberteil von gestern angezogen hatte, riss ich die Vorhänge auf. Und bemerkte, dass es im Beige-in-Beige der Inneneinrichtung nichts Bemerkenswertes gab.

Während ich eine schnelle Toilette absolvierte, dachte ich über Motelzimmer nach. Fragte mich, wer den universellen

Mangel an Charme und Originalität zur Vorschrift gemacht hatte.

Als ich zum Auto kam, warf Vislosky eben den Kofferraumdeckel zu.

»Haben Sie den Karton durchgeschaut, den Digger uns gegeben hat?«, fragte ich, während ich meinen Koffer auf den Rücksitz warf.

»Hab mir nur die guten Sachen eingesteckt.«

»Lustig.« Ich fragte mich, was Vislosky als gut betrachten würde.

»Natürlich habe ich den Karton nicht durchgeschaut. Ich habe ihn nur bei mir behalten, um die Verwahrkette nicht zu unterbrechen.«

»Sollten wir mal schnell reinschauen?«

»Auf dem Revier. Ich will alles ganz genau machen. Streng nach Vorschrift.«

Auch wenn ich unbedingt sehen wollte, was France aufbewahrt hatte, konnte ich ihr nicht widersprechen.

Wir stiegen beide ein und schnallten uns an.

Vislosky deutete auf eine weiße Papiertüte auf der Mittelkonsole. »Doughnuts.«

»Sie sind vielleicht ein früher Vogel«, sagte ich und schaute mir die Auswahl an.

Vislosky sagte nichts.

»Die sind ja alle nur glasiert.«

»Mir sind die Glasierten am liebsten.«

Ich nahm einen Doughnut und spülte ihn mit dem lauwarmen Überrest meines Kaffees hinunter.

»Mir gefällt Ihr Auto.« Das tat es wirklich. Es war ein Ford Mustang GT. In Rot. »Was für ein Baujahr ist das?«

»2019.«

»Hat also schon einige Meilen auf dem Buckel?«

Vislosky zuckte mit einer Schulter.

Ein paar Meilen Schweigen, dann mein nächster Konversationsversuch. »Haben Sie früher eigentlich Basketball gespielt?«

»Fragen Sie das, weil ich schwarz bin?«

»Ich frage das, weil Sie groß sind.« Mein Gott. Was war ihr Problem?

Von ihr kam nichts.

Noch ein Versuch. »Was Amüsantes«, sagte ich. »Ich kenne keine einzige schwarze Person namens Vislosky.«

»Kennen Sie eine einzige weiße Person namens Vislosky?«

Okay. Kein Small Talk. Sollte mir auch recht sein.

Ich nahm mir noch ein Gebäck und brachte dann die nächsten fünfzig Minuten damit zu, mich durch das MMM-Menü zu arbeiten und im Chatroom der Seite herumzuschleichen. Ich hatte mir den Benutzernamen *bigbirdie* zugelegt.

Wie zu erwarten kam dabei nichts Hilfreiches heraus. Ein halbes Jahrzehnt war vergangen, seit Harmony mit ihrer kanadischen Freundin Kontakt aufgenommen hatte. Wenn diese Freundin überhaupt existierte. Und falls Harmony und das kanadische Mädchen tatsächlich die Opfer aus Charleston waren, hatten beide MMM schon sehr lange nicht mehr besucht.

Ich suchte nach ähnlichen Seiten, als das Didgeridoo mein Schweigen zerriss.

»Was zum Geier soll denn das?«, blaffte Vislosky.

Ich ging dran.

»Wann kommst du?«, fragte Anne ohne Umschweife.

»Ich bin unterwegs.«

Eine kurze Pause, dann: »Du bist in einem Auto. Unterwegs? Aus Montreal?«

»Aus Nashville.«

»Sag mir, dass du nicht Toby Keith vögelst.«

»Ich vögle Toby Keith nicht.«

Visloskys Kopf schnellte in meine Richtung, die Brauen hoch über den Goldrändern ihrer Sonnenbrille.

»Also. Ich habe diese Totenmaskengeschichte geknackt, okay?«

»Tut mir leid, Anne. Ich hatte keine Zeit, der Sache nachzugehen.«

»Im Ernst?«

»Ich wurde dringend bei einer Ermittlung gebraucht.«

Vislosky schnaubte.

»Wer ist das?«, fragte Anne.

»Eine Detective. Hör zu. Ich bin heute am späten Nachmittag in Charleston. Wir können dann heute Abend über die Totenmaske reden.«

Frostiges Schweigen.

»Ich bringe das Abendessen mit.«

»Ich fühle mich nicht gerade sehr geliebt.«

Dreimaliges Piepsen.

Anne war weg.

»Wollen Sie ein bisschen Musik hören?«, fragte ich und warf mein iPhone aufs Armaturenbrett.

»Nein«, sagte Vislosky.

»Sagen Sie Bescheid, wenn ich fahren soll.«

»Werde ich nicht.«

Auch gut.

Ich konzentrierte mich auf die Welt, die an meinem Fenster vorbeirauschte. Wir hatten die Berge verlassen und fuhren jetzt durch eine Landschaft sanft geschwungener Hügel. Hin und wieder kamen wir an einer kleinen Fabrik vorbei, und einmal an etwas, das aussah wie ein riesiger Schrottplatz. Ansonsten nichts außer Feldern und Bäumen und Kühen.

Nach einer Weile machte die Monotonie mich schläfrig. Ich weiß nicht genau, wie lange ich döste, als Visloskys Stimme mich weckte.

»Aufbauspielerin.«

Ich musste kurz überlegen, um den Zusammenhang herzustellen. »Sie reden von Basketball?«

»Sehe ich aus wie eine Eishockeyspielerin?«

»Wie sieht eine Eishockeyspielerin aus?«

»Der Traum jedes Zahnarztes.«

»Ein Brüller.«

»Mit genau eins achtzig war ich nicht groß genug, um vorne zu spielen.«

»Wo haben Sie gespielt?«

»Wake Forest University. Meine unvergleichliche Beweglichkeit hat mir vier Jahre eingebracht.«

»Von Ihrer Bescheidenheit ganz zu schweigen.«

»Und die.«

»Beeindruckend.« Das war es wirklich.

»Worum geht's bei dieser Totenmaske?«

»Was?« Der schnelle Schwenk überraschte mich.

»Ihre aggressive Anruferin arbeitet an einer Totenmaske?«

»Anne ist nicht aggressiv.«

»Okay. Ihre laute Anruferin.«

»Wollen Sie das mit der Maske wirklich hören?«

»Lieber das als Ihr Schnarchen.«

»Ich schnarche nicht.«

Vislosky ließ wieder dieses Schnauben hören, eine Art ersticktes Gurgeln in ihrer Kehle.

Ich gab ihr einen kurzen Überblick. Die drei Fotos. Die unheimliche Ähnlichkeit zwischen Beecroft und ihrer Zwillingsschwester Harriet und zwischen den Beecroft-Zwillingen und ihrer Großmutter und Großtante, Susanne und Sybil Bouvier. Sybils mysteriöses Verschwinden in Paris 1888. Die Ähnlichkeit aller vier Frauen mit der Totenmaske auf dem Foto aus Harriets Haus.

»Und was ist dann dieser weltbewegende Durchbruch der lauten Annie?«

»Sie hat die Totenmaske im Netz gefunden.«

»Alles, was je geschaffen wurde, ist im Netz.«

»Wollen Sie die ganze Geschichte hören?«

»Was soll's? Wir haben noch vier Stunden vor uns.«

»Offenbar ist die Totenmaske dieses Mädchens gar nicht so selten. In den ersten Jahren des 20. Jahrhunderts wurden Hunderte von Kopien angefertigt und verkauft, die meisten in Frankreich und Deutschland. Die Leute hängten sich ihr Gesicht als Kunstwerk zu Hause an die Wand.«

»Das ist morbide.«

»Sie war bekannt als *L'Inconnue de la Seine.* Die unbekannte Frau aus der –«

»Hab schon mal von dem Fluss gehört.«

»Anscheinend waren die Leute bezaubert von der ›Erhabenheit des Lächelns der jungen Dame‹.« Ich zeichnete mit den Fingern Anführungszeichen in die Luft.

»Die Tussi war tot.«

»Mit Sicherheit. Den meisten Berichten zufolge wurde im späten 19. Jahrhundert, wahrscheinlich in den Siebzigern oder Achtzigern, die Leiche der Frau beim Quai du Louvre aus der Seine geborgen und zur Identifikation in die Pariser Leichenhalle gebracht. Moment.«

Ich griff nach meinem Handy und holte mir Annes E-Mail aufs Display.

»Zu der Zeit lag die Leichenhalle von Paris hinter Notre-Dame, an der Ostspitze der Île de la Cité, am Quai de l'Archevêché.« Nannte ich diese ganzen französischen Namen nur, um Vislosky zu ärgern? »Dort wurden unbekannte Leichen zur öffentlichen Besichtigung ausgestellt, weil man hoffte, dass irgendjemand den oder die Verstorbene erkennt.«

»Vielleicht sollten wir das auch versuchen.«

»Die Pariser Leichenhalle war damals eine große Sache. Ich habe gelesen, dass Tausende sie täglich besucht haben.«

»Nichts zieht die Massen so an wie Leichen.«

»Angeblich war ein Pathologe in der Leichenhalle so angetan von der Schönheit des Mädchens, dass er einen *mouleur* – einen Gießer – bestellte, der ihr Gesicht in einer Totenmaske bewahren sollte. In manchen Versionen dieser Geschichte ist er ein medizinischer Assistent. Wie auch immer, dieser erste Gipsabdruck ist der Ursprung all der in Massen produzierten Masken, die später als Kunst verkauft wurden.«

»Wurde die Kleine je identifiziert?«

»Nein. Es gab endlose Spekulationen darüber, wer sie gewesen sein könnte. Eine Prostituierte. Eine Bettlerin. Eine von einem Adligen verführte Waise.«

»Todesart?«

»Wieder viele Spekulationen. Da die Leiche des Mädchens keine Verletzungen aufwies, nahm man an, dass sie Selbstmord begangen hatte. Andere behaupten, sie musste ermordet worden sein.«

»Ausgehend von was?«

»Skeptiker sagen, sie konnte nicht ertrunken sein, weil ihre Gesichtszüge zu perfekt waren.«

»Das ist lahm.«

»Ist es. Außerdem war es damals übliche Praxis, Totenmasken umzuformen.«

»Als würde man mit Photoshop retuschieren.«

Ich blätterte durch meine Bilder zu dem Schnappschuss, den ich von Beecrofts Maske gemacht hatte. Ich musste zugeben, das Gesicht wirkte sehr ruhig und heiter. Ihre Wangen waren voll, die Haare bescheiden im Nacken zusammengefasst. Die merkwürdig verklebten Wimpern sahen noch feucht aus. Das Mädchen sah zwar ansprechend aus, war aber nicht schön im klassischen Sinne. Ich schätzte ihr Alter auf knapp unter zwanzig.

»Was ist mit der Leiche passiert?«, fragte Vislosky.

»Das weiß kein Mensch.«

»Sie glauben, diese unbekannte Frau könnte Polly Beecrofts verschwundene Großtante sein?«

»Die Ähnlichkeit ist auffällig. Das Alter des Mädchens passt. Ebenso die Zeitspanne.«

»Wie könnten Sie je beweisen, dass sie es ist?«

Eine ausgezeichnete Frage, Detective.

Kurz nach drei kamen wir in Charleston an und fuhren direkt zur Polizeizentrale. Auf dem Lockwood Boulevard herrschte Chaos. Auf den Bürgersteigen zu beiden Seiten drängten sich die Leute, manche hielten Schilder in den Händen, andere riefen vorbeifahrenden Autos zu.

Auf der einen Seite waren die Hundefreunde versammelt. *Hände weg von meinem Hund! Lasst meinen Wauwau in Frieden! Mein Hund ist mein bester Freund. Mein Pudel gehört mir!*

Auf der anderen Seite wurde für mehr Tierkontrolle demonstriert. *Lass den Hund nicht von der Kette. Anleinen oder zu Hause bleiben. Ansteckende Köter.* Zu welcher Fraktion *Leck mich!* gehörte, wusste ich nicht so recht.

»Was ist denn hier los?«, fragte ich und schaute zu einem Kerl mit einem Plakat, auf dem ein Hund mit einem Babykopf im Maul zu sehen war.

»Ach, hören Sie bloß auf. Die Medien reiten rund um die Uhr auf dieser Capno-Scheiße rum, zeigen Ekelfotos und zitieren Infektionsraten und Todeszahlen. Es ist wie der Maskenwahnsinn in der COVID-Pandemie. Die Leute haben die Sache zu einem Politikum gemacht und sich für die eine oder die andere Seite entschieden.«

»Die eine oder die andere Seite?«, fragte ich, während Vislosky in die Tiefgarage fuhr.

»Die einen glauben, die Behörden sind darauf aus, ihre Schoßhündchen zu konfiszieren. Die anderen würden am liebsten jeden Hund erschießen, den sie sehen.«

»O Gott.«

»Und jetzt kommt die Pointe. Ihr Junge Huger hat ziemlich Öl ins Feuer gegossen.«

»Er ist nicht mein Junge. Wie meinen Sie das?«

»Huger macht Werbung, in der er behauptet, es gebe ein Gen, das manche anfälliger für das Virus macht als andere. Sagt, wenn man die eigene Spucke an seine Firma schickt, kann er feststellen, wo man steht.«

»GeneFree?«

»Genau die.«

»Was ist seine Masche?«

»Wie meinen Sie das?«

»Denken Sie, er macht das, um Profit rauszuschlagen? Oder um wirksame medizinische Hilfe anzubieten?«

»Woher soll ich die Motive dieses Wichsgriffels kennen?«

Ich war versucht, ihr entsprechend zu erwidern, hielt aber lieber den Mund.

Schweigend betraten Vislosky und ich die PD-Zentrale, fuhren mit dem Aufzug hoch und gingen zur Abteilung Gewaltverbrechen. Nachdem Vislosky den Karton auf den Tisch gestellt hatte, drückte sie Tasten auf ihrem Telefon und sprach mit jemandem von der Forensik.

Eine halbe Stunde später erschien ein Fotograf. Er war klein und dunkel und wog vermutlich weniger als seine Ausrüstung. Auf seinem Namensschild stand *Denton*.

Wir alle gingen zu einer Arbeitsfläche an der Rückwand des Bereitschaftssaals. Vislosky und ich zogen Gummihandschuhe an. Mit klopfendem Herzen sah ich zu, wie sie die Laschen des Kartons löste und aufklappte.

Denton schoss Videos und Fotos von jedem Gegenstand, der aus der Schachtel geholt wurde. Vislosky trug alles in ein Beweismittelformular ein.

Der Inhalt bestand aus Folgendem: ein scharniertes Plastikkästchen mit einer Ansammlung billigen Modeschmucks; ein ausgefranstes Tierhalsband mit einem Anhänger, auf dem *Missy* stand; eine Schneekugel mit einem Dorf, das gut nach Zermatt gepasst hätte; ein Plüschlämmchen, dem am Bauch fast die gesamte Wolle fehlte; ein Kunstleder-Tagebuch mit einem winzigen kaputten Messingschloss.

Der letzte Gegenstand versetzte mir einen Stich ins Herz. Ganz unten in dem Karton lag der gerahmte Druck eines Gedichts von Ralph Waldo Emerson: »Das ist mein Wunsch für dich.« Ich kannte den Text, hatte Katy ein Exemplar geschenkt, als sie noch ein sehr kleines Mädchen war.

Hatte Bonnie Bird dasselbe Geschenk für ihre Tochter ausgesucht? Wenn sie Harmony liebte, wie hatte sie sie nur verlassen können? War Harmony freiwillig gegangen oder unter Zwang? War Bonnie Bird ebenfalls zu Schaden gekommen?

»Bin ich hier fertig?«

Dentons Stimme holte mich in die Wirklichkeit zurück.

»Haben Sie alles?« Vislosky deutete mit dem Kinn auf die Gegenstände, die auf der Arbeitsfläche ausgebreitet waren.

Denton nickte. »Ich schicke Ihnen die Datei sofort zu. Abzüge haben Sie dann bis morgen.«

»Danke.«

Während Denton seine Kameras zusammensammelte, griff Vislosky nach dem Tagebuch. In ihren riesigen Händen sah es winzig aus.

Sie ging zu ihrem Schreibtisch. Ich folgte. Sah zu, wie sie willkürlich Seiten umblätterte.

Ich griff eben nach meiner Handtasche, als Vislosky murmelte: »Ach du Scheiße!«

Ich schaute sie fragend an.

Sie schob das Tagebuch über den Tisch, aufgeschlagen auf der Seite, die ihren Ausbruch ausgelöst hatte.

Ich las den Eintrag.

25

Freitag, 12. November
Die Handschrift war verkrampft, die Tinte an vielen Stellen ausgebleicht. Ich hatte Mühe, manche Zeilen zu entziffern.

Es war der letzte Eintrag des Tagebuchs, der Visloskys Aufmerksamkeit erregt hatte.

5. Februar 2018

Liebes TB,

Ab nach Charleston heute Nachmittag. Wünsch mir Glück.
Ich trampe.
Hoffe, ich werde von keinem Kannibalen mitgenommen. Ha!
Schlechtes Gewissen wegen Paps, wobei der gar nicht merken wird, dass ich weg bin. (Wie die $40, die ich ihm aus der Hose geklaut habe.)
Hoffe, Lena ist cool, keine Dummschwätzerin.
OMG! Wir mailen und texten jetzt seit einem Jahr. Sie ist sicher schon total hibbelig.
Rucksack gepackt!
Daumen hoch!
Eine Kannibalensekte wäre mir lieber als der Rotzlappen, dem wir jeden Tag hinterherlaufen.

YOLO!

HWB

Mein Blick schnellte zu Vislosky. »Harmony hat das an dem Tag geschrieben, als sie laut France verschwunden ist.«

»Unterwegs nach Charleston.«

»Um ein Mädchen mit dem Namen Lena zu treffen.«

»Vielleicht ein Mädchen.«

Ich gab Vislosky mit einer Handbewegung zu verstehen, dass ihr Einwand durchaus berechtigt war. »Lena könnte Mama Gerties kanadischer Kontakt sein.«

Das zweite ermordete Mädchen. Den schrecklichen Gedanken sprach keine von uns aus.

Ich blätterte die Seiten durch. Jede war mit demselben kindlichen Gekritzel gefüllt.

»Darf ich das über Nacht mitnehmen?«

Als ich hochschaute, schien Vislosky mit dem Gedanken zu ringen.

»Ich trage es auch im Verzeichnis aus«, sagte ich. »Alles streng nach Vorschrift.«

Visloskys Tischtelefon klingelte. Sie ignorierte es.

»Mal ehrlich.« Ich wedelte mit dem kleinen Buch. »Haben Sie bei der ganzen Capno-Hysterie wirklich Zeit, das zu lesen?«

»Na gut.« Die grünen Augen verengten sich. »Aber –«

»Jaja. Ich weiß.«

Anne stand am Herd, imitierte Joplin und rührte in einem großen Topf. Als sie meine Schritte hörte, sang sie die nächste Zeile in ihren Löffel: *»Windshield wipers slappin' time …«*

Sie streckte das Löffel-Mikrofon mir entgegen. *»I was holding Bobby's hand in mine …«*, ergänzte ich.

Einigermaßen synchron: *»We sang every song that driver knew.«*

Wir lachten beide. Ich zum ersten Mal seit langer Zeit.

Ich stellte meine Handtasche und eine Tüte auf die Anrichte.

»Der Wanderer kehrt mit Essen heim«, sagte Anne.

»Gebratene Shrimps und Austern. Ich habe von unterwegs im Long Island Café angerufen.«

»Eine ausgezeichnete Wahl. Die durch meine Fischsuppe perfekt ergänzt wird.«

Während Anne die Suppe in Schüsseln löffelte, deckte ich den Tisch und verteilte die Meeresfrüchte. Beim Essen hörte ich mir mit halbem Ohr ihre Leidensgeschichte an, die mit einem Pferd, ihrem Ex-Mann und einem ihrer Zwillinge zu tun hatte. Und machte an den richtigen Stellen tröstende Geräusche.

»Also«, sagte ich, weil ich die Dinge voranbringen wollte. »Erzähl mir alles, was du über die Totenmaske herausgefunden hast.«

Anne stand auf, holte ein heruntergeladenes Foto der *L'Inconnue* und ihre Kopie von Beecrofts Foto und legte beides auf den Tisch. Wir waren einer Meinung. Es bestand absolut kein Zweifel. Es war dasselbe Gesicht.

Anne setzte nun zu einem quälend detaillierten Bericht über ihre Totenmaskenrecherche an. Obwohl ich zustimmend nickte und hin und wieder eine Frage stellte, war ich nicht mit dem Herzen bei der Sache. Alle paar Minuten schaute ich verstohlen auf die Uhr, weil ich mich endlich an Harmonys Tagebuch machen wollte.

Als Anne fertig war, gestand ich ihr zu, dass sie tatsächlich einen großen Durchbruch geschafft hatte. Und versicherte ihr, dass Polly Beecroft begeistert sein würde.

»Aber wie solltest du nachweisen können, dass Sybil Bouvier tatsächlich die Dame aus der Seine war?«

»Das dürfte schwierig werden«, sagte ich.

»Oder herausfinden, warum sie im Fluss landete?«

»Noch schwieriger.«

Während wir an diesem Problem und an den letzten Shrimps knabberten, wanderte mein Blick zu den Fotos.

Wieder spürte ich diesen leichten Ellbogenstupser aus meinem Unterbewusstsein. Was? Die Frau konnte mir unmöglich bekannt vorkommen. Wie sie auch geheißen oder ihr Schicksal ausgesehen hatte, sie war fast ein Jahrhundert vor meiner Geburt gestorben. Unsere Wege konnten sich nie gekreuzt haben.

»Wie geht's Ryan?« Anne und ich hatten am Telefon über den Angriff mit dem Auto gesprochen.

»Grenzwertiger Haarschnitt, aber so agil wie immer.«

»Warum sollte irgendein Arschloch euch überfahren?«

»In dieser Frage wird augenblicklich ermittelt.« Claudels Theorie, nach der ich das eigentliche Ziel gewesen sei, erwähnte ich nicht.

»Hast du Fortschritte bei deinem Altfall gemacht?«

Ich gab ihr einen kurzen Bericht. Exhumierung. DNA. Genetische Genealogie. Dr. Aubrey Sullivan Huger.

»Warum der Ausflug nach Nashville?«

Wieder kurz und prägnant. Digger France. Harmony Boatwright. Amity House. MMM. Die kanadische Internet-Freundin. Das Tagebuch.

»Wie bist du von hier nach Nashville gekommen?«

»Konnte bei der Ermittlungsleiterin im Charleston-Fall mitfahren.«

»Wie lange hat die Fahrt gedauert?«

»Eineinhalb Jahrtausende.«

Als ich mich endlich loseisen konnte, war es Viertel nach neun.

Oben in meinem Zimmer duschte ich schnell, stieg ins Bett und rief Ryan an.

Landete auf Voicemail. Hinterließ eine kurze Nachricht.

Der Ozean vor der Balkontür war ruhig. Die Situation in meiner Brust war es nicht. Als ich das Tagebuch aufschlug, pochte mein Herz.

Die erste Seite trug das Datum 2. Januar 2017. Der Eintrag war kurz und direkt. Harmony erklärte, dass das Tagebuch ein Geschenk sei und dass sie bereits einmal versucht habe, eins zu führen, aber nicht so recht wusste, ob das ihr Ding sei.

Eine Weile schrieb sie nur kurze, erzählende Berichte über die Aktivitäten des Tages. Nach einer Weile wurden ihre Einträge häufiger. Und kreativer.

Und zu meinem Bedauern auch kryptischer.

Ihr Stil, eine Art direktes Gespräch mit ihrer fiktiven Vertrauten, ihrem TB, entwickelte sich zu einem Sammelsurium aus Jugendsprache und Netz-Abkürzungen. Vielleicht eher: degenerierte.

Ein paar Abkürzungen kannte ich. BFF. TBH. OMG. YOLO. LMAO. WTF.

Bei anderen hatte ich keine Ahnung.

Da mir kein Teenager als Übersetzer zur Verfügung stand, suchte ich mir online ein Slang-Lexikon, damit ich in dem Kürzelchaos vorankam.

Seite um Seite materialisierte sich Harmonys Persönlichkeit in ihren Worten: *Schule ist voll basic.* Heißt: langweilig. *dm hat mir was erzählt, das absolut abseits war.* Heißt: unwahr. *es hat in der Cafeteria voll auf emo gedreht.* Heißt: Melodrama in der Cafeteria.

Einzelne Personen wurden mit kleingeschriebenen Anfangsbuchstaben benannt. Ich öffnete ein Word-Dokument und erstellte eine Liste. dm. st. es.

Häufig tauchte P911 auf. Elternwarnung. Ich fragte mich, wenn Digger seine Enkelin nicht beachtete, wer war dann diese Autoritätsperson im Hintergrund?

Während mein Teenagerisch immer flüssiger wurde, ging die Lektüre schneller. Ich überflog Tage und Wochen voller typischer Teenager-Ängste: *Sind die Haare zu krass? Paps ist so ein Trottel.* Und der Klassiker: *Ich glaube, ak steht auf mich!*

Aber manche Ängste waren nicht so typisch. Es war offensichtlich, dass Harmony ihre Mutter fürchterlich vermisste. Bonnie Birds Name, der einzige, der nie abgekürzt wurde, tauchte häufig auf.

Den ersten Hinweis auf MMM.com fand ich am 4. März 2017, während eines Aufenthalts in Amity House. Danach gab es unregelmäßige Erwähnungen der Seite, eingestreut in Alltagsgeplapper.

Hin und wieder beschrieb Harmony ihre Interaktionen mit anderen Besuchern auf MMM, und diese Passagen waren entweder überschwänglich vor Hoffnung oder dunkel vor Verzweiflung. Hin und wieder nannte sie explizit Benutzernamen: *kerrydo. maplehope. safarisan. nowimfound.*

maplehope? Das kanadische Mädchen?

Ab Ende März tauchte *maplehope* regelmäßig auf. Harmony nannte nur wenige Details außer der Tatsache, dass *maplehope* ebenfalls nach ihrer Mutter suchte.

Die Schrift war klein und verkrampft, die Tinte ausgebleicht und verschmiert. Auf Seite vierzig fühlten meine Augen sich an wie Kieselsteine, und an meinem Stirnknochen pochte es.

Die Uhr zeigte 23:50.

Immer noch kein Anruf von Ryan.

Vor Vislosky hatte ich getönt, dass ich Zeit habe, sie aber nicht, also konnte ich jetzt nicht aufhören.

Ich stand auf, schluckte zwei Aspirin und konzentrierte mich wieder aufs Tagebuch.

Die Initialen *lc* tauchten am 10. April 2017 zum ersten Mal auf. Harmony war mit *maplehope* offline gegangen, und sie hatten Namen ausgetauscht.

lc?

Lena C.?

Ich brauchte noch einmal fünfzig Minuten. Dann saß ich aufrecht im Bett, die Kieselaugen und die Kopfschmerzen waren vergessen.

14. Mai 2017. Harmony und lc simsten und mailten seit einem Monat regelmäßig. Harmony widmete ihrer neuen Internet-Freundin eine ganze Seite.

Lena Chalamet.

»Heilige Scheiße!«

Ich erstarrte und horchte, ob mein Ausbruch Anne geweckt hatte. Das Haus war still.

Als ich die kurze Passage las, beschleunigte sich mein Puls.

Lena Chalamet erzählte Harmony, dass sie achtzehn Jahre alt war. Dass sie in Laval lebte, einer Stadt nicht weit von Montreal entfernt. Lena sagte, dass ihre Mutter Mélanie und ihre Schwester Ella im Jahr 2002, als sie zwei Jahre alt war, spurlos verschwanden. Mélanie war zweiunddreißig und Ella zehn. Lena widmete ihr ganzes Leben der Suche nach den beiden.

Am 27. Mai 2017 schrieb Harmony, dass Lenas Leidenschaft absolut *krass* sei. Beeindruckend. Dass sie und Lena einen Pakt geschlossen hätten, sich gegenseitig zu unterstützen, *komme, was wolle.* Dass sie sich Geheimhaltung geschworen hätten, *bis zum Tod.*

Am 17. Juli 2017 erwähnte Harmony eine Entdeckung, die Lena gemacht hatte. Entschuldigte sich, dass sie nicht befugt sei, über die Details zu reden.

Heiliger Jesus im Overall.

Alles passte. Das Alter. Die Zeit des Verschwindens. Und der Ort.

Waren Mélanie und Ella Chalamet die Opfer in dem Behälter in Montreal? War Lena Mélanies andere Tochter?

Waren Lena Chalamet und Harmony Boatwright die Opfer in dem Container in Charleston?

Würde ich den Knochen endlich Namen geben können?

Es war 2 Uhr 14. Viel zu spät, um noch irgendjemanden anzurufen.

Ich eilte zu meinem Laptop und schickte Ryan eine E-Mail. Und eine zweite an Vislosky.

Dann fiel ich wieder ins Bett.

Und lag wach, weil mein Hirn auf Hochtouren arbeitete.

Polly Beecroft.

Sybil Bouvier.

Bouvier war vor fast einem Jahrhundert verschwunden. Doch Beecroft suchte noch immer nach Antworten.

Mélanie, Ella und Lena Chalamet. Harmony Boatwright.

Warum hatte niemand weiter nach ihnen gesucht?

26

Samstag, 13. November

Ich brauchte unbedingt einen neuen Klingelton, das Didgeridoo nervte unglaublich.

Bevor ich mich meldete, schaute ich auf die Anruferkennung. Und auf die Zeit: 8 Uhr 15.

»Sag mir, dass du sie gefunden hast.« Ich versuchte erst gar nicht, meine Schläfrigkeit zu verbergen.

»Ich habe sie gefunden.«

»Wirklich?« Augenblicklich war ich hellwach.

»Mir geht's spitze. Und wie geht's dir heute Morgen, *ma chère?«*

»Hervorragend.« Ich knüllte das Kissen zusammen und lehnte mich dagegen. »Du hast Lena Chalamet gefunden?«

»Birdie scheint nicht so ganz auf dem Damm zu sein.«

»O nein. Was ist los mit ihm?«

»Zum Teil mein Fehler. Wir waren gestern Abend auf ein Bier im Hurley's. Er hat drei Guinness gekippt, bevor ich was merkte.«

»ROFL«, sagte ich und verdrehte die Augen. Was sinnlos war, weil Ryan mich nicht sehen konnte.

»Sorry?«

»Rolling on the floor laughing.«

»Wie alt bist du, zwölf?«

»Erzähl mir von Lena.«

»Die Kleine hatte es ziemlich schwer.«

»Erzähl von Anfang an.«

»Den Anfang kenne ich nicht.«

»Ryan, es ist zu früh, um –«

»In Quebec oder irgendeiner anderen Provinz gibt es keine Geburtsurkunde für Lena Chalamet, zumindest keine, die ich finden konnte. Ich vermute, dass sie vielleicht gar nicht in Kanada geboren wurde.«

»Irgendwelche Einwanderungsunterlagen?«

»Nein.«

»Was ist mit Mélanie und Ella?«

»Dasselbe. Absolut keine Papierspur.«

»Das ist komisch.«

»Ist es.«

»Also, *was* weißt du?«

»2002 kam eine Lena Chalamet in die Obhut der *Direction de la Protection de la Jeunesse.*«

»Jugendamt.«

»*Oui*. Sie kam in eine *famille de accueil.*«

»Pflegefamilie.«

»Noch einmal *oui.*«

»Wie alt war sie?«

»Zwei.«

Geboren 1999. Das passte zu meiner Altersschätzung für das ältere Opfer in Charleston.

»Eine schnelle Durchsicht von Lenas Jugendamt-Akte –«

»Wie bist du ohne Gerichtsbeschluss da drangekommen?«

»Mein Charme und mein jungenhaft gutes Aussehen.«

Wieder verdrehte ich die Augen.

»Anscheinend war die Kleine eine notorische Ausreißerin, kam von einer Familie in die nächste und verschwand schließlich ganz vom Radar.«

»Wann?«

»Ungefähr 2015.«

»Das Jugendamt hat einfach aufgehört, nach ihr zu schauen?«

»Die Sozialarbeiter in Quebec sind überarbeitet und unterbezahlt.«

Das war überall so. Trotzdem. Sie war erst sechzehn.

Ich hielt den Mund.

»Hier endet das Dossier«, sagte Ryan.

»Such weiter.«

»Werde ich.«

Um 9 Uhr 07 plärrte das Didgeridoo schon wieder. Ich war in der Küche, trank Kaffee und aß einen Bagel. Ich nahm an, dass Anne noch schlief.

Vislosky.

Ich berichtete ihr kurz von dem Tagebuch. Von Lena Chalamet.

Sie unterbrach mich nicht. Sie war eine hervorragende Zuhörerin, das musste ich zugeben.

»Ich habe Frances Abstrich ans Labor geschickt«, sagte Vislosky, als ich fertig war.

»Gut«, erwiderte ich und hoffte, dass wir schnell Ergebnisse bekamen. »Ich habe Leute in Montreal, die an Lena Chalamet arbeiten.«

»Der Meeresbiologe am College of Charleston hat endlich einen Bericht geschickt. Nicht der schnellste Hecht im Teich.«

»Was steht drin?«

»Dass er keinen blassen Schimmer hat.«

»Schicken Sie ihn mir?«

»Werde ich.«

Gegen zehn rief Ryan wieder an.

»Wie's aussieht, hat Lena sich für ein Leben auf der Straße entschieden.«

»Nicht einfach bei den Wintern in Montreal.«

»Diese Straßenkinder sind nicht sehr hilfsbereit, und die meisten waren damals noch gar nicht dabei. Aber ein tapferer, kleiner Einstein erinnert sich dunkel an eine Lena mit schlimm aussehenden Zähnen.«

»Wo?«

»Er sagte, dass sie für eine Weile Stammgast in Centreville war. Rue Crescent, Bishop, Sainte-Catherine, Boulevard de Maisonneuve.«

»Die Gegend um die Concordia University.«

»Ja.«

»Wann hat er sie zum letzten Mal gesehen?«

»Ungefähr vor drei Jahren, glaubt er.«

»Was sonst noch?«

»Er sagt, sie hat sich oft in die Concordia-Bibliothek geschlichen, um dort die Computer zu benutzen.«

»Haben die denn dort keine Wachleute, die Fremde genau davon abhalten sollen?«

»Sie hat einen Studentenausweis geklaut.«

»Sonst noch was?«

»Sie war richtig groß.«

»Heilige Scheiße.«

»Schön gesagt.«

»Hast du irgendwelche Unterlagen gefunden, denen zufolge Lena so gegen 2018 in die USA einreiste?«

»Daran arbeite ich noch. Aber ich bezweifle, dass die Kleine die Grenze legal überquert hat, da sie keinen Pass hatte.«

»Ich bin dir wirklich sehr dankbar für deine Hilfe in dieser Sache, Ryan.«

»Saint-Anicet war auch mein Fall. Außerdem habe ich jetzt ja Zeit.«

Nach dem Gespräch fragte ich mich: Ging es in Wahrheit darum, dass der Behälter-Fall damals nicht aufgeklärt wurde? Oder vermutete Ryan eine Verbindung zu dem Autoattentat auf der Laurier?

Ich schlug wieder das Tagebuch auf.

Nach zwanzig Seiten stieß ich auf Gold.

Trotz ihres Geheimhaltungsschwurs konnte Harmony ihre Begeisterung über ein neu entdecktes Detail nicht für sich behalten. Anscheinend betrachtete sie TB als zuverlässige Vertraute.

Ich musste die Zeilen ein paarmal lesen, um sicher zu sein, dass ich sie richtig verstand. Einmal mit einer Lupe.

WTF? lcs Ma hat fürn Pharmariesen gearbeitet? Das ist einfach zu ...!!! Werden das unbedingt sichten!!!

Der Eintrag stammte vom 25. August 2017.

Ich rief Ryan an.

Er nahm sofort ab.

Ich las ihm die Zeile vor.

»Das ist einfach zu was?«

»Sie ist verblüfft.«

»Heißt sichten, dass sie vorhaben, die Details zu checken?«

»Das nehme ich an.«

Wir dachten beide darüber nach.

»Als Lena 2002 in die Obhut des Jugendamts kam, wo wohnte sie da?«, fragte ich.

»Moment.«

Ich wusste nicht so recht, was Ryan tat, aber es dauerte ewig.

»Laval.«

»Gibt's da nicht Unmengen von Biotech-Firmen?«

»Gibt es, ja.«

Ryans nächster Anruf kam gegen Mittag. Der Klingelton spielte jetzt Unified Theory. Chris Shinns *A.M.Radio* war eindeutig besser als das Didgeridoo.

»In Laval wimmelt es von Biotech- und Pharmafirmen. Roche. Corealis Pharma. Biodextris. Viele Firmen befinden sich in einem Forschungs- und Entwicklungszentrum namens La Cité de la Biotech.«

»Biotech City. Prägnant.«

»Wahrscheinlich hat irgendein Marketing-Genie eine Million mit diesem Namen verdient.«

»Was läuft dort?«

»Herstellung. Testen. Forschung und Entwicklung. Alles, was mit Gesundheitstechnologie zu tun hat. Zieh dir das mal rein. Biotech City erstreckt sich über eine Million Quadratmeter.«

»Das ist groß.«

»Sehr groß. So groß, dass –«

»Ich weiß, was du meinst.«

»La Cité liegt innerhalb des Laval Science und High Technology Parks, der '86 eröffnet wurde. Im –«

»Brauche ich wirklich das ganze Geschichtsreferat?« Mürrisch, ich weiß. Aber ich wollte mehr über Lena Chalamet hören.

»Hör mir zu, Butterböhnchen. Später kam dann ein Geldzufluss von zweihundertundfünfzig Millionen Dollar, zum Teil aus Regierungsmitteln, zum Teil aus dem privaten Sektor. Die Folge waren eine enorme Expansion und eine Flut neuer Stellen.«

»Hat –«

»Diese Welle setzte 2000, 2001 ein.«

Ich begriff jetzt, worauf Ryan hinauswollte.

»Eine dieser Firmen stellte Mélanie Chalamet ein«, vermutete ich.

»Ja, Ma'am.«

»Welche?«

»InovoVax.«

»Noch nie gehört.«

»Sie sind nicht gerade Merck oder Pfizer, aber sie sind groß genug.«

»Was machen sie?«

»Stellen Impfstoffe her.« Ich hörte, wie Seiten umgeblättert wurden. »Anscheinend testen sie so eine neumodische Methode, die mRNA benutzt.«

»Hast du neumodisch gesagt? Haben wir 1920?«

»Innovativ.«

»Besser. Hast du jemanden gefunden, der sich an Mélanie erinnert?«

»Ich habe jemand gefunden, der bereit ist, in alten Personalakten zu stöbern.«

»Wie lange war sie dort angestellt?«

»Sitzt du?«

Ich war ganz Ohr.

»Mélanie Chalamets Arbeitsverhältnis endete keine zwei Jahre nach ihrer Einstellung.«

»Warum?«

»Steht nicht in der Akte.«

»Das war 2002?«

»Ja.«

»Das Jahr, in dem Lena zu einer Pflegefamilie kam.«

»Genau das.«

»Heilige Scheiße.«

»Heilige Scheiße.«

»Was jetzt?«

»Am Montag in der Früh fahre ich nach Laval.«

»Ich will mitkommen.« Dieselbe reflexartige Reaktion, die mich nach Nashville gebracht hatte.

»Was ist mit Anne?«

»Ich kaufe ihr einen teuren Chardonnay.«

»Birdie wird sich sehr freuen, dich zu sehen.«

»Wo ist er?«

»Auf der Couch mit einem nassen Lappen auf dem Kopf.«

27

Montag, 15. November

Nur wenige Minuten von Montreal entfernt, auf der anderen Seite der Rivière des Prairies gelegen, ist Laval der größte Vorort der Stadt. Er erstreckt sich über die Île Jesus und die Îles Laval. Die Rivière des Milles Îles begrenzt ihn im Norden.

Viele Inseln. Viele Flüsse.

Um Viertel nach neun rollten Ryan und ich nach Laval hinein. Kurz darauf waren wir in der Biotech City.

InovoVax hatte seine Zentrale in einem zwölfstöckigen Turm mit einer Fassade zur Straße hin und einem niederen, rechteckigen Flügel, der hinten vom Gebäude abging. Der Turm bestand überwiegend aus Glas und Stahl. Der Flügel war ein fensterloser Betonkasten. Das Ganze lag inmitten eines Viertelhektars sorgfältig gepflegter Grünfläche. Im Sommer vermutlich ein wunderbares Fleckchen, doch jetzt waren die Picknicktische verwaist, die Bäume kahl und schwarz, der braune, tote Rasen mit Reif überzogen.

Auf dem Weg von Ryans Jeep zum Haupteingang hatte ich Angst, dass mich der Frost ein paar Finger kosten würde. Die Temperatur lag bei atemraubenden minus vierzehn Grad Celsius, und der Wind, der von den vielen Flüssen herüberwehte, rasierte mir die Haut.

Ryan hatte vorher angerufen. Weisungsgemäß passierten wir die Sicherheitskontrolle und meldeten uns bei der Rezeption an. Nachdem wir uns ausgewiesen und Besucherkarten erhalten hatten, warteten wir auf einem grünen Ledersofa zwischen Topfpalmen auf der einen Seite der Lobby.

Die Frau, die uns abholte, war klein und mürrisch. Sie trug eine randlose Brille, einen weißen Labormantel und unheimlich lautlose Kreppsohlenschuhe. Auf einem Schild, das sie um den Hals hängen hatte, stand Mariette Plourde. Und so stellte sie sich auch vor.

In der Volkszählung von 2016 bezeichneten sich zwanzig Prozent der Bevölkerung Lavals als anglophon. Englischsprechend. Mariette Plourde gehörte nicht dazu. Und ihr Französisch hatte einen so starken Akzent, dass ich kaum ein Wort verstand. Ich nahm an, dass ihre Heimat irgendwo weit flussaufwärts lag.

Plourde führte uns vorbei an einer Reihe Aufzüge und einen makellos sauberen Erdgeschossgang entlang, der jeden Operationssaal stolz gemacht hätte. Nach zwanzig Metern betraten wir ein geräumiges Büro, das ebenso lupenrein sauber war. Auf einem Schild neben der Tür stand *Personnel et resources humaines.* Die Personalabteilung.

Glänzende graue Fliesen blitzten vom Boden hoch. Weiße Vinylregale säumten drei Wände, alle voller Fachpublikationen. *The Journal of Pharmaceutical Analysis. BioPharm International. BioWorld. Applied Clinical Trials.*

Eine Sitzgruppe mit Tisch und Stühlen aus Weißeiche beherrschte das hintere Ende des Raums. Die skandinavisch schnittigen und kantigen Stühle machten einen unerbittlich unbequemen Eindruck. Hatte man sie deshalb ausgesucht? Ich stellte mir einen nervösen Bewerber vor, der versuchte, nicht zu zappeln.

Ein Schreibtisch aus Weißeiche stand links von der Tür und verströmte einen ähnlichen Mangel an Wärme. Die Frau, die hinter ihm saß, schien vermitteln zu wollen, dass sie in die Unterlagen vertieft war, die vor ihr lagen. Mit minimalem Erfolg. Ein gravierter Acryl-Block stellte sie als Dora Eisenberg vor.

»Attendez ici.« Plourde deutete zum Tisch. *»Docteur Murray sera avec vous dans un instant.«* Warten Sie hier. Dr. Murray wird jeden Augenblick bei Ihnen sein. *Très* effizient. *Très* kalt.

Ryan und ich setzten uns nebeneinander. Ich saß so, dass ich Dora Eisenberg im Blick hatte – ich nahm an, eine Art Personalassistentin –, was mir gestattete, sie unauffällig zu beobachten.

Eisenberg hatte einen schweren Busen, runde Schultern und schwabbelige Oberarme. Die Haare waren braun und lockig, die Augen riesig hinter Hubble-dicken Gläsern.

Eisenberg schaute hoch, vielleicht weil sie meine Neugier spürte. Farbe breitete sich auf ihren Wangen aus wie Blut auf Schnee. Ich lächelte. Noch mehr errötend, winkte sie mit ihren Fingern und wandte sich wieder ihren Papieren zu.

Es dauerte ein bisschen länger als *un instant,* bis Murray auftauchte.

»Bitte entschuldigen Sie, dass ich Sie habe warten lassen«, sagte Murray auf Englisch, während er mit ausgestreckter Hand das Zimmer durchquerte.

Als Murray näher kam, machte mein Hirn einen Schnappschuss.

Der Mann war nicht kräftig, aber sein Körper schlank und fit und sein Rücken so gerade, dass er als Fahnenmast hätte dienen können. Auch wenn er nicht mehr der Jüngste zu sein schien, war sein Kinn straff, das silbergraue Haar professionell gestylt. Gefärbt? Um seinen Hals hing eine Goldkette, die schwer genug war, um die Queen Mary zu verankern, und an einem Finger funkelte ein krapfengroßer Saphir. Ich schätzte ihn auf gut über fünfzig.

Ryan und ich standen auf und gaben ihm abwechselnd die Hand.

»Dr. Arlo Murray.« Das wussten wir. »Ich bin der Geschäftsführer.«

»Bitte.« Murray zog einen Stuhl heraus. »Machen Sie es sich bequem.«

Schön wär's.

»SQ, hm?«, sagte er an Ryan gewandt, während wir beide wieder Platz nahmen.

»Schon lange.« Die Sache mit dem Ruhestand ließ Ryan aus.

Murray verlangte nicht nach Ryans Marke oder nach meiner Legitimation. »Soweit ich weiß, haben Sie Fragen zu einer früheren Angestellten. Darf ich fragen, warum?«

»Nein«, sagte Ryan.

Murray hob die Augenbrauen, erwiderte aber nichts.

»Mélanie Chalamet«, fuhr Ryan fort.

»Das sagte man mir bereits.«

Mir fiel auf, dass Murray Eisenberg völlig ignorierte – nicht mal ein Nicken –, und ich fragte mich, ob er wohl mit jedem Untergebenen so umsprang.

»Ich habe mir ihre Akte vorgenommen«, sagte Murray. »Aber da ist nicht viel, was ich Ihnen sagen kann. Ms. Chalamet kam 2000 an Bord und blieb weniger als zwei Jahre bei uns.«

»In welcher Position?«

»Sie war nur eine Labortechnikerin.« Murray klang, als spreche er von einer Nacktschnecke unter einem umgedrehten Stein.

»Was für eine Ausbildung verlangt dieser Job?«

»Kann sein, dass sie einen Bachelorabschluss hatte«, erklärte er ähnlich verächtlich.

»De quel institution?«, fragte Ryan, um ihn zu testen.

»Tut mir leid, aber ich spreche kein Französisch.«

»Sprach Mélanie es denn?« In Ryans Stimme lag jetzt Abscheu. Frankophone ärgern sich über Leute, die seit Langem in Quebec wohnen, sich aber nicht die Mühe gemacht haben, die Sprache zu lernen.

»Oui«, antwortete Murray betont sarkastisch.

»Wissen Sie, woher sie ihren Abschluss hatte?«

»Irgendeine Schule in den Staaten?« Halb Frage, halb Aussage. »Ich bin mir nicht sicher. Das ist so lange her. Und es steht nicht in ihrer Akte.«

»War sie Amerikanerin?«

»Ich weiß es nicht.«

Hinter Ryan sah ich, dass Eisenberg den Kopf hob und die Brauen hinter den Brillengläsern zusammenzog.

Eine kurze Pause, dann machte Ryan eine knappe Handbewegung. »Was wird hier eigentlich gemacht?«

Murray setzte nun zu etwas an, das klang wie eine gut eingeübte Verkaufsmasche. »InovoVax konzentriert sich auf die Entwicklung und Herstellung von Impfstoffen gegen Infektionskrankheiten. Wir sind die Speerspitze der Forschung, eins der wenigen Institute, die einen mRNA-Mechanismus erforschen. Sind Sie sachkundig, was die Herstellung von Impfstoffen angeht?«

»Sachkundig genug.«

»Sicher doch.« Wobei sein Tonfall das Gegenteil meinte. »Zu unseren Produkten gehören Influvax, Penivax-B, Inov-3607, VGGX-2812 –«

»Wie sieht Ihr akademischer Hintergrund aus, Doc?«

»Ich bin Doktor der Molekularbiologie.«

»Beeindruckend.«

»Vielen Dank.«

»Wie lange sind Sie schon bei InovoVax?«

»Seit einundzwanzig Jahren.«

»Sie haben also zur selben Zeit wie Ms. Chalamet angefangen?«

»Das dürfte zutreffen.«

»Ich nehme an, Sie waren damals noch nicht Geschäftsführer?«

»Ich war damals Rechercheur.«

»War Ms. Chalamet eine Ihrer Technikerinnen?«

»Sie und ich arbeiteten in verschiedenen Abteilungen.«

»Was können Sie mir über sie sagen?«

»Das habe ich bereits beantwortet.« Herablassendes Lächeln. »Das hier ist eine große Einrichtung, und sie war weit unterhalb meiner Gehaltsklasse.«

Eisenbergs Stirnrunzeln wurde tiefer.

»Sie konnten sich also überhaupt kein Bild machen?«

»Ausgehend von den wenigen Unterhaltungen, die wir hatten, muss ich sagen, sie wirkte wie eine verbitterte und unglückliche Frau.«

»Warum?«

Murray zuckte die Achseln. »Das ist nur mein Eindruck, und ich kann völlig falsch liegen. Ms. Chalamet war kurz davor, ein Magisterstudium zu beenden, musste aber wegen einer Schwangerschaft abbrechen. Ich glaube, sie hatte einen Groll gegen diejenigen von uns, die ihr Studium abgeschlossen hatten und folglich mehr Verantwortung und eine großzügigere Entlohnung genossen.«

»Warum hat sie gekündigt?«

»Sie hat nicht gekündigt. Sie wurde entlassen.«

»Warum?«

»Das Übliche. Eine junge Frau, zu viele Ablenkungen –«

»Was für Ablenkungen?«, hakte Ryan, dem Murrays Arroganz gegen den Strich ging, kühl nach.

»Das ist sehr lange her, Detective.«

»Graben Sie tief.«

»Ich bin mir sicher, sie wurde wegen mangelnder Pflichterfüllung entlassen.«

»Was soll das heißen?« Ryan ließ nicht locker.

»Sie war inkompetent. Ist es das, was Sie hören wollen?«

»Waren Sie derjenige, der sie gefeuert hat?« Leise und hart.

Murray lehnte sich auf seinem Stuhl zurück, spielte den beleidigten Unschuldigen. »Ich habe Sie hier nicht empfangen, um mich belästigen zu lassen.«

»Aber warum haben *Sie* Ms. Chalamet gefeuert? Bestimmt hätte irgendein Handlanger diese Banalität erledigen können.«

»Was sagten Sie, in welcher Abteilung Sie arbeiten, Detective?«

»Habe ich nicht gesagt.«

»Ich fürchte, ich muss Ihren Ausweis verlangen.« Steif.

»Verdammt. Hab meine Marke im letzten Jahr abgegeben.«

»Dann sind Sie gar kein offizieller Polizeibeamter mehr?« Eine Röte kroch Murrays Hals hoch. Verlegenheit? Wut?

Ryan lächelte völlig ungerührt.

Murray stand auf, und jeder Wirbel nahm seine perfekte Position ein. »Wir sind hier fertig.«

»Noch eine letzte Frage, Doc«, sagte Ryan, während wir aufstanden. »Da Sie doch ein guter Staatsbürger und eine verantwortungsbewusste Führungspersönlichkeit sind.«

Murray schaute böse, rührte sich aber nicht vom Fleck.

»Nachdem Sie Ms. Chalamet gekündigt hatten, wohin ging sie da?«

»Ich habe absolut keine Ahnung.«

Eisenberg hob wieder den Kopf, und ihr Blick suchte meinen.

Sie schüttelte langsam den Kopf.

Auf dem Weg zum Parkplatz beschrieb ich Eisenbergs merkwürdige Reaktion, was nicht einfach war, weil der eisige Wind mir Lippen und Wangen betäubte.

Ryan schwieg hinter seinem Schal.

»Ich habe ihr meine Karte zugesteckt«, sagte ich mit eisigem Dampf vor dem Mund.

»Glaubst du, sie ruft an?«

Ich zuckte die Achseln. »Wer weiß?«

Als wir dann im Jeep saßen, fragte Ryan: »Sollen wir ihr ein paar Minuten geben?«

»Klar.«

»Was hältst du von Murray?«

»Wichtigtuerischer Wichser.«

»Nette Alliteration.«

»Danke.«

»Sonst noch was?«, fragte Ryan.

»Er und Chalamet haben damals in verschiedenen Abteilungen gearbeitet, und doch schien er einiges über sie zu wissen. Warum sie ihr Magisterstudium abbrach, zum Beispiel.«

»Das war auch mein Eindruck.«

»Ansonsten war der Kerl spektakulär unkooperativ.«

»Genau. Warum wohl?«

»Das alles ist ja wirklich fast zwanzig Jahre her. Und InovoVax *ist* riesig. Vielleicht weiß er wirklich nicht mehr viel über Chalamet.« Der Motor lief, die Heizung gab ihr Bestes, aber mir war immer noch kalt. »Was denkst du?«

»Ich habe schon viele Ausweichmanöver erlebt, aber Murrays war außergewöhnlich. Ich verstehe allerdings nicht, warum er meint, solchen Nebensächlichkeiten ausweichen zu müssen.«

»Ich habe gespürt, dass du den Kerl nicht magst.«

»Überhaupt nicht.«

»Warum?«

»Mein Bauch sagt mir, dass da was nicht stimmt.«

Ich schaute Ryan an. Seine Wangen waren gerötet von der Kälte, die Augen laserblau. Eine gute Kombination.

»Ich weiß noch nicht, wo Murray da reinpasst, wenn überhaupt.« Ich bewegte die Finger, um den Blutkreislauf wieder in Schwung zu bringen – oder vielleicht nur, um meine nervöse Energie abzuleiten. »Aber ich bin überzeugt, dass Mélanie und Ella Chalamet die Montrealer Behälter-Opfer sind.«

Ryan wollte eben etwas erwidern, als mein Handy eine SMS meldete.

»Eisenberg?«, fragte er.

»Ja.«

Ich las ihre Nachricht laut vor, dann meine Erwiderungen, während ich sie tippte.

DE: *Ich habe Ihnen etwas zu sagen, aber hier kann ich nicht reden.*

TB: *Sollen wir uns treffen?*

DE: *Ja.*

TB: *Wann? Wo?*

DE: *Tim Horton's. Boulevard Chomedey. Mittags.*

Ich schaute Ryan an.

Er legte bereits den Gang ein.

TB: *Wir werden dort sein.*

Die Coffeeshops von Tim Horton sind wie Zahnarztpraxen. Berechenbar, zuverlässig und einfallslos. Dieser lag an einer Ecke, am Ende einer fantasielosen Einkaufsstraße.

Eine rote Markise mit Tims vertrautem Schriftzug überspannte den Eingang. Drinnen verkündete eine beleuchtete Speisekarte an der Wand das Angebot. Eine Glasvitrine unter der Ladentheke bot eine Auswahl von Sandwiches und Gebäck an.

Tische füllten den Gastraum. Drei waren besetzt. Eine Mutter mit einem schokoladeverschmierten Baby in einem Kinderwagen. Drei Arbeiter in Stiefeln, Parka und Mützen mit Ohrenklappen. Zwei Frauen in Krankenhauskluft, die beide erschöpft aussahen und wahrscheinlich frisch von der Nachtschicht kamen.

Während Ryan Kaffee und Doughnuts holte, suchte ich mir einen Tisch, der so weit wie möglich von den anderen Gästen entfernt war. Eisenberg hatte sehr nervös gewirkt. Ich wollte nicht, dass sie es mit der Angst bekam.

Ryan kam mit drei Bechern mit Deckeln und einer Tüte zurück. Er stellte eben den Kaffee auf den Tisch, als Eisenberg durch die Tür trat, angezogen wie ein Trapper, der vom Klondike zurückkehrte. Zum Glück waren die Mütze, die Handschuhe und der knöchellange Mantel alles Imitationen. Zu ihrer Herstellung war kein einziges Tier getötet worden.

Nach einem schnellen Blick in die Runde hastete Eisenberg zu uns. Ihre Absätze klangen wie platzende Maiskörner in einer Pfanne.

»Vielen Dank, dass Sie sich mit uns treffen.« Ryan und ich hatten vereinbart, dass ich das Gespräch führen würde.

»Ich kann das so nicht stehen lassen.« Eisenberg war sichtlich erregt.

»Ich hoffe, Sie trinken Kaffee, Dora.« Ich deutete auf die Becher. »Dürfen wir Sie Dora nennen?«

»Ich kann nicht lange bleiben.«

Eisenberg ließ sich auf einem der leeren Stühle nieder. Als sie sich aus den Quadratmetern Pelzimitat schälte, rollte ein Tsunami der Düfte in meine Richtung. Ich tat mein Bestes, ihn zu ignorieren, öffnete die Tüte und bot ihr Doughnuts an. Sie suchte sich ein Apfelbeignet und einen Honigkrapfen aus.

Ryan und ich warteten, während Eisenberg den Deckel vom Becher zog und Zucker in den Kaffee schüttete. Umrührte. Probierte. Nachschüttete. Den Deckel wieder draufsetzte. Den Krapfen aß.

Schließlich fragte ich: »Sie arbeiten in der Personalabteilung bei InovoVax?«

Eisenberg nickte. Nahm einen Bissen vom Beignet. Einen großen.

»Sind Sie schon lange bei der Firma?«

»Fünfundzwanzig Jahre«, sagte sie mit dem Mund voller Zucker und Teig. »Schon vor dem Umzug nach Laval.«

»Kannten Sie Mélanie Chalamet?«

»Er ist nicht wirklich Polizist?« Mit einem schnellen Blick zu Ryan. »Ich weiß nicht so recht, ob ich überhaupt mit Ihnen reden soll.«

»Detective Ryan ist ein zugelassener Ermittler«, sagte ich und ließ mir bei dem Titel gewisse Freiheiten.

»Was ist mit Ihnen?«

»Ich bin auch Ermittlerin.« Ich wollte sie nicht beunruhigen, indem ich das Institut oder den Coroner erwähnte.

»Ist mit Mélanie was passiert? Führen Sie so eine Art Cold-Case-Ermittlung durch? Ich habe die Serie im Fernsehen gesehen.«

»Hm. Was können Sie uns über Mélanie sagen?«

»Ich kann Ihnen sagen, dass Dr. Murray eben gelogen hat. Er kannte Mélanie, sogar sehr gut. Gegen Ende machte er ihr das Leben zur Hölle.«

»Ach so?«

»Und Mélanie wurde nicht gefeuert.« Wieder schüttelte sie den Kopf, was ihre Pelzmütze ins Rutschen brachte. »Nein, nein. Auf gar keinen Fall. Das schwöre ich auf einen Stapel Bibeln.«

Ein plötzlicher Gedanke. »Sie haben doch Zugang zu den Personalakten der Firma, nicht, Dora?«

Eisenberg leckte sich den Zeigefinger ab und tupfte Zuckerpartikel von der Tischplatte.

»Sie haben sich Mélanies Akte geholt?«, vermutete ich.

Eisenbergs Finger erstarrte. Ein Augenblick des Zögerns, dann senkte sie die Stimme, damit ihre Worte wirklich nur bis zu uns drangen.

»Sie ist verschwunden.«

»Was ist verschwunden?« Ich war verwirrt.

»Mélanies Akte wurde aus der Datenbank gelöscht.«

28

Montag, 15. November

»Wann?«

»Letzte Nacht.«

»Wissen Sie, wer sie gelöscht hat?«

»Nein.«

»Wer hat Zugriff auf die Datenbank?«

»Viele Leute.«

»Ist es üblich, Akten zu entfernen? Sagen wir, nach einer gewissen Zeitspanne?«

»Ich glaube nicht. Ich weiß es nicht. Ist mir noch nie aufgefallen.«

Während Eisenberg das Beignet aufaß, tauschten Ryan und ich Blicke. Ich spürte, dass er ebenso gespannt war wie ich.

»Was können Sie uns über Mélanie sagen?«, fragte ich nach einer kurzen Pause.

»Sie war ein wirklich sehr netter Mensch.«

»Nicht unglücklich und verbittert, wie Dr. Murray sie beschrieben hat?«

Ein kurzes Zögern, dann sagte sie: »Mélanie gefiel es nicht, dass wir so wenig bezahlt bekamen.«

»Hatte sie etwas gegen Leute mit höheren Abschlüssen?«

Eisenberg zuckte einmal langsam und unverbindlich mit einer Schulter.

»Waren Sie befreundet?«

»Ja. Na ja, wir waren Arbeitsfreundinnen. Aber nicht nur. Unsere beiden Leben waren irgendwie ähnlich.«

»Wie das?«

»Ich war ledig. Bin es immer noch.« Wie zuvor schon blühten ihre Wangen rot auf. »Mélanie war alleinerziehende Mutter. Wir waren beide jung und arm.«

»Wie haben Sie sich kennengelernt?«

»Wir konnten uns beide die Cafeteria nicht leisten, deshalb brachten wir uns was von zu Hause mit und aßen im Pausenraum im Erdgeschoss. Ich tu das immer noch. Jetzt aber wegen Dickdarmentzündung, nicht wegen dem Geld. Ich muss auf meine Ernährung aufpassen.«

»Wie alt war Mélanie, als sie InovoVax verließ?«

»Zweiunddreißig. Genauso alt wie ich.«

»Wie alt waren ihre Kinder?«

»Ella war neun oder zehn. Ein absolut reizendes Mädchen. Das Baby war noch ganz klein.«

»Der Name des Babys?«

»O Gott. Ich habe die Kinder ja nur ein paarmal gesehen. Aber Mélanie hat oft von ihnen gesprochen, deshalb sollte ich mich eigentlich erinnern.«

Ich hielt tatsächlich die Luft an.

»Tut mir leid. Kann mich einfach nicht –«

»Schon gut. Wissen Sie, wer der Vater war?«

»Hat Mélanie nie gesagt. Aber ich glaube, er war Amerikaner.«

»Warum?«

»Weil Mélanie Amerikanerin war. Und Dr. Murray weiß das.« Letzteres mit einem vehementen Fingerstoß auf den Tisch.

»Ist das der Grund, warum Sie sagen, dass er lügt?«

»Das ist nur ein Teil davon.« Eisenberg schien sich nach innen zu kehren, vielleicht, um in Gedanken in eine andere Zeit zurückzukehren.

»Reden Sie weiter«, bedrängte ich sie sanft.

»Herrje. Ich hoffe, das fällt nicht auf mich zurück. Ich darf meinen Job nicht verlieren. Die meisten Firmen wollen heutzutage doch junge Leute mit vielen technischen Fähigkeiten.«

»Das werden wir nicht zulassen.« Ein unmögliches Versprechen?

»Dr. Murray hat Mélanie wirklich drangsaliert. Nicht am Anfang, erst später.«

»Inwiefern?«

»Er belästigte sie. Nicht sexuell. Verstehen Sie mich nicht falsch.«

Wieder flammten die blassen Wangen auf. »Er sagte gemeine Sachen, kritisierte sie. War ziemlich pingelig, Sie wissen schon.«

»Mehr als mit den anderen Technikern?«

»Uns kam es schon so vor.«

»Warum?«

»Ich weiß es nicht so recht. Vielleicht weil sie Französisch konnte und er nicht? Sie hat es auf dem College gelernt, wissen Sie? Vielleicht weil Dr. Murray ein Fanatiker ist, was die Arbeit angeht.«

Ich zog eine Braue hoch.

»Ich war noch nie im Gebäude, wenn er nicht da war. Na ja, so gut wie nie. Und er mischt sich in alles ein. Er ist überall. In den Forschungs- und Entwicklungslaboren. Bei der Herstellung. In den Verwaltungsbüros. An der Verladestation. Und ich rede von Tag und Nacht.«

»Er arbeitet so viel?«

»Als die Firma nach Laval umzog, musste ich viele Überstunden machen, um die Daten aus dem alten System ins neue zu übertragen. Ich blieb häufig sehr lange. Dr. Murray war oft da. Nachdem Mélanie weg war, war er *immer* da.«

»Glauben Sie, dass Mélanie gefeuert wurde, weil sie nicht enthusiastisch genug arbeitete? Sich vielleicht weigerte, Überstunden zu machen?«

»Mélanie arbeitete wirklich hart. Und sie *wurde* nicht gefeuert. Na ja, schätze, rein formal schon. Letztendlich.«

»Ich verstehe nicht.«

»Sie tauchte einfach nicht mehr auf.«

»Wann war das?«

»Im Sommer 2002. Ende Juli, vielleicht Anfang August. Es ergab absolut keinen Sinn.«

»Warum sagen Sie das?«

»Mélanie hätte es mir gesagt, wenn sie vorgehabt hätte wegzugehen. Wir vertrauten einander. Außerdem –« Eine lange, zögernde Pause. »Sie hatte noch weniger Alternativen als ich.«

»Inwiefern?«

»Ich will sie nicht in Schwierigkeiten bringen.«

»Werden Sie nicht.« Ein leicht zu haltendes Versprechen.

Eisenberg beugte sich vor und flüsterte. »Mélanie war illegal in Kanada.«

»Wie konnte sie ohne Visum arbeiten?« Ebenso leise wie sie.

»Ich kenne nicht alle Details. Ich würde nicht sagen, dass sie im Untergrund lebte, aber sie hielt sich ziemlich bedeckt, benutzte einen falschen Namen.«

»Wie hieß sie wirklich?«, fragte ich ruhig, auch wenn mein Herz hämmerte.

Die dicken Gläser schnellten nach links, dann nach rechts. »Melanie Chalmers.«

»Inwiefern hielt sie sich bedeckt?«

»Sie hatte eine Tante, die hier in Laval ein Gebäude besaß, oder eine Großtante oder so was. Auf jeden Fall Familie. Sie wohnte bei ihr zur Miete.«

»Erinnern Sie sich an den Namen der Tante?«

»Nein. Tut mir leid.«

Mist!

Jetzt schaute Eisenberg wirklich bedrückt. Dann: »Ich erinnere mich an das Haus. Es war an der Avenue Voltaire, Backstein mit grünen Fensterläden, direkt gegenüber dem Eingang zu einem kleinen Park.«

»Wissen Sie, wie Mélanie den Job bei InovoVax bekam?«

»Sie machte ziemlich deutlich, dass das Thema tabu war. Supergeheim.« Eisenberg lehnte sich zurück und wickelte sich wieder in die übel riechende Oberbekleidung. »Ich habe wahrscheinlich schon zu viel gesagt.«

»Nur noch ein paar Fragen, bitte?«

Eisenberg verharrte.

»Was dachten Sie damals, warum Mélanie weggegangen ist?«

»Ich nahm an, dass sie Dr. Murrays Schikanen nicht länger ertrug.«

»Was dachten Sie, wohin sie gegangen war?«

Eisenberg schaute hinunter auf die Handschuhe in ihren Wurstfingern. Seufzte. Als sie den Blick hob, waren ihre Augen feucht vor Rührung.

»Mélanie liebte ihre Kinder über alles in der Welt. Sie hätte nie etwas getan, das sie in Gefahr bringen würde. Ich nahm an, sie sei mit ihnen zurück in die Staaten gegangen.«

»Aber warum so unvermittelt?«

»Ich habe keine Ahnung.«

Eisenbergs Beschreibung führte uns zu einem zweigeschossigen Gebäude mit vier Wohnungen an der Kreuzung der Rue Vallières und der Avenue Voltaire. Der Backsteinbau war Teil einer ganzen Armada von Kästen, alle gesichtslos bis auf ein paar schnell hingeklatschte Verkleidungselemente, Fensterläden oder Balkonpaare vor Fenstern im ersten und im zweiten Stock.

Ryan fuhr rechts ran und hielt am Bordstein. Wir schauten uns die Umgebung an.

»Trostlos«, sagte Ryan.

»So schlimm ist es doch gar nicht.«

»So viel Charme wie ein Outlet-Center in Ipswich.«

»Warst du schon mal in einem Outlet-Center in Ipswich?«

»Ich sag einfach gerne Ipswich.«

»Die Bäume sind hübsch.«

»Direkt aus dem *Architectural Digest.*«

Ich musste zugeben, dass Ryan nicht unrecht hatte. Der Block hatte nichts von dem Charme der älteren Montrealer *quartiers.* Keine Giebeldächer. Keine verwitterten Sandsteinfassaden. Keine eisernen Wendeltreppen, die sich grazil an Fassaden hochwinden. Hier war Funktion vor Form das Leitmotiv.

Wir stiegen aus und eilten über einen Fußweg quer durch eine Betonfläche, die eigentlich ein Rasen hätte sein müssen. Nicht weit weg dröhnten Fahrzeuge, wahrscheinlich der Verkehr auf der Autoroute 440.

Die Tür bestand aus unlackiertem Stahl und war unverschlossen. Ryan und ich gingen durch eine winzige Lobby, so fade wie das Äußere des Gebäudes. An der linken Wand befanden sich vier Briefkästen, drei waren mit Namen hinter vergilbten Plastikrechtecken versehen.

»T. Sadoul. F. Sorg. T.Y. Chou«, las ich laut.

»Ich tippe auf Sorg«, sagte Ryan.

»Wollen mal hoffen, dass die Tante nicht weggezogen ist«, sagte ich, während ich auf die Klingel drückte.

Ich erwartete, dass eine Stimme aus dem Lautsprecher plärrte. Stattdessen ertönte ein Summer, und das Schloss hinter uns klickte. Ryan zog die Tür auf und wir stiegen eine Metalltreppe hoch.

Es gab zwei Wohnungen pro Stockwerk. Nummer 2B lag rechts, an der Tür hingen bunte Plastikblumen.

Ryan klopfte. Wir hörten Bewegung, aber niemand antwortete.

Ryan klopfte noch einmal.

Immer noch nichts.

Das grellbunte Bouquet machte mir Augenschmerzen. Lila Astern. Orangefarbene Ringelblumen. Schwarz-gelbe Sonnenblumen.

Zwischen den Stängeln und Blättern plötzlich eine leuchtend blaue Iris in einem Meer aus venösem Rot.

Ich verbarg meine Überraschung und sagte nur: »Madame Sorg?«

Der Augapfel kam noch näher ans Guckloch.

»Mein Name ist Temperance Brennan. Ich bin mit Detective Andrew Ryan hier. Wir würden gerne mit Ihnen über Mélanie Chalamet sprechen.«

»Verschwinden Sie.«

Ich versuchte es auf Französisch.

»Va chier, mon tabarnac.«

In etwa: Geh scheißen, Arschloch. Ich war in zwei Sprachen verunglimpft worden.

Sich ein Lächeln verkneifend, hob Ryan die Augenbrauen und deutete auf seine Brust. Ich überließ ihm die Bühne vor dem Bouquet.

»Madame Sorg, wir bedauern sehr, Sie so unangekündigt überfallen zu haben.« Triefend vor männlichem Charme.

Das Auge im Guckloch blinzelte.

»Wir werden nur wenige Augenblicke Ihrer Zeit beanspruchen.« So zuckersüß, dass ich einen Kariesanfall befürchtete.

»Ich bin nackt.«

»Wir warten sehr gerne.« Ryan zuckte mit keiner Wimper. Das bewunderte ich.

Sofort klickte ein Riegel, dann ein zweiter.

Ich warf Ryan einen verwirrten Blick zu. Er zuckte nur die Achseln.

Die Tür ging auf.

In ihrer Jugend dürfte F. Sorg etwa so groß gewesen sein wie ich, doch eine Rückgratverkrümmung hatte sie gebeugt, sodass sich ihre Augen sich jetzt etwa in der Höhe meiner Brust befanden. Deshalb die Steighilfe neben ihr.

»Vielen herzlichen Dank, dass Sie mit uns sprechen.« Trotz seiner Nonchalance schien Ryan erleichtert, den pissgelben Hausmantel zu sehen. Irgendein Kleidungsstück zu sehen, vermutete ich.

»Sie müssen laut sprechen. Meine Ohren sind im Arsch.«

Ryan drehte die Lautstärke etwas hoch. »Vielen Dank, da –«

»Mein Gott. Ich bin schwerhörig, nicht taub.«

Sorg drehte den Kopf seitlich, damit sie unsere Gesichter sehen konnte. Blieb bei Ryan ein wenig hängen. »Sind Sie ein gut aussehender Kerl!«

»Madame Sorg –«

»Nennen Sie mich Florence.«

Ich schaute zu, wie Ryan Florence Honig ums Maul schmierte. Die alte Frau hatte eine erstaunlich runzelige Haut und bläulich schimmernde weiße Haare, die ihre Kopfhaut durchscheinen ließen. Doch die Intensität ihres Blicks sprach für einen rasiermesserscharfen Verstand.

»Was willste denn von mir, mein Hübscher?«

»Wir würden gerne über Mélanie Chalamet sprechen.« Ryan ließ sich nicht beirren. »Soweit ich weiß, sind Sie ihre Tante?«

»Wer hat Ihnen das gesagt?«

»Dora Eisenberg.«

»Bin ganz froh, dass diese Kuh nicht mehr über meinen Fußweg watschelt.«

»Vor zwanzig Jahren hat Mélanie bei InovoVax gearbeitet, ist das korrekt?«

»Könnte sein.«

»Sie und ihre Kinder haben hier in diesem Gebäude gewohnt?«

»Könnte sein.«

»Im Sommer 2002 ist sie plötzlich weggegangen?«

»Mon esti de tabarnac, bist du blöd?« Die Sechzig-Grad-Neigung beibehaltend, drehte Sorg den Kopf, um von Ryan zu mir und wieder zurück zu schauen. Ich musste dabei an eine Schildkröte denken.

»Ich verstehe nicht«, sagte Ryan.

»Das Mädchen ist nicht weggegangen.«

»Nicht?«

»Natürlich nicht.«

»Aber dann –«, setzte Ryan an.

»Irgendein Mistkerl hat sie ermordet.«

29

Montag, 15. November

Sorg war eine Hamsterin.

Tupperware-Dosen, Pappkartons und zu Bündeln geschnürte Zeitungen und Zeitschriften säumten beide Wände des Gangs. Das an sich schon kleine Wohnzimmer war so vollgestopft, dass nur noch Platz blieb für eine Polstergarnitur, einen Couchtisch und einen uralten Fernseher.

Sorg watschelte zum Sofa und deutete mit dem Ellbogen darauf. Sie sank in einen der Sessel, reckte den Kopf und betrachtete uns mit himmelblauen Augen.

»Wissen Sie, wer Mélanie getötet hat?«, fragte Ryan, nachdem wir Platz genommen hatten.

»Was? Sehe ich aus wie eine Wahrsagerin?«

»Sie haben gesagt –«

»Ich weiß, was ich gesagt habe. Ich meinte damit, die Kleine würde nicht einfach verduften und eins ihrer Kinder hierlassen. Irgendjemand muss sie umgelegt haben.«

Eins ihrer Kinder? Lena? Mein Puls beschleunigte sich.

»Ist das nur Ihre Theorie?«, fragte Ryan.

»Haben Sie eine bessere?«

Leider hatten wir die nicht.

Während Ryan Sorg befragte, schaute ich mich im Zimmer um. Kisten, Wannen und freistehende Artikel aller Art – Bücher, Bilderrahmen, Kissen, zusammengelegte Kleidung, Puppen, Stofftiere, kleine Haushaltsgeräte. Ich zählte vier Bügelbretter, sechs Mixer und elf Besen. Wegen Sorgs begrenzter Reichweite waren die Stapel zum Glück nicht gefährlich hoch aufgetürmt.

»Sie waren Mélanies Tante?«

»Ich bin vierundneunzig Jahre alt, Süßer.«

»So sehen Sie aber gar nicht aus.« Ryan zeigte ein einschmeichelndes Grinsen.

»Natürlich tue ich das. Und ich habe jede verdammte Falte verdient. Und den Buckel.«

»Vielleicht ihre *Großtante?*«

»Kommt hin. Bin vor so langer Zeit in den Norden gezogen, da hat Gott sich noch Felsen ausgedacht. Gleich nach dem Krieg. Dem Großen. Mit dem Französischen wurde ich nie richtig warm, aber die Schimpfwörter habe ich gelernt. Ich mag die Quebecer Schimpfwörter. Die frömmeln so.«

»Von woher in den Norden?«

»Aus Vermont. Hab einen Montrealer geheiratet. Nach einundvierzig Jahren Ehe hat ihn der Krebs geholt.«

Ryan nickte betrübt. »Soweit wir wissen, war Mélanie ebenfalls Amerikanerin und illegal in Kanada, und ihr wirklicher Name war Melanie Chalmers.«

»Mir fällt auf, dass Sie in der Vergangenheit reden. Heißt das, ich hatte recht damit, dass sie tot ist?«

»Dr. Brennan und ich untersuchen –«

»Ihr Idioten habt zwanzig Jahre gebraucht, bis ihr endlich zu ermitteln anfangt?«

Ryan ignorierte das. »Was können Sie uns über Mélanie sagen?«

Sorg schloss die Augen und stöberte in Erinnerungen, die sie in ihrem Kopf hamsterte. »Sie war kein Dummkopf, hatte einen Abschluss in Biologie von irgendeiner Uni in den Staaten. Weiß nicht mehr, von welcher.« Eine Pause, noch mehr Stöbern. »Bevor sie hierherkam, hat sie für eine Firma namens HGP gearbeitet.«

»Wissen Sie, wie sie den Job bei InovoVax bekam?«

»Irgendein Überflieger-Kollege hat ihr geholfen. Mehr hat sie mir nicht gesagt.«

»Wissen Sie, wer?«

»Sind *Sie* der mit dem Hörfehler?«

»Hat sie je einen Mann namens Arlo Murray erwähnt?«

»Esti. Dieser Mistkerl ging ihr tierisch auf den Geist.«

»Wieso?«

»Hat sie dauernd in der Arbeit belästigt. Der Kerl hatte die Nerven, einmal hierherzukommen. Ich hab sie über jemanden namens Christian streiten hören. Nein.« Sie streckte einen knotigen Finger in die Höhe. »Christopher. Bei der ganzen Schreierei ist mir ziemlich mulmig geworden. Nicht, dass ich mit Absicht zugehört hätte.«

»Was haben Sie damit gemeint, dass sie nie eins ihrer Kinder im Stich gelassen hätte?«

»Na, genau das. Sie wäre nie ohne dieses Baby weg.«

»Lena?« Mein Herzschlag wurde schneller.

»Nein. Shirley Temple.«

Ich schaute sie nur an.

»Verdammt, ja. Lena. Das arme kleine Ding, ganz allein.«

»Können Sie mir sagen, was passiert ist?«

»Da gibt's nicht viel zu sagen. Sie hat Lena zum Babysitter gebracht und ist mit Ella einkaufen gegangen. Ich glaube, die Kleine brauchte Schuhe. Oder vielleicht Shorts.«

»Und?«

»Und sie kam nie zurück.«

»Wer war der Babysitter?«

»Sabine Esnault. Ich kannte sie von meiner Canasta-Runde. Stur wie ein Esel. Egal. Jetzt ist sie tot. Hatte auch Krebs. Hat nicht mal sechs Monate gedauert. Der Krebs ist ein fieser Mistkerl.«

»Es war also Esnault, die Lena dem Jugendamt übergab?«

»Wollen Sie damit andeuten, dass ich hätte einspringen sollen? Ich war fünfundsiebzig Jahre alt, *tabarnac.*«

»Ganz und gar nicht. Ich versuche nur, die Fakten zu überprüfen.«

Sorg schaute mich böse an. Sie sah aus wie eine wütende Schildkröte in einem Hausmantel.

»Soweit ich weiß, kam Lena von einer Pflegefamilie zur anderen. Haben Sie das mitverfolgt?«

»Ich war nicht so gut im Dranbleiben. Ich muss gestehen, ich habe ein schlechtes Gewissen deswegen.«

»Haben Sie sie je wiedergesehen?«

»Sie kam zweimal vorbei. Das erste Mal vor vielleicht sechs Jahren. Sie hatte erfahren, dass wir verwandt sind. Schätze, wenn man sechzehn wird, kann man sich die eigene Akte anschauen. Oder vielleicht hat sie sie gehackt. Aber da war sie, saß dort, wo Sie jetzt sitzen.«

»Was wollte sie?«

»Was denken Sie? Mein Rezept für Poutine?« Sie stieß die Luft durch die faltigen Lippen aus. »Sie fragte natürlich nach ihrer Mutter und ihrer Schwester. Aber ich konnte ihr nicht viel erzählen. Die drei waren ja nur ungefähr ein Jahr hier. Der zweite Besuch war dann ein paar Jahre später. Sie hatte versucht, von diesem Arschloch in Melanies Arbeit Informationen zu bekommen.«

»Arlo Murray?«

»Hat sie abblitzen lassen. Aber warum zum Teufel sollte er das tun?«

Gute Frage, Florence.

»Ich sag Ihnen, warum.« Wieder schoss ein knotiger Finger in die Höhe, um ihrer Aussage Nachdruck zu verleihen. »Ich wette, er ist derjenige, der sie umgebracht hat.«

Ich beschloss, die Richtung zu ändern. »Hat Melanie irgendwelche persönlichen Sachen in ihrer Wohnung hinterlassen?«

»Nicht viel. Klamotten, ein paar Spielzeuge, ein Fahrrad, eine Kamera. Sie hat möbliert gemietet, wissen Sie? Mir gehört das Gebäude, also musste ich die Wohnung ausräumen.«

»Was haben Sie mit ihren Sachen gemacht?«

»Die sind hier noch irgendwo.«

»Meinen Sie, Sie könnten sie finden?«

»Natürlich kann ich das. Ich bin ja nicht blöd.«

Mit einem Ächzen stemmte Sorg sich hoch und schlurfte zu

einer der zwei geschlossenen Türen im hinteren Teil der Wohnung. Als sie die linke öffnete, sahen wir einen schmalen Pfad durch mächtige Gerümpelberge.

»Da.« Sie deutete zu einer Ansammlung von Kartons, die in Zweierreihen jeweils zu sechst aufeinandergestapelt waren. »Die unteren drei im hinteren Stapel.«

»Dürfen wir da was umräumen?«, fragte Ryan mit wenig Begeisterung.

»Hauen Sie rein!«

Das taten wir. In den nächsten vierzig Minuten waren meine Klaustrophobiesensoren in höchster Alarmbereitschaft.

Die Kartons lieferten nur eine einzige Sache von potenziellem Interesse: einen geriffelten Aktenordner mit der Aufschrift *Inovo Vax*.

Wir fanden Sorg im Wohnzimmer, wo sie mit voll aufgedrehter Lautstärke eine Wiederholung von *Cheers* anschaute.

»Dürfen wir die mitnehmen?«, schrie ich und hielt den Ordner in die Höhe.

»Wie Sie wollen.« Sorg war auf einen Wortwechsel zwischen Norm und Cliff konzentriert.

»In einem der Kartons war ein alter Camcorder, aber wir haben keine Videokassetten gesehen.«

Dröhnendes Lachen übertönte ihre Antwort.

»Wie bitte?«

Der Sender schaltete auf Werbung.

Sorg drehte sich zu uns um. »Kassetten?«

Ich nickte.

»Sie waren in einer Küchenschublade.«

»Und?«

»Bei Lenas zweitem Besuch hab ich sie ihr gegeben.«

»Schrullige alte Schachtel«, sagte ich, als wir wieder im Jeep saßen.

»Aber nicht blöd.«

Während Ryan fuhr, fing ich an, laut zu denken, fasste zusammen, was wir wussten und, wichtiger noch, was nicht.

»2000 benutzt Melanie Chalmers den Decknamen Mélanie Chalamet. Sie und ihre Kinder leben mehr oder weniger unter dem Radar. Neben Sorg und vielleicht Eisenberg haben sie keine Familie oder enge Freunde.«

»Was erklärt, warum niemand sie als vermisst gemeldet hat«, sagte Ryan. »Und warum sie bei keiner unserer Suchen aufgetaucht sind.«

»Was meinst du, wer dieser Christopher ist?«

»Der Name ist zum ersten Mal aufgetaucht.«

»Was hat Murray so in Rage gebracht, dass er Melanie zu Hause besucht und mit ihr über Christopher gestritten hat?«

Ryan lieferte keine Spekulationen.

Ich nahm mir wieder die Zeitschiene vor.

»Melanie verschwindet 2002. Die Leute glauben, sie hat Kanada verlassen, das hat sie aber nicht. Sie und ihre Tochter Ella wurden ermordet, ihre Leichen wurden in eine Polypropylen-Tonne gesteckt. Lena kommt in Pflegschaft. 2006 wird die Tonne in Saint-Anicet an Land gespült.«

In meinem Hirn hüpften Fragen wie Lottokugeln.

»Warum ist Melanie nach Quebec gezogen? Woher kam sie? Vermont? Wer hat ihr den Job bei InovoVax verschafft?«

»All diesen Fragen werde ich nachgehen.«

»Sorg und Eisenberg zufolge gab es zwischen Melanie und Murray Spannungen.«

»Vielleicht wegen diesem Christopher?«

»Wer der auch ist. Komisch, dass Eisenberg ihn nicht erwähnt hat.«

»Ich verlange von InovoVax die Personalunterlagen ab 2000.«

»Dagegen wird Murray sicher was unternehmen.«

»Wenn er mauert, lasse ich Claudel einen Gerichtsbeschluss besorgen.«

Ich nahm den Faden wieder auf. »Als Lena 2015 sechzehn

wird und ihre Unterlagen einsehen darf, spürt sie Sorg auf und verlangt Informationen über ihre Mutter und ihre Schwester. Sorg erzählt ihr von InovoVax, Murray und Christopher und gibt ihr Videokassetten. Lena geht zu Murray, aber der weigert sich, ihr zu helfen. Warum?«

»Weil er ein arroganter Arsch ist oder weil's um Sachen geht, von denen sie nichts erfahren soll?«

»Ungefähr zur selben Zeit erzählt Lena Harmony Boatwright, dass sie bei ihrer Suche einen entscheidenden Schritt weiter ist. Sie geht nach Charleston, und Harmony trifft sich dort mit ihr.«

»Warum Charleston?«

»Das weiß ich nicht.«

Diese Frage hatte ich mir auch schon unzählige Male gestellt. Was für eine Verbindung gab es zwischen Montreal und Charleston?

»Lena und Harmony wird in den Kopf geschossen, dieselbe Vorgehensweise wie bei Melanie und Ella«, fuhr ich fort. »In diesem Jahr werden während eines Hurricanes ihre Leichen an Land gespült.«

Ein plötzlicher Gedanke. Ich wandte mich Ryan zu.

»Alle vier Opfer wurden in Behältern für medizinischen Abfall versenkt. Solche Behälter gibt es in einer Firma wie InovoVax sicher viele.«

»Ja.« Unverbindlich.

»Eisenberg sagte, Melanies Akte sei aus der Datenbank von InovoVax gelöscht worden. Warum?«

»Vielleicht ist das ja Routine.«

»Oder es wurde getan, um Spuren zu verwischen.«

»Wessen?«

»Ich weiß es nicht.« Ich sagte das häufig. »Glaubst du, Sorg könnte mit Murray recht haben?«

»Dass er ein arroganter Arsch ist, macht ihn noch nicht zum Mörder.«

»Nein«, stimmte ich zu. »Das tut es nicht.«

Trotzdem.

Ich lehnte mich zurück. Während wir schweigend weiterfuhren, gesellten sich neue Bilder zu den Lottokugeln in meinem Hirn. Scheinwerfer auf einer verregneten Straße. Ein Körper, der gegen ein Wartehäuschen kracht.

»Kannst du herausfinden, was für ein Auto Murray fährt?«, fragte ich. »Oder es Claudel tun lassen?«

Unsere Blicke trafen sich. Ryan schaute skeptisch.

»Tu mir den Gefallen«, sagte ich.

»Okay.« Dann: »Wohin jetzt?«

»Ich bin mir zu neunundneunzig Prozent sicher, dass die Überreste in der Leichenhalle die von Melanie und Ella sind, aber ich will noch einen letzten Blick darauf werfen.«

»Das verflixte eine Prozent.«

»Wenn ich mit den Knochen fertig bin, mache ich mich an Melanies Papiere.«

Zwei Stunden später lagen die Skelette in anatomisch korrekter Anordnung auf ihren Edelstahlbahren, ein erwachsenes, ein jugendliches. Braun und verwittert, wie sie waren, sahen sie aus wie makabre Halloween-Utensilien.

Ich hatte mir jeden Knochen und jeden Zahn noch einmal angeschaut. Jedes Maß nachgeprüft, jedes morphologische Detail bekräftigt, jede Verletzung bestätigt. Obwohl die DNA-Befunde noch ausstanden, hatte ich keinen Zweifel mehr.

Ich schaute auf mein Klemmbrett. Auf das Formular, das ich vor fünfzehn Jahren ausgefüllt hatte.

LSJML-41207. Os non identifiés d'une femme. Die nicht identifizierte Frau war Melanie Chalmers/Mélanie Chalamet.

Ich blätterte um.

LSJML-41208. Os non identifiés d'un enfant. Das nicht identifizierte Kind war Ella Chalmers/Chalamet.

Eine Mutter, gestorben mit zweiunddreißig Jahren. Ihr Kind, gestorben mit zehn Jahren.

Stille hallte durch die leere Leichenhalle.

»Wer bist du, Mélanie Chalamet?«, flüsterte ich. »Woher bist du gekommen? Warum bist du nach Kanada gezogen und hast deinen Namen geändert? Wen hast du so wütend gemacht oder so ernsthaft bedroht, dass derjenige dir das Leben nahm? Und warum auch deiner Tochter?«

Ich hob den Beutel an, der neben dem kleinen, unfertigen Schädel lag. Schaute den kitschigen Plastikring an, den nur ein Kind lieben konnte.

Mein Blick wanderte zu den kleinen Augenhöhlen, die jetzt für immer blicklos waren.

»Es tut mir so leid, Ella. Ich verspreche –«

Tränen drohten. Ich blinzelte sie weg.

»Ich werde nie aufhören zu suchen.«

30

Dienstag. 16. November

Um acht Uhr am nächsten Morgen rief Claudel an. Er hatte keine Zeit vergeudet. Und war so mürrisch wie immer.

»Meine erste Suche deutet darauf hin, dass Arlo Murray so sauber ist wie ein Männerklo in einem Frauenkloster.«

»Keine Verhaftungen?«

»Ich wiederhole mich nicht gerne.«

»Was für ein Auto fährt er?«

»Einen Lexus LC 500.«

»Wie sieht der aus?« Ich bin kein Autospezialist.

»Wie der, der Sie angefahren hat.«

»Hat er Nebelscheinwerfer?«

»Alle Autos haben Nebelscheinwerfer. Falls Nebel herrscht.«

Locker, Brennan.

»Ist Murrays rechter Nebelscheinwerfer kaputt?« Ich sprach jedes Wort überdeutlich aus.

»Ich prüfe das nach. Und ich klappere Werkstätten ab, um herauszufinden, ob in letzter Zeit ein Lexus 500 zur Reparatur gebracht wurde.«

»Finden Sie über ihn alles raus, was Sie können.«

»Ich habe vor, den Herrn bis auf die Polypen zu untersuchen. Aber eine Frage, *s'il vous plaît.* Warum sind Sie so sicher, dass Murray Dreck am Stecken hat?«

»Er und Melanie fingen zur selben Zeit bei InovoVax an, und beide kamen aus den Staaten. Zwei Zeugen sagen, dass es zwischen ihnen Spannungen gegeben habe, doch er behauptet, Melanie nicht näher zu kennen. Als Jahre später Melanies Tochter Lena auftauchte und Fragen stellte, weigerte Murray sich, ihr zu helfen.«

»Oui, mais –«

»Überlegen Sie mal. Am Tag, nachdem Ryan anrief und um ein Gespräch bat, wird Melanies Akte bei InovoVax aus der Datenbank gelöscht.«

»Murray hat sicher Zugriff, aber andere zweifellos auch.«

»Ich habe bei diesem Kerl einfach ein schlechtes Gefühl. Man sollte ihn im Auge behalten.«

»Ohne Sie könnte ich meinen Job nicht machen.«

Piep. Piep. Piep.

Ryan war schon nicht mehr da, wie gewöhnlich. Wie konnte ein menschliches Wesen nur so früh am Tag so leise sein? Ich wuselte in der Früh herum wie ein Eichhörnchen in einem Futterkasten.

Ryan hatte Kaffee gekocht. Ohne Porzellanklappern und Türenschlagen.

Nachdem ich mir eine Tasse eingegossen hatte, setzte ich mich mit Melanies Akte an den Küchentisch. In letzter Zeit verbrachte ich dort so viel Zeit, dass Birdie aus alter Gewohnheit auf den Tisch sprang und sich neben mir zusammenrollte.

Der Inhalt des Ordners war enttäuschend dürftig. Sechs Blätter. Ich überflog das erste. Es schien ein Terminplan zu sein, doch ohne Kontext waren die Daten, Abkürzungen und Seriennummern bedeutungslos.

Der Rest der Seiten, alle blau liniert und aus einem Notizbuch herausgerissen, waren mit einer Art Kurzschrift oder Code beschriftet. Ich suchte mir erkennbare Wörter und Formulierungen heraus und gab sie in ein Word-Dokument ein.

Antigen, Antikörper, repliziert, deaktiviert, abgeschwächt. Gereinigt, Oberflächenproteine.

Diese Begriffe waren klar und deuteten darauf hin, dass die Notizen mit der Impfstoffproduktion zu tun hatten. Das ergab einen Sinn. Der Ordner hatte die Beschriftung *InovoVax.*

Der Rest des Texts war sehr viel kryptischer.

EBFV, CBFV, RFV, WHOGIS&RS, CVV, LAIV, FDA, CDC, HAs, CRISPR, Baculovirus, Neuraminidase: M2Ionenkanal, RNP.

Könnte CDC für *Center for Disease Control and Prevention* stehen, die Seuchenschutzbehörde? Und FDA für *Food and Drug Administration,* die Arzneimittelzulassungsbehörde?

Das konnte mich vielleicht weiterbringen.

Ich wusste, dass ein Baculovirus ein Virus ist, das Wirbellose befällt. Hatte Melanie sich Sorgen um die Gesundheit von Würmern gemacht?

Ich wollte eben ins Netz gehen, als mein Handy klingelte. Also, sang.

»Ich habe jetzt einen etwas erhellenderen Überblick über Monsieur Murray.« Das Timbre von Claudels Stimme deutete darauf hin, dass der Vormittag nicht verlief wie geplant.

»Docteur«, korrigierte ich.

»Wie schon erwähnt, hat *le docteur* keine Polizeiakte, doch sein Verkehrsregister ist lang und besudelt. Anscheinend hat der Mann einen ziemlich bleischweren Fuß.«

Ich sagte nichts zu seiner etwas kreativen Idiomatik.

»Murray wurde '67 hier geboren und wuchs in NDG auf.« Claudel benutzte den Spitznamen für Notre-Dame-de-Grâce, einer mittelschichtslastigen Wohngegend im vorwiegend englischsprachigen Westen von Montreal. »Er besuchte eine staatliche Grundschule, dann die Loyola High School. Da er offensichtlich höhere Ziele hatte, ging er zum Studium in die Staaten.«

»Wohin?«

»Irgendein Grinnell College. Noch nie davon gehört.«

»Ich schon.«

»Félicitations«, sagte Claudel. »1995 machte er am MIT seinen Doktor, irgendwas mit Genen und Immunsystemen. Ich habe dort angerufen. Die biologische Fakultät hat etwa achtzig Mitglieder, aber niemand kann sich an einen Wunderknaben aus Quebec erinnern. Zumindest niemand, mit dem ich gesprochen habe.«

»Wer war sein Doktorvater?«

»Eine Intelligenzbestie namens« – ich hörte Rascheln, stellte mir Seiten vor, die umgeblättert wurden – »Hao Jianghong. Ich glaube, das war ein Mann. *Sacre bleu.* Wer kennt sich denn mit diesen –«

»Haben Sie mit ihm gesprochen?«

»Er starb 2012.«

»Was machte Murray nach dem MIT?«

»Er fand Arbeit« – wieder Rascheln – »am Whitehead Institute des MIT Center for Genome Research. In Cambridge, Massachusetts.«

»In welcher Funktion?«

»Nennen Sie mich verrückt, aber ich glaube, in der Genforschung.«

Locker bleiben, Brennan.

»Nach fünf Jahren in Cambridge kehrte Murray nach Kanada zurück, um den Job bei InovoVax anzunehmen«, sagte ich.

»Oui.« Im Québecois klang das wie *Wei.*

»Wo wohnt er jetzt?«

»Laval.«

»Schon was Neues über den Lexus?«

»Nein. Aber in der Provinz gibt es viele *travail au noir* Werkstätten. Ich weiß nicht so recht, wie man das auf Englisch sagt.«

Claudel meinte Werkstätten, in denen der Kunde bar zahlt und keine Steuer berechnet bekommt, und der Betreiber steckt sich das Geld in die Tasche.

»Schwarzarbeit«, sagte ich. »Werden Sie Murrays Zuhause überwachen? Sein Auto im Auge behalten?«

Claudel machte ein unverbindliches Geräusch in seiner Kehle. Da ich das als Aufmunterung verstand, berichtete ich ihm von meinen Bemühungen mit Melanies Notizen. Danach tat Detective Wonneproppen etwas, das gar nicht zu ihm passte. Ohne dass ich ihn mit vorgehaltenem Taser dazu antreiben musste, machte er aus freien Stücken einen Vorschlag. Einen guten.

Wie zuvor hörte ich keinen Gruß, nur drei abrupte Piepser.

Ich schaute den Namen an, den ich mir aufgeschrieben hatte. Dachte mir, was soll's? Nach einer Google-Suche wählte ich eine Nummer mit 617er-Vorwahl.

»Biologische Fakultät.« Knapp und effizient.

»Dr. Alika Bangoboshe, bitte.«

»Natürlich. Aber in Zukunft wäre es vielleicht praktischer, wenn Sie ihren Anschluss direkt anrufen.« Sie nannte mir eine Nummer. »Einen Augenblick, bitte.«

In der Leitung tutete es zweimal, dann wurde mein Anruf beantwortet.

»Dr. Bangoboshe hier.«

»Guten Morgen.« Ich stellte mich vor, erklärte, dass ich ihren Namen von einem Detective des Montreal Police Department erhalten hatte und dass ich als forensische Anthropologin für das gerichtsmedizinische Institut in Quebec arbeitete.

»Forensische Anthropologie beschäftigt sich mit dem Skelett, nicht?« Hoch und rein, mit einem musikalischen Trällern, das mich an eine Flöte erinnerte.

»Ich verspreche Ihnen, ich frage Sie nicht nach Knochen.«

»Könnte eine Ablenkung von Wirt-Mikroben- und Wirt-Pathogen-Interaktionen gebrauchen.« Sie lachte. Ja. Eindeutig Flöte.

Ohne bei den Behälter-Fällen ins Detail zu gehen, erklärte ich, dass ich ein Problem hätte, das möglicherweise mit Impfstoffen zu tun hatte, und bat um Hilfe bei der Interpretation eines Dokuments.

»Klingt interessant, aber in zehn Minuten muss ich eine Klasse unterrichten.«

»Darf ich Ihnen vielleicht Auszüge aus einer Reihe Notizen schicken? Vielleicht könnten Sie das Material kurz durchlesen und mich dann zurückrufen?«

Eine kurze Pause, dann: »Ich werde tun, was ich kann.«

Ich verbrachte einige Zeit damit, Teile von Melanies Notizen in ein Word-Dokument zu kopieren, das ich dann als E-Mail-Anhang verschickte.

Bangoboshe stand zu ihrem Wort. Kurz nach drei rief sie mich zurück.

»Tut mir leid, dass es so lange gedauert hat. Gehören Sie zu einer Fakultät an einer Universität?«

»UNC-Charlotte.«

»Dann verstehen Sie das sicher: Studenten können manchmal –« Sie suchte nach einer angemessenen Formulierung.

»Können sie«, pflichtete ich ihr bei.

»Und es hat eine Weile gedauert, Ihr Dokument durchzuarbeiten.«

»Das tut mir sehr leid.«

»Ich stimme Ihnen zu, die Auszüge haben mit Impfstoffen zu tun. Größtenteils.«

Ich legte mir Stift und Papier zurecht. »Fahren Sie fort.«

»Wo soll ich anfangen?«

»Wo Sie wollen.«

»Was wissen Sie über die Impfstoffproduktion?«

»Gehen wir von nichts aus.«

»Zunächst einmal werden alle im Handel erhältlichen Impfstoffe in den Vereinigten Staaten von privatwirtschaftlichen Herstellern produziert. Für Grippeimpfstoffe verwendet jede Firma eine von drei Herstellungstechniken. Ich glaube, EBFV meint *egg-based flu vaccine,* also Grippeimpfstoffe auf Eibasis, CBFV steht für *cell-based flu vaccine,* also Grippeimpfstoffe auf Zellbasis, und RFV für *recombinant flu vaccine,* also rekombinante Impfstoffe. Verstehen Sie den Unterschied?«

»Nein.« Ich kritzelte wie eine Verrückte.

»Die EBFV-Methode gibt es seit mehr als siebzig Jahren und ist im Augenblick die am häufigsten benutzte. Sie wird verwendet, um die gewöhnliche Grippespritze, ein deaktiviertes oder abgetötetes Vakzin, und das lebendige, aber attenuierte oder abgeschwächte Vakzin in Nasensprays herzustellen.«

»Wie funktioniert das?«

»Der Prozess beginnt damit, dass die Seuchenschutzbehörde oder ein zugelassenes Partnerlabor der privatwirtschaftlichen Firma ein sogenanntes CVV, ein *candidate vaccine virus,* also ein Impfstoffkandidatenvirus liefert. Die Firma injiziert diese CVVs in befruchtete Hühnereier, die sie inkubiert, um dem Material Zeit für die Vervielfältigung zu geben. Dann wird den Eiern die Flüssigkeit entnommen, die Viren werden deaktiviert, und das Antigen wird gereinigt. Wissen Sie, was ein Antigen ist?«

»Ein Protein, das die Produktion eines Antikörpers auslöst.«

»Ja. Das ist das Verfahren für die Grippespritzen. Bei Nasensprays werden die lebendigen, attenuierten Influenzavakzine –«

»LAIVs?«

»Ja. Die Viren sind noch lebendig, aber geschwächt. Können Sie mir folgen?«

»Ja.«

»Ihnen ist aber schon klar, dass ich stark vereinfache?«

»Das weiß ich sehr zu schätzen.«

Eine kurze Pause, um meine Reaktion zu bewerten. Dann: »Die zellbasierte Methode wird ebenfalls verwendet, um deaktivierte Grippeimpfstoffe herzustellen.«

»Wieder die Grippespritze.«

»Ja. Wie bei EBFV besteht auch die CBFV-Produktion aus mehreren Phasen. Zuerst liefert die Seuchenschutzbehörde Grippeviren, die aber in Zellen herangezogen wurden, nicht in Eiern. Der Hersteller injiziert die CVVs in kultivierte Säugetierzellen und lässt sie sich dort vervielfältigen. Die Flüssigkeit wird entnommen, und das Antigen wird gereinigt.«

»Der Unterschied liegt in der Verwendung von Tierzellen statt Hühnereiern.«

»Genau. Rekombinante Grippeimpfstoffe werden synthetisch hergestellt und benötigen kein CVV. Zuerst besorgen sich die Wissenschaftler DNA, soll heißen genetische Informationen, um etwas namens Hämagglutinin herzustellen, das HA in Ihren Notizen. HA ist ein Antigen, das sich auf der Oberfläche von Grippeviren befindet. Es bringt das menschliche Immunsystem dazu, Antikörper herzustellen, die speziell dieses Virus ins Visier nehmen. Können Sie mir folgen?«

»Ja.« Ich konnte es tatsächlich.

»Die DNA für die Herstellung des Grippevirus-HA-Antigens wird dann kombiniert mit dem Baculovirus, einem Virus, das Wirbellose befällt. Das Ergebnis ist ein RFC.«

»Ein rekombinanter Grippeimpfstoff.«

»Richtig.«

»Wozu das Baculovirus?«

»Es transportiert die DNA-Anweisungen für die Herstellung des Grippevirus-HA-Antigens in die Wirtszelle.« Als ich nichts erwiderte: »Sobald das rekombinante Virus in eine von der FDA zugelassene Wirtszelllinie eindringt, gibt es die Anweisung, HA zu produzieren. Das Antigen wird in Massen produziert, gesammelt, gereinigt und dann als Grippeimpfstoff verpackt.«

»Die Leute kriegen die Grippespritze, produzieren Antikörper und *voilà*! Immunität.«

»Im Wesentlichen.«

»Hat die RFV-Methode einen Vorteil?«

»Geschwindigkeit.«

»Weil sie nicht durch die Auswahl von Viren begrenzt wird, die für die Vermehrung in Eiern geeignet sind, oder durch die Zeit, die für die Entwicklung zellbasierter Viren nötig ist.«

»Sie sind sehr scharfsinnig, Dr. Brennan.«

Ich überflog Melanies Notizen. Bangoboshe hatte mir so gut wie jeden verschlüsselten Begriff erklärt.

»Können Sie mir noch etwas zu den Begriffen *Neuraminidase, M2-Ionenkanal* und *RNP* sagen?«

»Das sind Teile eines Grippevirus. Soll ich es Ihnen erklären.«

»Ich will nicht zu viel von Ihrer Zeit beanspruchen«, sagte ich. *Auf gar keinen Fall,* meinte ich.

Einen Augenblick blieb die Leitung stumm, dann fiel mir noch etwas ein, das mich darüber hinaus interessierte.

»Was ist *WHOGIS&RS?«*

»Wahrscheinlich eine Abkürzung für *das World Health Organization Global Influenza Surveillance and Response System,* das ist ein weltweites Netzwerk von Laboren, das der Weltgesundheitsorganisation Daten zur Verbreitung von Viren liefert. Sie, oder genauer ihre Partnerlabore, sind es, die die privatwirtschaftlichen Hersteller mit CVVs versorgen.«

Ich wollte Bangoboshe schon danken, als mir ihre Einschränkung vom Anfang unseres Gesprächs wieder einfiel.

»Was meinten Sie mit ›größtenteils‹«?

»Wie bitte?«

»Sie sagten, in diesen Notizen gehe es größtenteils um Impfstoffe.«

»Da war nur ein Begriff, der mich verwirrt hat.«

Der Begriff hatte auch mich verwirrt.

31

Dienstag, 16. November – Mittwoch, 17. November

»CRISPR.«

»Warum erscheint Ihnen dieser eine Begriff hier fehl am Platze?«

»Ich sehe den direkten Bezug zur Impfstoffherstellung nicht.«

Im Hintergrund hörte ich eine Stimme. Die Flöte klang gedämpft, als sie darauf reagierte, und meldete sich dann zurück.

»Ich fürchte, ich muss los.«

»Natürlich. Ich entschuldige mich, dass ich so viel von Ihrer Zeit beansprucht habe.«

Ich dankte Bangoboshe und bat sie, unser Gespräch vertraulich zu behandeln. Sie versicherte es mir, und wir verabschiedeten uns.

Eine Weile saß ich nur da und überlegte, was ich erfahren hatte.

Melanie führte eine Akte über Impfstoffproduktion. Was nichts Schlimmes war, da sie doch bei InovoVax arbeitete. Aber warum interessierte sie sich für CRISPR?

Ich brachte einige Zeit mit Surfen im Netz zu. Mein üblicher Ausweg, wenn ich nicht weiterwusste.

Ein plötzlicher Gedanke. Sagt man heutzutage eigentlich noch »Surfen«? Wenn nicht, würde sich Harmony Boatwright über meinen Gebrauch dieser altmodischen Sprache lustig machen? Oder Katy?

Plötzlich fehlte mir meine Tochter ganz furchtbar. Ich öffnete die Foto-App und holte mir Katys jüngstes Foto auf den Bildschirm. Wann hatte sie es geschickt? Vor zwei Wochen? Drei? Vor einer Ewigkeit?

Katy saß im Tarnanzug auf einem Felsen, über ihr ein strahlender, endlos blauer Himmel, weite, trockene Wüste hinter ihr. Ein M4-Karabiner lag dunkel und tödlich auf ihren Knien, ihr Helm umgedreht neben ihren Stiefeln.

»Pass auf dich auf, kleines Mädchen«, sagte ich ins leere Zimmer.

Birdie drehte sich um.

Ich schrieb eine lange Antwort, in der ich ihr von Hurricane Inara erzählte, von Annes Mission, das Totenmaskenrätsel zu lösen, von meinen Ping-Pong-Reisen zwischen Charleston, Charlotte, Nashville und Montreal. Ich bemühte mich um Unbeschwertheit, sagte nichts über die Autoattacke oder Ryans Ermittlungen. Nichts über die drei Frauen – zwei davon noch Teenager – und das Kind, die ermordet und in eine Tonne gestopft worden waren.

Nachdem ich die Mail losgeschickt hatte, checkte ich meinen Posteingang.

Werbung von so ziemlich jedem Anbieter, bei dem ich je online etwas gekauft hatte. Wohltätigkeitsorganisationen, die um Spenden warben. Leute, die mir Freundschaftsanfragen für Facebook schickten. Mein Neurochirurg. Das MCME.

Nachdem ich die Junk-Mails gelöscht hatte, öffnete ich die Nachricht von meiner Chefin in Charlotte. In einem Koffer hinter einem chinesischen Restaurant in Gastonia waren Knochen aufgetaucht. Nguyen wollte meine Meinung hören. Es sei allerdings nicht eilig, meinte sie. Ich schrieb eine kurze Antwort, in der ich erklärte, dass ich in Montreal sei und bald zurückkommen würde.

Ich wandte mich Dr. Bernats Nachricht zu, obwohl ich mir sicher war, was drinstehen würde. Er wollte einen Termin für ein MRT festlegen. Seit meiner Operation wegen eines nicht geplatzten Aneurysmas im Hirn musste ich mich regelmäßigen Kontrollen unterziehen. Nicht gerade das, was ich mir unter Freizeitbeschäftigung vorstelle, aber angesichts der Alternativen eine geringfügige Unannehmlichkeit.

Als ich mit der E-Mail fertig war und mir sonst nichts Kreatives einfiel, ging ich wieder ins Netz und besuchte Seiten, die sich mit Grippen, Impfstoffen und Baculoviren beschäftigten. Tempe, die Goldschürferin?

Ich googelte InovoVax, Mélanie Chalamet, Melanie Chalmers, Arlo Murray. Erfuhr nichts, was ich nicht schon wusste.

Ich wollte eben CRISPR eintippen, als Birdie sich streckte, vom Tisch hüpfte und in die Küche tapste.

Die Zeitanzeige auf meinem Bildschirm meldete 18 Uhr 30, und die Wohnung war dunkel.

»Du hast recht, Bird. Ich bin mit Kochen dran.«

Nach einem Blick in die Vorratskammer entschied ich mich für Linguine vongole, einen grünen Salat und aufgebackenes Baguette. Eins meiner Standardrezepte. Außerdem hatten wir die Zutaten. Alles lief einigermaßen gut.

Beim Abendessen erzählte Ryan, was er über Melanie Chalmers herausgefunden hatte, zuweilen auch anhand von Quellen, die nur Polizeibeamten zugänglich waren. Ich fragte nicht, wie er die angebohrt hatte.

»Hast du irgendwas Überraschendes gefunden?«, fragte ich.

»Habe ich.«

Ryan stopfte sich ein Salatblatt in den Mund. Kaute. Spülte mit einem großen Schluck Moosehead nach. Wickelte sich großzügig Pasta auf die Gabel.

Ich sah ihm zu.

»Das ist köstlich«, sagte er.

Ich ließ mich nicht ködern.

Noch zwei weitere Gabeln, dann sagte er: »Das Massachusetts Department of Vital Statistics führt in seinen Dateien eine Geburtsurkunde für eine Melanie Judith Chalmers. Geboren in Boston am 22. März 1969, beschrieben als weiß und weiblich. Die Eltern sind als Verner und Patrice Chalmers eingetragen.«

Mein Buttermesser erstarrte in der Luft.

»Ein Artikel im *Boston Globe* von 1986 führt Melanie Chalmers als eine der ausgezeichneten Absolventinnen der Boston Technical High School auf. In einer Online-Version des Jahrbuchs nennt Melanie Biochemikerin als Berufswunsch.«

Ich war zu verblüfft, um etwas zu erwidern.

»Dein Mund ist offen.«

Ich schloss ihn. Öffnete ihn wieder, um zu fragen: »Gibt es ein Schülerfoto?«

»Anscheinend hat Melanie sich die Mühe eines Abschlussfotos erspart.«

»Steht da auch, auf welche Universität sie wollte?«

»Nein.«

»Arlo Murray glaubte, sie hatte einen Abschluss. Florence Sorg auch.«

»Bin ich der talentierteste und verführerischste Mann, den du je gesehen hast?«

Ich verdrehte die Augen.

»Im Herbst 1986 schrieb sich eine Melanie Judith Chalmers mit einem Vollstipendium an der American University in Washington, D.C., ein. Sie schloss 1990 mit einem Bachelor in Biologie ab und wurde zugelassen für ein Masterstudium an der –«

Langsam und umständlich aß Ryan seine Nudeln auf, legte die Gabel weg und tupfte sich mit seiner Serviette die Lippen.

»Ich könnte dich umbringen«, sagte ich.

»Im Herbst 1990 begann eine Melanie Chalmers ein Masterstudium in Molekularbiologie und Genetik an der Tufts University.«

»Das ist beeindruckend.«

»Leider brach sie es nach zwei Semestern ab.«

»Schlechte Noten?«, fragte ich.

»Nicht, wenn's nach ihrem Zeugnis geht.«

Ich überlegte eine Weile.

»Ella muss 1991 geboren sein. Vielleicht musste Melanie wegen der Schwangerschaft aufhören. Die Anforderungen der Mutterschaft.«

»Vielleicht war es diese akademische Enttäuschung, die sie so ›verbittert und unglücklich‹ gemacht hat.« Ryan malte Anführungszeichen in die Luft.

»Wenn sie es war.«

»Murray hat sie so beschrieben. Eisenberg hat dem nicht widersprochen.«

Da ich nichts dagegen sagen konnte, ließ ich es sein.

Stattdessen fragte ich: »Hast du irgendwas über Melanies Kinder Ella und Lena gefunden? Den Namen ihres Vaters? Hatten sie überhaupt denselben Vater? Hat sie den Kerl geheiratet? Die Kerle? Lebt er noch?«

»Atme mal durch.«

Ich tat es.

»Morgen starte ich weitere Anfragen nach Behördenunterlagen, Schulregistrierungen und so weiter.«

»Lena dürfte 1999 geboren sein, vielleicht auch erst 2000. Falls es 2000 war, könnte Melanie schon in Kanada gelebt haben. Du hast hier keine Geburtsurkunde gefunden.«

»Keine. Ich fange mit Massachusetts und D.C. an, aber nach ihrem Abgang von der Tufts könnte Melanie überall hingegangen sein. Ohne zu wissen, in welche Stadt oder wenigstens in welchen Staat, könnte die Sache eine Weile dauern.«

Einige Augenblicke saßen wir schweigend da. Ich dachte über Ryans Ergebnisse nach.

»Hat Sorg nicht behauptet, dass Melanie für eine Firma namens HGP gearbeitet hat?«

»Damit könnte ich anfangen«, sagte Ryan. »Jetzt iss.«

Ich tat es.

»Da ist noch mehr.«

Ich hörte wieder auf.

»Verner und Patrice Chalmers starben 1992. Beide Totenscheine tragen dasselbe Datum, und beide geben die Todesart als unbestimmt an. Eine Todesanzeige im *Globe* sagt nichts über die Todesumstände.«

»Das ist nicht ungewöhnlich.«

»Nein.« Ich hörte ein unausgesprochenes Aber. Fragte aber nicht nach.

»Du hast sie gefunden, Ryan. Da bin ich mir sicher. Melanie Judith Chalmers ist unsere Melanie Chalmers. Mélanie Chalamet.«

»Ein winziges Detail habe ich noch nicht erwähnt. Melanies Geburtsurkunde nennt auch den Mädchennamen ihrer Mutter. Bist du bereit?«

»Ich warne dich, Freundchen.«

»Patrice Sorg Chalmers.«

»Irre. Alles passt.«

»Wie ein Armani-Anzug. Dein Essen wird kalt.«

Mit Aufruhr im Hirn aß ich noch ein paar Linguine. Dann griff ich Ryans erste Bemerkung auf.

»Am Anfang hast du gesagt, du hast was Überraschendes gefunden.«

»2000 wird der Bildschirm plötzlich schwarz.«

»Soll heißen?«

»Nach 2000 gibt es von Melanie Chalmers keine Spur mehr.«

»Gar nichts?«

»Null. Gar nix. *Nada. Rien.* Damals gab es noch keine sozialen Medien. Dennoch hat ihr frühes Leben eine Spur hinterlassen, wenn auch eine dürftige. Ihre Geburtsurkunde, die Totenscheine ihrer Eltern, der Nachweis des Highschool-Abschlusses, das Jahrbuch, die Akten der American University und der Tufts. Doch nach ihrem Umzug in den Norden hört Melanie auf zu existieren.«

»Sie hat ihren Namen geändert und ist untergetaucht«, sagte ich.

»Im heutigen CyberAge ist es fast unmöglich, komplett zu verschwinden.«

»Melanies Akte verschwand aus dem InovoVax-System.«

»Das tat sie wohl«, stimmte Ryan mir zu.

Ich ging auf ein Gebäude mit den Buchstaben HGP über dem Portal zu. Es war dunkel. Ein Grauen beschlich mich. Als ich näher kam, öffneten sich langsam die Türen. Ich versuchte, mich abzuwenden, doch eine unsichtbare Kraft zog mich vorwärts. Ich stolperte über die Schwelle und stürzte in einen Tunnel, der so dunkel war wie eine Krypta. Ich schrie. Aus meiner Kehle kam kein Geräusch –

Ich lag in einer glänzenden weißen Röhre, um mich herum blinkten Lichtpunkte. Ich konnte den Kopf nicht bewegen. Ich wollte den Arm heben. Meine Hände waren an die Flanken gefesselt.

»Nicht bewegen«, befahl eine blecherne Stimme.

»Warum?«

»Sonst ruinierst du alles.«

»Ich will raus.«

»Du weißt zu viel.«

Ich versuchte, mich zu befreien.

Der Deckel der Röhre sprang auf.

Ich war auf einem Strand und blinzelte mit zusammengekniffenen Augen in helles Sonnenlicht. Wellen krachten gegen eine Felsklippe zu meiner Linken und wichen mit geschmeidigem Zischen ins Meer zu meiner Rechten zurück. Als ich weit oben am Strand eine Unregelmäßigkeit entdeckte, lief ich darauf zu. Bei jedem Schritt schloss sich der Sand um meine Stiefel. Schwarze Stiefel. Armeestiefel. Ich beugte mich vor und schwang die Arme. Meine Füße gruben sich tiefer in den Sand, aber ich kam nicht voran.

Als ich einen Schrei hörte, hob ich den Kopf. Ein Meeresvogel segelte über mir auf dem Wind. Ich schaute ihm nach. Entdeckte hoch oben auf der Klippe eine Gestalt. Angezogen wie ein Mönch in einer langen Kutte mit Kapuze, sprühte die Gestalt Graffiti. Seine unvollständige Botschaft erstreckte sich über drei Felsen. Ich las sie.

Vier Buchstaben. CRIS –

Der Mönch drehte den Kopf in meine Richtung, doch die schlaffe Kapuze verdeckte alles bis auf die Augen. Sein Blick durchbohrte mich wie ein Laser des Todessterns. Der Sand um meine Knöchel löste sich auf. Ich versank bis zu den Knien. Zur Taille. Zur Brust. Ich stand im Kühlraum einer Leichenhalle. Es war kalt, und ich zitterte. Ich öffnete ein Fach. Auf der Bahre lag Lena Chalmers, aber mit intaktem Fleisch.

Ich hörte ein Miauen. Drehte mich um. Sah keine Katze.

Auf einem Autopsietisch hinter mir lag eine Leiche. Obwohl ich Angst hatte, fühlte ich mich gezwungen, näher zu treten. Ich machte einen Schritt.

Die Leiche setzte sich auf. Melanie Chalmers. Ihre Nase war verschwunden, der Körper bedeckt mit schwärenden Wunden.

Ich machte noch einen Schritt.

Melanie hob die Hand. Ihre Finger waren geschwärzte Stummel. Einer zeigte auf mich.

Der Finger, jetzt verlängert zu einer Kralle, fasste meine Haare und zog daran. Ich schrie auf und versuchte, ihn wegzuschlagen.

Eine Silhouette stand zwischen zwei blendend hellen Lichtstrahlen. Hinter der Silhouette eine Wand. Vor meinen Augen wuchsen die Strahlen zusammen, wurden noch heller und zeigten das Gesicht der Silhouette.

Ryan!

Die Strahlen verschmolzen zu einem überirdisch weiß glühenden Oval auf Ryans Brust. Er taumelte nach hinten und wurde an die Wand gedrückt. Sein Gesicht war schmerzverzerrt, seine Hände fuchtelten durch die Luft.

O Gott. O Gott, nein!

Ich versuchte, zu Ryan hinüberzurennen. Kam wieder nicht von der Stelle. Ich schaute nach unten. Wasser gurgelte und wirbelte um meine Füße.

Ich schrie auf.

Neben Ryan tauchte eine Gestalt auf, das Gesicht merkwürdig deutlich im grellen Schein.

Arlo Murray.

Nein. Verdammt noch mal, nein!

Als ich aufwachte, drückte Ryan mich mit beiden Händen aufs Bett, das Gesicht angespannt vor Sorge.

»Aufwachen, Zuckerschnäuzchen.«

»Nenn mich nicht so.« Ich musste mich erst zurechtfinden.

»Wie aus der Pistole geschossen.« Ryans Gesicht entspannte sich. »Ein gutes Zeichen.«

»Hab wohl geträumt.«

»Im Ernst?« Ryans Haare waren feucht, und er war nur mit einem Handtuch bekleidet. »Nightmare on Elm Street?«

»Eine Teeparty bei Peter Hase war's auf jeden Fall nicht.«

»Meinst du nicht den Verrückten Hutmacher?«

»Die haben dieselbe Gästeliste.« Auch wenn ich mich aufgekratzt gab, war ich immer noch ziemlich wackelig.

Ryan setzte sich aufs Bett, nahm meine Hände in seine und küsste mich leicht auf die Lippen. »Das ist alles nicht wirklich passiert.«

»Ich weiß. Ich glaube, das war mir sogar im Traum bewusst. Aber es war so lebendig.«

Sanft strich Ryan mir schweißfeuchte Haare aus dem Gesicht. Wartete.

»Ein Auto hat dich angefahren, Ryan. Wie auf der Laurier.«

»Und wir haben ja gesehen, was dabei rauskommt. Ich bin unzerstörbar.«

»Hm.«

»Willst du über den Rest reden?«

»Später vielleicht. Tut mir leid, dass ich dich beim Duschen gestört habe.«

»Ich war eben fertig, als ich dich kreischen gehört habe.«

»Ich kreische nicht.«

»Birdie hat einen Auerbachsalto gemacht.« Ryan löste das Handtuch, um sich die Haare zu trocknen. »Mit sauberem Abgang.«

»Versuchst du, mich abzulenken?«, fragte ich.

»Und wie mache ich mich?«

»Mach dich auf die Socken, Cowboy.«

»Bist du sicher?«

»Guten Ritt!«

Ich sah zu, wie er Jeans, langärmeliges T-Shirt und Lederjacke anzog und sich einen Schal um den Hals wickelte. Augenblicke später ging die Wohnungstür auf und fiel wieder ins Schloss.

Die Probleme ignorierend, die mein Unterbewusstsein beschäftigten, warf ich einen Bademantel über und ging in die Küche, um mir Kaffee einzuschenken.

Der Himmel jenseits der Fensterwand war anthrazit bis zum Horizont. Schneeregen prasselte mit einem stetigen *Tick-tick-tick* aufs Glas.

Ich rief das Institut an. Na, wer sagt's denn?! Kein Knochen, der nach meinem Adlerauge verlangte. Ich konnte mich für den Tag einmummen.

Birdie lag bereits mit dem Bauch nach oben auf dem Tisch und sah aus wie eine schiefgegangene Taxidermie. Oder als wäre er von einem Auto überfahren worden.

Ich hatte eben meinen Mac hochgefahren, als mein Handy eine Nachricht meldete. Katy.

Die Einheit meiner Tochter breche zu einem Einsatz auf. Details könne sie mir keine nennen. Natürlich nicht. Nicht sehr tröstend. Es gehe ihr gut und sie freue sich auf Heimaturlaub. Ein bisschen beruhigender.

Ich tippte eben eine Antwort, als mein Handy etwas von Unified Theory spielte.

Ich schaute auf die Anruferkennung. Claudel.

Ich griff hastig zum Telefon und stieß dabei meinen Kaffee um. In einer flüssigen Bewegung schnellte die Katze in die Höhe, sprang vom Tisch und schoss aus der Küche, mit einer Spur aus braunen Pfotenabdrücken hinter sich.

Fluchend wischte ich die Schweinerei auf und rief dann Claudel zurück.

»Detective Charbonneau hat Docteur Murray unter Beobachtung.«

»Und?«

»Es macht ihm keinen Spaß.«

Claudel war nicht in bester Laune. Da brachte es nichts, ihn zu bedrängen.

»Die Zielperson stand um sechs Uhr heute Morgen auf und fuhr direkt zu InovoVax. Er fährt sehr gerne sehr schnell.«

»Hat er irgendwas Verdächtiges getan?«, fragte ich, weil ich einfach nicht stillhalten konnte.

»Vor dem Aussteigen schüttete der Herr eine dunkle Flüssigkeit auf den Asphalt.«

»Den Rest seines Kaffees.«

Claudel machte eine Pause, um mich zu ärgern oder zu tadeln.

»Charbonneau bemerkte einen kaputten Nebelscheinwerfer über der rechten Stoßstange des Lexus und frischen Lack auf dem rechten Kühlerblech.«

Mein Herzschlag beschleunigte sich.

»Außerdem fiel ihm an der Windschutzscheibe ein Aufkleber auf, der auf eine Mitgliedschaft im Royal St. Lawrence Yacht Club hindeutet.«

»Teufel auch! Murray hat ein Boot. Verhaften Sie ihn jetzt?«

»Auf welcher Grundlage, Dr. Brennan? Wegen schlechter Autowartung und einer Schwäche fürs Segeln?«

»Melanie und Ella wurden vielleicht von einem Boot ins Wasser geworfen!«

»Oder einer Brücke, einer Rampe, einem Kai oder einer Klippe.«

Claudel hatte recht. Ich überreagierte. Und machte zu große Sprünge. Ich beruhigte meine Stimme und brachte meine Gedanken wieder auf Kurs.

»Hat die SIJ an dem Wartehäuschen auf der Laurier denn keine Lackpartikel sichergestellt? Bremsspuren erfasst? Irgendwas, das man mit einem verdächtigen Fahrzeug abgleichen kann?«

»Wie Sie sich vielleicht erinnern, war die Straße regennass.«

»Und was jetzt?«

»Mein Partner behält Murray im Auge. Und ich besuche den Royal St. Lawrence in Dorval.«

»2006 hat Ryan jeden Hafen und jeden Segelclub in einem Fünfzig-Meilen-Radius um die Stelle in St-Anicet überprüft, an der die Tonne an Land gespült worden war.«

»Davon gehe ich aus.«

Vislosky war die nächste Anruferin, die Unified Theory meldete.

Zur Begrüßung fragte sie: »Haben Sie das Buch noch?«

»Ich – was?«

»Das Schreibheft des Mädchens.«

»Harmony Boatwrights Tagebuch?«

»Schreibheft, Tagebuch. Wie auch immer.«

Mist. Ich hatte es noch.

»Ja.«

»Ich brauche es in der Akte.«

»Wann?«

»Gestern.«

Scheiße.

Bevor ich etwas erwidern konnte, sagte Vislosky: »Das wird Ihnen gefallen.«

»Was?«

»Bereit?«

»Sagen Sie's einfach.« Nach Claudel war ich nicht in der Stimmung für Spannung.

»Ich habe die Jugendherberge gefunden, in der Lena Chalamet und Harmony Boatwright übernachtet haben.«

»Als sie in Charleston waren?«

»Nein. Ich habe herausgefunden, dass sie auch eine Tour durch den Grand Canyon gemacht haben.«

Warum wollte jeder in meinem Umfeld Komiker werden? »Wann waren sie in Charleston?«

»Im Februar 2018.«

»Das passt zu dem Datum in Harmonys Tagebuch.«

»Das tut es unbedingt.«

»Befragen Sie den –«

»Das werd ich unbedingt.«

Ich berichtete Vislosky, was Ryan über Melanie Chalmers herausgefunden hatte, und erwähnte die Videokassetten, die Lena von ihrer Großtante Florence Sorg erhalten hatte. »Die Aufnahmen wurden wahrscheinlich von Lenas Mutter gemacht.«

»Mélanie Chalamet, alias Melanie Chalmers.«

Ich nickte. Merkte, wie sinnlos das war.

»Eben hat mich Claudel angerufen.«

»Der Montrealer Detective, der ein solches Arschloch ist.«

Ich erzählte Vislosky von Murrays Auto und seiner Mitgliedschaft im Segelclub.

»Aber hatte diese Echse auch Zugang zu Booten, als Ihre Opfer 2002 verschwanden?«

»Ich bin mir sicher, Claudel wird das ermitteln.«

»Wenn Murray Dreck am Stecken hat, warum wartet er so lange und mordet dann so viel später noch mal in Charleston?«

Darauf hatte ich keine Antwort.

»Wir haben unsere Opfer identifiziert, Tonia. Murray könnte sie ermordet haben oder auch nicht. So oder so, wir haben immer noch keine Ahnung, was ein Motiv angeht. Oder die Verbindung zwischen Montreal und Charleston.«

»Das muss mit den Chalamets zu tun haben.« Sie ging nicht darauf ein, dass ich sie beim Vornamen genannt hatte.

»Lena hat auf der Straße gelebt, als sie von Sorg die Videos bekommen hat. Ich denke mir, sie könnte sie mitgenommen haben, als sie in den Süden ging.«

»Und dass sie immer noch irgendwo in der Jugendherberge versteckt sein könnten.«

»Sie könnten unseren Täter überführen.«

»Könnten aber auch Aufnahmen von ihren ersten Babyschritten sein.«

Ein langes Schweigen drang aus der Leitung.

»Sind Sie noch dran?«, fragte ich.

»Bin ich.«

Ich dachte an Nguyens Fall. Das verdammte MRT. Die Bänder. Harmony Boatwrights Tagebuch. Es war Zeit, sich wieder auf die Socken zu machen.

»Können Sie mit der Jugendherberge noch einen Tag warten?«

»Woher wusste ich nur, dass das kommt?«

32

Mittwoch, 17. November

Früh am nächsten Morgen saß ich im Flieger in den Süden. Das Jaulen meiner Katze ignorierte ich. Und die finsteren Blicke meiner Mitpassagiere.

Ich hatte mich ringsum entschuldigt, bis die Dame neben mir auf 12E anbot, Bird im Klo runterzuspülen, und der Kerl auf 12F versprach, ihr zu helfen. Danach war es mir scheißegal.

Da ich weit vor Sonnenaufgang aufgestanden war, fehlte mir die Energie für irgendeine ernsthafte Arbeit, also lehnte ich mich zurück, schloss die Augen und ließ meine Gedanken wandern, wohin sie wollten.

Sie entschieden sich für den jüngsten Abstecher in den Albtraumtunnel.

Meine Träume fallen in eine von zwei Kategorien. Entweder A, mein Unterbewusstsein hindert mich daran, eine scheinbar völlig banale Aufgabe zu erfüllen. Oder B, die Jungs von da unten kauen kürzliche Ereignisse noch mal durch und flechten oft ihre eigenen makabren Wendungen ein.

Das Spektakel der Dienstagnacht war ein fragmentiertes Gruselkabinett, in dem eine Szene verrückt in die nächste taumelte. Zumindest erinnerte ich mich so daran. Eindeutig ein Exemplar aus Schublade B. Und triefend vor Freudscher Symbolik. Oder auch nicht.

Die Armeestiefel waren zurückzuführen auf meine Sorge um Katy. Die weiße Röhre spiegelte meine Ängste wegen des Aneurysmas wider. Vielleicht war es aber auch einfach nur eine Erinnerung, an den MRT-Termin zu denken. Was die blecherne Stimme bedeuten sollte, war mir nicht ganz klar. *Ich will raus. Du weißt zu viel.* Klang wie ein Dialog aus einem billigen Spionageroman.

HGP war Melanie Chalmers Arbeitgeber gewesen, nachdem sie ihr Studium abgebrochen hatte und bevor sie nach Kanada zog. Okay. Das war verständlich. Melanie und ihre Töchter beschäftigten mich. Das erklärte auch Lenas Kurzauftritt in dem Kühlfach und das Solo ihrer Mutter auf dem Autopsietisch.

Ich wurde schläfrig.

Melanies Wunden und die verstümmelten Finger? Vielleicht ein Hinweis auf Capno? Das war weit hergeholt.

Der klippenkletternde Mönch? War er überhaupt ein Mönch? Warum ein Mönch? Was wollte diese unvollständige Botschaft mir sagen? CRIS – Christus? Christopher? Melanies Christopher?

Das Flugzeug machte einen Satz. Mein Kopf ruckte, und ich schrak hoch. Unbeeindruckt von der Turbulenz, driftete mein schläfriges Hirn zum Traum zurück.

Die Episode mit Ryan war zwar erschreckend, aber selbsterklärend. Warum aber Arlo Murrays Auftritt? *Weil der arrogante Mistkerl schuldig ist,* blafften meine unteren Zentren. Schuldig wessen? Des Mordes an Melanie und ihrer Tochter? Vielleicht. Aber warum? Eifersucht auf Christopher? Wer zum Teufel *war* Christopher?

Christopher.

CRISPR.

Laut ausgesprochen, klangen die beiden Wörter ähnlich.

Plötzlich war mein Unterbewusstsein in höchstem Alarmzustand.

Vielleicht hatte Sorg Melanie und Murray über CRISPR streiten gehört, nicht über Christopher? Dass der Begriff in Melanies Notizen auftauchte, hatte Bangoboshe verwirrt. Was hatte er mit der Impfstoffherstellung zu tun?

Das Flugzeug hüpfte wieder, und ich war hellwach.

Bevor Murray zu InovoVax ging, hatte er für das Whitehead Institute am MIT Center for Genome Research gearbeitet. Ich beschloss, mir das genauer anzusehen.

Ich griff unter den Sitz und zog verstohlen meinen Laptop aus der Schultertasche, die ich neben den Katzenkorb gestellt hatte. Birdie wachte auf und startete eine neue Runde lärmenden Protests. 12E stöhnte hörbar auf.

Nachdem ich für das WiFi geblecht hatte, googelte ich »Whitehead Institute« und fing mit Wikipedia an. Ich weiß. Aber ich war müde.

Der volle Name der Einrichtung lautete Whitehead Institute for Biomedical Research. Eine Zeile etwa auf der Hälfte des Eintrags weckte meine Aufmerksamkeit. Darin wurde das Center for Genome Research als größter Einzelbeiträger zum Human Genome Project genannt.

Ich bin ein Augenmensch. Soll heißen, mein Hirn arbeitet am besten, wenn etwas zu sehen ist. Wie zum Beispiel gedruckte Sprache.

Die grauen Zellen schalteten eine Synapse.

HGP.

Das Human Genome Project.

Hatte Murray am Whitehead Institute *daran* gearbeitet? Ging Melanie dorthin, nachdem sie die Uni geschmissen hatte? Hatten sie und Murray beide am Human Genome Project gearbeitet? Falls ja, war diese Tatsache von Bedeutung?

Noch eine Synapse.

Vor ein paar Wochen hatte ich mit Ryan über das HGP gesprochen. Warum? Ach ja. Sullie Huger hatte kurz dort gearbeitet. Wahrscheinlich keine große Sache. Das Projekt war riesig, beteiligt waren Forscher aus zwanzig Einrichtungen in sechs Ländern, darunter Frankreich, Deutschland, Japan, China, Großbritannien und die Vereinigten Staaten.

Das MIT war in Cambridge, Massachusetts. Melanie war aus Boston, und die Tufts war in Medford, Massachusetts. Blieb Melanie nahe der Heimat, nachdem sie die Uni verlassen hatte? Wenn sie am Whitehead gearbeitet hatte, dann dürfte das zwischen 1991 und 2000 gewesen sein. Überschnitt sich ihre Zeit mit der Murrays?

Meine Finger flogen über die Tasten.

Eben als wir aufgefordert wurden, alle elektronischen Geräte abzuschalten, fand ich die Antwort.

Nachdem ich Birdie in den Annex gebracht hatte, fuhr ich direkt zum MCME.

Der Kerl im Koffer war schon sehr lange tot. Sein Schädel deutete auf südasiatische Abstammung hin. Bohrlöcher in seinen Knochen deuteten auf eine postmortale Karriere als Unterrichtsmaterial hin. Seine Reise zum Müllcontainer war ein Fall für die Polizei.

Ich verfasste einen kurzen Bericht und verließ das Institut. Auf der Rückfahrt zum Annex rief ich Vislosky an.

»Yo.« Wie gewohnt.

»Murray hat gelogen.«

Sie brauchte einen Augenblick, um sich zu orientieren, dann sagte sie: »Chalmers Chef bei InovoVax.«

»Er behauptet, Melanie kaum zu kennen. Aber sie waren acht Jahre lang Kollegen.«

»Wo?«

»In einem Institut am MIT.«

»Wo sie was taten?«

»Das menschliche Genom erforschen.« Ich erklärte ihr das Human Genome Project. Das Whitehead Institute.

»Woher wissen Sie, dass die beiden zur selben Zeit dort waren?«

»Ich habe Murrays Curriculum Vitae online gefunden.«

»Sein was?«

»Seinen akademischen Werdegang.«

»Danken wir dem galoppierenden Heiland für Eierkopf-Egos.« Eine Pause, dann fragte sie: »Sie sind sich hundertprozentig sicher, dass mein älteres Behälter-Opfer dieses Chalamet-Mädchen ist?«

»Lena.«

»Wo sind Sie?«

»In Charlotte.«

»Sie haben vier Stunden, dann fahre ich zu dieser Jugendherberge. Ich habe viel am Hals, und die Chance, dass wir dort noch irgendwas finden, liegt bei eins zu einer Million.«

Ich verschob die Terminvereinbarung für das MRT.

Der galoppierende Heiland war mir freundlich gesonnen, und auf den Straßen kaum Verkehr. Um sieben hatte ich einen ernsthaft verstimmten Kater abgeladen, sein Katzenklo aufgestellt, Anne eine Notiz geschrieben und war dann ins Zentrum von Charleston gerast.

Auf dem Weg zur Jugendherberge erzählte mir Vislosky, wie sie sie gefunden hatte. Nichts Besonderes, nur sture Beharrlichkeit und eine krasse Frisur. Sie hatte fast jedes billige Hotel und jedes Bed&Breakfast der Stadt angerufen. Und dann Bingo, ein Angestellter erinnerte sich an ein Mädchen mit stacheligen pinken Haaren.

Zehn Minuten nach Verlassen der Zentrale hielt Vislosky am Bordstein vor einem dreistöckigen Holzhaus, das eindeutig schon bessere Tage gesehen hatte. Vielleicht irgendwann in der Mittelsteinzeit. Zur Straße hin schmal, reichte das Gebäude tief in das Grundstück hinein, die in Charleston klassische Bauweise. Seine gelbe Farbe war ausgeblichen und blätterte ab. Die einst weißen Fensterläden waren verwittert und schmutzig grau. Bei manchen fehlten Lamellen, andere hingen schief an Angeln, die ihr Haltbarkeitsdatum längst überschritten hatten.

Während wir Details wahrnahmen, die die einzige Straßenlampe des Blocks nur widerwillig preisgab, drang statisches Rauschen aus dem Funkgerät.

Ein Grünstreifen grenzte an die südlich verlaufende Seitenwand. Wo früher wohl ein Garten gewesen war, wucherte jetzt ein Gestrüpp aus Nachtschatten, Vogelmiere, Hirse und Riesenschilf.

Über diesem Dschungel ragte im ersten Stock ein Balkon aus verschnörkeltem, schwarzem Schmiedeeisen hervor. Unter dem Balkon erstreckte sich zwei Stufen über dem Erdboden eine durchhängende Veranda.

In der Mitte der Veranda befand sich eine üppig verzierte Tür aus Holz und Glas, mit wild durcheinander stehenden Korbstühlen zu beiden Seiten. Nicht sehr einladend, angesichts des Dauerschattens, den überhängende, vernachlässigte Magnolien und Virginia-Eichen warfen.

»Nicht bedrohlich«, sagte ich.

»Nur verdammt gruselig.«

»Nicht, wenn man jung und arm ist. Ein Aufenthalt hier kostet, was? Neunzig Dollar pro Nacht?«

»Zweiundvierzig, einschließlich WLAN und Frühstück, Flöhe und Wanzen gratis. Ich bin mir sicher, die Kundschaft rennt denen die Bude ein.«

Vislosky löste ihren Sicherheitsgurt. Ich tat es ihr nach. Wir stiegen aus, gingen über einen Plattenweg zur Seitentür und stiegen die Stufen hoch. Ein winziges Schild verkündete *Garden Hotel.* Ein noch winzigeres bat die Kunden, auf die Klingel zu drücken. Mit einem Lächeln. Vislosky tat es. Ohne zu lächeln.

»Sie wollen einchecken?« Die Stimme klang so blechern wie die in meinem Traum.

»Detective Vislosky, Charleston PD. Ich habe eine Frage zu einem Ihrer Gäste.«

»Ich weiß nicht so recht, was ich jetzt tun soll.«

»Wie wär's, wenn Sie die Tür öffnen?«

Schlösser klickten, dann schwang die schwere Tür nach innen.

Die Frau, die es sich anscheinend zur Aufgabe gemacht hatte, den Eingang zu versperren, sah aus wie ein Haus im Polyester-Trainingsanzug. Ihre Haut war wie Kakao, die Haare schwarz und mit einem Mittel zur Seite gekämmt, das sie aussehen ließ wie gewachst. Ihre drallen Lippen waren feuerwehrrot. Kreolen, groß wie Pizzas, baumelten von ihren Ohren.

Vislosky zeigte ihr ihre Marke. Trainingsanzug schaute erst die Marke an, dann wieder uns.

»Ihr Name?«, fragte Vislosky.

»Sondra Tong.« Tongs Wimpern waren scharf nach oben gebogen und steif vor Tusche.

»Ihnen gehört dieses Haus?«

»Nee-nee. Ich führe es nur.«

»Wie lange?«

»Den ganzen Tag.«

»Wie lange führen Sie dieses Hotel schon?«

Tong verlagerte ihr Gewicht. Da war viel zu verlagern. »Ungefähr vier Jahre. Ich hab's nicht so mit den Kalendern.«

Vislosky schlug sich auf den Unterarm. Kratzte daran. »Wir können das hier draußen machen und die Moskitos nuckeln lassen. Oder wir könnten vielleicht drinnen reden?«

Tong schaute verwirrt drein. Als Vislosky einen Schritt nach vorn tat, machte sie einen zurück.

Wir betraten ein kleines Foyer, das größtenteils von Tong ausgefüllt wurde. Ein Empfangstresen lief parallel zur rechten Wand. Er sah aus wie von IKEA, modern und hier völlig fehl am Platze.

Vor uns führte eine schmale Wendeltreppe in den ersten Stock. Hölzernes Geländer. Fadenscheiniger Läufer. Neben der Treppe führte ein Gang zur Rückseite. Auf der einen Seite ein Speisesaal, auf der anderen ein Salon, beide durch Schiebetüren zu betreten, die zu klemmen schienen. Wie schon im Foyer tauchten beschlagene Messinglüster die Räume in ein anämisches Gelb.

Tong führte uns in den Salon, und wir setzten uns. Vislosky kam gleich zur Sache.

»Im Februar 2018 übernachteten hier zwei junge Frauen. Lena Chalamet und Harmony Boatwright.«

»Sie sind diejenige, die angerufen hat?«

»Ja.«

»Und nach den beiden weißen Mädchen gefragt hat? Die eine mit den irren Haaren?«

»Ja.«

»Ja.« Mit einem langsamen Nicken. »Die waren da.«

»Wie lange?«

»Ich hab's nicht so mit Kalendern.«

Während Vislosky Tong befragte, betrachtete ich, was aussah wie die Kulisse für einen Stummfilm. Tapeten mit Blumenmuster bedeckten die Wände, jetzt ausgebleicht, früher wohl schreiend bunt. Viele geschnitzte Mahagonimöbel. Unmengen dunkel pflaumenfarbener Stoff. Lampen mit Quastenschirmen, die zwar brannten, aber wenig ausrichteten. Am Boden ein verschlissener Perserteppich, der schon seit Langem nicht mehr versuchte, echt auszusehen.

»Haben Sie ein Gästebuch?« Vislosky sprach langsam, wie eine Lehrerin mit einem dummen Schüler.

»Ja. Haben wir.«

»Könnten Sie es holen, bitte?«

»Ich weiß nicht, ob ich das darf.«

»Sie dürfen.«

Tong runzelte die Stirn, stemmte sich dann hoch und watschelte davon.

Vislosky und ich warteten.

Zeit verging. Ich versuchte, nicht an Visloskys Bemerkung über Flöhe und Wanzen zu denken. Schaffte es nicht so ganz.

Nervös stand ich auf und schaute in Schubladen und Fächer in Sideboards und Beistelltischen. Vislosky machte nicht mit, hielt mich aber auch nicht davon ab.

Schritte polterten die Treppe herunter, dann kam ein Junge mit Nackenspoiler und Pickeln im Gang vorbei. Er blieb kurz stehen, um durch die offene Salontür zu schauen, dann ging er weiter, eine wandelnde Werbung für Haltungsstützen.

Meine illegale Durchsuchung förderte keine Videokassetten zutage. Ich machte mich wieder auf zum Sofa.

Nach zehn Minuten kehrte Tong zurück, ein grau-rotes Hauptbuch an ihrem mächtigen Busen.

»Ich habe meinen Chef angerufen. Er sagt, Sie dürfen das nicht haben.«

»Wenn wir Ihr Gästebuch konfiszieren müssen, komme ich mit einem Gerichtsbeschluss wieder. Im Augenblick will ich einfach nur überprüfen, ob die Mädchen tatsächlich hier waren.«

Die roten Lippen spitzten sich unentschlossen. Anscheinend hatte ihr Chef ihr für diese Möglichkeit keine Anweisungen gegeben.

»Oder ich bringe Sie jetzt aufs Revier, und wir machen es dort.«

Tong gab das Gästebuch der großen, bösen Polizistin.

Vislosky blätterte die Seiten um. Es waren nicht viele. Anscheinend liefen die Geschäfte im *Ye Olde Garden* nicht so gut.

Noch ein wenig Blättern, dann schaute Vislosky zu mir und nickte.

»Chalamet und Boatwright waren für acht Tage im Februar 2018 hier. Zeigen Sie mir ihr Zimmer.«

»Ich darf nicht –«

Vislosky drehte das Gästebuch Tong zu und deutete mit dem Zeigefinger auf einen Eintrag.

»D Zwei.« Scharf. »Zeigen Sie es mir.«

»Müssen ja nicht gleich grob werden.«

»Ich habe noch nicht mal angefangen.«

Tong führte uns im ersten Stock zu einem düsteren Schlafsaal mit zwei Stockbetten und zwei zusammengeschobenen, aber nicht zusammenpassenden Einzelbetten. Doppeltürige Metallspinde säumten die Rückwand, nur einer hatte ein Vorhängeschloss.

»Wo haben sie geschlafen?«

»Welche Betten sich die Gäste aussuchen, geht mich nichts an.«

Mit verschränkten Armen und gespreizten Füßen sah Tong uns beim Suchen zu. Bei dem engen Polyester keine gute Haltung.

Die Spinde waren leer. Nichts hinter oder unter den beiden Stockbetten. Dasselbe bei den Einzelbetten.

Einen Augenblick standen Vislosky und ich da und starrten die Einzelbetten an. Das hintere hatte ein hohes, hölzernes Kopfbrett.

Wir hatten denselben Gedanken. Vislosky sprach ihn aus.

»Ziehen wir das Scheißding ein Stück vor.«

Leichter gesagt als getan.

Aber der Mühe durchaus wert.

33

Donnerstag, 18. November – Freitag, 19. November

Hinter dem Kopfbrett war ein improvisiertes Loch in den Verputz geschlagen. Darin steckte ein in eine Plastiktüte gewickeltes Päckchen.

Ich zog Gummihandschuhe aus meiner Handtasche und

gab sie Vislosky. Während ich mit meinem Handy Videoaufnahmen machte, zog sie das Päckchen heraus und wickelte es auf.

»Was ist Jean Coutu?«, fragte sie, als sie das Logo auf der Tüte gelesen hatten. Sie sprach es wie Kau-tuu aus.

»Eine Apothekenkette in Quebec.«

In der Tüte war eine einzelne Videokassette.

»Da brat mir einer 'n Storch!« Ich hatte Vislosky noch nie so aufgeregt gesehen. »Dieses Baby hier nehme ich mit.« Sie warf Tong einen Seitenblick zu.

Tong wollte etwas einwenden. Überdachte dann den Impuls und schloss den Mund wieder. Stand stumm da, als die grobe Polizistin und ich die Treppen hinunter und hinaus in den Abend eilten.

Auf der Fahrt ins Stadtzentrum schwieg Vislosky. Das war mir nur recht. Ich war erschöpft von einem langen Tag im Flugzeug und auf Autobahnen.

Wir bogen in die Lockwood ein, als ihr Handy summte. Sie meldete sich. Hörte zu. Antwortete knapp, dass sie dort sein werde.

»Gottverdammt.«

»Was?«, fragte ich für den Fall, dass der Fluch an mich gerichtet war.

»Herrin stellt Kühlcontainer vor das Krankenhaus. Mein Chef sagt, die brauchen Sonderbewachung.«

»Weil?«

»Weil die Schaulustigen zu randalieren anfangen.«

»Warum?«

»Weil sie wissen, was da drin ist.«

»Capno-Fälle?«

Vislosky nickte, das Gesicht neongesprenkelt von einem nahen Ladenschild.

»Sind die Todeszahlen so hoch?«

»Gehen durch die Decke.«

»COVID-19 ist noch lebhaft in Erinnerung, und die Leute haben Angst.«

»Wie auch immer. Das bedeutet, dass mein Arsch für die nächsten paar Stunden nicht nach Hause kommen wird.«

Als wir uns der Zentrale näherten, fand sie die Sprache wieder. »Schätze, das Band wurde mit einer Art Videokamera aufgenommen.«

»Florence Sorg hatte einen Camcorder.«

»Vor zwanzig Jahren waren die Dinger ziemlich verbreitet.«

»Sony hat Multillionen davon verkauft.«

»Klingt nach einer Menge.«

»Jeder stolze Papa wollte seinen bewundernswerten Nachwuchs aufnehmen.«

»Warum?«

»Um seine Freunde zu langweilen.«

»Meiner nicht.«

»Waren Sie bewundernswert?«

»Hat Sony viele Modelle produziert?«

»Multillionen.«

»Dann wollen wir hoffen, dass die Technik-Freaks das Richtige in die Finger bekommen.«

Anne hatte mir ebenfalls einen Zettel hinterlassen.

Bin unterwegs, um Josh zu besuchen. Er hat eine Rolle in einer Soap bekommen, und sie drehen in Savannah.
Bin am Montag zurück.
Ciao!

Ich wusste nicht so recht, ob ich erleichtert oder enttäuscht war.

Nachdem ich Birdie gefüttert hatte, grillte ich mir ein Käsesandwich und machte mir eine Dose Tomatensuppe warm. Nicht gerade Gourmetküche, aber das Trostessen sagte mir zu.

Zur Ablenkung suchte ich mir die Fernbedienung und schaltete auf WCSC, den »führenden Nachrichtensender im Lowcountry«. Schaute mit halbem Auge hin, während ich aß.

Ein Bewaffneter hatte einen Dollar General Store überfallen und den Verkäufer erschossen. Ein umgekippter Truck sorgte auf der I-526 für Verkehrschaos. Deputys fahndeten nach einem Transporter, dessen Fahrer angeblich Kinder in sein Fahrzeug lockte. Der rasante Anstieg der Capno-Fälle war eine große Belastung für das Gesundheitssystem in Charleston und anderen Städten in South Carolina. Columbia, Florence, Georgetown, Greenville, Aiken, Spartanburg.

Der Sender schaltete eine Werbeunterbrechung. Eine Mittzwanzigerin mit einem Körperfettanteil von unter zwölf Prozent pries einen Diätplan an, der mein Leben garantiert verändern würde. Subway versuchte, mich mit einem Sonderangebot für das klassische Dreißig-Zentimeter-Sandwich zu locken. Ein Gecko drängte mich dazu, meinen Versicherer zu wechseln.

Dann ein Spot, der mich stocksteif in meinem Sessel erstarren ließ.

Ein Schauspieler saß in einem Labormantel und mit sehr besorgter Miene vor einem Mikroskop, Sullie Hugers Firmenlogo hing über und hinter ihm, eine zum Teil aufgewickelte Doppelhelix und darüber GeneFree in fetten, grünen Buchstaben.

Dann der Möchtegernwissenschaftler in Nahaufnahme. Direkt in die Kamera blickend, stellte er eine Reihe rhetorischer Fragen.

»Machen Sie sich Sorgen wegen der Pandemie in unserem Staat? Haben Sie Angst, dass Sie oder ein Familienmitglied anfällig für diese Bedrohung sind? Dass Ihr geliebtes Haustier in Gefahr sein könnte? Hören Sie, was die Experten sagen.«

Nun erschien eine Frau im weißen Mantel, mit einem Stethoskop um den Hals. Sie sagte ein paar Worte über *Capnocy-*

tophaga und erklärte, dass Immunität gegen die Infektion eine Frage der Genetik sei. Neben ihr liefen verstörende Bilder von Capno-Kranken und Hunden in Käfigen. Dann kam der erste Schauspieler wieder ins Bild.

»Gehen Sie kein Risiko ein. Schützen Sie sich und Ihre Lieben, und vermeiden Sie unnötigen Stress. Unser Set können Sie schnell und einfach online bestellen. Schicken Sie uns einen Abstrich, und wir sagen Ihnen, was in Ihren Genen ist.«

Dann wurde das Logo bildschirmgroß, und eine männliche Stimme nannte Adresse und Telefonnummer. Beides tauchte auch in Großbuchstaben auf. Dann: »Zögern Sie nicht! Handeln Sie noch heute!« Blablabla! Das übliche Werbegeschrei.

Während ich mir die Kontaktdaten aufschrieb, gab mir ein Zellhaufen in meinen unteren Zentren wieder einen dieser lästigen Ellbogenstupser.

Was?

Der Nachrichtensprecher war wieder da mit einer Meldung über das bevorstehende Lichterfest im James Island County Park. Als Katy noch klein war, war ich jedes Weihnachten mit ihr dort gewesen. Sie hatte die mäandernde Fahrt durch dieses elektrische Wunderland geliebt.

Ich löffelte meine Suppe aus, trug das Geschirr zum Spülbecken und ging dann hinauf in mein Zimmer. Birdie sprang zu mir ins Bett.

Wie auch dieser nervende Zellhaufen. Er suchte sich eine neue Taktik und verlegte sich nun aufs Wiederkäuen.

Wenigstens kannte ich jetzt die Namen der Behälter-Opfer zu beiden Seiten der Grenze. Und ich konnte mir auch erklären, wie alle vier in Zeiten von FBI, RCMP, IAFIS, CODIS, WWW und DNA hatten verschwinden können, ohne die geringste Spur zu hinterlassen.

Jedes Opfer war durch eine andere Lücke im System gefallen. Melanie und Ella Chalmers/Chalamet hatten sich illegal und mit Decknamen in Kanada versteckt. Harmony Boatwright fehlte jeglicher familiärer Rückhalt. Ebenso Lena Chalamet, die von Pflegefamilie zu Pflegefamilie verschoben worden und schließlich auf der Straße gelandet war.

Niemand hatte Nachforschungen angestellt oder Alarm geschlagen. Niemand war in ein Polizeirevier gegangen, um ein Formular auszufüllen.

Alle waren ermordet worden, und ihr Mörder war unentdeckt geblieben.

Ihre Mörder?

Hatte mein Bauch recht? War Arlo Murray dieser Mörder?

Falls ja, was war sein Motiv gewesen?

Melanie Chalmers und Arlo Murray hatten beide für das Human Genome Project gearbeitet. Zur selben Zeit am selben Ort, und doch hatte er geleugnet, sie zu kennen. Warum?

Sullie Huger hatte ebenfalls für das HGP gearbeitet. War das von Bedeutung? Wo war er angestellt gewesen? In welcher Funktion? Seine Spezialgebiete waren Chemie und Computersysteme. Könnte Huger nützliche Informationen zu Lena oder Murray haben?

Lena war offenbar nach Charleston gefahren, um einer Spur nachzugehen, die zu ihrer Mutter führen könnte.

Dort hatte sie Harmony getroffen.

War Murray eineinhalb Jahrzehnte nach dem Mord an Melanie und Ella in Montreal in den Süden gereist, um noch einmal zuzuschlagen?

Unified Theory rissen mich aus dem Schlaf.

Die Terrassenfenster zeigten eine zwischenweltliche Mischung aus Graus und Pinks, einen Himmel, der die Dämmerung noch nicht ganz abgeschlossen und den Morgen noch nicht begonnen hatte.

Ich tastete nach meinem Handy.

Ryans Namen zu lesen hob meine Stimmung. Seine Stimme zu hören nicht.

»Letzte Nacht gab es bei InovoVax eine Explosion.« Kurz und knapp. »Kann sein, dass Murray im Gebäude war.«

»Im Ernst?«

»Ein Wachmann glaubte, er hätte ihn gegen zehn reingehen, aber nie wieder rauskommen sehen. Das Institut ist gegen Mitternacht in die Luft geflogen.«

Ich war zu verblüfft, um etwas zu antworten.

»Das Feuer war enorm. Wenn der Schutt abgekühlt ist, geht die Feuerwehr rein, um nach Leichen zu suchen.«

»Verdammte Scheiße.«

»Schön gesagt.«

»Was hat die Explosion verursacht?«

»Die Brandstiftungsjungs vermuten eine Bombe.«

»Verdammte –«

»Ja.«

»Hältst du mich auf dem Laufenden?«

»Wie du mich über deine Ankunft gestern Abend auf dem Laufenden gehalten hast?«, sagte Ryan mit vorwurfsvollem Unterton.

»Entschuldigung.«

»Angekommen.«

Die nächsten paar Stunden verbrachte ich mit Banalitäten. Lebensmittel im Harris Teeter. Flundern bei Simmons Seafood. Einen Termin für das verflixte MRT ausmachen. Dann joggte ich drei Meilen am Strand. Und genehmigte mir eine sehr lange Dusche.

Um elf sang mein Handy wieder. Ich hatte den Klingelton wieder geändert, die neue Band hieß War, der Song *All Day Music.*

Die Anruferkennung schlug ein »Vielleicht« vor, das mich überraschte. Der Name war nicht in meinen Kontakten. Woher kannte das verdammte Telefon ihn?

»Guten Morgen, Dr. Bangoboshe.«

»Guten Morgen, Dr. Brennan. Haben Sie gerade Zeit?«

»Natürlich.«

»Ich habe mir diese zweite Seite der Notizen noch mal angeschaut. Die mit den codierten Einträgen.«

»Ja?«

»Ich glaube, jede Zeile steht für ein Datum und eine Chargennummer.«

Ich antwortete nicht.

»Jede Impfstoffcharge wird nummeriert.«

»Natürlich.«

Ich wartete.

»Das ist alles. Der Rest sagt mir nichts.«

»Das ist sehr hilfreich.«

»Ich bezweifle, dass es bedenklich ist. Chargennummern würde man erwarten, Ihre Zielperson ist ja schließlich an der Impfstoffproduktion interessiert.«

»Vielen Dank, dass Sie sich die Zeit genommen haben.«

»War mir ein Vergnügen.«

Eine Weile saß ich da und dachte darüber nach, was Bangoboshes Erkenntnis bedeuten mochte.

Um eins rief Ryan wieder an.

»*Les pompiers* haben eine Leiche gefunden.« Wenn Ryan erschöpft oder aufgeregt ist, wirft er oft Französisch und Englisch durcheinander. Ich wusste, dass er die Feuerwehrmänner meinte.

»Schlimm verbrannt?«

»Total verkohlt.«

Ich wartete.

»Es ist Murray.«

»Ohne jeden Zweifel?«

»LaManche hat eine forensische Zahnärztin aufgetrieben. Sie hat die Identifikation bestätigt.«

»Schon eine Theorie über die Ursache der Explosion?«

»Die Brandstiftungsjungs haben Spuren eines Sprengmittels gefunden. Hab vergessen, welches.«

»Denken die Jungs an eine selbst gebastelte Bombe?«

»Die Jungs teilen mir ihre Gedanken nicht mit.«

»Wird Murray als Opfer oder als Verdächtiger betrachtet?«

»Dieselbe Antwort.«

»Schon mit Claudel gesprochen?«

»Das ist mein nächster Anruf.«

Wieder saß ich da und überlegte mir, was Ryans Nachricht zu bedeuten hatte. Mit Bangoboshes hatte das nicht funktioniert. Jetzt funktionierte es auch nicht.

Frustriert schaute ich durchs Wohnzimmer zu der raumhohen Glaswand. Draußen umschloss eine wolkenlos blaue Kuppel die Insel und das Meer dahinter, und die warme Herbstsonne zauberte ein Glitzern auf die Zen-ruhigen Wellen.

Das Fenster war ähnlich wie das in der Montrealer Wohnung, der Ausblick allerdings wie eine Szene von einem anderen Planeten.

Ich holte mir Eistee aus dem Kühlschrank und ging auf die Terrasse hinaus. Wie schon im Flugzeug, schloss ich die Augen und ließ die Gedanken frei schweifen, während die Nachmittagssonne mein Gesicht wärmte.

Sie schweiften zwischen neu erworbenen Informationen umher.

Die Explosion bei InovoVax. Ryans verkohlte Leiche, Arlo Murray. CRISPR. Die Kassette, die Harmony und Lena im Hotel zurückgelassen hatten. *Capnocytophaga.* Die Fernsehwerbung für GeneFree.

Meine Augen sprangen auf.

In meinem Hirn kollidierten Bytes.

34

Freitag, 19. November

Sullie Huger hatte für das Humane Genome Project gearbeitet. Arlo Murray ebenfalls. Und Melanie Chalmers.

War das vielleicht wichtiger, als ich dachte?

Ich holte meine Notizen hervor. Huger fing mit der Arbeit für das HGP an, gleich nachdem er 1990 am University College in Chapel seinen ersten Doktor gemacht hatte, und verließ es 1995, um eine Stellung bei GlaxoSmithKline anzunehmen.

Also waren Huger, Murray und Chalmers alle zur selben Zeit fürs HGP tätig. Murray und Chalmers waren am MIT. Huger auch?

Ich ging ins Netz. Fand dort keine Antwort.

Sofort klinkte sich ein anderes Datenbyte ein und löste eine Lawine neuer Fragen aus.

Florence Sorg hatte gesagt, ein »Überflieger-Kollege« habe Melanie den Job bei InovoVax besorgt. War Huger dieser Überflieger? Hatte er sich auch um eine Stelle für Murray gekümmert?

Noch mehr Bytes.

Der genetische Genealoge hatte herausgefunden, dass Sullie Huger und Harmony Boatwright entfernte Cousins waren.

Waren Harmony und Lena nach Charleston gekommen, um Huger zu besuchen?

Ich ging wieder online und fand eine Adresse. Gott sei Dank fürs Internet.

Ein schneller Anruf bei Vislosky. Voicemail. Ich hinterließ eine kurze Nachricht.

Höchste Zeit für eine Runde Nachbohren.

Der Maybank Highway ist eine schizoide zweispurige Straße, die sich über die James, Johns und Wadmalaw Islands schlängelt. An manchen Abschnitten finden sich Tankstellen, Ladenzeilen und Schnellrestaurants. Andere führen durch Wohngegenden. Und wieder andere sind unbarmherzig ländlich.

Hugers Firma lag an einer der belebteren Geschäftsstraßen auf James Island. Von der Straße zurückgesetzt durch Palmetto-Palmen und Kunstrasen, der Gras darstellen sollte, könnte der dreistöckige Backsteinbau alles Mögliche sein – ein Ärztehaus, ein Bürogebäude, ein Versandhandel. Kein Schild deutete auf die Art des Unternehmens hin, das hier betrieben wurde.

Ich stellte mein Auto zu dem halben Dutzend anderer, die auf einem Rechteck aus zerdrückten Muschelschalen geparkt waren, und betrat das Gebäude durch eine Glastür ohne jede Beschriftung. Die Lobby war klein, mit einem auf Hochglanz polierten, gesprenkelten Fliesenboden, einem Aufzug auf der rechten Seite und einem Schreibtisch aus Glas und Stahl auf der linken.

Die Dame am Empfang hatte silbrige, hochgekämmte und mit reichlich Spray fixierte Haare. Eine Harry-Potter-Brille hing ihr an einer Kette um den Hals. Als sie die Tür hörte, schaute sie vom Feilen eines lila Nagels hoch.

»Guten Nachmittag«, sagte ich, um Freundlichkeit bemüht. »Heute ist es so wunderschön draußen.«

»Hat uns der Herr nicht mit dem prächtigsten Wetter gesegnet?« Der Südstaatenakzent war so dick, dass man ihn über Dixie-Bell-Eiscreme hätte gießen können.

»Ich bin hier, um mit Dr. Huger zu sprechen.« Ich formulierte so, als wäre das Treffen bereits vereinbart.

Dixie Bell runzelte die Stirn, legte ihre Feile weg, setzte die Harry Potters auf und klapperte auf Tasten. »Haben Sie einen Termin?«

»Nein«, sagte ich mit einem so entschuldigenden Lächeln, dass mir das Gesicht wehtat. »Aber ich hatte gehofft –«

Dixie Bells Hand schoss an die Brust. »Ach du meine Güte.

Jetzt haben Sie mir aber eine Heidenangst eingejagt. Ich dachte schon, ich hätte einen Schnitzer gemacht.«

»Vielleicht könnte ich –«

»Tut mir leid. Aber Dr. Huger ist für ein paar Tage nicht da.«

Mist. Ich sagte nichts.

»Kann ich Ihnen vielleicht weiterhelfen?« Die Augen wirkten riesig hinter den dicken, runden Gläsern.

»Mein Name ist Temperance Brennan.« Ich ging zum Schreibtisch.

Dixie Bell griff nach einer Plastikflasche, sprühte sich beide Handflächen ein und wischte sie mit einem Kleenex trocken.

»Man kann nie zu vorsichtig sein.«

»Nie«, stimmte ich ihr zu.

»Abilene Monger.« Eine desinfizierte Hand schoss in meine Richtung. »Sehr erfreut.«

»Arbeiten Sie schon lang hier, Abilene?« Wir gaben uns die Hände, und ihr Griff war so fest wie das Tuch, das sie eben weggeworfen hatte.

»Seit vor der Auferweckung des Lazarus«, sagte sie beinahe kichernd.

»Das ist mir jetzt ein bisschen peinlich«, fuhr ich fort, sehr um Verlegenheit bemüht.

»Ach, Darling. Was ist denn?«

»Ich bin auf der Suche nach meiner Nichte.«

»Sie wird vermisst?«

Ich nickte. »Inzwischen schon eine ganze Weile. Ich glaube, dass sie und eine Freundin vor ein paar Jahren möglicherweise hier gewesen sind. Sie hatte kurze, dunkle, pink gesträhnte Haare. Ihre Freundin war ziemlich groß.«

»Das schweinchenrosa Stachelschwein!«

»Wie bitte?«

»Ich denke mir Reime und Eselsbrücken aus, um meinem visuellen Gedächtnis auf die Sprünge zu helfen. Das ist ein Erinnerungstrick, den ich bei Oprah gelernt habe. Merksprüche.«

»Ich mache das die ganze Zeit.«

»Ich benutze es für Gesichter und Autos und so, weniger für Stimmen oder Gespräche. Ich habe, so würden es die Ärzte nennen, ein echoisches Gedächtnis. Je davon gehört?«

Ich schüttelte den Kopf.

»Wenn ich eine Ansprache oder einen Song oder Ähnliches höre, kann ich mich an jedes einzelne Wort erinnern. Ich kann das so gut, dass damals in der Highschool ein Psychologe eine Studie über mich gemacht hat.«

»Ich bin beeindruckt.«

»War er ebenfalls. Aber bitte setzen Sie sich doch.« Sie deutete zu den beiden grauen Samtsesseln vor dem Schreibtisch.

Ich setzte mich.

»Ihre Haare. Ganz stachelig. Wie bei einem Stachelschwein eben. Und pfingstrosenpink.«

»Sehr clever«, sagte ich mit absolut neutraler Stimme, auch wenn mein Puls in den Schläfen hämmerte.

»Glauben Sie, das schweinchenrosa Stachelschwein war Ihre Nichte?«

Ich zog das Foto aus dem Shady Sam's aus meiner Handtasche und legte es aufs Glas. Monger setzte die Harry Potters wieder auf, beugte sich vor und betrachtete das Mädchen, das vor der Bühne saß.

»Ja, Ma'am«, sagte sie schließlich. »Wie heißt das arme Lämmchen denn?«

»Harmony.«

»Wie äußerst charmant.«

»Vielen Dank.«

»Was macht das Kind denn in einer Bar?«

»Das ist eine lange Geschichte.«

Eine vorwurfsvolle Pause. Dann sagte sie: »Ihre Nichte und ihre Freundin arbeiteten an einem Naturwissenschaftsprojekt für die Schule. Sie hatten vorher nicht angerufen, aber Dr. Huger war so freundlich, sie trotzdem zu empfangen. Ich war in seinem Büro, weil ich Ablagearbeiten nachholen musste, deshalb bekam ich fast alles mit. O Gott, ich hasse Ablage. Deshalb lasse ich immer so viel zusammenkommen.«

»Worum ging's bei dem Projekt?«

»Das habe ich nicht so ganz verstanden. Aber sie hatten viele Fragen über Genome und DNA-Sequenzierung und genetische Tests und so. Und natürlich zu GeneFree.«

Monger brach ab, weil der unfertige Nagel sie ablenkte.

»Sonst noch was?«, ermutigte ich sie.

»Sie fragten nach pharmazeutischen Herstellungsverfahren. Sie wussten, dass Dr. Huger in dieser Industrie gearbeitet hatte. Ihre Recherchen hatten sie gründlich gemacht, das muss man sagen. Besonders interessierten sie sich für Impfstoffe. Wie sie gemacht werden. Wie sie getestet werden. Qualitätskontrolle und solche Sachen. Sie fragten nach einem Verfahren namens mRNA. Ich habe keine Ahnung, was das ist.«

Die Zellen in meinem Unterbewusstsein setzten sich auf. *Häh?*

Mongers Stirnfurchen wanderten in Richtung Nasenwurzel.

»Ja?«, hakte ich nach.

»Sie fragten auch nach Viren. Ich fand das merkwürdig, weil es nicht Dr. Hugers Spezialgebiet ist. Aber ungefähr um diese Zeit hatte ich meine Arbeit erledigt und verließ das Büro. Machen Sie sich Sorgen, dass Ihre Nichte sich in Schwierigkeiten gebracht haben könnte?«

»Ich hoffe nicht.«

»Wir leben in einer gefährlichen Welt.«

»Da haben Sie recht. Erwähnte Harmony irgendeine familiäre Beziehung zu Dr. Huger?«

Mongers Brauen schossen überrascht in die Höhe. »Was für eine merkwürdige Frage.«

»Ich weiß.« Ich verfluchte mich, weil ich es so unvermittelt gefragt hatte. »Ich weiß nur nicht so recht, was meine Nichte sich eigentlich gedacht hat.«

Monger schüttelte heftig den Kopf, was die Brillenkette zum Schwingen brachte. »Ich hätte mich sicher daran erinnert, wenn sie danach gefragt hätte. Soweit ich weiß, hat der arme Mann überhaupt keine Verwandtschaft.«

»Wissen Sie, wann Dr. Huger zurückkehrt?«

»Das weiß ich nicht. Das war eine überraschende Reise und nicht in seinem Terminkalender.« Verstimmt?

»Ist das ungewöhnlich?«

»Nicht wirklich.«

»Wissen Sie, wohin er fuhr?«

»Nein.«

Ich zog eine Visitenkarte aus meiner Handtasche und gab sie ihr. Sie betrachtete sie.

»Aus Charlotte, mh? Wo wohnen Sie, solange Sie hier in Charleston sind?«

Ich sagte es ihr.

»Ich liebe die Isle of Palms sehr.« Kurzatmig vor Verzückung. »Wo auf der Insel?«

Ich beschrieb es ihr so ungefähr.

»Nicht in diesem absolut fantastischen Haus mit der kleinen Wendeltreppe bis zum Dach?«

»Mm.« Offensichtlich war ich nicht ungefähr genug gewesen.

»Wenn ich dort an den Strand gehe, mache ich immer einen Spaziergang, um mir die Häuser anzusehen. Das da ist mein absoluter Liebling.«

Ich dankte ihr für das Kompliment und verabschiedete mich.

Während ich über Muschelschalen knirschte, rief ich Ryan an. Er antwortete, als ich mein Auto aufschloss. Ohne Umschweife berichtete ich ihm, was ich von Abilene Monger erfahren hatte.

Von seinem Ende kam ein Augenblick verblüfften Schweigens. Vielleicht war er aber auch abgelenkt. Wie auch immer, ich durchbrach die Stille.

»Harmony und Lena haben sich mit Sullie Huger getroffen.«

»Den Kerl von GeneFree.«

»Ja.«

»Harmonys entfernter Cousin?«

»Wenn's nach dem genetischen Genealogen geht.«

»Sie haben sich nach seinen direktvermarkteten DNA-Tests erkundigt?«

»Ja. Aber sie hatten auch Fragen über Impfstoffe und Viren und pharmazeutische Produktion. Das Naturwissenschaftsprojekt für die Schule war offensichtlich nur vorgeschützt. Was meinst du, warum sie sich für diese Themen interessierten? Was meinst du, warum sie sich für Huger interessierten?«

»Lenas Mutter hat für eine Pharmafirma gearbeitet. Vielleicht gingen sie einfach dieser Spur nach?«

»Aber warum gehen sie zu Huger?«

»Einen Verwandten besuchen?«

»Monger sagte, eine Familienbeziehung wurde nie erwähnt.«

»Sie sagte außerdem, dass die Mädchen offensichtlich gut recherchiert hatten. Vielleicht sind sie auf die Website von GeneFree gestoßen, haben gesehen, dass Huger von Charleston aus operiert, und sich gedacht, dass er eine gute Quelle sein könnte.«

»Vielleicht.« Ich war nicht wirklich überzeugt. Das alles war sehr aufwendig. Nach Charleston reisen nur in der Hoffnung, ihn ohne Termin sprechen zu können. Und da war dann noch der verdächtige Zufall, dass Harmony und Huger miteinander verwandt waren, wenn auch nur entfernt.

Nach einer kurzen Pause: »Claudel hat sich den Arsch aufgerissen.«

»Bei seiner Bewerbung für die Charme-Schule?«

»So schlimm ist er auch wieder nicht.«

Ich sagte nichts.

»Claudel ist der Jachtclub-Spur nachgegangen. Anscheinend führen einige dieser Clubs sehr gerne Register.«

Ich wartete.

»Murray ist dem Royal St. Lawrence Yacht Club 2009 beigetreten. Von da an bis 2012 hatte er dort ein 2006 Wellcraft Scarab Sport liegen.«

»Das ist ein Boot.«

»Ein schnelles. 2013 ersetzte er das gebrauchte Scarab durch ein brandneues Fountain 42 Lightning.«

»Atmosphärische Entladungen klingen fürwahr schneller als ein Käfer.«

»Was?«

»Ein Skarabäus ist ein Käfer. Lightning heißt Blitz.«

»Deine Gedankengänge erstaunen mich immer wieder. 2018 hat er mit einem 2016er Cigarette Maximus 45 aufgerüstet.«

»Ein älteres Boot gilt als Aufrüstung?«

»Diese Cigarette würde jedes Scarab oder Fountain verseilen. Oder vertauen? Egal. Hat ihn wahrscheinlich eine halbe Million gekostet.«

»Hat er es noch?«

»Hat er. Hatte er.«

»Und 2002? Das ist der wichtige Zeitrahmen.«

»Ob Murray zu der Zeit ein Boot besaß, ist nicht registriert.«

»Hat Claudel auch andere –«

»Er hat jeden Club überprüft.«

»Deine Stimme sagt mir, dass das noch nicht das Ende der Geschichte ist.«

»Claudel ist beim Royal St. Lawrence vorbeigefahren und hat dort einen alten Seebären gefunden, der sehr gesprächig ist. Balsé Piché. Nennt sich Ballsey. Offenbar vermietet Ballsey sein Boot. Seit Jahren schon.«

»Und Ballsey führt penibel Register?«

»Bin ich der verführerischste und –«

»Was hat Ballsey Claudel erzählt?«

»Ballsey hat sein achtzehn Fuß langes Ranger Cherokee vom

28. Juli bis zum 4. August 2002 an einen gewissen A. Murray vermietet.«

»Genau zu der Zeit, als Harmony und Lena verschwanden!« Fast ein Kreischen.

»Krieg dich wieder ein, Honigbärchen.«

»Nenn mich nicht so.« Einmal tief durchatmen. »Hätte Murray mit dem Boot von Dorval nach Saint-Anicet fahren können, wo der Behälter an Land gespült wurde?«

»Ja. Aber das wäre eine anstrengende Fahrt gewesen. Auf dem Saint Lawrence River, durch die Schleusen bei Beauharnois, dann ungefähr fünfzehn Meilen auf dem Beauharnois Kanal. Der Kanal hat zwei Hebebrücken –«

»Point Saint-Louis-de-Gonzangue und Pont Laroque.«

»Sehr gut, Kapitän.«

»Ich mag Karten.«

»Nach den Brücken hätte er weiter nach Westen in den Lac Saint-François fahren müssen, der eigentlich nur eine Verbreiterung des Flusses ist. Eine Fahrt von insgesamt dreißig Meilen.«

Ich wollte schon etwas sagen, als Ryan noch hinzufügte: »Aber das hat er nicht getan.«

»Nicht?«

»2002 gehörte Ballsey dem Valleyfield Yacht Club an.«

»Das ist am Lac Saint-François, von Saint-Anicet nur das Ufer hoch. Aber damals hast du doch den Jachthafen und den Club in der Gegend überprüft. So eine Buchung hätte doch ein Alarmsignal ausgelöst.«

»Ballsey hat am Lac Saint-François eine Hütte. Mit einem Bootsanleger.«

»Wo er das Cherokee liegen hatte. Private Vermietung, privates Register.«

»*Voilà.*«

»Murray hat's getan, Ryan. Er hat Melanie und ihre Tochter umgebracht.«

»Alles passt.«

»Wie die Faust aufs Auge. Aber warum?«

Ryan hatte keine Vorschläge.

»Wie wird die Explosion bei InovoVax beurteilt?«

»Irgendein Kotzbrocken hat den Laden in die Luft gejagt.«

»Warum war Murray mitten in der Nacht dort?«

»Eisenberg meinte, das war so seine Gewohnheit.«

»Aber warum?«

Ryan wollte etwas antworten. Ich fiel ihm ins Wort.

»Ich schätze, dass er in irgendwas Zwielichtiges verwickelt war. Steuerbetrug? Gefälschte Bilanzen? Tricksereien bei der Produktion? Abzweigen von Substanzen? Vielleicht war er dort, um seine Spuren zu verwischen. Vielleicht hatte er vorgehabt, ein Feuer zu legen, um Unterlagen oder Daten zu vernichten oder was auch immer. Vielleicht lief was schief, und Bumm!«

Ich war in Fahrt.

»Vielleicht«, fuhr ich fort, »ist das der Grund, warum Murray Melanie umgebracht hat. Vielleicht hatte sie herausgefunden, was er vorhatte, und gedroht, ihn zu enttarnen. Vielleicht ging's darum in ihren Notizen. Aber warum ihre Tochter?«

»Atme mal tief durch.«

Die Sauerstoffaufnahme half ein wenig.

Nicht lange.

Viel zu viele Vielleichts. Viel zu viele Spekulationen.

35

Freitag, 19. November

Mein Hirn nutzte die Rückfahrt zu Annes Haus, um diese Vielleichts durchzukauen. Sie mit unklaren Bezügen und unbeantworteten Fragen zu verknüpfen.

Als ich von der Verbindungsstraße auf die Isle of Palms abbog, fixierten sich die mentalen Turbulenzen auf zwei bestimmte Dinge. Ein Name rückte in den Vordergrund.

Rechts von mir färbte die Nachmittagssonne die Marsch und die Fahrrinne orange. Ich schaute auf die Uhr: 16:37. Nicht zu spät, hoffte ich.

Vor Annes Haus angekommen, rannte ich hinein und fischte Handy, Stift und Block aus meiner Schultertasche. Nachdem ich eine Nummer herausgesucht hatte, die erst kürzlich in meine Kontakte gekommen war, wählte ich.

»Alika Bangoboshe.« Die Flöte.

»Hier Temperance Brennan. Tempe. Ich hoffe, ich habe Sie nicht in einem ungünstigen Moment erwischt.«

»Überhaupt nicht. Ich benote Prüfungsarbeiten.«

»Ich will Sie nicht –«

»Eine Pause brauche ich jetzt unbedingt.«

Ich mochte diese Frau.

»Ich hätte da noch ein paar Fragen, die ich Ihnen gerne vorlegen würde.«

»Natürlich.«

»Als wir beim letzten Mal über das Material gesprochen haben, das ich Ihnen geschickt habe, haben Sie gesagt, der Begriff CRISPR in diesem Zusammenhang hätte Sie überrascht.«

»Unter der Voraussetzung, dass sich die Notizen auf die Impfstoffherstellung konzentrierten.«

»Soweit ich weiß, ist CRISPR ein Werkzeug zur Genomchirurgie.«

»Das stimmt. Die Abkürzung steht für *clustered regularly interspaced short palindromic repeats.«* Als ich nicht reagierte, fügte sie hinzu: »Wiederholungen genetischer Information.«

»Okay.«

»Der volle Name ist eigentlich CRISPR/Cas9. Emmanuelle Charpentier und Jennifer Doudna wurden 2020 für ihre Arbeit dazu mit dem Nobelpreis für Chemie ausgezeichnet. Zwei Frauen. Ist das nicht fantastisch?«

»Absolut, ja. Können Sie mir sagen, wie es funktioniert?«

Während Bangoboshe erklärte, schrieb ich wie verrückt mit. Als sie eine Pause machte, fasste ich zusammen, ohne mich mit den technischen Details aufzuhalten.

»Cas9 fungiert also als molekulare Schere, um einen DNA-Strang an einer genau bestimmten Stelle zu durchschneiden.«

»Ja.«

»Zu welchem Zweck?«

»Um ein Segment zu entfernen, vielleicht, um ein neues Gen einzufügen. Gütiger Gott, meine Kollegen wären entsetzt über meine Vereinfachungen.« Die Flöte jauchzte vor Lachen. Ich musste an das Klarinetten-Glissando am Anfang von Gershwins *Rhapsody in Blue* denken.

»Also ist CRISPR/Cas9 im Wesentlichen eine Technik zum Ausschneiden und Einfügen«, sagte ich.

»Schätze, man könnte es so sehen.«

»Wird sie beim Menschen angewandt?«

»Die erste Studie fand 2016 in einem klinischen Versuch an der Universität im chinesischen Sichuan statt. Die Anwendung von CRISPR/Cas9 bei Menschen ist also relativ neu.«

»Ich nehme an, ihre wichtigste Funktion ist die Reparatur von Defekten und die Heilung von Krankheiten.«

»Wissenschaftler erforschen die Verwendung von CRISPR/Cas9 zur Korrektur einer Vielzahl von Krankheiten, darunter Einzelgendefekte wie die zystische Fibrose, Hämophilie und Sichelzellenanämie. Die Technik ist auch vielversprechend für die Heilung und Verhinderung komplexerer Leiden wie Krebs, Herzkrankheiten, geistige Störungen und HIV.«

»Habe ich nicht vor Kurzem einen Artikel über einen Arzt in China gelesen, der die Genome von Ungeborenen verändert hat?«

»He Jiankui.« Voller Abscheu. »Bei einer Konferenz in Hongkong 2018 hat er verkündet, dass er die ersten genetisch veränderten Babys erschaffen habe – Zwillingsmädchen. Die

Nachricht hat die wissenschaftliche Gemeinde in Aufruhr versetzt. Genau die Wirkung, auf die es Dr. He abgesehen hatte.«

»Ich habe den Eindruck, Sie sind damit nicht einverstanden.«

»Er und seine Kollegen haben international vereinbarte Regeln gebrochen und eine Grenze in der medizinischen Ethik überschritten. Ihr Ziel sind Ruhm und Reichtum.«

»Was genau haben sie getan?«

»Er hat die CRISPR/Cas9-Technik benutzt, um ein Gen namens CCR_5 zu deaktivieren. CCR_5 hat die Funktion, ein Protein herzustellen, das das HI-Virus benötigt, um in eine Zelle einzudringen.«

»Er und seine Kollegen haben Babys geschaffen, die immun gegen HIV sind? Warum ist das schlecht?«

»Das Thema ist sehr, sehr kompliziert.« Die Flöte machte eine Pause, um es für mich zu vereinfachen, wie ich annahm. »Die meisten Veränderungen, die mittels genchirurgischer Techniken wie CRISPR/Cas9 vorgenommen werden, sind auf somatische Zellen beschränkt. Wissen Sie, was –«

»Zellen, die keine Eier oder Spermien sind.«

»Genau. Veränderungen in somatischen Zellen betreffen nur gewisse Gewebearten in einem Individuum und werden nicht von einer Generation zur nächsten weitergegeben. Das ist nicht so bei Veränderungen, die an Genen in Ei- oder Spermazellen oder in den Genen eines Embryos vorgenommen wurden. Diese Veränderungen können an künftige Generationen weitergegeben werden. Derartige Veränderungen vorzunehmen wirft ernste moralische Fragen auf, etwa ob es erlaubt ist, normale menschliche Eigenschaften zu verbessern.«

»Dinge wie Augenfarbe, Größe, Intelligenz.«

»Richtig. Aufgrund von moralischen und Sicherheitsaspekten sind Genveränderungen in Zellen und Embryos im Augenblick in vielen Staaten illegal. Manche Regierungen, darunter die der Vereinigten Staaten, haben derartige Arbeiten verboten, weil sie fürchten, dass die Technik dazu missbraucht wird, Designerbabys zu erschaffen.«

»Was geschah mit He?«

»Ein chinesisches Gericht hat ihn und zwei seiner Mitarbeiter zu Gefängnis- und hohen Geldstrafen verurteilt.«

Ich schaute auf meinen Schreibblock, setzte einen Haken neben CRISPR.

»Können Sie mir die Bedeutung von mRNA in der Impfstoffherstellung erklären?« Der Begriff, der von Abilene Monger verwendet worden war. Der Begriff, der die fleißigen Zellen meines Unterbewusstseins so in Aufregung versetzt hatte.

Nach einer Pause: »Über die traditionellen Produktionsmethoden haben wir bereits gesprochen.«

»Eibasiert, zellbasiert und rekombinant.«

»Leider waren diese Herangehensweisen bei sich schnell entwickelnden Pathogenen wie Grippe oder gegen neu auftretende Seuchenbedrohungen zum Beispiel durch die Ebola- oder Zika-Viren nicht so effektiv wie erhofft. Einige Forscher glauben, dass mRNA-Impfstoffe sich als überlegen erweisen könnten.«

»Wie das?«

»Indem man eine mRNA einführt –«

»Boten-RNA. Ein Molekül, das den Zellen sagt, was sie bauen sollen.«

Bangoboshe ignorierte meinen Einwurf.

»Vor der Injektion wird die mRNA mit Lipid-Nanopartikeln überzogen, die es dem Molekül gestatten, ins Innere der Empfängerzellen einzudringen. Ist sie mal drin, codiert die mRNA ein krankheitsspezifisches Antigen.«

»Ein Protein, das das Pathogen benutzt, um die Krankheit auszulösen.« Ich wusste, dass ich den Mund halten und zuhören sollte, aber ich wollte sichergehen, dass ich auch alles richtig verstanden hatte. »Der Gedanke dahinter ist, dass das Immunsystem des Empfängers das Protein erkennt und anfängt, eine Abwehr aufzubauen.«

»Ja. Wie seine Pendants versetzt der mRNA-Impfstoff den Körper in die Lage, eine Infektion nachzuahmen und eine Immunantwort hervorzurufen, ohne eine wirkliche Erkrankung zu verursachen.«

»Wo liegt der Vorteil?«

»Schneller, billiger, sicherer. So behaupten die Befürworter.«

»Wird die Technik jetzt schon benutzt?«

»Mehrere warten auf die Zulassung durch die Arzneimittelbehörde. Und dann ist da natürlich noch die Situation mit dem COVID-Impfstoff.«

Ich ließ mir durch den Kopf gehen, was Bangoboshe gesagt hatte. Wusste nicht so recht, was sie in der Pause getan hatte. Schließlich sagte ich: »Das hat mir wirklich sehr weitergeholfen, Dr. Bangoboshe.«

»Jetzt muss ich mich wieder ans Benoten machen. Wäre schön, wenn meine Studenten so eifrig wären wie Sie. Oder so begabt.«

»Vielen Dank, dass Sie sich die Zeit genommen haben.«

»Gern geschehen.«

Als ich auflegte, fühlte ich mich sehr eifrig und begabt.

Die Sonne hatte ihren Kreis vollendet, das Zimmer lag jetzt im Schatten. Ich schaltete eben das Licht an, als mein Handy die ersten Takte von *All Day Music* trällerte.

Das Display zeigte eine unbekannte Nummer. Ich wollte schon auf Ignorieren drücken, als mich etwas zögern ließ. Aus irgendeinem Grund nahm ich den Anruf dann doch an.

»Abilene hier. Abilene Monger. Ich arbeite für Dr. Huger.«

»Abilene, natürlich. Schön, von Ihnen zu hören.« Obwohl ich mir nicht sicher war, ob es das sein würde.

»Ich, na ja, Sie haben doch gesagt, dass jede Kleinigkeit hilfreich sein könnte.« Falls mir nicht klar sein sollte, was sie meinte, fügte sie hinzu: »Bei der Suche nach Ihrer Nichte, meine ich.«

»Ja.«

»Wahrscheinlich sollte ich gar nicht mit Ihnen reden. Könnte mich den Job kosten. Aber, na ja, Ihre Nichte schien ein so nettes Mädchen zu sein. Es zerreißt mich schier, wenn ich daran denke, dass sie irgendwo in Not ist und vielleicht Hilfe braucht. Ich habe alle diese schrecklichen Geschichten über Sexhandel und so gelesen.«

Ich wartete, dass sie fortfuhr. Sie tat es nicht.

»Ich verspreche Ihnen, dass alles, was Sie sagen, unter uns bleibt«, ermutigte ich sie.

»Ich habe meinen Pastor gefragt, und der meinte, ich sollte Sie anrufen.«

»Ist Ihnen noch etwas eingefallen, was diese Mädchen gesagt haben?«

»Sie haben sich nach einer kanadischen Pharmafirma erkundigt.«

»Wissen Sie noch, nach welcher?«

»In over jacks.«

Ich hatte keine Ahnung, was sie meinte.

»InovoVax. Hören Sie den Reim? Für mich ergibt das einen Sinn, weil ich Poker spiele.«

»Verstehe. Sehr schlau.«

Einige Sekunden vergingen. Ich fürchtete schon, dass sie in der Stille mein Herz pochen hören konnte.

»Ich muss ehrlich sein«, sagte Abilene schließlich. »Ich habe mir den Reim ausgedacht, weil ich den Namen geschrieben gesehen habe.«

»Geschrieben?«

»Na ja. In Pixel oder was auch immer. In der Anruferkennung.«

»Jemand von InovoVax hat jemanden von GeneFree angerufen?«

»Sehr oft.«

»Wissen Sie, wer?«

Ich hörte leises Klicken. Ich stellte mir vor, dass Abilene

den Kopf schüttelte und ihre baumelnde Brillenkette gegen das Telefon schlug.

»O Gott, das war jetzt vielleicht eine dämliche Aktion. Ich habe den Kopf geschüttelt, aber das können Sie ja nicht sehen.«

»Sie wissen nicht, wer der Anrufer war?«

»Bei dem neuen System wird der Anrufer zuerst auf meinem Bildschirm angezeigt und dann automatisch an die entsprechende Nebenstelle weitergeleitet.«

»Wann haben Sie das letzte Mal einen Anruf von InovoVax gesehen?«

»Anfang dieser Woche.«

»Bleibt die Nummer im System gespeichert?«

»Hm. Ziemlich gute Frage. Ich sehe keinen Grund, warum ich nicht mal nachschauen sollte.«

Ich hörte Tasten klackern. Viele.

»Ja. Hier ist sie. O je. Bei den vielen Nullen bin ich mir sicher, dass es die Nummer der Telefonzentrale ist.«

»Können Sie sie wählen?«

Sie tat es. Es war die Zentrale. Eine mechanische Stimme entschuldigte sich, dass InovoVax bereits geschlossen sei, und informierte darüber, dass Nachrichten nur bei den jeweiligen Nebenstellen hinterlassen werden konnten.

»Es ist nach fünf«, sagte Abilene. »Ist aber trotzdem ziemlich nervig.«

»Ist es. Wissen Sie, wen der Anrufer erreichen wollte?«

»Nee. Früher habe ich jede ausgehende Verbindung geschaltet und jede hereinkommende Nachricht entgegengenommen. Jetzt gibt's nur noch Automatikwahl und Voicemail. Über kurz oder lang werde ich meinen Job an Roxie den Roboter verlieren. Ich sage Ihnen, die Welt geht vor die Hunde. Bald werden die Leute überhaupt nicht mehr persönlich kommunizieren.«

Nachdem ich mir noch weitere Klagen angehört und ein paar mitfühlende Geräusche gemacht hatte, dankte ich Abilene und beendete den Anruf.

Ich saß im Dunkeln, und das Adrenalin rauschte durch meinen Körper wie ein Schuss Morphium. Neue Fragen wirbelten mir durch den Kopf.

Abgesehen von Lena waren die Anrufe von InovoVax an GeneFree die erste konkrete Verbindung zwischen Montreal und Charleston. Was war ihr Zweck?

War Sullie Huger in Kontakt mit jemandem in der Pharmafirma in Laval? Arlo Murray?

Huger und Murray hatten zur selben Zeit für das Humane Genome Project gearbeitet. Hatten sie sich am MIT kennengelernt?

Huger war der ranghöhere der beiden Wissenschaftler. Hatte er Murray die Stelle bei InovoVax beschafft?

Mélanie Chalamet/Melanie Chalmers war ebenfalls für das Humane Genome Project am MIT tätig gewesen. War Huger oder Murray der »Überflieger«, dem sie den Job bei InovoVax zu verdanken hatte?

Lena hatte Murray aufgesucht, um Informationen über ihre Mutter und ihre Schwester zu bekommen. Er hatte ihre Bemühungen abgeschmettert. Hatte Lena sich dann an Huger gewandt?

Hatte Huger etwas mit Murrays Fehlverhalten bei InovoVax zu tun? Worin bestand dieses Fehlverhalten? Hatte Mélanie Chalamet/Melanie Chalmers herausgefunden, was Murray vorhatte? Wurden sie und Ella deshalb ermordet? Von Kugeln zum Schweigen gebracht?

Vom wem abgefeuert?

Tötete derselbe Schütze fünfzehn Jahre später Harmony und Lena? Waren sie demselben Geheimnis auf die Spur gekommen?

Um mich herum summte Stille. Plötzlich wirkte Annes Haus sehr groß. Und sehr menschenleer.

Ich öffnete die Glastür und trat auf die Terrasse hinaus. Prägte mir ein, Anne daran zu erinnern, dass die Tür immer noch nicht richtig schloss.

Hinter dem wässrigen Schein des Pools krachte die Flut ungestüm an den Strand. Möwen unterhielten sich angeregt. Auch wenn es sonst ein wirksames Beruhigungsmittel war, schaffte das Lowcountry-Konzert es nicht, meine Nerven zu besänftigen.

Ich schloss die Tür wieder hinter mir, ging in die Küche und schaltete den winzigen Fernseher auf der Anrichte ein. Ein lokaler Nachrichtensender lief. Egal. In diesem Augenblick waren Quasselköpfe besser als gar keine Gesellschaft.

Ich öffnete mir eben ein Fertiggericht, als einer der Quasselköpfe meine Aufmerksamkeit erregte. Eine bekannte Stimme. Ich drehte mich um.

Der Wissenschaftlerdarsteller pries wieder GeneFree an, die Miene so ernst wie die eines Predigers in einem Gebetskreis.

Während ich seinen Sprüchen lauschte, kollidierten in meinem Hirn mehrere flüchtige Bytes und versprühten die ersten trüben Partikel eines Gedankens.

Jesus Christus.

Ich spürte eine plötzliche Kälte an meiner Schädelbasis.

Unmöglich.

Aber die Theorie würde so viel erklären.

Ich verdrückte meine Makkaroni mit Käse und öffnete meinen Laptop – mir war gleich klar, dass es eine Internet-Nacht werden würde.

Noch keine Ahnung hatte ich von dem Grauen, das mich erwartete.

36

Freitag, 19. November

Impfstoffe. Viren. CRISPR. mRNA. GeneFree. InovoVax. Murray. Huger. Chalamet/Chalmers.

Ich fing mit GeneFree an.

Im August 1999 gründete Huger sein erstes Online-Unternehmen. Unter dem Namen GeneMe nutzte der Dienst die DNA des Y-Chromosoms, und da diese nur vom Vater auf den Sohn weitergegeben wird, war er meist auf Vaterschaftstests beschränkt. Später verwendete GeneMe dann auch mitochondriale DNA, die sich in Männern wie Frauen findet. Da mtDNA nur von der Mutter an die Nachkommen weitergegeben wird, erlaubten die Tests nun auch eine Nachverfolgung in der weiblichen Linie.

Bis 2000 hatte GeneMe seine Möglichkeiten deutlich ausgeweitet. Nutzer konnten DNA-Profile bestellen, Ergebnisse von anderen Testfirmen eingeben, die DNA-Datenbank der Site durchsuchen, online Familienstammbäume erstellen und mit Verwandten in Verbindung treten. Noch keine Ahnenforschung.

Für ein GeneMe-Konto verlangte Huger nichts.

Das verwirrte mich. Sollte das ein Dienst an der Öffentlichkeit sein? Wenn ja, wie verdiente er dann Geld?

Die Antwort fand ich sehr schnell. GeneMe bot eine Online-Beratung an, die dem Nutzer seine Testergebnisse verständlich machte. Gegen Gebühr.

Im Oktober 2006 kaufte GeneMe GlobalGeneLink.com, einen Rivalen mit Sitz in Provo, Utah. GGLs genealogische Datenbank war riesig, was es GeneMe erlaubte, in die Ahnenforschung über viele Generationen hinweg zu expandieren. Huger schloss GeneMe und startete neu als GeneFree. Von da an mussten die Nutzer für den Zugang zu den Diensten bezahlen.

Ironisch, dachte ich, in Anbetracht des neuen Namens.

Im April 2018 gab GeneFree bekannt, dass es Gespräche zur Übernahme einer in Cincinnati ansässigen Firma namens Rasmussen Genetic Ancestry Foundation gebe. RGAF hatte drei Elemente, die Huger interessierten: hochmoderne DNA-Testmöglichkeiten, einen gigantischen Bestand genealogischer Daten und eine raffinierte Media-Sharing-Strategie.

RGAF.com schloss am 1. Juli 2018, und seine Aktiva wurden auf GeneFree.com übertragen. GeneFree konnte jetzt Einzelnukleotid-Polymorphismus-Tests des gesamten Genoms durchführen und besaß eine monströse Datenbank.

Das Datum führte zu einer weiteren zerebralen Kollision.

Heilige verdammte Scheiße!

Ging's darum? Hatten Lena und Harmony krumme Sachen entdeckt, die die Übernahme von RGAF durch GeneFree hätten gefährden können?

Der Zeitrahmen passte. Die Mädchen verschwanden im Februar 2018.

Die Erkenntnis feuerte eine ganze Salve neuer Fragen ab.

Waren diese krummen Sachen dieselben, die auch Lenas Mutter entdeckt hatte?

Waren sie krumm genug, um ein Motiv für vier Morde darzustellen?

Wie sahen diese krummen Sachen aus?

Mit dem alten Sinnspruch im Kopf – Folge dem Geld – loggte ich mich bei GeneFree.com ein. Die Homepage präsentierte zwei lächelnde Familien nebeneinander, eine in leuchtenden Farben mit Mama, Papa, Sohn und Tochter in moderner Kleidung, die andere in Sepiatönen mit Mama, Papa und sechs Kleinen in Gewändern aus dem 19. Jahrhundert. Das Foto erinnerte mich an das Porträt von Polly Beecrofts Oma und Großtante.

Über den Fotos eine Auswahl von Reitern: Biologische Abstammung. DNA. Genealogie. Gesundheit.

Unter den Reitern warnte eine pulsierende rote Kopfzeile vor den Gefahren von *Capnocytophaga.* Unter der Kopfzeile vermerkte ein Text, dass Immunität gegen Capno genetisch bestimmt sei und dass GeneFree die entsprechende Diagnostik und damit Seelenfrieden liefern könne.

Ein Link brachte mich zu einer Site über Capno. Zu einem saftigen Preis konnte man ein spezielles DNA-Test-Set erwerben, einen persönlichen Gesundheitsbericht und Unterstützung von medizinischen und genetischen Beratungsstellen.

Ich kehrte zur Homepage zurück und überflog den Rest der Site. Wurde bombardiert mit Seitenwerbung und Pop-ups mit Links zu Online-Shops für Gesundheitskost und homöopathische Heilmittel und zu Seiten für diejenigen, deren DNA darauf hindeutete, dass sie anfällig für Capno waren.

Ich las immer noch, als Ryan anrief. Ich berichtete ihm von den Anrufen, die die Telefonzentrale von InovoVax mit einem Büro bei GeneFree in Verbindung brachten, von Abilene Mongers Bericht über Lena und Harmonys Besuch bei Huger und von meinem Besuch auf GeneFree.com. Meine Theorie, noch im Embryonalstadium, erwähnte ich nicht.

»Wie viel Profit kann man mit Spucketests und dem Verkauf von Hanfprodukten machen?«, fragte ich, mich selbst nicht weniger als ihn.

»Hast du Vislosky gebeten, GeneFrees Finanzen zu überprüfen? Sich Hugers Steuerbescheide zu besorgen?«

»Gute Idee.«

»Ist nicht sehr wahrscheinlich, dass sie den ohne Richterbeschluss bekommt.«

»Ich spüre es im Bauch, Ryan. Die Anrufe liefen zwischen Arlo Murray und Sullie Huger. Ich weiß, dass es zwischen den beiden eine Verbindung gibt.«

»Die Dame gewinnt eine Kewpie-Puppe!« Gespielter Jubel.

»Was soll das heißen?«

»Claudel hat einen Lauf.«

»Und was ist dabei rausgekommen?«

»Wahrscheinlich rasendes Sodbrennen. Der Kerl sieht aus, als hätte er seit Tagen nicht geschlafen.«

»Was hat er herausgefunden?« Ich sprach jedes Wort betont langsam aus.

»Ich will Claudel nicht die Schau stehlen.«

»Kein Thema. Der hat noch genug zum Angeben.«

»Er wird dich in Kürze anrufen.«

»Ryan, mir wär's lieber –«

»Geduld, Butterblümchen.«

»Nenn mich nicht so.« Übertrieben theatralisches Seufzen. »Könntest du mir derweil einen Gefallen tun?«

»Was du willst.«

»Kannst du herausfinden, ob Huger in letzter Zeit nach Kanada gereist ist?«

»*Aucun problème.* Ah, und noch was Neues. Die SIJ hat in dem InovoVax-Schutt ein Handy ausgebuddelt.«

»Wow.«

»Man geht davon aus, dass es bei der Explosion durch ein Fenster und auf den Rasen geschleudert wurde.«

»Verdammt großes Glück.«

»Und das Ding hatte ein Metallgehäuse, Panzerglas und einen Stoßschutz.«

»Ist es Murrays?«

»Das nimmt man an. Wer lässt sein Handy über Nacht im Büro liegen?«

»Funktioniert es noch?«

»Das kann ich nicht beantworten.«

»Können die Technik-Freaks es knacken?«

»Auch das kann ich nicht beantworten.«

»Ryan, kannst du mir nicht einfach sagen, was Claud –«

Ein Anruf klopfte an.

»Lass gut sein. Das schlaflose Wunder ist jetzt in der Leitung.«

»*Je t'aime, ma chère.*«

»Ich liebe dich auch.«

»Ciao.«

»Ciao.«

Ich schaltete zu dem hereinkommenden Anruf.

»*Bonsoir, détective.*«

Claudel verschwendete keine Zeit mit Höflichkeiten.

»Ich war bei InovoVax und habe einen Angestellten gefunden, der seit dem Urknall bei der Firma ist. Einen Mann, der ziemlich betrübt darüber ist, dass man ihn bei der Ernennung eines neuen Geschäftsführers übergangen hat. Einen Mann, der mit seiner Meinung über den Chef nicht hinterm Berg hält.«

Eine gewisse Heiserkeit in Claudels Stimme deutete auf die Erschöpfung hin, die Ryan erwähnt hatte.

»Das ist eine lange und entschieden langweilige Geschichte, aber das Entscheidende ist: So um 2000 herum hat Dr. Aubrey Sullivan Huger dafür gesorgt, dass Dr. Arlo Murray und Mademoiselle Mélanie Chalamet eingestellt wurden.«

»Wie?«, fragte ich. »Warum?«

»In diesen Punkten bleibt der Herr vage. Anscheinend kannte Huger jemanden bei InovoVax. Und es half auch, dass Chalamet Französisch sprach.«

Ich berichtete Claudel, was ich auch Ryan erzählt hatte. Er hörte zu, ohne zu unterbrechen, dann sagte er nur: »Ich muss los.«

Und weg war er.

Ich saß wie erstarrt da, mein Hirn integrierte neue Bytes. Partikel sausten herum wie Elektronen um einen Atomkern.

Nach zehn Minuten löste sich die Starre, und ich wählte Visloskys Nummer. Bezweifelte, dass sie nach Feierabend abnehmen würde.

Ich täuschte mich.

»Sie sind wie ein Bluthund mit einem Knochen.«

»Danke«, sagte ich.

Ich erzählte ihr alles, was ich Ryan gesagt hatte und was er und Claudel mir seit meinem letzten Gespräch mit Vislosky berichtet hatten, und kam dann auf Ryans Vorschlag zu Hugers Finanzen zu sprechen.

»Seine persönlichen Finanzen und die seiner Online-Firmen überprüfen?«

»Ja.«

»Dafür bräuchte ich einen Gerichtsbeschluss. Und für den bräuchte ich einen hinreichenden Verdacht.«

»Sie sind doch kreativ.«

»Aber nicht so kreativ.«

»Ich weiß, dass Huger in alldem mit drinsteckt.«

»Allem was?«

»Diesem ganzen Saustall.«

»Ausgehend wovon?«

»Meinem Bauch.«

»Problem gelöst. Das sollte jeden Richter überzeugen.«

»Könnten Sie's nicht wenigstens versuchen?«

»Nicht, wenn ich nicht mehr als Ihre Eingeweide vorweisen kann.«

Schweigen summte durch die Leitung.

»Warum haben Sie meine Ermittlung einen Saustall genannt?«, fragte Vislosky schließlich.

»Verhau war nicht stark genug.«

Wieder servierte man mir eine tote Leitung.

Eine schnelle Dusche, dann schaltete ich mein Handy stumm und kroch ins Bett. Birdie war bereits da.

»Bereit für ein paar Spätnachrichten?«, fragte ich ihn, weil ich wusste, dass ich noch zu aufgeregt war, um gleich zu schlafen.

Die Katze hatte nichts dagegen.

Ich schaltete CNN ein. Don Lemon sprach über einen weiteren Kongressabgeordneten, dem ein weiteres Fehlverhalten vorgeworfen wurde. Gelangweilt schnappte ich mir mein Handy und wischte mich durch Twitter. Erfuhr, dass heute der Nationale Prinzessinnentag war.

Ich fragte mich eben, wo mein Diadem abgeblieben war – ja, ich habe eins –, als Lemons nächster Beitrag meine Augen wieder zum Bildschirm lockte.

Die Capno-Krise in South Carolina hatte es in die landesweiten Nachrichten geschafft. Symptome. Ursache. Erkrankungs- und Sterblichkeitsraten. Medizinische Dienste an der

Belastungsgrenze. Seuchenschutzbehörde. Herrin wurde vor einem seiner mobilen Leichenhallen-Container interviewt. Die ganze Geschichte klang wie eine Wiederholung von Corona.

»Was meinst du, warum die das erst jetzt auf dem Schirm haben?«, fragte ich die Katze. »Vielleicht war der Ausbruch zu sehr lokal begrenzt?« Ich erinnerte mich an den Beitrag, den ich vor mehr als einem Monat auf dem örtlichen NPR-Sender gehört hatte. »Oder hat es eine landesweite Berichterstattung gegeben, die wir verpasst haben?«

Ich wartete noch auf Birdies Antwort, als das Gerät in meiner Hand vibrierte. Ich ging dran. Warum auch nicht? Ich hatte heute doch nur ein paar Multillionen Anrufe gehabt.

»Kann sein, dass ich einen Saustall-Entferner habe.«

Ich ignorierte Visloskys Sarkasmus.

»Huger und seine Anwälte haben die ersten Monate 2018 damit verbracht, die Verträge für einen Verkauf von GeneFree an eine Unternehmung namens Universal Genomics auszuformulieren.«

»Von denen habe ich schon gehört. Die sind riesig.«

»Das wäre Megakohle gewesen, wenn der Deal durchgegangen wäre.«

»Wie mega?«

»Sieben Nullen mega. Links vom Komma.«

»Wäre?«

»Irgendwann im Herbst 2018 oder im frühen Winter 2019 sind die Verhandlungen gescheitert.«

»Warum?«

»In dieses Detail war meine Quelle nicht eingeweiht.«

Wir dachten beide über die Auswirkungen nach.

»Es stand also noch viel mehr auf dem Spiel, als ich gedacht hatte.« Bewusstseinsstrom, laut ausgesprochen. »Huger kauft RGAF und hofft, mit dem Verkauf von GeneFree an Universal Genomics Kohle zu machen. Lena und Harmony tauchen auf und drohen, den Deal in Gefahr zu bringen. Huger sieht, wie das Goldene Vlies ihm aus den Fingern gleitet, dreht durch und bringt sie um.«

Vislosky stimmte weder zu, noch widersprach sie.

»Was meinen Sie, was sie gegen ihn in der Hand hatten?«

»Ich weiß es nicht.« Versteinert. »Aber ich werde mir diesen Penner schnappen und in den Knast zerren.«

»Monger sagte, er sei nicht in der Stadt.«

»Hat sie auch gesagt, wann er zurückerwartet wird?«

»Nein. Ich habe Ryan gebeten nachzuprüfen, ob er in letzter Zeit nach Kanada gereist ist.«

»Glauben Sie, dass der Kerl auch für Murray verantwortlich ist?«

»Ich weiß nicht, was ich glauben soll.«

»Übrigens, die Technik-Freaks haben die Kassette geknackt, die wir in der Herberge gefunden haben. Das Meiste war hinüber, aber sie haben es geschafft, einiges zu retten und zu digitalisieren.«

»Hat Melanie Chalmers die Aufnahme gemacht?«

»Ja. Ich habe sie eine Kopie auf einen Stick ziehen lassen. Ich will, dass Sie sich das anschauen.«

Das überraschte mich. »Natürlich.«

»Ich bin morgen in Mount Pleasant.«

Das überraschte mich ebenfalls, da die Stadt ihre eigene Polizei hat.

»Vor dem Rathaus soll es eine Demo wegen dieser Capno-Kacke geben. Ich bin zur Überwachung abkommandiert. Sie sind auf der Isle of Palms, richtig?«

»Ja.«

»Kennen Sie das Sea Biscuit?«

»Kenn ich.«

»Treffen wir uns mittags dort?«

»Ich werde da sein.«

Vislosky legte auf.

Nachdem ich das Licht und den Fernseher ausgeschaltet hatte, legte ich mich hin und schloss die Augen. Birdie drückte seinen Körper an meinen Brustkorb.

Der Ozean dröhnte, gedämpft durchs Glas, seinen rastlosen Rhythmus. Das leere Haus summte hohl um mich herum.

Bilder tanzten auf den Innenseiten meiner Lider, Gespenster, die meine noch frische Theorie geweckt hatte.

Das ist unmöglich. So böse kann doch niemand sein.

Ich drehte mich auf die Seite.

Der Kater passte sich an.

Ich klopfte das Kissen auf. Drehte mich auf die andere Seite.

Morgen würde ich vielleicht Melanie Chalmers letzte Mitteilung sehen.

Bei dem Gedanken daran drehte sich mir der Magen um.

37

Samstag, 20. November

Ich öffnete die Augen und sah ein Zimmer, das merkwürdig still und dämmrig war.

Nachdem ich mich aus dem Bettzeug geschält hatte – ich hatte unruhig geschlafen –, ging ich zur Verandatür. Der Nebel vor dem Glas war so dick, dass man darin Schneeengel hätte machen können.

Ich schob einen Flügel beiseite und trat auf die Veranda hinaus. Die Luft legte sich samtig feucht auf meine Haut, das Holz unter meinen Füßen war rutschig kühl.

Die Seevögel waren stumm, vielleicht desorientiert von der dunstig grauen Decke, die ihre Welt einhüllte. Kein Palmwedel raschelte.

Ich atmete die Mischung aus Tang, nassem Sand und salziger Luft ein. Lauschte der Weite aus Stille. Fühlte mich kurzfristig getröstet.

Dann eine Gänsehaut. Vielleicht die morgendliche Kühle. Vielleicht die Gedanken an die tote Frau, die später an diesem Tag zu mir sprechen würde.

Ich ging wieder hinein. Birdie war verschwunden, sicher sauer darüber, dass sein Frühstück später als bestellt eintreffen würde. Ich schaute auf den Wecker neben dem Bett.

8 Uhr 17. Noch ein paar Stunden bis zu meinem Treffen mit Vislosky.

Koffein? Sport?

Auch wenn mir Ersteres deutlich lieber gewesen wäre, zog ich Lauf-Shorts und ein Kapuzenshirt an und band mir die Nikes zu. Nachdem ich die Katze gefüttert hatte, machte ich mich auf in Richtung des Front Beach Pier, eine Runde von etwa drei Meilen. Eine ganze Menge, da ich in letzter Zeit so gut wie keinen Sport getrieben hatte.

Es herrschte Flut, sodass am Strand nur ein schmales Band festgedrückten Sands blieb. Meine Schritte stampften im Rhythmus des verhüllten Atlantiks, der die Brandung einsaugte und wieder ausspuckte.

Am Wendepunkt klatschte ich an meinem gewohnten Stegpfosten ab – eine Zwangshandlung, ich weiß – und machte kehrt. Auf dem Rückweg stach die Sonne mit ermutigenden Strahlen durch den Dunst. Widerwillig löste der schwere Schleier sich auf. Geisterhafte Gestalten zeigten sich. Spaziergänger. Muschelsammler. Hunde, die hinter Bällen oder Frisbees herjagten und dann zu ihren Besitzern zurückrannten.

Meine Atmung war regelmäßig, meine Muskeln lockerten sich. Ich beschleunigte. Zum ersten Mal seit Tagen fühlte es sich gut an, am Leben zu sein.

Ich duschte und zog eine Leggings und meinen Lieblingspulli mit den langen Ärmeln von Skagway an. Genoss den nachgeholten Kaffee und ein Schälchen Cheerios, als Ryan anrief.

»Bonjour, mon cowboy.« Nach einer Zeile von Mitsou, einer Quebecer Sängerin.

»*Tabarnac.* Heute sind wir aber keck.«

»Bin eben am Strand gelaufen.«

»Ganz heiß und verschwitzt?«

»Ich habe geduscht.«

»Bist du noch nackt?«

»Ich sitze in der Küche und frühstücke.«

»Schätze, du willst dich nicht wieder auszieh –«

»Was geht ab?«, fragte ich mit Cheerios im Mund.

»Wie alt bist du, sechzehn?«

»Schieb's auf die Endorphine.«

»Abgehen tun zwei Sachen. Erstens, bei InovoVax wurden Spuren von Semtex gefunden.«

»Ein Plastiksprengstoff.«

»Genau das.«

»Derjenige, der den Pan-Am-Flug 103 über Lockerbie in Schottland vom Himmel geholt hat.«

»Acht Unzen in einem Samsonite-Koffer.«

»Jesus Christus im Birnbaum.«

»Das ist starkes Zeug. Und leicht zu benutzen. Steck ein paar Unzen hinter die Kloschüssel, versteck dich in der Gasse, und bring es mit einem Anruf von deinem Handy zur Explosion.«

»Ist das schwer zu besorgen?«

»Na ja. Semtex wird bei professionellen Sprengungen benutzt, bei Abrissarbeiten, im Bergbau, solche Sachen. Der Zugang ist reglementiert, aber mit einer guten Quelle kann man sich schon einen Batzen besorgen.«

Ryan hielt inne, wahrscheinlich, weil er über Semtex nachdachte. Oder über gute Quellen.

»Früher war Semtex schwer nachzuweisen. Aber jetzt wird ein Markierungsstoff zugefügt.«

»Der was tut?«

»Er produziert eine charakteristische Dampfsignatur, die leichter aufzuspüren ist.«

»Die Polizei denkt, Murray hat's verbockt und sich selbst in die Luft gejagt?«

»Sie ermitteln in alle Richtungen.«

»Dieser Kerl ist eine Schlange, Ryan. Er würde Disneyland mit einer Kalaschnikow niedermähen, wenn er sich bedroht fühlt.«

Ich spürte, dass Ryan die Achseln zuckte, weil er nicht spekulieren wollte. Oder weil er nicht ganz überzeugt war.

»Und das Zweite?«

»Huger ist ein Fan des großen, weißen Nordens.«

»Er war in Kanada? Wann?«

»Oft. Das letzte Mal vorige Woche.«

»Im Ernst?«

»Laut Zoll und Grenzpolizei kam Huger am Mittwoch an und reiste gestern wieder ab. Ein- und Ausreiseort war kein Geringerer als unser Pierre Elliott Trudeau Airport.«

»Er war zur Zeit der Explosion bei InovoVax in Montreal.«

»War er.«

Irgendetwas rührte sich in einer trüben Ecke meines Verstands. *Was?*

»Das ändert die Lage«, sagte ich.

»Tut es.«

Ein längeres Schweigen entstand.

»Hör zu, Tempe.« Meinen Vornamen benutzt Ryan nur dann, wenn er etwas todernst meint. »Ich will, dass du vorsichtig bist.«

»Ich bin immer vorsichtig.«

»Ich meine es ernst.« Ryan legte Stahl in seine Stimme.

»Ich auch.«

»Dieser Huger ist ein übler Kerl.«

»Was ist sein Motiv zum Töten?«, fragte ich, obwohl ich ihm nicht widersprechen wollte.

Darauf hatte Ryan keine Antwort.

Das Sea Biscuit Café ist eine Inseltradition. Der Innenraum bietet ungefähr zwanzig Plätze, die überdachte Terrasse noch ein paar mehr. Nur Bargeld oder Schecks. Nichts passt zusammen. Die Kellnerinnen sind von der Insel und tragen unelegante Levi's oder abgeschnittene Jeans.

Als ich ankam, war drinnen jeder Tisch besetzt. An einem saß Vislosky, sie trank Kaffee und sah sehr angepisst aus. Zum ersten Mal sah ich sie in Uniform.

»Wie geht's?«, fragte ich und hängte meine Schultertasche an einen Lamellenstuhl.

»Die Leute veranstalten hier draußen einen Riesenzirkus. Meine bescheidene Meinung? Wir schmeißen Tränengas in den ganzen Haufen.«

Ich zwang mich zu einem Lächeln.

»Kann nicht sagen, ob die Leute wegen sich selbst oder wegen ihrer Köter so in Rage sind.«

»Capno hat es gestern Abend in die landesweiten Nachrichten geschafft.«

Vislosky schaute mich nur finster an.

»CNN zufolge ist der Ausbruch nicht auf Charleston beschränkt. Betrifft auch Greenville, Columbia, Beaufort –«

»Ich würde ja sagen, Elend liebt Gesellschaft, aber diese Scheiße wünsche ich niemandem.«

Eine Kellnerin kam und stand mit Stift über dem Block da. Shyla. Shyla arbeitete im Sea Biscuit, seit Sherman nach Savannah aufbrach. Ich bestellte ein Sandwich mit Krabbenfrikadelle. Vislosky entschied sich für eine Tomatenquiche. Wir redeten erst weiter, als Shyla verschwunden war.

»Wir werden täglich zu Capno instruiert, aber ganz kapiere ich's immer noch nicht. Die Seuchenschutzbehörde sagt, Capno ist nicht ansteckend. Nicht so wie COVID. Die Leute können es nicht an andere weitergeben.«

»Soweit ich weiß, kommen Infektionen bei Menschen fast immer von Hunden oder Katzen.«

»Genau. Also, irgendein Kasper wird gebissen, und ihm geht's blendend, ein anderer bekommt nur einen Kratzer ab, und er ist total im Arsch.«

»Ich bin keine Expertin, aber ich glaube, dass der Immunitätsgrad einer Person genetisch bestimmt ist.«

»Wie kommt's dann, dass plötzlich jeder diesen Rotz kriegt?«

Darauf hatte ich keine Antwort.

Kopfschüttelnd zog Vislosky einen Stick aus einer Hüfttasche und legte ihn zwischen uns. Fügte ein zusammengefaltetes Blatt Papier dazu.

Ich griff nach dem Stick. Sie wehrte meine Bewegung mit einer Basketballhand ab.

»Ich lasse Sie das nur aus einem einzigen Grund anschauen.«

Ich zog eine Braue in die Höhe.

»Sie spricht verdammt noch mal Französisch.«

»Melanie?«

»Nein. Brigitte Bardot.«

Ich ließ das unkommentiert. Ich hatte Wichtigeres zu tun, als mich über Visloskys Haltung zu ärgern.

»Ich übersetze sehr gerne.«

»Die Qualität ist beschissen. Die Technik-Freaks haben die Stücke zusammengesetzt, die sie retten konnten. Ist also nicht gerade Steven Spielberg.«

Vislosky zog ihre Hand zurück und deutete mit dem Daumen auf das Papier. »Das ist eine Fotokopie eines Blatts, das wir zusammengeknüllt in der Kassettenhülle gefunden haben. Vielleicht können Sie das auch übersetzen.«

Ich nahm Stick und Papier und steckte beides in meine Handtasche.

Während wir aßen, berichtete ich Vislosky von Ryans Erkenntnissen: dem Semtex und Hugers jüngstem Abstecher über die Grenze. Sie antwortete mit einer Reihe kehliger Geräusche.

Als ich fertig war, sagte Vislosky: »Der Mistkerl war also in Montreal.«

Ich nickte.
»Warum?«
»Ich weiß es nicht.«
»Was verbindet ihn mit Murray?«
»Ich weiß es nicht.«
»Hat die Grenzpolizei irgendwelche Hinweise darauf, dass Murray hier war?«
»Ich habe nicht gefragt.«
»Die Polizei in Montreal denkt, dass Huger Murray umgelegt haben könnte?«
»Sie ermitteln in alle Richtungen.« Um Ryan zu zitieren.
Eine Weile aßen wir schweigend. Vislosky sagte als Erste wieder etwas.
»Sie scheinen gutes Karma zu haben, Doc.«
»Soll heißen?« Ich hatte keine Ahnung. Doc? Es war das erste Mal, dass sie mich so nannte.
»Ist Ihnen bewusst, wie viel Glück wir in diesem Fall schon hatten?«
Ich hob fragend eine Handfläche, weil ich ihr immer noch nicht folgen konnte.
»So viele Zeugen, die auch alle noch bei der Stange bleiben? So was kommt sonst nie vor.«
Das hatte ich mir auch schon überlegt. »Dora Eisenberg ist überzeugt, dass sie nicht mehr vermittelbar ist, sollte sie InovoVax verlassen«, sagte ich. »Florence Sorg ist in den Neunzigern und besitzt dieses Gebäude seit Jahrzehnten. Gertrude Pickle ist Witwe und hat Angst vor dem Alleinleben. Digger France ist in die Stadt zurückgekehrt, die ihn berühmt gemacht hat.«
Vislosky schüttelte den Kopf, während sie ihre Serviette zusammenknüllte und auf den Teller warf. »Der Einzige mit Wanderlust scheint Huger zu sein. Haut der Mistkerl doch nach Kanada ab.«
»Jetzt ist er wieder in der Stadt.«
»Eins kann ich Ihnen sagen. Ich werde mir diesen Neander-

taler kaufen, ihn in eine Höhle schleifen und einen verdammt großen Stein davor rollen.«

Ein guter Plan, wie ich fand.

»Einen schönen Tag noch«, sagte ich zum Abschied.

»Ja, genau. Voller Spaß und Sonnenschein.«

Als ich nach Hause fuhr, hatte ich noch keine Ahnung von der Katastrophe, die mich dort erwartete.

Die erste von zweien an diesem Abend.

Birdie begrüßte mich nicht an der Haustür. Er reagierte nicht auf meine Rufe. Nicht normal, vor allem, da wir in einem fremden Haus wohnten.

Ich stellte meine Tasche aufs Sideboard und suchte im Erdgeschoss. Keine Katze.

In der Küche sprang mir das Herz in die Kehle. Blutige Pfotenabdrücke reichten von der Terrassentür zur Hintertreppe. Ich folgte ihnen zu meinem Schlafzimmer und rief nach Birdie. Drinnen führten rote Spuren kreuz und quer durchs Zimmer.

»Birdie.« Ich hatte Mühen, die aufwallende Panik zu unterdrücken.

Keine Reaktion.

Ich sank auf alle viere, um unter dem Bett nachzusehen. Zwei runde, gelbe Augen spähten aus den Schatten.

»Komm her, mein Großer«, sagte ich ruhig und besänftigend, obwohl mein Herz hämmerte.

Die Katze rührte sich nicht. Ich griff unters Bett, hakte den Unterarm unter seine Vorderläufe und zog ihn sanft heraus.

Das Fell an Birdies rechtem Hinterlauf war eine verfilzte, rote Matte.

»Was ist passiert, mein Junge?«

Natürlich antwortete er nicht.

Ich schaute zur Verandatür. Ein Flügel stand leicht offen.

Ich stürzte ins Bad, schnappte mir ein Handtuch, holte seine Transportbox aus dem Wandschrank und schob ihn behutsam hinein. Wobei Behutsamkeit nicht einfach war, so aufgeregt, wie er war. Dann rannte ich zum Auto.

Die Sandy Cove Veterinary Clinic war nur Minuten entfernt am Palm Boulevard. Auf dem Weg zum Harris Teeter war ich Dutzende Male daran vorbeigefahren. Auf dem Weg dorthin überschritt ich jedes Tempolimit. Scheiß drauf. Falls ein Inselpolizist damit nicht einverstanden war, würde ich ihm davonfahren und dann die Strafe abdrücken.

Die Lobby war gesteckt voll mit Besitzern, die Leinen in der Hand hielten, und Besitzern, die ihre Lieblinge beruhigten. Sie alle folgten meinem Gang von der Tür zum Empfangstresen, lächelten sportlich und hofften insgeheim, dass mein Notfall ihre Wartezeit nicht verlängern würde.

Die Rezeptionistin trug ein Namensschild, auf dem Brooke stand. Brooke brachte Birdie ins Innere der Klinik. Kam zurück und präsentierte mir einen Stapel Formulare.

Ich setzte mich, um sie auszufüllen. Und bemerkte dabei, dass ich in meiner Hast meine Handtasche in Annes Haus vergessen hatte. Nachdem ich alles angegeben hatte bis auf meine Kreditkartendaten, gab ich Brooke die Papiere zurück und setzte mich zu den Wartenden.

Für fast eine Stunde. Dann tauchte der Tierarzt auf und sagte mir, dass die Katze tiefe Schnitte an ihrem rechten Hinterlauf habe. Was du nicht sagst, Sherlock. Birdie sei betäubt worden, damit er genäht werden konnte, und man brauche jetzt noch eine Röntgenaufnahme.

Während ich ein weiteres Formular ausfüllte, fragte ich, ob ich Birdie mit nach Hause nehmen könne. Das hänge von den Aufnahmen ab. Ich wollte wissen, wie lange der Prozess dauern werde. Mein Tier sei als Nächstes an der Reihe.

Ich setzte mich wieder.

Tiere und Herrchen kamen und gingen. Vorwiegend Hunde und Katzen. Ein Nymphensittich. Ein Schwein.

Noch eine verschwendete Stunde. Wenn ich nur meine

Handtasche mitgenommen hätte. Und meinen Laptop. Und Visloskys Stick. Nach einer weiteren Stunde wünschte ich mir, ich hätte Strychnin mitgebracht.

Schließlich bekam ich Bescheid. Keine gebrochenen Knochen.

Es war nach fünf, als Brooke mir meinen Liebling brachte. Der Patient lag total entspannt in seiner Box.

Wieder zu Hause, legte ich Birdie auf mein Bett. Der Kater sah so gechillt aus wie ein Kiffer nach einem Dübel.

Weil ich mich fragte, wie Bird sich so hatte verletzen können, ging ich in die Küche. Entdeckte Spuren von Blut und Fell am unteren Rand der Terrassentür.

Hatte ich sie einen Spalt offen gelassen? Hatte Birdie versucht, sich hindurchzuzwängen, und sich eingeklemmt? Solche Sicherheitsschnitzer waren eigentlich nicht meine Art, aber ganz sicher war ich mir auch nicht.

Ein schnelles Schinken-Käse-Sandwich, dann holte ich Visloskys Kopie und den Stick aus der Tasche und stieg wieder nach oben. Ich setzte mich im Schneidersitz aufs Bett und beschloss, mit dem zusammengefalteten Papier anzufangen.

Ich habe keine Ahnung, was ich erwartet hatte.

Nicht das, was ich las.

Und zu meinem Entsetzen war es das dann doch.

38

Samstag, 20. November

Ich faltete die Kopie auf. Dunkle, gekreuzte Linien verrieten, dass das Original mehrmals gefaltet gewesen war.

Ein schneller Blick offenbarte bestürzend vertraute Merkmale. Auf zwei Ebenen.

Erstens war die Schrift klein und verkrampft, die Sprache eine Art jugendlicher Kurzschrift.

Wie die Einträge in Harmony Boatwrights Tagebuch.

Zweitens tauchten gewisse Abkürzungen immer wieder auf. mRNA. CRISPR.

Dieselben Abkürzungen, die sich auch Melanie Chalmers 2002 notiert hatte.

Melanie hatte sich für die Impfstoffproduktion interessiert. Wie auch ihre Tochter fünfzehn Jahre später.

Meine erschreckende Theorie drängte sich wieder in den Vordergrund.

Unmöglich.

Ich entzifferte weiter das mädchenhafte Gekritzel. Entdeckte Namen. InovoVax. Arlo Murray. GeneFree. Sullie Huger.

Es war nicht überraschend, dass die Mädchen von Murray und InovoVax wussten. Lena hatte den Direktor in der Pharmafirma in Laval besucht. Bei Huger war es ebenso. Lena und Harmony hatten ihn in seinem Büro auf James Island befragt.

Ich las weiter. Entdeckte Wörter und Begriffe, die in Melanies Notizen nicht aufgetaucht waren.

Capnocytophaga canimorsus. TLR4.

Die Theorie klopfte auf ein zerebrales Mikrofon.

Konnte ich tatsächlich recht haben? Konnte ein Mensch wirklich so böse sein?

Ich fuhr meinen Laptop hoch, ging online und besuchte die Human Gene Database.

Das TLR4-Gen codiert ein Protein, das zur Familie der Toll-like-Rezeptoren gehört.

Je mehr ich las, umso mehr Aufmerksamkeit verlangte die Theorie.

TLRS spielen eine wichtige Rolle in der Pathogenerkennung und der Aktivierung von Immunität gegen infektiöse Stoffe.

Allmächtiger!

Ich ging ins Bad, um mir ein Glas kaltes Wasser einzugießen. Schaute nach Birdie. Nahm mir wieder Visloskys Kopie vor.

In der sechsten Zeile von unten war sie. Die Bestätigung in zwei kurzen Absätzen.

»Ach du verdammte Scheiße!«, rief ich und griff zum Handy.

Birdie hob halb die Lider. Ein langer, verschlafener Blick, dann schloss er sie wieder.

»Du hast recht, Bird.« Ich zwang mich, ruhig zu bleiben. »Wir kennen beide Ryans B-Motto: Behutsam. Beherrscht. Bewusst.«

Nachdem ich das Handy auf die Tagesdecke geworfen hatte, schob ich Visloskys Stick in die USB-Schnittstelle. Das winzige Gerät enthielt eine einzige Datei. *Chalmervideo.mpv.*

Ich lud die MPV-Datei herunter und zog sie in meinen File Viewer.

Einmal tief durchatmen.

Gleich war klar, dass die Anfangssequenz nicht hatte gerettet werden können. Die Aufnahme fing mittendrin an.

Mein erster Gedanke war, dass Lizzie Griessers Gesichtsrekonstruktion erstaunlich präzise gewesen war. Die Frau, die sprach, hatte große grüne Augen, eine lange, schmale Nase und ein spitz zulaufendes Kinn. Aber die Skizze hatte nicht wiedergeben können, wie äußerst gut aussehend Melanie war. Nur das übermäßig vorstehende Kinn verhinderte, dass man sie eine wirkliche Schönheit hätte nennen können.

Der zweite Gedanke war, dass die Szenerie wirkte wie in einem typischen Geiselvideo. Melanie saß da und schaute direkt in die Kamera. Sie war ungeschminkt, und die Haare waren oben am Kopf zusammengefasst. Hinter ihr nichts als eine nackte Wand.

»– funktioniert jetzt. Hoffentlich ist die dritte Aufnahme der Gewinner. Ich bin mir nicht sicher, ob dieser Teil bei meinem ersten Versuch aufgezeichnet wurde, aber heute ist der fünfzehnte Januar 2002. Mein Name ist Melanie Chalmers.«

Sie sprach mit korrekter, Pariser Grammatik und amerikanischem, nicht Quebecer Akzent. Was ich als Schulbuch-Französisch betrachte. Ihre Stimme klang düster, die Miene war grimmig.

»Ich lebe in Laval unter dem Decknamen Mélanie Chalamet. Ich bin angestellt bei –«

Die Aufnahme machte einen Satz.

»– so lange nur noch wir drei. Aber sollte mir etwas passieren, haben meine Kinder es verdient, über ihre Väter Bescheid zu wissen. Wobei das bei der süßen Ella nicht geht.« Melanie senkte den Blick, auf ihre Hände, wie ich vermutete. »Die traurige Wahrheit ist, ich habe keine Ahnung, wer Ellas Daddy ist. In meinem letzten Jahr am College war ich ziemlich außer Kontrolle.

Lenas Vater war ein Mann namens Jeff Russo. Jeff war in der Navy. Wir wollten heiraten, aber in dem Jahr, als Lena geboren wurde, wurde er im Irak getötet. Ein paar Angehörige leben vielleicht noch in –«

Wieder machte die Aufnahme einen Sprung.

»– in der Arbeit unerträglich. Arlo piesackt mich ständig. Ich mache dieses Video auf Französisch, falls er es in die Hände kriegt. Dieser Depp versteht kein Wort, wenn es nicht auf einer Speisekarte steht.«

Wieder ein sprunghafter Übergang.

»– dachte, die Idee würde mir helfen. Meinen Kindern helfen. Ein bisschen Geld einbringen. Aber ich kann es einfach nicht zu Ende bringen. Zu viele Leute würden darunter leiden. Das ist der Grund, warum ich alles aufzeichnen will. Für den Fall –«

Wieder eine Unterbrechung.

»– lernten uns in den frühen Neunzigern kennen, als wir für das Humane Genome Project arbeiteten. Ich war nur eine kleine Datenanalystin. Kein höherer Abschluss, ihr wisst schon.« Mit leichter Verbitterung in der Stimme. »Arlo und Sullie waren wichtige Wissenschaftler, verdienten jede Menge Geld. Ich kam kaum über die Runden.«

Wieder der gesenkte Blick. Und wieder ein Sprung.

»– waren total verschieden. Arlo war großspurig, der Macho-Haudegen, der immer damit angab, dass er mit seinem Motorrad neunzig ohne Helm fährt. Sullie war eher introvertiert, ein Weichei, das immer jammerte, dass sein Vater ihn als kleinen Jungen nicht beachtet hatte. Aber die beiden verstanden sich von Anfang an. Beide hatten einen Doktortitel und eine hohe Meinung von sich selbst. Beide standen auf Genomik, Bootfahren und Haarpflegeprodukte.« Letzteres betont mit einem Augenverdrehen. »Vielleicht waren sie Liebhaber, vielleicht auch nicht. Ich wusste es nicht, und es war mir egal.«

Die Aufnahme ruckelte wieder. Ein anderer Schattenwurf deutete auf eine Lichtquelle von links hin. Ich nahm an, dass einige Zeit vergangen war.

»– nicht sicher, warum die großen Doktoren sich herabließen, mit mir rumzuhängen, aber wir drei gewöhnten uns an, nach der Arbeit ein paar Bier zu kippen.« Eine Pause. »Alles begann als Witz. Nein, kein Witz. Ein Spiel. Wir entwickelten diese hochkomplexen Szenarios, die alle mit Genomchirurgie zu tun hatten. Was, wenn dies? Was, wenn das? Schließlich sah Sullie –«

Eine eisige Kälte erfasste meine Brust.

»– Chance, die große Kohle zu machen. Der Plan war kompliziert, aber kurz gefasst, wir wollten ein Gen manipulieren, das die Immunität gegen eine nicht infektiöse Krankheit kontrolliert. Die Mutation wäre nicht schädlich, da sie sich in der Bevölkerung nicht verbreiten konnte. Wir würden sie durch einen pharmazeutischen Kanal einschleusen, einen Impfstoff vielleicht oder –«

Großer. Gott!

»– konnte nicht genau sagen, wann die Dinge sich veränderten, aber ab einem gewissen Punkt war das Ganze nicht mehr nur ein Gedankenspiel. Es wurde real. Es würde passieren.

1999 dann richtete Sullie eine Website ein. GeneMe. 2000 besorgte er Arlo und mir Jobs bei InovoVax über einen Freund seines Vaters, der im Aufsichtsrat saß. Arlo ist aus Montreal. Meine Rolle –«

Das war's. Der Rest war nicht zu retten gewesen.

Die Kälte wanderte an meinem Rückgrat entlang. Ich griff zum Handy.

Ryan antwortete sofort.

»Ich hatte recht, Ryan. Heilige Mutter Gottes, ich hatte recht.«

»Recht womit?«

»Huger?«

»Beruhige dich. Und dann gib mir die Kurzversion.«

»Huger und Murray haben einen Weg gefunden, einen Impfstoff zu manipulieren, um das Genom einer Person zu ändern.«

Ein kurzes Schweigen.

»Vielleicht ein *bisschen* detaillierter?«, regte Ryan an.

Ich gab ihm einen Crashkurs mit alten und neuen Informationen. CRISPR/Cas9. mRNA-Impfstoffherstellung. TLR4. *Capnocytophaga canimorsus.*

»TLR4 ist ein Gen, das ein Frühwarnsignal abgibt, wenn fremde Bakterien in den Körper eindringen«, fasste Ryan zusammen. »CRISPR/Cas9 ist ein Werkzeug zum Ausschneiden und Einfügen.«

»Genau. Huger und Murray nutzten CRISPR, um bei einer Person die *gute Kopie* des TLR4-Gens durch eine *schlechte Kopie* zu ersetzen. Eine Mutation, nach der das Immunsystem eines Menschen eine Infektion mit Capno meist nicht erkennen kann.«

»Damit Huger seinen Gentest-Service und seine homöopathischen Heilmittel online an den Mann bringen konnte.«

»Da ging's noch um sehr viel mehr als nur Online-Verkäufe. Huger hat auf eine Massenpanik gehofft, um dann seine Websites für zwei- oder vielleicht sogar dreistellige Millionenbeträge verkaufen zu können.«

Ryan brauchte einen Augenblick, um zu verarbeiten, was ich erklärt hatte. Dann sagte er: »Murray und Chalmers wurden bei InovoVax eingeschleust mit dem Hintergedanken, dass sie dort bestimmte Chargen eines Grippeimpfstoffs kontaminieren.«

»Melanies Notizen enthalten Ziffernfolgen, die Bangoboshe für Chargennummern hält. Ich bin mir sicher, man wird das bei InovoVax bestätigen können.«

»Melanie bekam kalte Füße und drohte, sie zu verpfeifen.«

»Ist alles auf ihrem Video«, sagte ich.

»Murray oder Huger haben sie erschossen, um sicherzustellen, dass das nicht passierte. Ella war ein Kollateralschaden.«

Eine plötzliche Bestätigung. »Sorg hat Melanie und Murray nicht über Christopher streiten gehört«, sagte ich. »Sie haben sich wegen CRISPR gestritten.«

»Nach fünfzehn Jahren macht sich die ganze Arbeit langsam bezahlt«, ergänzte Ryan. »Doch wie aus dem Nichts tauchen Lena und Harmony in Hugers Büro mit Informationen auf, die den ganzen verdammten Plan ans Licht bringen würden.«

Birdies Ohren schossen in die Höhe. Er hob die Schnauze und schnupperte. Ich strich ihm über den Kopf.

»Hier ist noch was, das mir Kopfzerbrechen bereitet«, sagte ich. »Warum nach den Morden in Montreal eine so lange Pause?«

»Vielleicht haben Murray und Huger es mit der Angst bekommen. Vielleicht haben sie immer noch dran herumgebastelt, wie man den mRNA-Prozess kontaminieren konnte.«

»Vielleicht haben sie den richtigen Augenblick abgewartet«, spekulierte ich. »Den hat dann die Pandemie geliefert.«

»COVID-19 hat der ganzen Welt eine Heidenangst eingejagt.«

Ich wollte ihm eben zustimmen, als ein entsetzlicher Gedanke mich überrumpelte.

»Vielleicht haben sie aber auch nie aufgehört. Vielleicht ist das Capno-Projekt nur das letzte einer ganzen Serie.«

Ryan verstand sofort, was ich meinte. »Vielleicht haben sie schon andere Versuche gestartet, vielleicht an anderen Orten. Überleg mal. Vogelgrippe. Schweinegrippe. H1N1. West-Nil-Fieber. SARS. Legionärskrankheit. Das sind nur ein paar, die mir in den Sinn kommen.«

»Aber die sind infektiös. Melanie sagt in der Aufnahme, dass es ihr Plan war, sich auf nicht infektiöse Krankheiten zu beschränken.«

»Okay. Was ist mit Ausbrüchen von Salmonellen und *E. coli*? Oder die Rinderwahnsinn-Hysterie. Wann war das?«

»Ich glaube, der erste bestätigte Fall bei einer Kuh in den USA war 2003.«

Wir beide verstummten und dachten an die diversen Seuchenalarme in den letzten zwei Jahrzehnten. Eine ganze Minute, dann wechselte ich die Spur, weil mir das Thema zu viel Angst einjagte.

»Glaubst du, dass Huger Murray umgebracht hat?«

»Dank Claudel gibt's neue Informationen über Murray. Der gute Doktor hatte seine Autos und Boote gern schnell. Und teuer. Er war bis über beide Ohren verschuldet.«

»Vielleich hat Huger Murrays finanzielle Probleme als Gefahr betrachtet. All die Jahre lang hatten sie sich sehr bedeckt gehalten.«

»Oder vielleicht hat Murray die Meute an den Fersen gespürt, wollte nicht mehr länger warten und hat beschlossen, früher Kasse zu machen.«

»Indem er Huger erpresste?«

Irgendwo im Haus rumpelte etwas.

Ich atmete tief ein. Horchte. Nichts. Nur eine Möglichkeit ergab einen Sinn.

»Ich sollte Schluss machen. Ich glaube, Anne ist gerade gekommen.«

»Rufst du Vislosky an?«

»Werde ich.«

»Dieses Arschloch Huger könnte dein durchgeknallter Serienmörder sein.«

»Glaub mir. Vislosky tut ihr Bestes, um ihn zu finden.«

»Ich schlafe ruhiger, wenn sie ihn gefunden hat. Sagst du mir Bescheid?«

»Werde ich.«

»Ich steige jetzt unter die Dusche.«

»Conditioner nicht vergessen.«

Ich legte auf.

Dann saß ich einen Augenblick nur da, das Handy an die Brust gedrückt.

Unten keine Bewegung.

Dann, ganz nahe und unmissverständlich.

Das Geräusch eines Pistolenschlittens, der durchgezogen wurde.

39

Samstag, 20. November

Ich horchte mit jeder Zelle meines Seins.

Stille.

Dieses Geräusch hatte unmöglich von Anne kommen können. Sie hätte ihre Ankunft mit der Feinfühligkeit eines Hurricane Inara angekündigt.

Hatte ich mir das Geräusch nur eingebildet?

Dann, hinter meiner Tür, ein geflüstertes *Ssschh.*

Ein vergessener Deckenventilator?

Die Klimaanlage, die ansprang?

Ein Serienmörder, der an einer Wand entlangstreifte?

Ich rutschte vorsichtig vom Bett und brachte Birdie ins Bad. Dann wählte ich Visloskys Nummer, auch wenn ich mir dabei ein bisschen lächerlich vorkam.

Voicemail.

Ich ließ die Leitung offen und legte das Gerät aufs Nachtkästchen. So leise wie möglich schlich ich zur Tür und spähte hinaus.

Die Gestalt war verhüllt von den Schatten des Gangs. Und trug einen schwarzen Trainingsanzug. Weiße Streifen entlang eines Ärmels deuteten darauf hin, dass der Arm auf Hüfthöhe gebeugt war.

Mein Herz machte einen Satz.

Ein Eindringling! Mit einer Waffe!

Mein Hirn raste. Mich mit Birdie im Bad einsperren? Keine gute Idee. Würde der Kerl die Tür aufbrechen, säße ich in der Falle. Raus auf die Veranda? Noch schlechtere Idee. Die Fallhöhe betrug Beine brechende sieben Meter.

Ich schlich auf Zehenspitzen wieder zu meinem Handy, um es noch einmal bei Vislosky zu probieren. Ich war fast dort, als eine Stimme mich erstarren ließ.

»Noch einen einzigen Schritt, und ich erschieße Sie.« Vokale so sirupsüß wie Pekannusskuchen. Männlich. Vertraut.

»Wie sind Sie in dieses Haus gelangt?« Ich klang um Lichtjahre souveräner, als ich mich fühlte.

»Sie müssen diese Hintertür wirklich reparieren lassen.«

»Sie waren schon einmal hier.«

»Ich wäre dumm, wenn ich mich nicht mit der Örtlichkeit vertraut machen würde. Meinen Sie nicht auch, Dr. Brennan?«

»Sie haben meiner Katze wehgetan.«

»Ich habe nichts gegen Katzen. Aber die Ihre muss eindeutig bessere Manieren lernen.«

»Was wollen Sie?« Innerlich kochend.

»Im Augenblick will ich, dass Sie die Hände auf dem Kopf verschränken und sich langsam umdrehen.«

Ich tat es.

Sullie Huger hatte mich im Visier einer Glock 19.

»Keine Angst«, sagte er.

»Habe ich nicht.« Natürlich hatte ich eine Heidenangst. Wenn eine Waffe auf einen gerichtet ist, sieht man nichts anderes mehr. »Wie haben Sie mich gefunden?«

»Sie sind eine sehr intelligente Frau. Eigentlich sollten Sie so schlau sein, persönliche Details nicht ans Büropersonal weiterzugeben.«

Abilene Monger. Ich sagte nichts.

»Wirklich eine Schande, dass so etwas passieren muss.« Hugers Ton war reptilisch kalt.

Ratschläge aus einem lange zurückliegenden Selbstverteidigungskurs schafften es, meine Angst zu durchdringen. *Ruhig bleiben. Kooperativ zeigen. Den Angreifer am Reden halten.*

»Ihr Plan war brillant«, sagte ich, den Blick fest auf dem kalten Stahlzylinder, der auf meine Brust gerichtet war. »Ich weiß alles.«

»Das habe ich eben mitbekommen.«

»Habe ich alles richtig verstanden?«

»Größtenteils.« Hugers Augen hatten das Funkeln von zu viel Alkohol. Von zu viel von irgendwas.

Halt ihn am Reden.

»Melanies Job wäre es gewesen, bestimmte Impfstoffchargen zu versetzen, nicht?«

»Die arme, schwache Melanie. So eine Fehleinschätzung.«

»Wer hat sie umgebracht, als sie drohte, alles zu verraten? Sie oder Murray?«

»Arlo war noch ein unglücklicher Fehler.«

»Aber Murray war Ihr Mitstreiter.«

»Mein *Mitstreiter«* – sarkastisch – »wurde leichtsinnig. Und gierig.«

»Keine andere Wahl, als ihn umzubringen.«

Huger schwieg.

»Ella war zehn Jahre alt. Warum haben Sie sie umgebracht?«

»Zur falschen Zeit am falschen Ort.«

»Und sie hätte Sie identifizieren können.«

»Und das.«

»Gilt dasselbe für Harmony und Lena?« Ich wusste, ich sollte mich zügeln und lieber sein Ego päppeln. Aber mein Abscheu beherrschte mich. »Zur falschen Zeit am falschen Ort?«

Huger zuckte die Achseln.

»Hatten die Mädchen gedroht, Sie zu verraten? Oder wussten sie einfach zu viel, sodass Sie das Risiko nicht eingehen wollten?«

»Um ehrlich zu sein, ich fand sie unverschämt.«

»Sie sind mit den Morden an Melanie und Ella durchgekommen, also haben Sie den altbewährten Trick noch mal angewandt. Kugel in den Kopf, die Leichen verstümmeln und ausziehen, in Plastik einwickeln und ins Meer werfen.«

»In Quebec war es genau genommen ein Fluss. Aber das wissen Sie ja.«

Am liebsten hätte ich ihn angesprungen und ihm das arrogante Grinsen aus dem Gesicht geprügelt. Stattdessen setzte ich die Unterhaltung fort, die Hände so fest verschränkt, dass meine Fingerknochen schmerzten.

»Haben Sie gewusst, dass Harmony Ihre Cousine war?«

»Das wusste ich wirklich nicht. War mir ziemlich peinlich, als ich erfuhr, dass ich mit diesem White Trash verwandt bin.«

»Dieser White Trash hätte es fast geschafft, Sie zu Fall zu bringen. Das und ein Hurricane.«

Ein kurzes Schweigen, dann sagte er: »Wie schade, dass Ihr Freund jetzt so weit weg ist.«

Mein Mund fühlte sich plötzlich an wie mit Asche ausgekleidet. Ich schluckte.

»Jetzt reicht's.« Hugers Gesicht verwandelte sich zu einer Miene, die mir einen kalten Schauer über den Rücken jagte.

Noch ein Ratschlag aus dem lange zurückliegenden Kurs sickerte durch. *Gefügig nur bis zu einem bestimmten Punkt.*

Waren wir jetzt an diesem Punkt?

Bevor ich das entscheiden konnte, machte Huger einen Satz, drückte sich an mich und rammte mir die Pistolenmündung seitlich in den Hals.

»Bewegen Sie sich.«

Aneinanderklebend wie siamesische Zwillinge marschierten wir im Gleichschritt in den Gang, die Treppe hinunter, durch die Küche und hinaus auf die Terrasse. Huger war mir so nahe, dass ich seinen Schweiß, sein Rasierwasser und das Curry riechen konnte, das er zuvor gegessen hatte. Ich spürte die straffe Spannung seiner Muskeln.

Draußen drückte mir Huger die Glock noch tiefer ins Fleisch. Ich spürte, wie er den Kopf nach links und dann nach rechts drehte. Stellte mir vor, dass er zum Pool schaute. Vielleicht zum Ozean.

Nach hinten austreten und Huger den Absatz in die Eier rammen, dann wegrennen? Oder ihn anspringen? Wieder nahm er mir die Entscheidung aus der Hand.

Mit einer schnellen Bewegung drückte er meine Schultern nach vorne und zog mir gleichzeitig mit einem Beinhaken die Füße weg. Ich kippte nach vorne, mein Kopf krachte auf den Travertin, der den Pool einrahmte. Die Welt löste sich in einem weißen Nebel aus Schmerz auf.

Bevor ich wieder zur Besinnung kam, stürzte Huger sich mit einer Schnelligkeit auf mich, die ich bei einem Mann seines Alters nicht für möglich gehalten hätte. Er nagelte mich mit seinem ganzen Gewicht auf dem Boden fest und drückte mir den Kopf über den Poolrand und unter Wasser.

Adrenalin durchflutete mich.

Ich versuchte, mich ihm zu entwinden, doch Huger schaffte es, meine Arme und Beine zu fixieren.

Meine Brust fing an zu brennen.

Wie lange kann ein Mensch ohne Sauerstoff überleben? Eine Minute? Drei?

Ein rationales Fragment meines wild rasenden Hirns meldete sich.

Keine Panik!

Vergebens. Die Todesangst war stärker als jede Logik.

Ich konnte nicht atmen. Konnte nicht schreien. Konnte nicht um mich schlagen. Nichts existierte mehr außer dem verzweifelten Verlangen, Luft in die Lunge zu ziehen.

Wie lange war ich schon unter Wasser? Eine Minute? Neunzig Sekunden?

Bizarre Bilder blitzten auf. Meine Leiche in blauer Plastikplane in einer Polypropylen-Tonne. Ein verwirrter Fischer, der mich einholte.

Ich verlor jedes Zeitgefühl.

Zwei Minuten?

Hinter meinen geschlossenen Lidern türmten sich schwarze Wolken. Verschmolzen miteinander. Ich sank in die Bewusstlosigkeit.

Dann gewann der Überlebensinstinkt die Oberhand. Ich wendete die Angst nach innen und bäumte mich mit dem Oberkörper heftig auf. Ein Arm kam frei. Ich stieß ihn in den Pool, ohne den Schmerz zu beachten, als die Haut über den Steinrand schürfte.

Huger drückte mir den Kopf tiefer unter Wasser.

Mit halb tauben Fingern blindlings herumtastend, spürte ich fünfzehn Zentimeter unter dem Rand eine Vertiefung. Der Unratabsauger. Ich legte die Hand flach auf die horizontale Oberseite des Vorsatzes und stieß mich mit aller Kraft, die ich noch aufbringen konnte, nach oben.

Dieses Mal war das Überraschungsmoment auf meiner Seite. Überrumpelt von der Verlagerung meines Oberkörpers, lockerte Huger den Druck auf meinen Hinterkopf. Ich nutzte den Vorteil, drückte mich hoch, verdrehte die Arme und schüttelte wild den Kopf. Die plötzliche Bewegung warf meinen Angreifer seitlich auf den Beckenrand.

Ich hob den Kopf aus dem Wasser und saugte Luft in meine Kehle. Verzweifelt nach Atem ringend. Nach Leben.

Huger packte mich an den Haaren und versuchte, mich zurückzureißen. Keuchend und Wasser blinzelnd schlug ich aus und erwischte ihn mit dem Daumen in einem Auge. Vor Schmerz aufheulend, zuckte er zurück.

Ich rang mit Übelkeit, rappelte mich auf alle viere hoch und kroch rückwärts.

In der Ferne eine Sirene. Oder war das nur eine akustische Einbildung, eine Folge des Sauerstoffentzugs?

Ein Neuronenhaufen empfing und verarbeitete noch Daten.

Die Pistole. Wo ist die Pistole?

Mein Blick wanderte über die Terrasse. Keine Glock.

Ich stemmte mich hoch und bückte mich mit gummiweichen Knien, um unter dem nächsten Sessel zu suchen. Keine Pistole.

Als Huger erkannte, wonach ich suchte, sprang er auf, senkte den Kopf und rammte ihn mir in den Bauch. Mit wirbelnden Armen und krampfender Lunge stolperte ich rückwärts, Huger wieder an mir wie ein Blutegel. Eine wedelnde Hand streifte eine von Annes Topffarnen. Ich schloss die Finger um die Wedel, schwang die Pflanze und schlug sie Huger an die Schläfe.

Er schrie auf, hielt mich aber weiter fest. Wir gingen beide zu Boden. Mein Kopf bekam zwei Schläge ab. Als mein Hinterhauptbein auf den Travertin knallte, rammte Huger mir seinen Schädel aufs Stirnbein.

Meine Sicht verschwamm. Schmerzsplitter schnitten durch jeden Lappen meines Hirns.

Vereint wie zuvor, rollten Huger und ich durch ein Chaos aus zerbrochener Terracotta, verstreuter Erde und ausgerissenen Farnwedeln.

Ich war fit. Aber er wog gut zwanzig Kilo mehr als ich. Er mochte älter sein, war jedoch auch gut in Form.

Nach viel Schwitzen und Ächzen und Prügeln wuchtete Huger sich auf mich, stellte mir die Knie auf die Arme und packte mich mit eisenhartem Griff an der Kehle. Ich schaute in sein Gesicht hoch. Eine Ader schlängelte geschwollen und pulsierend über eine Braue. Die Augen unter der Ader waren tot und seelenlos. Nichtmenschliche Augen. Böswillige Augen. Augen wie schwarze Löcher.

Verzweifelt krallte ich beide Hände um Hugers Handgelenke. Er riss einen Arm los und schlug mir mit der Handkante auf den Kehlkopf. Ich rammte ihm einen Ellbogen in den Bauch und prügelte ihn mit einer Reihe wütender Faustschläge von mir herunter. Keuchend und zitternd drehte ich mich zur Seite und krabbelte davon.

Die Pistole!

Mein Blick schnellte wild hin und her.

Sirenen kreischten gellend. Echte Sirenen.

Wieder kam Huger auf mich zu. Wieder wich ich aus.

Wende seine eigenen Tricks gegen den Mistkerl an!, schrien die Neuronen.

Ich atmete tief ein, machte einen Satz nach vorne und rammte Huger meinen Schädel ins Gesicht. Ich hörte das scheußliche Knirschen seines Nasenbeins. Einen wütenden Aufschrei. Einen dumpfen Knall, als sein Körper nach hinten flog und auf dem Boden landete.

In der Auffahrt wurden Autotüren geöffnet. Nicht zugeschlagen.

Polizisten!

Ich schaute zu Huger. Blut strömte ihm aus der gebrochenen Nase und der aufgeplatzten Oberlippe.

Vor dem Haus ein geschriener Befehl. Eine knappe Antwort.

Huger spuckte Speichel und kaputte Zähne. Strich sich mit dem Handrücken über den Mund.

Schritte polterten die Hintertreppe hoch. Andere donnerten durchs Haus.

»Sie haben alles ruiniert«, fauchte Huger geschlagen.

»War mir ein Vergnügen«, sagte ich. Als auf der obersten Treppe ein Uniformierter erschien, kam Vislosky durch die Küche gerannt. Beide hielten ihre Waffen mit beiden Händen auf Kinnhöhe.

An der offenen Terrassentür blieb Vislosky stehen. Angespannt. Zu allem bereit. Dann entspannte sich ihr Rücken leicht.

»Alles in Ordnung?«, fragte sie mich, während sie den Blick und die Waffe auf Huger gerichtet hielt.

Ich nickte. »Hier liegt noch irgendwo eine Glock.«

»Zurückbleiben«, rief Vislosky ihrer Verstärkung zu. »Waffe in der Umgebung. Aber legt zuerst dem Kerl mit den Zahnproblemen Handschellen an.«

Der Uniformierte fesselte Huger und übergab ihn seinem Partner.

»Brauchen Sie einen Krankenwagen?«, fragte mich Vislosky.

»Nein.«

»Ich glaube, Sie brauchen einen.«

»Sie haben sich schon einmal geirrt.«

»Ich rufe trotzdem einen.«

Sie tat es und stützte mich dann, während ich in die Küche humpelte.

»Sie sehen beschissen aus«, sagte sie, als ich schließlich so bequem wie möglich saß.

Ich nickte. Es tat weh. »Wie sind Sie so schnell hierhergekommen?«

»Ich war gerade auf der Brücke nach Mount Pleasant, als Sie anriefen. Gutes Timing.«

»Danke.«

Ich drehte mich um und kotzte in Annes Murano-Glasschüssel.

40

Donnerstag, 25. November

Weder Vislosky noch ich waren mit Einladungen überschüttet worden. Und Ryan hatte als Kanadier keine Pläne. Und zu sagen, dass Anne beharrlich blieb, war, als würde man sagen, die Alliierten hätten mal kurz in der Normandie vorbeigeschaut.

Nachdem wir alle die Einladung angenommen hatten, übertraf sie sich selbst bei der Umgestaltung des Erdgeschosses. Kitsch mit Erntemotiven bedeckte die Wände. Kalebassen voller Chrysanthemen und Margeriten, Mayflower-Aufklappkarten, Kürbisse und Truthähne aus Keramik und Statuetten von schmausenden Pilgervätern und amerikanischen Ureinwohnern füllten jede horizontale Oberfläche. Duftkerzen und Zerstäuber mit Apfelkuchenaroma parfümierten die Luft.

Um fünf Uhr nachmittags nahmen wir unsere Plätze ein. Jeder Millimeter der Tischplatte war bedeckt mit Platten und Schüsseln voller herbstlicher Gerichte. Truthahn. Füllung. Preiselbeeren. Süßkartoffeln mit Marshmallows obendrauf. Götterspeise aus der Kuchenform. Sie wissen, was ich meine.

Anne thronte am Kopfende des Tisches. Ich saß links von ihr, Ryan neben mir. Vislosky saß mir gegenüber, mit einem leeren Stuhl auf ihrer rechten Seite.

Wir hatten eben unsere Teller beladen, als Anne die Variation eines Spiels vorschlug, das Mama meiner Schwester und mir oft beim Essen aufgezwungen hatte, eine Übung, bei der es darum ging, offen über unsere »Wohlfühlmomente« und »Gänsehautsituationen« zu sprechen, wie sie es nannte. Ich war kein gefühlloses Kind. Aber ich hasste es, meine Gefühle vor Publikum preiszugeben. Ich tue es immer noch.

»Ich fange an«, sagte Anne. »An diesem Thanksgiving bin ich dankbar für dieses wunderbare Wetter, dafür, dass wir am schönsten Ort auf Gottes Erden sein dürfen, und für die Gesellschaft lieber Freunde, alte wie neue.«

Anne erhob ihr Weinglas in Ryans Richtung.

»Ich bin dankbar für die reizende und brillante Dame zu meiner Rechten. Ich hoffe, sie wird immer Teil meines Lebens sein.«

Die reizende und brillante Dame hielt den Blick auf den Plastiktruthahn neben ihrem Platzdeckchen gerichtet. Und fragte sich, worüber er zu grinsen hatte.

»Tempe?«, ermutigte mich Anne.

»Ich bin dankbar, dass sich niemand über mein Gesicht lustig gemacht hat. Bis auf Ryans Darth-Vader-Spruch.«

»Und Annes Vergleich mit Willy Kojote und dem Rechen«, sagte Vislosky.

»Und den.«

»Tonia?«, fragte Anne, nachdem sie mir einen vernichtenden Blick zugeworfen hatte.

»Ich bin dankbar, dass ich Huger jetzt im Sack habe.« Barsch. »Kann ich bitte die Preiselbeeren haben?«

Offensichtlich war Vislosky von dem Spiel ebenso begeistert wie ich.

Vom leeren Stuhl kam nichts.

»Na gut. Schätze, das war's dann mit der Dankbarkeit.« Ein dramatisches Seufzen von Anne. »Gut. Reden wir über Huger.«

Nicht die Ausweichroute, die ich gewählt hätte.

»Nur, damit ich das richtig verstehe«, sagte Anne und deutete mit lackiertem Finger auf mich. »Huger hat Impfstoffe mit einem Virus versetzt, das *was* angreift?«

»Epithelzellen.«

Anne starrte mich mit weit aufgerissenen Augen an. Chardonnay-Augen. Ich verurteilte sie nicht. Es war Thanksgiving, und sie hatte die ganze Woche gekocht.

»Blutgefäße«, erklärte ich.

»Wie funktioniert das gleich wieder?« Vislosky zog einen Mundwinkel nach oben. Ich nahm an, dass die Frage eher aus dem Wunsch entstanden war, Anne zu veräppeln, denn aus einem echten Interesse für mehr Details.

»Das Virus hat die CRISPR/Cas9 geliefert, die die DNA aufgeschnitten und das Gen ersetzt hat, das normalerweise eine Capno-Infektion verhindert.«

Ich ahmte mit einer Hand eine Schere nach. Dann ging ich weiter ins Detail, um Vislosky auf die Probe zu stellen.

»Vor allem die Blutzellen werden so verändert, dass sie ein Molekül bilden, das es gewissen Bakterien erlaubt, sich anzuheften und zu wachsen.«

»Nach einem Tierbiss oder -kratzer«, sagte Anne.

»Ja.«

»Wenn die Gefäße verändert sind, können diese Veränderungen wieder rückgängig gemacht werden?«, fragte Ryan.

»Nein. Da Hugers Virus die Stammzellen im Visier hatte, waren die Veränderungen von Dauer.« Ich kniff die Augen zusammen, um ihm anzudeuten, dass er das Thema wechseln sollte. Er tat es nicht.

»Und hier kam GeneFree ins Spiel?«

»Ja.« Ich spießte eine Olive ein wenig zu energisch auf.

»Wie?«

»Ja, wie?«, wiederholte Anne.

»Hugers Test konnte feststellen, wie Mensch und Haustier aufgestellt waren.«

»Und?«

»Wenn Lassie mit Capno infiziert war, konnte eine von Hugers Websites das Geheimmittel liefern, um das Tier zu heilen.« Ich musste mich wohl damit abfinden, dass wir gegen meinen Willen über dieses Thema reden würden. »Und wenn durch den Test festgestellt wurde, dass man das Gen trug, das einen anfällig machte, hatte GeneFree einen Zauberstab, der das Anheften des fiesen kleinen Moleküls verhinderte.«

»Huger hoffte, dass große Anleger ihm die Millionen nachwerfen würden«, sagte Anne.

»Zahltag.« Visloskys Stimme triefte vor Abscheu.

»Melanies Rolle wäre es gewesen, gewisse Impfstoffchargen zu versetzen. Als sie kalte Füße bekam und drohte, alles zu verraten, brachten Murray und Huger sie um.« Annes Ekel war so spürbar wie Visloskys. »Und die arme, kleine Ella war leider zufällig an diesem Tag bei ihrer Mutter.«

»Wer hat die Strippen so gezogen, dass Melanie ohne Visum in Kanada arbeiten konnte?«, fragte Vislosky.

»Wenn Huger nicht redet, erfahren wir das vielleicht nie. Auch wenn es so aussieht, als hätte er die Jobs bei InovoVax durch eine familiäre Beziehung beschafft.« Ryan wandte sich an mich. »Hat Melanie das nicht in dem Video gesagt?«

»Ja. Und sie hat eine merkwürdige Beziehung zwischen Huger und Murray angedeutet. Hat gesagt, es war, als würden sie voneinander zehren. Murray war großspurig, hat nach Aufmerksamkeit gelechzt und das Geld mit vollen Händen ausgegeben, schnelle Autos und Boote geliebt. Huger war introvertiert, verbittert, weil seine Eltern ihn nach dem Tod seines Bruders ignoriert hätten.«

»Genau«, blaffte Vislosky. »Gib den Eltern die Schuld.«

»Nach dem Mord an Melanie musste Murray die Chargen selbst manipuliert haben«, fügte ich hinzu. »Dora Eisenberg sagte, dass er praktisch immer in der Firma war.«

Anne sprach die Frage aus, über die Ryan und ich nachgedacht hatten.

»Glaubst du, sie haben in den fünfzehn Jahren zwischen den Morden in Montreal und denen hier in Charleston noch andere Versuche gemacht?«

»Dasselbe Problem: Wenn Huger nicht redet, erfahren wir das vielleicht nie.«

»Wie kann jemand nur etwas so Diabolisches tun?« Anne zeigte plötzlich ihre Gefühle wie sonst nie.

»Vielleicht hat sich der Plan so entwickelt, wie Melanie angedeutet hatte.« Ich sprach laut aus, was mir durch den Kopf ging. »Beide Männer waren brillant und talentiert. Murray hatte es auf Geld und Bewunderung abgesehen. Huger wurde von dem Verlangen angetrieben, sich zu beweisen, vor allem vor seinen Eltern. Er hat seinem Vater übel genommen, dass er das Vermögen der Familie verloren hatte, und wollte beweisen, dass er es zurückholen konnte. Alleine hätten die beiden vielleicht nie so gehandelt, wie sie es getan haben. Aber zusammen haben diese Gier und dieses Verlangen zu den Morden geführt.«

»Was für Drecksäcke. In Großbuchstaben«, sagte Anne.

»Ich sag nur: Giftspritze.« Vislosky schob sich einen Brocken Truthahn so groß wie Kansas in den Mund.

»Huger hat jetzt doch sicher eine Fantastillion Anklagen am Hals, oder?« Anne richtete die Frage an Ryan.

»Manipulation und fehlerhafte Kennzeichnung von Nahrungsmitteln oder Medikamenten. Einführung einer manipulierten Substanz in den zwischenstaatlichen Handel. Entführung. Versuchter Mord. Mord. Kanada wird auf eine Auslieferung dringen.«

»Wird nicht passieren«, blaffte Vislosky. »Huger wird genau hier in den Vereinigten Staaten bleiben. In South Carolina, einem Staat mit Todesstrafe.«

»Kann man Huger irgendwie mit der Explosion bei InovoVax in Verbindung bringen? Abgesehen von der Tatsache, dass er passenderweise zu der Zeit in *Mon-tréal* war?« Anne übertrieb die französische Aussprache.

»Claudel hofft, dass er ihn wegen des Semtex drankriegt«, sagte Ryan.

»Auf *le détective.*«

Wir alle tranken auf Claudel.

»Redet er eigentlich?« Anne war in Fahrt. »Ich meine Huger, nicht Claudel.«

Vislosky hob eine Schulter. »Nach Anraten seines Rechtsbeistands ist der Mistkerl sehr verschlossen. Sein Anwalt hat darauf hingewiesen, und leider hat der Kerl recht, dass wir sehr wenige Sachbeweise haben, die Huger mit irgendeinem der Morde in Verbindung bringen. Oder den Manipulationen. Unsere beste Chance ist vielleicht der versuchte Mord an Tempe. Die Anklage ist solide.«

»Warum hat er sie nicht einfach erschossen, wie die anderen?«

»Viele Leute wussten davon, dass Tempe ermittelt hat«, sagte Vislosky. »Also musste er es dieses Mal wie einen Unfall aussehen lassen.«

»Legen Sie die Fälle der ermordeten Frauen lieber noch nicht zu den Akten.«

Wir alle sahen Ryan an.

»Ein IT-Techniker in Montreal hat es geschafft, ein paar Voicemails auf dem Samsung Galaxy wiederherzustellen, das im Schutt bei InovoVax gefunden wurde.«

»Murrays Handy?«, fragte ich.

»Ja. Eine der Nachrichten wurde von einem Anrufer mit einer Acht-vier-drei-Vorwahl hinterlassen.«

»Muss Huger gewesen sein. Wir können die Nummer nachverfolgen und wahrscheinlich die Stimme identifizieren.«

»Laut dem Techniker klang der Anrufer *furieux.*« Fuchsteufelswild.

Wir warteten, während Ryan sein Handy herauszog, scrollte und las. »Ich zitiere: ›Charleston Harbor zwei. St. Lawrence zwei. Laurier null. Ausgeglichene Bilanz, du Arschloch?‹«

»Heilige Scheiße. Wann wurde das hinterlassen?«, fragte ich.

»Am ersten November.«

»Drei Tage nach dem Autoangriff.«

Ryan nickte.

»Anscheinend hatte Murray Huger erzählt, dass ich die Ermittlungen zu den Behälter-Opfern wiederaufnehme. Huger hat ihm befohlen, mich so einzuschüchtern, dass ich aufgebe, oder mich umzubringen. Aber woher wusste er das?«, fragte ich.

»Karottenhaar.«

Wieder schnellten die Blicke zu Ryan.

»Laura Bianchi. Die Journalistin, die bei der Exhumierung aufgetaucht ist.«

»Natürlich!«, rief ich. Was eine kurze Erklärung zu dem Foto und dem Artikel in der *Gazette* erforderte. Als ich damit fertig war, fragte ich ein bisschen resoluter. »Und? Bears oder Panthers?«

Die anderen schauten mich an, als hätte ich uraltes Surinamisch gesprochen.

»Am Wochenende spielt Chicago gegen Carolina. Wer ist euer Favorit?«

»Ach Gott.« Mit einem großen Augenverdrehen stand Anne auf. »Zeit für die Nachspeise, aber zuerst habe ich was, das euch die Füllungen aus den Zähnen rüttelt.«

Mit dieser hochdramatischen Ankündigung verschwand Anne durch die Pendeltüren, und Sekunden später kehrte sie mit dem Hintern zuerst zurück. Sie schien etwas sehr Großes zu transportieren.

Während sie sich umdrehte, verkündete sie: »Darf ich euch Anne vorstellen? Derselbe Name, keine Verwandtschaft.«

Die nicht verwandte Anne war eine weibliche Puppe, die nur aus Torso, Hals und Kopf bestand. Vor unseren Augen setzte Anne die nicht verwandte Anne auf den leeren Stuhl und schob ihn zum Tisch.

Der Anblick dieses Neuankömmlings erzeugte ein merkwürdiges Unbehagen.

Ich betrachtete die Gesichtszüge der Puppe, und das Unbehagen wurde stärker. Ich hatte es schon einmal gespürt, und zwar als Polly Beecroft mir die Fotos gezeigt hatte.

Ein Geistesblitz.

»Resusci Annie!«, rief ich.

»Auch als *Rescue Annie* bekannt.« Anne strahlte. »Dieser Mund hat mehr Lippen abbekommen als der Handschuh von Queen Elizabeth.«

Ryan und Vislosky schauten verständnislos drein.

»Das ist eine Puppe, an der die Herz-Lungen-Wiederbelebung geübt wird«, erklärte ich. »Aber was –?

Anne fiel mir ins Wort. »Wir kennen doch alle *L'Inconnue,* nicht?«

»Die Unbekannte, die vor einem Jahrhundert aus der Seine gezogen wurde«, sagte Vislosky.

»Leider konnte ich weder den Namen noch die Todesart der Frau herausfinden, aber ich habe ein interessantes Detail über ihre Totenmaske erfahren.«

Niemand unterbrach sie.

»Vor etwa sechzig Jahren entwickelte ein österreichischer Arzt namens Peter Safar die Grundlagen der Herz-Lungen-Wiederbelebung. Um es kurz zu machen, Safar beauftragte einen norwegischen Spielzeugmacher namens Asmund Laerdal, eine lebensgroße Puppe anzufertigen, die man als Übungsmodell benutzen konnte. Weil Laerdal sich dachte, dass Männer vielleicht abgestoßen sein könnten, wenn sie Mund-zu-Mund-Beatmung bei einer männlichen Puppe machen mussten, beschloss er, der Puppe weibliche Züge zu geben. Wie man sich erzählt, sah er an einer Wand eine *L'Inconnue,* fand ihr Gesicht sehr schön und nahm die Maske als Modell.«

Anne strich der Puppe über den Kopf.

»Seitdem haben Millionen mit dieser jungen Dame hier Mund-zu-Mund-Beatmung gelernt.«

»Ich auch.« Jetzt wurde mir klar, warum Polly und ihre Verwandten mir irgendwie bekannt vorgekommen waren. »Wo hast du die her?«

»Wie du weißt, war ich letzte Woche in Savannah, um Josh bei den Dreharbeiten zuzusehen.« Zu den anderen: »Josh ist mein Sohn. Er ist Schauspieler und hat in einer Soap eine

Rolle als Arzt. Die Szene sollte in einer Notaufnahme stattfinden, und in einer Ecke lag eine Mund-zu-Mund-Puppe. Ich hatte das mit *Rescue Annie* erst kurz zuvor erfahren, und als die Dreharbeiten abgeschlossen waren, fragte ich, ob ich die Puppe haben könne. Sie meinten, aber natürlich. Ein Requisit weniger, um das sie sich kümmern mussten.«

Anne ging zu ihrem Platz, um noch einen Schluck Wein zu trinken.

»Ich gebe natürlich noch nicht auf. Aber fürs Erste hoffe ich, dass Polly es freut, wenn sie erfährt, dass ihre mögliche Vorfahrin mitgeholfen hat, vielen Menschen das Leben zu retten.«

»Das wird sie sicher freuen«, sagte ich.

Wir alle halfen beim Geschirrabräumen und dem Einpacken von Resten. Dann servierte Anne Kürbiskuchen, und wir gossen uns Kaffee ein und gingen hinaus auf die Terrasse.

Der zerbrochene Pflanztopf war verschwunden, die Gartenmöbel standen wieder an ihrem Platz. Nichts war mehr zu sehen von dem Kampf auf Leben und Tod, der hier vor erst fünf Tagen stattgefunden hatte.

Bis auf mein Darth-Vader-Gesicht.

Ich setzte mich in einen der Pawleys-Island-Schaukelstühle. Ryan nahm den neben mir.

Der Mond war voll und groß und orange wie Annes Designer-Kürbisse. Ein bernsteinfarbenes Dreieck funkelte auf dem Wasser von seinem unteren Rand am Horizont bis zum Ufer.

Unausweichlich kam das Gespräch wieder auf Hugers Plan, mit dem er Profit aus dem Elend anderer schlagen wollte. Darauf, wie er sein Wissen über menschliche Genomik so monströs missbrauchte.

Wir sprachen über das Wunder und die Macht der Doppelhelix.

Wir staunten darüber, wie eine gemeinsame Sequenz von Basenpaaren Polly und Harriet und ihrer Großtante und Großmutter identische Gesichtszüge gegeben hatte.

Und wie ein böswilliges Chromosom Tereza Deacon das Silver-Russell-Syndrom aufgebürdet hatte, eine Krankheit, die ihren Körper verändert und ihr kurzes Leben geprägt hatte.

Und über die Ironie des größten Durchbruchs in den Ermittlungen zu den Behälter-Fällen.

Die genetische Genealogie hatte eine Beziehung zwischen Aubrey Sullivan Huger und seinem jüngsten Opfer Harmony Boatwright aufgedeckt.

Seine eigene DNA hatte den Mann zu Fall gebracht.

EPILOG

Die Erde drehte und drehte sich.
Ein neues Jahr begann.

3. JANUAR

Ich aß die Reste eines Gerichts vom Chinesen und dachte über einen Termin für einen Haarschnitt nach, als ich auf der Hintertreppe Schritte hörte. Schwere Schritte.

Ich stand vom Tisch auf, um hinauszuschauen.

Auf der Veranda stand Katy im Wüsten-Kampfanzug samt Kappe, Kampfstiefeln und mit einer Pilotenbrille auf der Nase. Eine Militär-Reisetasche lag neben ihren Füßen. Ein Rucksack hing auf ihrer linken Schulter.

Katy sah schlank und gebräunt aus. Selbstbewusst. Ein völlig anderer Mensch als das bekümmerte Mädchen, das sich vor vier Jahren zur Armee gemeldet hatte.

Mit Freudentränen kämpfend, öffnete ich die Tür.

»Sergeant Petersons meldet sich zum Dienst.« Mit einem breiten Lächeln nahm Katy die Sonnenbrille ab und deutete damit auf mich. »Sie sollten besser Schokoplätzchen im Haus haben, Soldat.«

Ich schlang die Arme um meine Tochter, samt Rucksack.

»Ich liebe dich, mein Schatz«, flüsterte ich. »Ich bin ja so stolz auf dich.«

Ich sagte die Worte in diesem Augenblick. Und ich wiederholte sie viele Male während ihres Aufenthalts.

Katys Rückkehr bescherte mir ein größeres Glück, als ich beschreiben kann. Doch musste auch an andere Töchter denken. Und andere Mütter.

Ich hatte mir eine Auszeit vom Tod gegönnt. Eine Atempause.

Jetzt war ich bereit.

Ich tätigte zwei Anrufe.

10. JANUAR

Frühmorgens klingelte mein Telefon. Die Nachricht war besser, als ich gehofft hatte.

Vislosky hatte es geschafft, eine Adresse für Bonnie Bird Boatwright herauszufinden. Seit sechs Jahren lebte Harmonys Mutter in einer Frauenkommune im nördlichen Minnesota.

Bonnie Bird hatte darum gebeten, dass die Überreste ihrer Tochter aus der Charlestoner Leichenhalle in ein Bestattungsinstitut in Nashville überführt wurden. Sie hatte zwei Grabsteine und Grabstellen nebeneinander gekauft. Eine für sich. Eine für Harmony.

22. JANUAR

Mein Handy klingelte auf der Rückfahrt vom Flughafen, wo ich Katy abgesetzt hatte. Diesmal waren die Nachrichten durchwachsen.

Widerwillig war Rémi Arbour, der Friedhofsleiter, meiner Bitte nachgekommen, Ariel zu kontaktieren, die Frau, die ich im Le Repos Saint-François d'Assise kennengelernt hatte – diejenige, die mir diesen winzigen Gebetszettel gegeben hatte, damit ich ihn in den Leichensack steckte, der sich Jahre später als Ellas erwies. Arbours keuchendes, nasales Französisch weckte eine Flut von Erinnerungen an diesen Tag im Jahr 2010. Der Friedhof. Die Kreuze mit den trostlosen Inschriften.

LSJML-41207 Os non identifiés d'une femme.

LSJML-41208 Os non identifiés d'un enfant.

Arbour hatte gute Nachrichten, aber auch schlechte.

Die gute: Ariel Caldrea war immer noch aktives Mitglied der Kirche an der Rue Sherbrooke. Und immer noch besuchten Gemeindemitglieder anonyme Bestattungen in Saint-François.

Die schlechte: Florence Sorg wollte nichts mit einer Wiederbestattung von Melanie und Ella zu tun haben. Obwohl Ariel es versucht hatte, war es ihr nicht gelungen, andere Chalamet/Chalmers-Angehörige zu finden.

Eine gute wiederum: Da Melanie und Ella aus Massachusetts stammten und US-Bürger waren, hatte Ariel in Boston einen Friedhof gefunden, der bereit war, eine Grabstelle und eine Gedenkstafel zu stiften, und eine Kirchengemeinde, deren Priester seine Dienste unentgeltlich zur Verfügung stellen würde.

Meine Zustimmung vorausgesetzt, würde Pierre LaManche die Überreste in Quebec freigeben und Ebony Herrin die in Charleston. Endlich würden Melanie, Ella und Lena einen Gedenkstein bekommen, der ihre Namen trug.

Als ich mit Ariel sprach, schrieb sie dieses glückliche Ende Mutter Mary MacKillop zu, Schutzheilige der missbrauchten Mädchen.

Ich war mir da nicht so sicher.

Es war auch nicht wichtig.

Drei Töchter würden in alle Ewigkeit bei ihren Müttern liegen.

DANKSAGUNGEN

Wie üblich haben mir viele Menschen mit ihrem Input dabei geholfen, die Fakten in diesem Buch korrekt wiederzugeben.

Dr. Andrew Rasmussen von der biologischen Fakultät an der Mount Joseph University in Cincinnati gewährte mir unschätzbare Einsichten in die Molekulargenetik und die Genomchirurgie. Dr. Susan Erin Presnell schilderte mir den Aufbau der Leichenhalle und die Arbeitsweise an der Pathologischen Fakultät der Medical University of South Carolina Medical Center in Charleston. Isabelle Comtois, eine ganz außergewöhnliche *technicienne aux autopsie,* ging mit unendlicher Geduld auf meine Fragen zu den neuen Prozeduren am Laboratoire de sciences judiciaires et de médecine légale in Montreal ein.

Meine besten Freundinnen in der Forensik, die Doktorinnen Leslie Eisenberg, Diane France, Madeleine Hinkes, Elizabeth Murray und Marcella Sorg, beantworteten endlose Fragen zu Knochen und Brüchen und Verwesung. Dr. William Rodriguez teilte sein Wissen über Rankenfußkrebse, Meeresschnecken und andere Kreaturen aus der Tiefe mit mir.

Meine besten Freundinnen im Norden, Dorothée Berryman, Melanie Kau, Pauline Normand und Suzanne Vachon (Wir fünf trugen früher den Spitznamen *L'équip de choc!)* steuerten mich zielgerichtet durch alles, was mit Quebec zu tun hatte.

Denmar Dixon gab mir Tipps zu schnellen Booten. Bill Hurley navigierte mich über den Wasserweg von Dorval nach Saint-Anicet.

Meine Assistentin Melissa Fish erledigte für mich mehr Aufgaben, als ich hier aufzählen könnte.

Einen großen Dank bin ich meinen Lektoren schuldig. Rick Horgan in den Vereinigten Staaten, Laurie Grassi in Kanada und Bethan Jones in Großbritannien.

Anerkennend erwähnen will ich all jene, die meinetwegen so schwer gearbeitet haben. Zu Hause in den Vereinigten Staaten: Nan Graham, Roz Lippel, Jaya Miceli, Brian Belfiglio, Abigail Novak, Brianna Yamashita und Katie Rizzo. Auf der anderen Seite des Teichs: Ian Chapman, Suzanne Baboneau, Harriett Collins, Rich Vlietstra, Justine Gold, Polly Osborn und Gill Richardson. Nördlich des Neunundvierzigsten: Kevin Hanson, Nita Pronovost, Felicia Quon, Adria Iwasutiak, Jillian Levick und Greg Tilney. Und so viele andere, die zu zahlreich sind, um sie aufzuzählen.

Dankbar bin ich meinen Rechtsbeiständen Deneen Howell und Robert Barnett von Williams and Connolly, LLP. Danke für den Rückhalt.

Meine Familie war unendlich geduldig. Wie auch Skinny und Turk.

Allen meinen Lesern schicke ich eine dicke Umarmung. Es freut mich sehr, dass ihr Tempe so treu seid. Ich hoffe, euch in naher Zukunft bei Signierstunden und öffentlichen Auftritten wiederzusehen. Bis dahin besucht meine Website (KathyReichs.com), liket mich auf Facebook und folgt mir auf Twitter (@kathyreichs) und Instagram (@kathyreichs). Ihr seid der Grund, warum ich schreibe!

Falls ich es versäumt habe, jemandem zu danken, dem ich danken sollte, entschuldige ich mich. Wenn das Buch Fehler enthält, sind sie allein meine Schuld.

Werkverzeichnis der von Kathy Reichs erschienenen Titel

› Bonusmaterial

HEYNE‹

1 Über die Autorin

Himmel oder Hölle? Wiedergeburt oder ein großes Nichts? Wie das Leben nach dem Tod aussieht, darüber kursieren viele Gerüchte. Kathy Reichs kann uns zumindest den Anfang ein wenig detaillierter beschreiben – er sieht in etwa so aus: CCCC-2006020277. Jegliche Art von sterblichen Überresten, die in ihrem Labor landen, bekommt zuallererst eine solche Fallnummer. Kathy Reichs ist als forensische Anthropologin für rechtsmedizinische Institute tätig – das eine in Montreal, Kanada, das andere in Charlotte, North Carolina. Was heißt das? »Pathologen sind Spezialisten, die weiches Gewebe – Fleisch, Muskeln, Organe – bearbeiten«, erklärt Reichs. Quincy also, und Boerne. »Anthropologen sind auf die Knochen spezialisiert. Gerade Verstorbene oder relativ intakte Leichen kommen zum Pathologen – ein Skelett in einem flachen Grab, ein verkohlter Körper in einem Fass, Knochenfragmente in einer Häckselmaschine, ein mumifiziertes Baby in einem Koffer auf dem Dachboden zum Anthropologen.«
Mit vielen Fragen, die danach beantwortet werden müssen, hat sich Reichs schon während des Archäologiestudiums beschäftigt. Wer ist gestorben, wie und wann? Ein unauslöschliches Erlebnis machte aus der Feldforscherin eine Kriminaltechnikerin. »Zur forensischen Anthropologie kam ich, weil mich Ermittler, die einen Kindsmord untersuchten, um Mithilfe baten. Ein fünfjähriges Mädchen, das man entführt, ermordet und in einem Wald in der Nähe von Charlotte verscharrt hatte.

Der Mörder wurde nie gefunden. Die Ungerechtigkeit und die Brutalität dieses Falles veränderten mein Leben. Das Leben eines kleinen Mädchens war mit heimtückischer Gleichgültigkeit beendet worden. Ich verabschiedete mich von den uralten Knochen, wechselte zur Forensik und habe das nie bereut.«
Und wann immer sie Zeit hatte, schrieb sie. Ihre Romanreihe um die forensische Anthropologin Tempe Brennan – der erste erhielt 1997 den Arthur Ellis Award for Best First Novel – erschien in über 30 Ländern, Gesamtauflage 120 Millionen. In der Fernsehserie BONES – Die Knochenjägerin, von Reichs kreiert und mitproduziert, geht Tempe Brennan ebenfalls auf Verbrecherjagd. Zusammen mit Patricia Cornwell hat Reichs die forensische Anthropologie von einer Nischendisziplin zu einem weltweiten Phänomen geschrieben. Ein Brennan-Roman im Jahr, seit Kurzem auch einer für die Jugendbuchreihe VIRALS, Lesereisen, Drehbücher studieren – die Fiktion hat sich für Reichs zur Vollzeitbeschäftigung ausgewachsen. Trotzdem unterrichtet sie weiterhin Studenten an der University of North Carolina, sie berät das FBI in Sachen Spurenerkennung und -sammlung sowie die Royal Canadian Mounted Police in Kanada. Als Reichs ihren neuen Beruf antrat, waren nicht mehr als fünfzig zertifizierte forensische Anthropologen in Kanada und den USA tätig. Inzwischen zählen die Kollegen immerhin knapp an die achtzig. Kathy Reichs legt großen Wert darauf, dass ihr Ziel – den Toten Gerechtigkeit widerfahren zu lassen – auch in ihren Werken nicht zur pathetischen Selbstbeweihräucherung oder zum actionüberfrachteten Hokuspokus verkommt. »Ich wollte keine Superheldin zeigen«, so Reichs über ihr Alter Ego Tempe Brennan. »Ich wollte eine Figur schaffen, die Schwächen und Fehler hat und die sich im Alltag mit Neonlicht, Formularen und Überstunden herumschlägt.«

Tote lügen nicht

Tempe Brennan ist forensische Anthropologin in Montreal. Skelette und verweste Körperteile gehören zu ihrem Alltag. Als die 23-jährige Isabelle missbraucht, erdrosselt und zerstückelt in Müllsäcken aufgefunden wird, erinnert sich Tempe an einen Fall ein Jahr zuvor. Sie versucht, die beiden Verbrechen mit drei weiteren Leichen in Verbindung zu bringen.

Knochenarbeit

Grauenvolles erwartet Tempe Brennan, als sie in den kleinen Ort St. Jovice gerufen wird: ein niedergebranntes Haus mit sieben Leichen, zwei davon Babys, denen das Herz fehlt. Nur zu gern widmet sie sich deshalb ihrem anderen Auftrag - der Exhumierung der Ordensschwester Elisabeth Nicolet zwecks postumer Heiligsprechung. Doch erst liegt die Nonne in einem falschen Grab, und dann entdeckt Tempe gemeinsam mit Detective Ryan eine entsetzliche Parallele zu dem Fall von St. Jovice.

Lasst Knochen sprechen

Ein ermordetes Mädchen, die Überreste zweier Motorradfahrer nach einem Bombenanschlag und der ausgegrabene Schädel einer jungen Frau - damit hat Tempe Brennan im wahrsten Sinne des Wortes alle Hände voll zu tun. Doch als sie einen brisanten Zusammenhang zwischen den Toten und zwei verfeindeten Motorrad-Banden erahnt, gerät nicht nur Tempe in Lebensgefahr. Leider entwickelt auch ihr Neffe Kit ein verhängnisvolles Faible Motorräder...

Durch Mark und Bein

Flug 228 der TransSouth Air ist über Swain County, North Carolina, abgestürzt. Man betraut Tempe Brennan mit der Identifikation der Opfer, die zum Großteil sehr jung waren: Mitglieder und Fans eines College-Fußballteams. Bei Nachforschungen zu einem zusätzlichen grausigen Fund in der Nähe des Unglücksortes, einem einzelnen Fuß, der auf Grund seiner Verwesung und seines Alters nicht von einem der Passagiere stammen kann, wird Tempe von höchster Stelle behindert.

Knochenlese

Ein kleines Dorf in Guatemala: Als Tempe Brennan in den Brunnenschacht hinabsteigt, ahnt sie, dass sie am Grund ein grausiger Fund erwartet. Hier wurden vor Jahrzehnten die Leichen von über zwanzig Bewohnern eines kleinen Dorfes verscharrt, Frauen und Kinder, die ein Militärkommando kaltblütig hingerichtet hatte. Noch während die Opfer des Massakers geborgen werden, bekommt Brennan zu spüren, dass die Machthaber in Guatemala, damals wie heute, ein schreckliches Geheimnis hüten.

Mit Haut und Haar

Der Sommer ist brütend heiß in Charlotte, North Carolina. Gerade will Tempe Brennan vor der Hitze in den wohlverdienten Urlaub fliehen, als auf einer verlassenen Farm Überreste von brutal abgeschlachteten Schwarzbären gefunden werden. Doch das ist noch nicht alles. Zwischen den skelettierten Pranken stößt Tempe auf menschliche Knochen und damit auf die Spur von Schmugglern, die mit dem Töten von Wildtieren blutiges Geld verdienen. Wer ihnen zu nahe kommt, muss um sein Leben fürchten. Tempe ermittelt.

Totenmontag

Was könnte frostiger sein als ein kanadischer Dezembersturm? Tempe Brennan wird an einem tristen Montagmorgen zu einem Fundort in Montreal gerufen, der ihr das Blut in den Adern gefrieren lässt. Verscharrt in einem Kellergewölbe liegen die Leichen dreier junger Frauen. Nicht eine Gewebefaser, kein Fetzen Kleidung geben Aufschluss darüber, wann und warum diese Mädchen sterben mussten. Dank akribischer Ermittlungen und weiblicher Intuition kommt Tempe einem Verdächtigen auf die Spur. Doch sie muss auf alles gefasst sein, denn ihr Gegner ist an Kaltblütigkeit nicht zu übertreffen.

Totgeglaubte leben länger

Die Leiche eines zwielichtigen Importeurs beschert Tempe Brennan Überstunden im Labor. Die Schusswunde am Kopf deutet auf Selbstmord hin, doch die Gerichtsmedizinerin kann ein Gewaltverbrechen nicht ausschließen. Ihre Untersuchungen nehmen eine unerwartete Wendung, als ein Fremder ihr das Foto eines uralten Skeletts aus Israel zusteckt und beteuert, es sei der Schlüssel zum Tod des streng religiösen Mannes. So stößt Tempe auf ein Geheimnis, das älter ist als die Bibel …

Hals über Kopf

Was wie ein harmloser Exkurs auf eine idyllische Ferieninsel beginnt, endet für Tempe Brennan in einem Albtraum. Archäologische Grabungen im Sand von Dewees Island, South Carolina, fördern nicht nur bestattete Ureinwohner zutage, sondern auch eine Leiche, die erst vor wenigen Jahren am Strand verscharrt worden sein kann. Damit nicht genug: In einem Sumpfgebiet auf dem Festland werden kurz darauf die Überreste eines vermeintlichen Selbstmörders entdeckt. Eigenartige Einkerbungen an den Halswirbeln der Toten sagen Tempe, dass eine makabre Verbindung zwischen den beiden Fällen bestehen muss.

Knochen zu Asche

Eines Tages war sie verschwunden – ohne ein Wort des Abschieds. Als junges Mädchen musste Tempe Brennan erleben, wie ihre beste Freundin Evangeline unter mysteriösen Umständen zum Vermisstenfall wurde. Dreißig Jahre später reißt ein Skelettfund im kanadischen Neuschottland alte Wunden auf. Hängen diese Knochen mit Evangelines Verschwinden zusammen? Ein kleines vergilbtes Versbuch, das Tempe entdeckt, könnte die Antwort verraten.

Der Tod kommt wie gerufen

Ein verlassenes Haus in Charlotte, North Carolina, ein neuer Einsatz für Tempe Brennan: Neben Kupferkesseln, einem toten Huhn und seltsamen Artefakten liegt der abgetrennte Kopf eines Mädchens. Blitzartig geht ein Gerücht um: Ritualmord! Ein bibelfester Politiker auf Stimmenfang verdächtigt okkulte Kreise und ruft nach Vergeltung. Noch während Tempe den Tatort untersucht, bahnt sich in Charlotte eine gnadenlose Hexenjagd an.

Das Grab ist erst der Anfang

Tempe Brennan ermittelt bei einer Reihe seltsamer Todesfälle: Drei Frauen wurden ermordet, alle auf grausame, aber verschiedene Weise. Doch Tempe kann schließlich die Handschrift eines Serienkillers erkennen. Umso schockierter ist sie, als man ihr vorwirft, sie habe eine Autopsie manipuliert und ein Verbrechen vertuscht. Was Tempe nicht weiß: Ihre Arbeit wird sabotiert. Von jemandem, der sie um jeden Preis scheitern sehen will ...

Blut vergisst nicht

Ein Mann, der nicht ein-, sondern gleich zweimal den Tod gefunden zu haben scheint, gibt Tempe Brennan Rätsel auf. Seine Spur führt nach Hawaii. Hier wird Tempe prompt mit den von Haien verunstalteten, seltsam tätowierten Überresten eines Kleindealers konfrontiert. Das Inselparadies wird für Tempe schnell zum heißen Pflaster. Denn die örtlichen Drogenhändler reagieren auf neugierige Ermittlerinnen so instinktiv wie Haie auf einen blutigen Köder.

Fahr zur Hölle

In Charlotte, Tempe Brennans Heimatstadt, ist die Hölle los. 200.000 NASCAR-Fans sind auf dem Weg zum Charlotte Motor Speedway und dem großen Rennwochenende. Auf einer Müllhalde nahe der Anlage wird in einem Teerfass eine Leiche gefunden. Ist es die lange vermisste Cindi? Ihre Ermittlungen führen Tempe ins Fadenkreuz einer Verschwörung. Sie arbeitet fieberhaft daran, den Fall schnell aufzuklären. Doch sie weiß: Das Böse holt dich immer ein.

Knochenjagd

Tempes neuester Fall beginnt wie ein Albtraum: In einer verlassenen Wohnung liegt, eingewickelt in ein Handtuch, die Leiche eines Neugeborenen. Und bald tauchen noch zwei weitere tote Babys auf. Die fieberhafte Jagd nach der Mutter beginnt. Ist sie überhaupt die Mörderin? Ihre Spur führt Brennan und ihren Kollegen Ryan tief in die kanadische Einöde – und in das Revier eines eiskalten Killers ...

Totengeld

Der Tod einer jungen Frau, deren Leiche achtlos am Straßenrand deponiert wurde, bereitet Tempe Brennan schlaflose Nächte. Der Teenager könnte ohne Papiere ins Land gereist sein, eine Spur, die Tempe zu dem Geschäftsmann John-Henry Story führt. Doch der starb Monate zuvor bei einem mysteriösen Brand. Und dann ist da noch der Fall eines Schmugglers, der kuriose mumifizierte Artefakte in die USA schleust. Besteht eine Verbindung zwischen dem toten Mädchen und dem lukrativen illegalen Handel? An Tempes neustem Fall ist nichts so, wie es zunächst scheint. Nur auf eines kann die Todesermittlerin sich verlassen: Die Knochen kennen die Wahrheit.

Knochen lügen nie

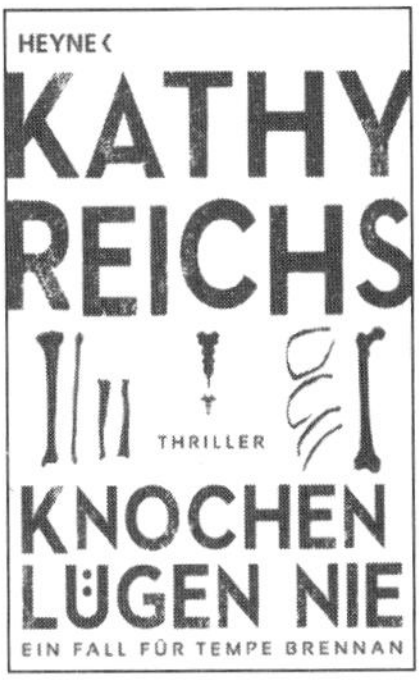

Tempe Brennan kann mit ihrer Arbeit für die Gerichtsmedizin Tote nicht wieder lebendig machen, doch zumindest kann sie den Mordopfern Gerechtigkeit widerfahren lassen. Nur in einem einzigen Fall entkam ihr ein Killer: Anique Pomerleau, eine junge Frau, die selbst traumatische Misshandlungen hatte durchleben müssen. Und die sich an der Welt rächte, indem sie Mädchen entführte, quälte, tötete. Jetzt, zehn Jahre später, tauchen in Montreal die Leichen mehrerer vermisster Teenager auf. Tempe erkennt das Mordmuster: Anique ist zurück. Sie will ein letztes Mal Rache nehmen.

Die Knochenjägerin

»Tempe Brennans erster Fall«

Es ist Dezember, und an der Universität von North Carolina sitzt Temperance Brennan an ihrer Doktorarbeit. Als zwei Cops ihr Labor betreten, ändert sich Brennans Leben schlagartig. Die Detectives Slidell und Rinaldi untersuchen den gewaltsamen Tod eines Arztes.

Dieser Kurzroman von 90 Seiten erschien zum ersten Mal und exklusiv in »Die Knochenjägerin - Vier Fälle für Tempe Brennan«. Der Sammelband enthält darüber hinaus die bislang als E-Books erschienenen Kurzromane »Fährte des Todes«, »Wasser des Todes« und »Gletscher des Todes«.

Die Sprache der Knochen

Eine junge Frau ist verschwunden. Ihre Familie behauptet, es gehe Cora gut. Doch die verstörte Stimme, die Forensikerin Tempe Brennan auf einer Aufnahme hört, spricht eine andere Sprache. Und wirft Fragen auf. Woher stammt die Tonaufzeichnung? Ist Cora aus freien Stücken abgetaucht? Oder vermisst, weil sie Opfer eines Verbrechens wurde? Die Knochen einer Leiche, die Tempe noch nicht identifiziert hat, scheinen eine Geschichte von Coras Verschwinden zu erzählen, die noch viel grausamer ist, als Tempe befürchtet hat ...

Das Gesicht des Bösen

In der drückenden Hitze von Charlotte, North Carolina, erhält Tempe Brennan eine Reihe von rätselhaften Nachrichten, Fotos von einer Leiche ohne Gesicht und Hände. Wer ist dieser Tote, und warum schickt man ausgerechnet ihr diese Bilder? Um Antworten auf diese und andere Fragen zu finden, muss Tempe den vorgeschriebenen Dienstweg verlassen – ihre neue Vorgesetzte hegt einen tiefen Groll gegen sie und will sie um jeden Preis von dem Fall fernhalten.

Der Code der Knochen

Tempe Brennan durchlebt stürmische Zeiten. Ein schwerer Hurricane nimmt Kurs auf ihre Heimatstadt Charlotte. Sie leitet die Untersuchung zweier Skelette, die in einem Container an der Küste gestrandet sind. Die Art des Todes dieser jungen Frauen erinnert Tempe an einen fünfzehn Jahre alten Cold Case. Und in Charlotte geht die Angst vor einem hochansteckenden Bakterium um, gegen das bestimmte Gene angeblich schützen sollen.

Kalte, kalte Knochen

Der Winter hat North Carolina fest im Griff, und mit den sinkenden Temperaturen fällt auch die Verbrechensrate. Die forensische Anthropologin Tempe Brennan verbringt diese Atempause damit, sich um ihre heimgekehrte Tochter Katy zu kümmern. Eines Abends machen Mutter und Tochter auf der Veranda eine grausige Entdeckung. Ein Paket, darin: ein menschlicher Augapfel. Erste Ermittlungen führen zu einem Kloster, wo ein weiterer makabrer Fund wartet. Kurz darauf muss Tempe eine mumifizierte Leiche in einem Nationalpark untersuchen, und ihre Furcht wächst. Zwischen den Fällen scheint kein Zusammenhang zu bestehen, nichts verbindet die Opfer, keine Handschrift die Gewalttaten. Doch ihr Instinkt sagt der Forensikerin, dass die Toten ein schreckliches Schicksal teilen. Und dass sie selbst in großer Gefahr schwebt …